언더커버 브로맨스

브로맨스 북클럽2

언더커버 브로맨스

Undercover Bromance

리사 케이 애덤스 지음

최설희 옮김

어머니에게

저를 강한 여성으로 길러주시고
이 세상을 살아가는 방법은
그것뿐이라는 걸 가르쳐주셨어요.
감사합니다.

Chapter

1

어둑한 주차장 뒤편, 포르셰 SUV를 빈자리에 세운 브레이든 맥은 신호를 기다렸다. 맞은편 옆자리에 서 있던 쉐보레 서버번 자동차 한 대가 시동을 건 채 전조등을 밝히고 있었다.

찰나의 순간이 지났다. 몇 초가 더 흘렀을까, 마침내 서버번 이 밝은 빛을 두 번 깜빡였다. 때가 온 것이다.

그는 시동을 끄고 휴대폰을 무음으로 바꾸어 가죽 재킷에 찔 러 넣었다. 그가 차 밖으로 나오려하자 동시에 맞은편 차에 앉아 있던 사내들도 행동을 같이했다. 서버번에서 거대한 형체들이 하나씩 모습을 드러냈고 저마다의 얼굴 주위에는 뿌연 입김이 피어올랐다. 맥은 한 중간에서 그들과 마주 섰다.

"왜 늦었어?" 델이 물었다. 맥의 절친 중 하나다.

"결혼 생활을 구제하느라."

"또 외로운 부인이야?" 이번엔 데릭 윌슨, 지역 사업가다.

"언제 철들래."

"그래서 여기 온 거잖아, 안 그래?" 맬컴 제임스, 셔츠 깃에 닿 을락말락한 덥수룩하고 긴 수염 너머에서 들려오는 그의 깊은 목소리는 명상의 말씀을 전하는 것 같았다.

"바로 그거지." 맥은 사내들의 배짱과 약속에 대한 헌신을 가늠하면서 일일이 확인했다. "누구든 관두고 싶으면 지금 말해. 일단 시작하는 순간, 후진은 없으니까."

"난 해." 데릭이 말했다.

"좋아, 친구." 델이 말아 쥔 주먹을 손바닥에 내리꽂았다. "해 버리자고."

"또 무슨 미친 짓을 하려는 거야?" 개빈 스콧, 북클럽 신입회원 중 하나인 그는 불어오는 바람에 몸을 움츠리며 볼멘소리를 냈다. "불알이 얼어서 떨어져 나갈 것 같거든?"

맥은 몸을 돌려 건물을 바라보았다. 밝게 빛나는 빨간 상호가 상점가를 따라 이어지는 북적한 보도를 밝혀주고 있었다. '뮤직 시티 서점'. 몇 해 동안 북클럽은 음지에 숨어 있었다. 비밀리에 책을 읽고 문을 걸어 잠근 채 몰래 만나왔다. 프로 운동선수, 시 공무원, IT 천재, 사업가까지 멤버는 모두 열 명이었다. 맥으로 말하자면 내슈빌의 여러 바와 나이트클럽의 소유주였다. 멤버들이 사랑에 관한 책을 공유할 수 있도록 이끌어온 것이다. 그리고 그 책들은 그들을 더 괜찮은 남자, 더 좋은 연인, 더 훌륭한 남편이 될 수 있게 만들어주었다.

마지막 항목에선 맥은 제외지만. 그는 현재 클럽에 마지막으로 남아 있는 몇 안 되는 싱글 중 하나였다. "우리가 뭘 하려는 거냐고?" 그가 멤버들에게 눈길을 주며 다시 한번 물었다. "우린 지금 모두가 보는 앞에서 망할 로맨스 소설을 사게 될 거야."

그는 양손으로 골반을 짚고 서서 극적인 대답이 돌아오길 기다렸다. 영화에서 흘러나올 법한 배경 음악이랄지, 아니면 멤버들의 격렬한 응원 소리라도. 하지만 돌아온 대답이라고는 클럽의 다섯 번째 멤버에게 흘러나온 방귀 소리뿐이었다. 소리의 주인은 모두가 러시아인이라고 부르는 하키 선수로 불행하게도 유제품 소화에 문제가 있었다.

러시아인은 자기 배를 움켜쥐었다. "나 화장실 가야겠어."

맥은 고개를 절레절레 저었다. "가자."

러시아인이 몸을 살짝 기울인 채로 발걸음을 내디뎠다. 맥을 선두로 나머지 멤버들도 그 뒤를 따랐다. 그들은 주차장 구석에서 진입하는 차들의 행렬이 지나가길 기다렸다가 종종걸음으로 보도로 올라섰다. 러시아인은 뒤도 돌아보지 않고 시시각각 빨라지는 걸음으로 건물 안으로 사라졌다. 상황은 점점 극으로 치닫고 있었다. 앞으로 닥칠 일을 화장실은 모르겠지. 서점 화장실 배관이여, 부디 편히 잠드소서.

맥은 깊은 숨을 들이마신 다음 입구 손잡이를 잡았다. 그는 다시 한번 멤버들을 돌아보았다. "좋아. 규칙이 있어. 우리가 다음에 읽으면 좋겠다 싶은 책을 골라. 모두 최소한 한 권은 사야 해. 책 표지 가리기 없음. 혹시라도 누가 물어보면 선물용으로 사는 거라고 말하는 것도 안 돼. 직접 읽으려고 사는 거야. 질문 있는 사람?"

"누가 얼굴이라도 알아보면 어떻게 해?" 개빈이 툴툴거렸다. 그는 멤버들 중에서 가장 유명했다. 지금 당장 누가 알아본대도 이상할 게 없을 정도로. 내슈빌 메이저리그 레전드 팀에서 뛰고 있는 그는 지난해 플레이오프 경기에서 그랜드슬램 홈런을 날리면서 전국적인 유명인사가 되었다.

"우리 얼굴 알아보는 게 뭐가 대수야?" 역시 얼굴이 알려진 맬컴이 말했다. 그는 내슈빌 프로 미식축구 팀에서 러닝 백을 맡고 있었다. "남성성이라는 독소로 가득 찬 이 사회가 로맨스 소설은 부끄러운 거라고, 그 사실을 받아들이라고 강요하는 게 얼마나 불평등한 건지 우리가 얼마나 오랫동안 말해왔지? 그래서 우리도 숨어서 책을 샀고 말이야. 이제 우리가 떠들어오던 걸 행동으로 보여줄 때야."

"아무리 나라도 저 말발은 못 따라가겠다." 맥이 자신만만하게 말했다.

"당연히 못 따라가지." 개빈은 콧방귀를 뀌었다. "맬컴은 천재거든, 멍청아."

맥은 그에게 가운뎃손가락을 들어보였다.

개빈 역시 똑같이 되돌려주었다.

델은 한숨을 내쉬고는 출입문을 열었다. "나 들어간다."

그들이 들어서자마자 시선이 쏠렸다. 하지만 맥은 누군가를 알아봤기 때문이라고는 생각하지 않았다. 이런 한 덩치 하는 미남들이 서점에 떼로 몰려오는 경우가 어디 흔한가? 그들은 마치 테네시주 문학연맹의 공격수들 같았다.

"로맨스 파트는 어디 있지?" 델이 조용히 물었다.

맥은 천장에 달린 표지판을 눈으로 살피면서 고개를 저었다.

"안 보이는데."

"안내 데스크에 물어봐야겠다." 맬컴이 말했다.

개빈은 욕을 내뱉고는 얼굴을 가리기 위해 모자챙을 깊숙이 끌어내렸다.

그들이 안내 데스크에 다가가자 '나는 금서를 읽고 있다'라고 적힌 티셔츠를 입은 여자 직원이 모니터를 보던 눈길을 들었다. "필요한 거 있으세요?"

"로맨스 파트가 어디 있는지 알려주시겠어요?" 맬컴이 물었다.

여직원은 눈을 가늘게 떴다. "결혼이나 자립 안내서 같은 거요?"

"아뇨." 맥이 맬컴을 옆으로 슥 밀어내며 말했다. 그는 한 손을 데스크 위에 올리고 미소를 지으며 몸을 숙였다. "로맨스 소설이요."

"로맨스 소설 파트를 찾고 계시다고요?" 그녀는 단어 하나하나에 의심을 담아 말했다.

"바로 그거예요." 맥이 윙크를 날렸다.

맥의 시선을 받은 그녀의 뺨이 붉어졌다. "로맨스 소설을 찾는 남성분들을 본 적이 없어서요."

맥은 그녀 쪽으로 좀 더 가까이 몸을 기울이더니 유혹과 음모 그 중간쯤 되는 한껏 낮게 깐 목소리로 말했다. "여기 이렇게나 많은데요." 그가 나직이 속삭였다. 뺨이 한층 더 붉어진 그녀는 서점의 뒤쪽을 가리켰다. "오른쪽 제일 끝 책장이에요."

맬컴은 무리를 이끌어 서점 안을 가로질러갔다. 개빈은 역겹다는 티를 냈다. "보는 족족 추파를 안 던지고는 못 배기냐?" 그가 맥에게 물었다.

맥은 어깨를 으쓱 들어올렸다. "매력을 타고난 걸 어떡해. 내 잘못 아냐."

그들은 맨 구석 통로에 다다랐다. 그곳에는 페이퍼백 책들만 빈약하게 꽂혀 있었다. 로맨스 소설은 겨우 한쪽 벽면만 차지하고 있었다.

"이건 수치야." 맬컴이 고개를 가로저으며 말했다.

개빈은 불안한 눈빛으로 주위를 흘깃거렸다. "그러니까 지금이라도 인터넷 주문하면 되잖아, 난 괜찮아."

"자신감을 좀 가져." 맥은 그렇게 말하고 고개를 돌려 책 제목을 훑어보았다.

러시아인이 돌아왔다. "여기 화장실 짱 좋아. 완전 깨끗해."

러시아인이라면 미국 전역 주요 도시의 공중화장실 중 어디가 최고인지 나열할 수 있을 것이다. 나중에 하키선수에서 은퇴하고 난 다음 화장실 순위 어플을 개발하면 선수 시절보다 큰 돈을 벌 수도 있을 것이다.

맥은 가장 좋아하는 작가를 찾아내고는 그녀의 신작, '프로텍터'를 책장에서 뽑았다. 대통령의 딸과 비밀 수행 요원에 대한 긴장감 넘치는 로맨스 소설이다. 그는 위험 요소가 약간 가미된 서스펜스 로맨스 소설을 좋아하는데 특히 적과 사랑에 빠지는 이야기가 그의 취향이었다. 두 사람 사이 싸움의 원인이 완벽한 짝이 될 수 있는 요소인 걸 알아채가는 과정이 그렇게 흡족할 수가 없었다.

"우리 금요일 밤에 만나는 거야?" 책등이 빨간 책을 보면서 개빈이 물었다. "경기가 아마 7시까진 안 끝날 거라서 델이랑 나는 늦은 시간이 아니면 못 만나."

"그럼 토요일로 해야겠다." 맥은 들고 있던 책의 첫 장을 펼치며 말했다. "금요일 밤에 그레첸이랑 데이트가 있거든."

긴장감이 뱃속으로 번져나갔다. 내일 밤은 파티에서 만난 변호사인 그레첸을 공식적으로 만나온 지 딱 3개월 되는 날이다. 그녀를 위한 특별한 날로 만들기 위해 아낌없는 비용을 지불했다. 내슈빌의 호화로운 레스토랑 중 하나인 사보이에 자리를 예약하기 위해 알고 있는 모든 지인을 동원해 성공했다. 사보이는 자기 이름을 단 TV쇼 프로그램까지 있는 유명 셰프의 레스토랑이었다. 일이 잘 풀리면 그는 이전에 단 한 번도 해본 적 없는 무언가를 할 계획이었다. 그건 바로 대화였다. '특별한 관계로 넘어가자'는 대화.

순간 그의 등 뒤로 우연이라기엔 너무 티 나는 정적이 흘렀다. 돌아서자 멤버들이 눈썹을 들썩이고 손짓을 해가며 무언의 대화를 나누고 있었다. 델은 지갑을 뒤져 20달러짜리 지폐를 꺼내 러시아인에게 퉁명스레 내밀었다.

"방금 그거 뭐야? 니들 뭔 짓 하는 거냐고?"

그들은 찔리는 게 있는지 동시에 깜짝 움찔했다. "쟤가 나한테 돈 빌려갔거든." 러시아인이 주머니에 지폐를 쑤셔 넣으며 말했다.

"헛소리하고 있네. 너희들 무슨 얘기하고 있었어?"

러시아인은 카페트에 오줌을 싼 죄로 혼쭐이 난 강아지처럼 어깨를 축 늘어뜨렸다. "내기는 쟤가 하자고 한 거야."

맥의 미간이 좁아졌다. "무슨 내기?"

"어, 네가 서스펜스 로맨스 소설 고를 거라고 했거든!" 델이 재빨리 대답했다.

맥은 팔짱을 끼고 옆구리에 소설책을 끼우고 섰다. "내가 무슨 책을 고를지 그걸로 내기를 했다는 말을 나더러 믿으라고?"

러시아인은 허공을 보며 휘파람을 불면서 딴청을 부렸다. 델은 그의 뒤통수에 딱밤을 때렸다.

"환장하겠네." 개빈이 한숨을 쉬었다. "쟤네 둘이 네가 그레첸을 찰 때까지 얼마나 걸릴지 내기한 거야."

맥은 눈을 깜빡거렸다. "헐, 지금 그걸 말이라고 하는 거야?"

"쟤가 먼저 하자 그랬다니까." 러시아인이 델을 가리키며 말했다.

델은 부정하지 않았다. 대신 어깨를 으쓱해보였다. "나 방금 돈 잃었다. 근데 그 여자를 이렇게 오래 만나다니, 나 좀 놀랐다. 이 정도면 거의 신기록 아니냐."

맥은 입을 벌린 채로 기분 나빠하지 않으려고 노력하면서 그들을 보았다. 하지만 너무한 거 아닌가? 아, 물론 하룻밤의 남자라든지, 주말 밤의 왕자라든지, 그런 평판을 들어도 싸다는 생각은 든다. 하지만 맥은 단지 정착하고픈 여자를 만나본 적이 없을 뿐이다. 그리고 대다수 사람들의 그런 생각에도 불구하고 정작 진심으로 정착하길 원하는 건 바로 그 자신이다. 그런데 친구란 놈이 그걸 두고 내기를 해? 그간의 행실에 대한 벌로 이보다 더 잔인한 게 있을까.

맥은 손가락으로 델을 가리켰다. "내가 알려주지, 멍청아, 내가 이렇게나 오래 그녀를 만난 건 바로 그녀를 좋아하기 때문이야. 아름답고 똑똑하고 야망 있는 여자거든."

"그리고 절대 네 짝이 아닌 여자지." 맬컴이 처음으로 대화에 끼어들었다. 대화가 이어지는 동안 줄곧 책장만 열심히 들여다보던 그는 큼지막한 양손에 책 네 권을 든 채로 돌아섰다.

"뭐라고?" 맥이 쏘아붙였다. "어째서 그녀가 절대 내 짝이 아니라는 거야?"

"그야 네가 그동안 만나왔던 모든 여자들이 네 짝이 아니었으니까." 개빈이 코웃음을 쳤다.

맥이 식식거리더니 받아쳤다. "어이, 너 나랑 안 지 6개월도 채 안 됐거든."

"그래, 그 6개월 동안 네가 만난 여자가 총 여섯 명이야. 굉장한 여자들이었지. 전부 똑똑하고 능력 있고 매력이 넘치는 완벽녀들."

"그래서 그게 문제라는 거야?" 방어적인 자기 목소리에 맥은 더욱 자기방어를 하고 싶은 기분이 들었다. 제길, 이미 방어적으로 나가고 있었구나. 저들은 그저 책을 사러 온 것뿐 연애사를 분석하려는 게 아닌데.

개빈은 어깨를 으쓱했다. "네가 말해봐. 네가 그 여자들 전부 찼잖아."

"그야 이전 여자들하고는 잘 안 맞았을 뿐이야." 맥은 볼멘소리로 대답했다.

"그럼 그레첸하고는 달라?"

"당연하지." 맥이 말했다.

"어떻게?" 맬컴이 물었다.

맥은 그 말에 대답할 수가 없었다. 그레첸과는 달랐다. 왜냐하면, 왜냐하면…… 빌어먹을! 왜냐하면 달라질 준비가 되어 있었으니까. 그거면 충분한 거 아닌가? 그는 자신이 행복하게 해주고 함께 늙어가고 영원히 아껴줄 미래의 맥 부인을 찾아 헤맸다. 하지만 아무런 소득 없이 지내는 동안 친구들은 해피 엔딩을 맞이한 주인공들처럼 지내고 있었고 그는 그걸 지켜보는 데 질려버렸다. 이 망할 북클럽의 창시자는 본인이었음에도 지금껏 진짜를 경험해보지 못한 사람은 그가 유일했다. 사실, 맞다, 그래서 이번엔 특별히 더 잘해보려고 애써왔다. 왜냐고? 젠장, 그도 해피 엔딩을 원하니까.

개빈은 휴전을 청하듯 양손을 들었다. "저기, 우리가 하고 싶은 말은, 네가 아무리 전문가로서 이렇다 저렇다 말해도 왠지 네가 이 책들에 담긴 가장 중요한 걸 놓치고 있는 것 같다는 거야."

"그게 뭔데?" 그의 말투는 이제 토라진 아이 수준이었다. 그도 그럴 것이, 지침서, 보통 사람들은 로맨스 소설이라고 부르는 책의 가르침을 클럽의 신입 멤버에게 듣는 일은 결코 달갑지 않은 일이니까.

"누군가에게 연애 감정이 드는 거랑 사랑하는 것 사이에는 큰 차이가 있어."

맥은 눈을 굴렸다. "너야 그런 말이 쉽겠지. 넌 완벽한 여자랑 첫눈에 사랑에 빠졌으니까."

개빈은 정색을 했다. "내 아내는 완벽하지 않아. 나에게 완벽한 상대인 거지. 그리고 우리 결혼 생활은 조금도 쉽지 않았고."

맥은 또 한 번 명치를 맞은 것 같았다. 이번에는 죄책감 때문이었다. 개빈과 그의 아내 세아는 여섯 달 전 거의 이혼할 뻔했고 개빈이 이 북클럽에 들어오게 되면서 다시 그녀를 되찾을 수 있었다.

머저리같이 군 걸 사과하는 대신 맥은 고집을 밀고나갔다. "네가 틀렸다는 걸 내가 증명해주지." 그는 속으로 화를 눌렀다.

맥은 무언가를 증명하겠다는 자만심에 벌렁거리는 심장을 안고 주머니에서 지갑을 꺼내들었다. 그리고는 100달러 지폐 한 장을 델에게 거칠게 내밀었다.

"다섯 배 걸지, 내일 밤까지 내가 공식적으로 애인을 만든다는 데."

"당신 오늘 참 아름다워요."

맥은 테이블 위로 그레첸의 가녀린 손가락을 잡았다. 그는 그녀의 손마디를 엄지로 부드럽게 어루만졌고 그녀는 웃음을 지었다. 그녀의 생일을 맞아 선물해준 귀걸이가 그녀의 귓불에 매달린 채 촛불을 받아 빛을 발하고 있었다.

"고마워요." 그녀가 말했다. "그 말은 이미 충분히 여러 번 한 것 같은데요."

"새로 산 드레스예요?"

그녀는 웃고는 자신을 내려다보았다. "음, 아니요. 2년 전에 메이시 백화점에서 샀어요. 할인 코너에서요."

"예쁜데요."

그녀는 손을 뺐다. "또 고마워요."

그레첸은 그의 시선에서 눈을 떼고 레스토랑 안을 둘러보았다. 상층에 마련된 그들의 VIP석에선 도시적이고 세련된 내부 장식이 한눈에 들어왔다. 높은 천장에는 연철로 만든 샹들리에가 달려 있고 벽돌이 그대로 드러난 벽은 완성이 덜 된 느낌을 주었다. 하지만 어두운 목조장식과 금장이 조화를 이루어 한껏 고풍스러웠다.

"여긴 어떤 곳일까 늘 궁금했어요." 그레첸이 말했다.

"어떤 것 같아요?"

"그게, 음……." 그녀는 흠을 잡고 싶은 걸 주저하는 듯 얼굴을 찡그렸다. "약간 과하다고 할까요?"

"로이스도 그렇죠."

"그 사람을 알아요?"

맥은 의자에 등을 기대어 앉으며 재킷 매무새를 가다듬었다. "여러 번 만났어요. 자선 골프 대회 같은 행사들에서. 비슷한 업계에서 사업을 하고 있으니까요."

"아, 그렇죠." 그녀는 눈을 가늘게 떴다. "전 그런 업계랑은 거리가 멀어서요. 아시겠지만."

"훨씬 중요한 일을 하잖아요." 그레첸은 이민 사건 전문 국선 변호사였다.

담당 웨이터가 차가운 돔 페리뇽을 들고 테이블로 다가왔다. 맥이 레스토랑을 예약하면서 함께 주문한 것으로, 그는 이곳의 대표 디저트인 '술탄 컵케이크'도 미리 주문해두었다. 워낙에 정교하고 값비싼 디저트인지라 선주문을 해야만 했다. 그레첸의 반응이 어떨지 기대됐다.

"샴페인이요?" 웨이터가 코르크 마개를 따는 동안 그레첸이 물었다.

"우리 축하해요죠." 맥은 윙크와 함께 대답했다.

웨이터는 가늘고 긴 두 개의 잔에 샴페인을 따른 다음 잠시 후 오늘 밤의 특별한 식사를 소개하러 돌아오겠노라 말한 뒤 테이블 옆 얼음이 담긴 통에 병을 내려두고 자리를 피했다.

"그래요." 그레첸은 자기 잔을 받아들며 말했다. "어떤 걸 축하하나요?"

맥은 자기 잔을 들어올렸다. "오늘 새 건물 계약을 마무리했어요." 그가 말했다. "하지만 더 중요한 건 지금 여기에 있는 우리예요. 3개월을 만났잖아요. 그 이상이 되길 바라고요."

그의 잔에 잔을 부딪치면서 그녀는 웃어보였지만 미소는 눈가까지 닿지 않았다. 맥은 처음에 그냥 느낌이려나 싶었지만 그녀는 한 모금 마시고는 그에게서 시선을 돌렸다.

"어때요?"

그녀는 샴페인을 삼킨 다음 고개를 끄덕였다. "멋진 와인이네요."

"당신도 그렇고요."

또 그런다. 진짜 미소 같지 않은 미소였다. 맥은 잔을 내려놓고 그녀의 손으로 다시 손을 뻗었다. "정말 괜찮은 거예요?"

"괜찮아요. 그냥 뭐랄까…… 솔직히 말하자면, 난 이런 데 와 있다는 데 약간 죄책감이 느껴져요."

"어째서요?"

"제 고객들은 자기 아이들 줄 냉동 마카로니치즈 하나도 살수 있을까 말까예요."

"그렇다고 내가 당신한테 잘해주지 말라는 건 아니죠?"

"나한테 이렇게 할 필요 없어요, 맥."

"하지만 당신에겐 이렇게 하는 게 당연한걸요." 그는 다시 한 번 윙크와 미소를 발사했다. 이번에는 효과가 있었다. 잡고 있는 그녀의 손에서 긴장이 풀리는 게 느껴졌다.

"고마워요. 당신은 정말이지 여자를 대하는 법을 잘 알고 있다니까요."

"기쁘게 해주고 싶어요." 그는 그녀의 손을 힘 있게 꼭 한 번 쥐고는 놓아주었다.

"이제 배가 좀 고파요? 그랬으면 좋겠는데. 이 다음에 깜짝 놀랄 만한 걸 준비했거든요."

그레첸은 잔을 들어 샴페인을 들이켠 다음 손목시계를 보았다.

"아 정말이지, 차라리 그냥 1000달러에다 불을 붙이는 게 낫지 않겠냐고."

리브 페펀드레아스는 스테인리스 조리대에서 한 발 물러나 자신이 갓 만들어낸 위대한 완성작을 꼼꼼히 들여다보고는 역겹다는 듯 고개를 절레절레 흔들었다. 사보이 레스토랑의 파티셰로서 상위 1퍼센트의 사람들이 돈을 낭비하는 것에 더 이상 놀랄 일이 없을 것 같지만 슬프게도 놀라웠다. 그리고 그녀의 사장이 금을 입힌 컵케이크를 메뉴에 올린 순간, 도시의 돈 많은 유명인사들과 잘난 체하는 작자들이 단순히 그걸 살 수 있는 능력이 있음을 보이기 위해 그 메뉴를 주문할 것임을 직감했다.

거기에 한껏 포즈를 잡고 인스타그램에 자랑할 사진도 건질 수 있겠지. 유명 셰프이자 텔레비전 쇼 프로그램 진행자이면서 리브의 월급명세서에 사인을 하는 로이스 프레스턴이랑 말이다.

매주 수백만의 고정 팬들이 그의 리얼리티 쇼 프로그램인 '키친 보스'에 채널을 고정하고 번드르르한 언변으로 매력을 발산하는 그에게 매료당한다. 그의 번드르르한 말이 그의 머리칼 마냥 전부 가짜라는 걸 알지도 못한 채. 카메라가 꺼지고 나면 그는 자기 직원들의 레시피를 훔치는 거칠고 험한 얼간이일 뿐이다. 어찌됐든 리브는 그의 주방에서 가까스로 1년을 버텼고 그럴 수 있던 주된 이유는 그녀가 돈 많고 뻐기는 자들에게 아랑곳 않는 고집스런 면이 있기 때문이었다. 규칙을 무시하는 권위를 가진 자들에게 적대적으로 지냈던 10대 시절의 경험이 훗날에 이렇게 득이 될 줄 누가 짐작이나 했을까.

듣자 하니 오늘 밤 컵케이크를 주문한 멍청이는 무슨 나이트 클럽 주인이라던가. 그야 알 바 없다. 클럽은 그녀 취향이 절대 아니다. 사람들은 정말 골칫덩이다. 그녀는 사람 많은 데는 딱 질색이다.

감옥 동기, 아니 또 다른 파티셰인 리아 싱이 갑자기 그녀의 등을 톡톡 쳤다. "넌 네 재능이 1000달러 값어치가 없다고 생각하는 거야?"

"내 재능이야 1000달러보다 훨씬 더 나가지. 하지만 정신 나간 컵케이크 하나에 쓸 돈은 아닌 것 같아. 이걸 주문하는 사람들한테는 전부 시내에 있는 푸드 뱅크에 기부하겠다는 서명을 당장 받아야 해."

"로이스부터 시작하면 되겠네."

하, 퍽이나. 로이스 같은 남자들은 자선 단체에 돈을 쓰지 않는다. 그들은 차곡차곡 돈을 모아 과시했다. 자기 애들이 엘리트 전용 대학에 들어가도록 뇌물을 썼다. 그리고 그는 그 영역을 더욱 넓히려는 참이었다. 한 달 안에 그의 첫 번째 공식적인 요리책인 《키친 보스》가 출간될 텐데 실은 훔친 레시피로 가득 찬 책이었다. 그중에는 석류와 천연꿀을 사용한 바클라바♥를 변형해 만든 리브의 레시피도 하나 들어 있었다.

"난 아직도 이해가 안 가는 게, 그냥 일 관두고 너희 언니 제안을 받아들이면 안 되는 거야?" 리야가 말했다. "네가 원하면 여기서 영원히 벗어날 수 있잖아. 우리야 다른 대안이 없어 이러고 있는 거지만."

리브의 언니 세아는 리브에게 돈을 줄 테니 자기 사업을 시작하라는 제안을 열두 번도 넘게 했을 것이다. 세아는 메이저리그 연봉을 받는 프로 야구선수와 결혼했다. 하지만 언니를 포함해서 누구도 이해를 못 하는 것 같은데 리브는 다른 사람의 돈으로 성공하고 싶지 않다. 그런 식으로 할 거라면 그녀의 지난 삶에 대해 돈으로 보상해주려고 끊임없이 애써왔던 돈 많은 아버지에게 전화해 마침내 그 돈을 받겠노라 하면 되는 문제다. 하지

♥ ————

Baklava. 종이같이 얇은 파이 반죽 사이에 견과류를 넣고 달콤한 시럽을 부어 만든 터키의 전통 과자.

만 그녀는 죄책감으로 얼룩진 돈 역시 원치 않았다.

어쨌거나 리브는 과할 정도로 일에 열심이었고 이제는 그런 쉬운 길을 택하는 것 따위의 문제는 완전히 극복해버렸다. 그녀는 자기 힘으로 성공할 수 있는 추진력과 재능을 가지고 있었고 계속 그렇게 해나갈 생각이다. 이제 여기서 1년만 더 버티면 치열한 프로 요리업계에서 확고한 입지를 갖게 될 테니까. 그도 그럴 것이 로이스 아래서 살아남았다는 건 못할 일이 없다는 뜻이라는 걸 모두가 알고 있으니 말이다. 하루하루가 전쟁 같았지만 리브는 경력을 위해 온몸이 부서져라 일해 왔다. 사장이 아침으로 먹는 스무디에 쥐약을 타가면서 말이다.

아니, 정말로 그랬다는 게 아니라 그럴까 생각만 했다는 거다.

제시카 서머가 입술을 깨물며 조리대 위로 몸을 기울였다. 그녀는 한 달 전에 갓 홀 서빙을 시작한 나이 어린 직원이다. "이게 그거예요?" 그녀는 컵케이크를 뚫어져라 바라보며 숨죽이고 물었다.

"응." 리브가 대답했다.

"지난번에 이거 주문 들어온 날은 휴무였거든요. 이 금은 정말 먹을 수 있는 거예요?" 그녀는 몸을 숙여 자세히 들여다보더니 눈이 커졌다. "대체 무슨 맛이 날까요?"

"과시와 탐욕의 맛."

제시카가 그녀를 올려다보았다. "그거 맛있는 거예요?"

"부자들은 그렇게 생각해."

주방 회전문이 벌컥 열렸다. 로이스가 성큼성큼 걸어 들어오자 모두가 숨을 참았다. 그는 늘 교복 같은 복장을 하고 있었다. 맞춤 정장, 빳빳하게 다린 새하얀 셔츠는 단추 세 개를 풀어 가슴 털이 보이도록 했고 목에는 가죽 목걸이를 하고 있었는데 자기 말로는 어느 토착 부족에게서 선물 받았다고 하지만 리브는 분명 시내 잡화점에서 산 싸구려라는 데에 돈이라도 걸 수 있었다.

"올리비아!" 로이스가 소리를 질렀다. 그는 다른 사람들처럼 그녀를 애칭으로 부르는 걸 거부했다. 어이없는 권력 과시 같은 거였다.

로이스가 다가오자 제시카는 꿀꺽 침을 삼켰다. 뺨이 금세 빨개지더니 눈까지 질끈 감았다. 가엾어라. 저 자가 큰 소리로 짖어대는 걸 감당할 수 없다면 이 아이는 그렇게 오래 버티지 못할 것 같다. 똑같이 큰 소리로 받아치는 법을 배우는 수밖에는 없다.

"제시간에 준비할 수 있어?" 로이스가 으름장을 놓았다.

"제가 언제 늦은 적 있나요?"

그의 얼굴이 살짝 붉어졌다. 그녀를 대충 훑어보더니 고개를 흔들었다. "이거 가지고 나가기 전에 단장 좀 해."

그럼 그렇지. 그녀는 이 금박을 입힌 괴물을 만드는 것뿐 아니라 그가 손님에게 이것들을 대접하러 나갈 때 신성한 그의 뒤를 졸졸 따르는 역할까지 해야만 했다. 로이스에게는 보이는 게 전부다. 리브는 자기 차림을 대충 훑어보았다. 요리사 가운이 초콜릿 범벅이었다. 요리사의 숙명이다. 로이스는 리야를 가리키며 손가락을 튕겼다. "자네 옷 벗어줘, 당장. 빨리!"

깨끗한 옷이 갑자기 그녀의 눈앞으로 날아들었다. 리브는 얼룩진 옷의 단추를 풀고 갈아입으면서 미안한 표정으로 친구를 보았다.

"하던 일 계속해." 그가 리야에게 명령했다.

사장이 쿵쾅거리며 나가자 제시카는 참았던 숨을 내쉬었다. 맹세컨대 리브는 제시카의 눈가에 맺힌 눈물을 보았다. 역시, 그녀는 그리 오래 버티지 못할 것이다.

기억해 둘 것: 제시카가 신경 쇠약에 걸리기 전에 다른 일을 찾도록 도와줄 것.

아니면 그 전에 정말로 그 인간의 스무디에 쥐약을 타던가.

리브는 컵케이크가 담긴 쟁반을 조심스레 들고 주방 현관에서 로이스를 만났다. 마치 그녀가 떨어뜨린 적이 있기나 한 것처럼 그가 떨어뜨리기만 해보라고 말했을 때는 눈알을 희번덕거리며 굴리고 싶은 걸 가까스로 참았다.

레스토랑 안으로 들어서자마자 로이스는 텔레비전 쇼에 설 때처럼 만인의 사랑을 받는 성격 좋은 인물로 둔갑해 있었다. 그가 걸어갈 때마다 흥분해서 소곤거리는 소리가 뒤따랐고 그는 흡족해했다. 그는 진심을 담아 손을 흔들고 사이사이 손가락으로 '평화' 표시를 해보였다. 휴대폰 카메라들이 그의 걸음걸음을 담아냈고 그의 뒤를 따르는 리브는 자신이 나르고 있는 금박혼합물이 자랑스러운 척 '연기했다. 그녀는 오른손으로 쟁반을 높이 들고 만면에 미소를 지으며 따라갔지만 속으로는 로이스가 불길에 휩싸이기를 바라고 있었다. 그녀는 그를 따라 레스토랑의 VIP석으로 갔다. 빨간 벨벳 밧줄이 선택된 자들을 하류층과 구분 짓고 있었다. 리브는 당연하게도 로이스가 먼저 테이블에 다가가도록 기다렸다. 이건 그만의 쇼니까. 어스름한 조명 아래, 열 걸음 정도 떨어진 위치에 테이블에 앉아 있는 두 사람의 형체가 보였다. 딱 벌어진 어깨와 편안한 재킷 차림의 남자와 윤기나는 머릿결에 눈매가 또렷한 한 여자가 보였다. 누군지 모르겠지만 그는 이 데이트에 과하게 투자하고 있었다. 테이블 위의 접시에는 스테이크와 로브스터, 파테를 먹고 남은 접시가 있었다.

"친애하는 고객님들." 로이스가 텔레비전에 나올 때의 목소리로 말문을 열었다. "술탄을 대령해도 될까요."

자리에 앉아 있던 남자가 몸을 돌렸다. 이런, 망할. 아는 남자다.

이름이 뭐였지? 마이크? 아냐. 성이 맥이었어. 이름이 브래드였나? 브레이든. 그래, 브레이든 맥이다. 형부 개빈의 친구였다. 언니와의 이혼을 막겠다며 형부를 무슨 이상한 비밀 로맨스 소설 모임에 끌고 들어갔던 남자다. 더 중요한 건, 처음 만났던 날, 리브가 남겨둔 중국 음식을 이 자가 먹어치웠다는 거다. 아껴뒀던 그걸 먹으려고 얼마나 기대했었는데. 대체 어떻게 된 인간이 남의 로메인♥을 먹을 생각을 하지? 컵케이크 하나에 1000달러쯤 쓰는 것도 아무 문제없어 보이는 사람이.

그 남자가 자리에서 일어나 손을 내밀었다. "로이스. 또 만나

♥ ——————
채소와 고기를 넣고 굴 소스로 볶은 중국식 면 요리.

네요."

어련하시겠어. 그라면 그녀의 사장을 물론 알 것이다. 보통 사람들의 월급을 식사 한 번에 써버릴 수 있는 남자라면 분명 로이스 프레스턴하고 같은 물에서 일할 테니까.

로이스는 맥과 악수를 하고 남자들이 으레 하듯 반쯤 안은 자세로 상대의 등을 두드렸다. "오늘 여기 와 있는 줄은 전혀 몰랐어요. 그런 말도 안 하다니, 담당 직원한테 한 소리 해야겠는걸요."

오 안 돼. 불쌍한 제시카. 사장이 그녀를 잘근잘근 씹어대기 전에 미리 경고를 할 시간이 있으려나.

"이 쪽은 그레첸 윈스럽 양." 맥은 자신의 데이트 상대를 정중한 태도로 가리키며 말했다. "변호사예요."

"변호사요, 오호?"

그 여성은 손을 들어 로이스에게 악수를 청했다. 하지만 그는 손을 자기 입술로 당겨 손가락 마디에 입을 맞추었다. "아름다운 데다 총명하시기까지." 로이스가 말했다. "만나 뵙게 돼서 반갑습니다."

리브는 속으로 구역질을 했다.

여자는 정중하게 손을 도로 가져갔다. "저도요."

진심인 것 같지는 않았다. 리브는 그 순간 그녀가 마음에 들었다. 이런 남자들에 비해서는 너무 똑똑한 여자였다.

"사업은 어때요?" 맥이 자리에 다시 앉는 동안 로이스가 물었다.

"잘 되어가요." 맥이 말했다. "구 상업지구에 있는 새 건물을 막 인수한 참이에요."

"그게 당신이었군요?"

"그게 저예요."

"그 건물 눈독 들이고 있었는데."

맥은 양팔을 벌리며 미안한 시늉을 했다. "미안해요. 이번엔 레스토랑 운영 쪽에 마음이 가네요."

"아하, 왕국을 확장하시겠다?" 로이스가 말했다. "남자네요. 앞으로 같이할 수 있는 사업이 있나 한번 지켜봅시다."

그 말은 '우린 한 배를 탔잖아'라는 의미의 애매모호한 말로 로이스가 사보이를 찾는 모든 돈 많은 남자들에게 하는 헛소리였다. 로이스는 재산이든 남들의 관심이든 어느 것도 나누지 않는다.

"끼어들어서 죄송한데요." 그레첸이 갑자기 말문을 열었다. "두 분 이야기하는 내내 저 분께서 마냥 접시를 들고 계시는 게 마음에 걸리네요. 접시라도 내려놓으시면 안 될까요?"

로이스는 사람들이 알아채지 못하게 아무렇지도 않은 듯 리브를 보았지만 그 속은 화로 부글거리고 있었다. 그의 왼쪽 눈썹이 눈에 띌 듯 말 듯 움찔했다. 하지만 이내 활짝 웃어보였다. "물론이죠. 올리비아, 그렇게 해요."

리브는 맥과 눈이 마주치지 않으려고 애쓰면서 테이블로 다가갔다. 그런 다음 그레첸의 눈높이에 맞도록 컵케이크가 담긴 쟁반을 내렸다. 그녀는 맥의 시야에서 얼굴을 약간 돌리고 있었는데 그게 아니더라도 아마 그녀를 알아보지 못할 것이다. 풍성한 셰프 모자가 구불거리는 머리를 전부 감추고 있는데다가 당시에는 그녀가 남긴 국수를 먹느라 얼굴을 자세히 볼 시간도 없었을 것이다.

"술탄은 우리 레스토랑의 대표 디저트로서 전 세계 열두 나라에서 공수해온 초콜릿을 섞어서 만들고 있습니다." 로이스가 설명을 시작했다. "샴페인 젤리로 속을 채웠고, 식용 금으로 장식했습니다. 여기에 24k 순금 숟가락과 최상급의 우간다산 바닐라 빈 아이스크림을 함께 제공해드리고 있죠."

"와우." 그레첸의 감탄사는 비아냥거림으로밖에 들리지 않았고 리브는 즉시 그녀와 영원을 맹세할 절친이 되겠노라 속으로 다짐했다. "먹기 겁이 날 정도네요."

"사진 찍으시겠어요?" 로이스가 그레첸의 의자 뒤로 가 자세를 잡으며 말했다.

제발 한 번만이라도, 리브는 누군가 사진을 거절하는 걸 정말이지 보고 싶었다.

그리고 놀랍게도 오늘이 바로 그날이었다.

"아, 그건, 아니요, 괜찮아요." 그레첸이 말했다. 그리고 세상 어딘가에 있는 천사들이 노래를 시작했다. 텔레파시를 보낼 수 있다면 얼마나 좋을까, 그랬다면 리브가 머릿속으로 외치고 있는 이 말을 들려줄 텐데. '나 당신 정말 너무 좋아요!'

로이스의 눈썹이 다시 한번 움찔거렸다. 여자가 사진 찍자는 걸 거절한 것만도 충분히 안 좋은데 그걸 직원 앞에서 하다니.

이런, 오늘 밤에 분노의 포효가 울려 퍼지겠다. 하지만 그쯤은 감당해주리라.

리브는 조용히 헛기침을 하고 테이블에 컵케이크를 내려놓으려 했다. 바로 그때.

"저기요, 나 그쪽 알아요." 맥이 몸을 앞으로 숙이더니 그녀의 얼굴을 유심히 보았다. "세아 동생이죠?"

그녀의 대답을 기다리지도 않고 그는 자기 데이트 상대를 보며 고개를 끄덕거렸다. "와, 너무 신기해요. 여기서 만날 줄이야. 내가 개빈 얘기한 적 있잖아요, 전에? 그 친구 처제예요."

"만나서 반가워요." 그레첸이 말했다. "악수를 청하고 싶은데 빈손이 없으시네요. 그건 그렇고 이거 정말 맛있어 보여요. 감사합니다."

리브의 얼굴에 미소가 떠올랐다. "만나서 반갑습니다."

로이스가 헛기침을 하며 목청을 다듬었다. 이런, 망할. 말을 했구나, 했어! 망했다. 나중에 값을 톡톡히 치르게 될 것이다.

"와, 당신이 여기서 일하는 줄은 정말 몰랐어요." 맥이 여전히 맹한 말투로 말했다. "개빈은 당신이 시내에 있는 레스토랑에서 일한다고만 했거든요."

"올리비아가 제 밑에서 일한 지는 몇 개월쯤 됐습니다." 소외되지 않으려고 로이스가 끼어들었다.

"1년이에요." 리브가 조용히 정정했다. 로이스는 다시 헛기침을 했다. 나직이. 하지만 확고하게. '넌 나중에 죽었어'라는 뜻이었다.

맥이 갑자기 자리에서 일어섰다. "우리 사진 찍어요. 개빈한테 보내야겠어요."

리브는 흘깃 로이스를 보았다. 억지웃음을 짓고 있는 걸 보니 존재감이 묻히는 게 마땅치 않은 것 같았다. 그는 누구와도 사진 찍히는 자리를 공유하지 않는다.

"제안은 감사하지만." 리브가 완고하게 말했다. "전 뒤로 빠지는 게 더 편해요."

"그건 안 되죠." 맥이 말했다. "자기 작품에 자부심을 가져요."

리브의 머릿속에는 로이스의 머리 뚜껑이 확 열리면서 부분가발이랑 같이 날아가는 장면이 떠올랐지만, 로이스는 이목을 몹시 중시했기 때문에 억지 미소를 지어보이며 말했다. "그렇고말고요. 올리비아, 그렇게 해요."

이 일로 분명 나중에 대가를 치르게 될 것이다. 그녀가 아무 잘못도 하지 않았다는 사실은 중요하지 않았다. 로이스는 그렇게 생각하지 않을 게 뻔하다.

"잠깐만요." 맥이 말했다. "어느 쪽이 좋은 거예요? 리브? 아님 올리비아? 개빈은 당신을 리브라고만 불렀던 것 같아서요."

"실은, 리브가 좋아요. 하지만 사장님은 늘 올리비아라고 부르시죠."

"어째서요?"

리브는 올려다보았다. "그러게요. 로이스. 어째서죠?"

로이스의 가짜 미소는 너무나 차가워서 얼굴에서 냉기가 느껴질 정도였다. 맥은 어깨를 으쓱해 보이더니 자기 휴대전화를 테이블 너머에 있는 로이스에게 건넸다. 리브의 입이 벌어졌다. 지금, 그러니까…… 로이스한테 사진을 찍어달라는 거라고? 누구도 로이스에게 이런 적은 없다. 세상 그 누구도. 맙소사, 미쳤다. 아, 웃으면 안 돼. 웃지 마. 혹시라도 웃음이 새어 나간다면 그녀는 컵케이크를 서빙하는 게 아니라 그 안에 파묻혀 생을 마감하게 될 것이다.

로이스는 고개를 끄덕이고 여전히 미소를 짓고 있었지만 리브는 그 미소를 알고 있다. 그것은 부글부글 끓고 있는 분노였다. 나중에 로이스는 침을 다발로 튀겨가며 '양고기 덩어리도 너보다는 똑똑하겠다!'라며 분노를 토해낼 것이다. 하지만 그녀로서는 달리 방도가 없었다. 들고 있는 쟁반으로 맥의 머리를 냅다 내리치고 도망이라도 가?

솔직히 그건 좀 끌리지만.

맥은 테이블을 빙 돌아와 리브 옆에 섰다. 그리고는 그녀의 어깨에 팔을 둘렀는데, 바로 그 순간…….

그 순간 쟁반이 흔들렸다. 그녀는 황급히 균형을 잡고 다른 손으로는 고정해보려고 했다. 하지만 이미 늦었다.

컵케이크가 쟁반 위를 미끄러지는 모습이 마치 공포 영화의 한 장면처럼 천천히 재생됐다. 순간 균형을 잡는가 싶던 컵케이크는 영화에서 자동차가 절벽 끝에 매달리기 직전에 급정거를 한 것 마냥 쟁반 끝으로 훅 쏠렸다.

그녀가 파티셰로서 살아온 기나긴 세월이 주마등처럼 스치기에 충분한 시간이었다. 브레이든 맥 이 자식을 어떤 식으로 죽여 버릴까 오만가지 상상을 하기에도 넉넉한 시간이었다. 그녀의 입에서 외마디 비명이 터져 나오기에도 충분한 시간이었다.

"제에엔자아앙……."

그리고 중력은 본인의 소임을 다했다.

그렇게 컵케이크는 그레첸의 허벅지 위에 착륙했다.

"어머나, 세상에! 정말 죄송해요." 리브는 그레첸의 의자 옆에 쓰러지듯 무릎을 꿇고 앉았다.

"괜찮아요." 그레첸은 케이크 범벅인 손을 들어 올리며 말했다.

"제 잘못이에요." 맥이 말했다. "제가 쟁반을 쳤어요."

"올리비아, 주방으로." 로이스가 버럭 소리쳤다. "두 분께는 다시 새 걸로 만들어드리겠습니다."

"그러실 필요 없어요." 그레첸이 말했다. 그녀는 초콜릿 범벅이 된 허벅지 위의 컵케이크를 들어 접시 위에 놓았다.

"제가 닦을까요?" 리브가 물었다. "제발요, 제가 닦을……."

로이스가 그녀의 말을 잘랐다. "오늘 밤 드신 식사 전부는 물론 저희가 대접해드리는 겁니다."

리브는 낮게 신음소리를 냈다.

"그리고 입고 계신 드레스 세탁 비용도 변상해드릴 수 있게 해주십시오."

"정말이지, 그러실 필요 없어요." 그레첸이 말했다. "이건 그냥 사고였어요."

"이건 제 잘못이에요." 맥은 같은 말을 반복했다.

"제 직원은 어떤 것이든 나를 수 있도록 훈련되었어요." 로이스가 말했다. "오늘 밤은 그러지 못한 게 명백한 사실입니다. 이 일은 바로잡겠습니다."

"바로잡으실 일 없어요." 그레첸이 부드럽게 말했다. "사고야 늘 일어나잖아요."

"엉망이 된 걸 치울 직원을 곧바로 보내겠습니다."

"정말 죄송해요." 리브는 다시 한번 그레첸에게 말했다.

"적당히 해, 올리비아."

리브는 돌아서서 맥을 죽일 것 같은 눈으로 쏘아보고는 쟁반을 챙겼다. 그런 다음 쌩하니 돌아서서 빠른 걸음으로 주방으로 향했다. 대략적인 계산으로 90초 정도 후면 로이스가 그녀 뒤를 따라올 것이다. 그 정도 시간이면 진정이 좀 되지 않을까.

리브는 곧장 직원용 라커룸으로 가서 모자를 벗어던졌다. 의자에 주저앉는 순간, 리야가 뛰어 들어왔다.

"무슨 일이야?" 리야는 입고 있던 리브의 조리사복 단추를 풀면서 물었다.

"내 근처에 오기 싫어질걸."

"저런, 왜?"

"떨어뜨렸어!"

리야는 얼굴을 찡그렸다. "으, 리브."

바깥쪽 주방 회전문이 쾅, 하고 열리는 소리에 두 사람은 펄쩍 뛰었다.

"올리비아!"

리브는 마음의 준비를 했다. 자리에서 일어나는데 로이스가 라커룸으로 거칠게 밀고 들어왔다. 고개를 좌우로 흔들고 있는 그의 얼굴이 냄비 속의 로브스터처럼 새빨갰다.

"너." 그가 리야를 가리키며 말했다. "나가 있어."

리야는 자리를 뜨기 전에 동정심을 담아 리비의 팔을 꼭 한 번 쥐었다.

그는 리브의 얼굴 앞에서 손가락을 까딱거렸다. "내 사무실로 와. 20분 후에."

그리고는 쿵쿵거리며 밖으로 걸어 나가며 소리쳤다. "제시카 데려와!"

젠장, 젠장, 젠장!

맥은 다시 한번 사과를 하러 리브를 따라가다가 그레첸이 떠올랐다. 다시 자리로 돌아왔더니 그녀는 냅킨으로 손을 닦고 있었다.

"괜찮아요?" 그레첸의 의자 옆에서 자세를 낮추며 맥이 물었다.

"컵케이크가 쏟아진 것뿐이에요, 브레이든. 총에 맞은 게 아니라."

"그야 그렇죠, 하지만 이런 걸 기대한 게 아닌데."

"그보다 난 당신 친구 리브한테 무슨 일은 안 생길까 그게 더 걱정돼요."

"친구 아니에요."

그레첸은 미간을 찡그리며 그를 보았다. 맥은 서둘러 말을 바꿨다. "내 말은, 잘 모르는 사이라는 뜻이에요. 물론 아무리 그래도 이 일로 그녀가 곤란해지는 건 나도 바라지 않지만요."

그레첸은 의자 팔걸이를 잡고 자리에서 일어섰다. "화장실에 다녀올게요. 닦아내야겠어요."

"그래요, 그래야죠." 맥은 자리에서 일어나 그녀가 일어나는 걸 잡아주었다.

그녀가 자리에서 일어나 테이블 옆으로 나와 서자 옷에 진 얼룩이 확연히 드러났다. 짙은 갈색 얼룩이 결이 고운 초록색 실크 드레스를 엉망으로 만들었다. 고급 섬유에 대해 어느 정도 알고 있기에 맥은 그 옷이 가망 없다는 걸 알았다.

그는 입고 있는 재킷을 벗는 시늉을 했다. "가릴 수 있게 벗어 줄까요?"

그녀는 미소 짓더니 이내 고개를 저었다. "그렇게 하면 더 티 날 것 같은데요."

맥은 그녀가 걸어가는 걸 지켜보다가 자리에 앉았다. 잘했다. 아주 잘하는 짓이야. 그 사단이 나기 전까지만 해도 모든 게 완벽했는데.

검은색으로 빼입은 종업원 두 명이 플라스틱 통과 젖은 걸레를 들고 왔다. 엉망이 된 데 대해 조용히 사과를 하고선 바닥과 그레첸의 의자에 떨어진 컵케이크 잔해를 치우기 시작했다.

맥은 자리에서 비켜서며 가볍게 헛기침을 하고 나서 말했다. "저기, 어, 혹시 이 컵케이크 만든 여자 분은 이것 때문에 많이 곤란해지실까요?"

젊은 두 남자는 말없이 초조한 눈빛을 주고받았다. 그중 한 명이 어깨를 으쓱하고는 고개를 저었다. "저흰 아무것도 모릅니다."

그들이 떠나고 나서 맥은 20달러 지폐를 몇 장 테이블 위에 놓았다. 저녁 식사를 무료로 받게 되었다고 해서 직원들 팁까지 제하라는 뜻은 아니니까.

잠시 후 그레첸이 자리로 돌아왔다. 초콜릿 얼룩이 있던 자리에 군데군데 젖은 자국이 생겼다.

"이제 갈까요?" 맥이 물었다. "생각해봤는데 옷 갈아입을 수 있게 집에 데려다줄게요, 그런 다음에……."

"맥." 그녀는 차분히 그의 말을 잘랐다. "그 컵케이크 얼마짜리였어요?"

이런, 망했다. 절대로 듣고 싶지 않은 부담스러운 질문이었다. "그건 왜요?"

"화장실에서 누가 저한테 말해줬어요. 그 술탄이 1000달러짜리라고요. 사실이에요?"

맥은 지뢰밭에 발을 들이기 직전인 기분이었다. 그는 발끝에 힘을 주고 섰다. "난 당신이 사보이의 풀코스를 경험해봤으면 했어요."

그레첸은 현기증이라도 나는 것처럼 손으로 얼굴에 바람을 부치기 시작했다. "말도 안 돼." 그녀는 낮게 읊조렸다. "컵케이크 하나에 1000달러를 쓰려고 했다고요?"

"내가 물어봤던 사람들은 다 그럴 만한 가치가 있다고 했어요."

"세상에 1000달러짜리 가치가 있는 컵케이크는 없어요!"

그는 가까스로 미소를 지으며 다른 손님들이 흘낏거리는 걸 신경 쓰지 않으려고 애썼다. "돈을 안 내게 된 게 다행인 것 같네요, 그렇죠?"

이런. 지뢰를 밟았나보다. 그레첸은 가방을 챙겼고 뭔가 결심한 것 같은 그녀의 몸짓에 그는 식은땀이 나기 시작했다.

맥은 자리에서 일어나 그녀 옆에 섰다. "너무 과했다면 사과할게요. 오늘 밤엔 그냥 모든 게 완벽했으면 했어요."

그녀는 고개를 저었다. "가야겠어요."

그녀는 테이블을 벗어나 반대쪽으로 향했고 맥은 뒤를 쫓았다. 이번에는 정말로 가려는 것 같았다.

"그레첸, 잠깐만요." 계단에서 그녀를 잡았다. "집에 가서 옷 갈아입을래요?"

그녀는 웃음을 지었지만 고개를 저었다. "우버 불러서 갈게요."

맥은 그녀 앞으로 나서서 문을 열어주었다. 그런 다음 그녀를 따라 밖으로 나갔다. "내가 태워다 줄게요. 이런 식으로 가게 하고 싶지 않아요."

그녀는 돌아서서 그의 팔에 손을 얹었다. "솔직하게 말할게요."

이크. 감이 좋지 않았다. 왠지 누군가를 차버리기 전에 하는 말처럼 들렸다. 한 번도 차여본 적 없는 그로서는 알 길은 없지만.

"그동안은 정말 즐거웠어요."

"나도 그래요."

"그런데 왠지 당신을 정말로 잘 알고 있다는 느낌이 들지 않아요." 그녀가 말했다.

한 대 얻어맞은 느낌이었다. 그는 두 번이나 입을 벙긋거리고 나서야 대답했다. "나를요? 말도 안 돼요. 나 맥이에요. 속속들이 다 보여줬잖아요."

"실은, 그렇지 않아요."

"어떤 걸 알고 싶은데요?"

그레첸은 어깨를 으쓱 들어올렸다. "내 말은, 당신 사업이나 차들, 그런 건 알고 있어요. 하지만 '당신'에 대해선 아무것도 모르겠어요. 함께 많은 시간을 보냈지만 언제나 나에 대한 이야기만 했잖아요. 겉으로 보이는 게 아닌 다른 걸 물어보면 당신은 입을 다물었죠."

"아니, 그렇지 않아요. 난 그저 당신에 대해 더 많이 알고 싶었을 뿐이에요."

"당신이랑 내가 3개월 동안 나눈 교감보다 아까 리브가 컵케이크 들고 서 있던 5분 동안 두 사람 사이의 교감이 훨씬 의미 있었어요."

그레첸이 자기 휴대전화를 흘깃 내려다보는 동안 맥은 그녀의 말이 무슨 뜻인지 이해하기 위해 뇌를 풀가동시켰다. "차가 거의 다 와가네요."

"난 로맨스 소설을 읽어요." 맥이 불쑥 내뱉었다.

그레첸은 그를 올려다보았다. 그리곤 두 번 눈을 깜빡였다. "당신이…… 당신이 로맨스 소설을 읽는다고요."

"그래요. 비밀리에 로맨스 소설을 읽는 남자들의 북클럽 멤버예요."

"음, 그렇군요."

"나에 대해 뭔가 알고 싶다고 했잖아요. 중요한 사항이에요."

그녀는 눈썹을 들어올렸다. "확실히 그렇긴 하네요. 그리고 몇 가지가 설명이 되기도 하고요."

"무슨 말이에요?"

"멋진 저녁 식사, 비싼 와인, 끊임없이 배달 오는 꽃다발들." 그녀는 가방을 옆구리에 끼웠다.

"그게 왜요?"

"완벽하잖아요."

"완벽한 게 나쁜 거예요?" 아니 대체, 왜 갑자기 다들 완벽함에 반대하고 나서는 건데?

"그게 아무 의미가 없다면 그렇죠." 그녀는 차가 오는지 보려고 도로 쪽을 보았다.

"그레첸, 잠깐만요. 왜 아무 의미가 없다고 생각하는 거예요?"

그녀는 돌아섰다. "봐요, 이제 전부 다 말이 되네요. 섹스는 굉장했어요, 물론, 줄곧 만나왔던 이유 중 하나가 솔직히 그거긴 해요. 왜냐면, 와, 매번 정말. 난 당신이 여성의 쾌락에 대한 지침서를 읽은 건가 싶었어요."

그랬다. 섹스에 관해 그가 알고 있는 모든 것, 여자를 기쁘게 하는 방법까지 그는 모두 책에서 배웠다. 그걸로 불평한 사람은 처음이었다. 그의 품에 안겨 만족을 느끼지 못한 여자가 없다는 것에 그는 자부심을 갖고 있었다. "대체 그게 왜 나쁜 건데요?"

그녀는 도착한 차 뒷문을 연 채로 돌아섰다. "왜냐면요, 세상 어떤 여자도 자기가 지침서에 따라 섹스를 하고 있다는 느낌은 원하지 않아요. 결국엔 진짜를 느끼고 싶어 하죠."

맥은 손으로 이마를 짚었다. 이건 말도 안 된다.

"맥, 당신은 어떻게 연애하는지 잘 알고 있어요. 하지만 누군가와 함께하는 법을 알고 있는지 그건 모르겠어요."

그녀는 맥이 뭐라 대답하기도 전에 차 안으로 미끄러져 들어갔다. 그녀가 차에 타지 않았다 한들 대답이나 할 수 있었을까. 왜냐하면 그녀의 말은 어제 개빈이 했던 말과 똑같았기 때문이다.

맥은 혼잡한 도로에 섞여 들어가는 차의 미등을 바라보았다.

방금 무슨 일이 일어난 거지?

좀 전에 델은 망할 500달러를 땄다. 그게 방금 일어난 일이었다.

"내가 살아서 못 돌아오면 이거 네가 가져도 돼."

리브는 아끼는 거품기를 리아에게 내밀었다. 그녀의 친구는 이런 상황에서 할 법한 진부한 말 한마디 없이 그걸 받아들었고 리브는 그녀의 그런 면이 좋았다. 로이스가 자기 사무실로 호출했다는 게 무얼 의미하는지 모두가 알고 있었다. 설령 그녀의 모가지는 날아가지 않는다 해도 이제 그녀는 공식적으로 로이스의 블랙리스트에 오른 것이다. 둘 중 뭐가 됐든, 이제 그녀의 인생은 소용돌이치는 똥통에 들어가기 직전이라는 뜻이다. 그녀는 가장 힘든 근무 조를 마치 사보이에선 최고의 보직인 양 떠맡아왔고, 늘 가장 힘든 일을 했고 최악의 언어폭력을 견뎌 왔다. 지난 1년간 힘들게 일하고 거지같은 것들을 참아왔는데, 그게 물거품이 되려 하고 있었다.

브레이든 맥 때문에.

리브는 치가 떨렸다. 그의 탓이라고 하기엔 부당할지도 모르겠다. 하지만 그자가 망할 컵케이크를 주문하지 않았다면 이런 일이 일어나지도 않았을 거 아닌가. 뭔가 그한테도 책임이 있는 건 맞다.

리야는 리브를 짧게 안아주었다. "행운을 빌어."

"도움 안 되는 말인 거 알지?"

"알지, 그렇다고 '내가 아니고 너라서 천만다행이야'라고 말하는 건 너무하잖아. 악의는 없다."

"알아." 리브 역시 두 사람이 반대 입장이었다면 똑같은 기분이었을 것이다. 사보이에서 일하는 어느 누구라도, 심지어 그게 친구라도 말이다.

리브는 엘리베이터를 타고 사무실이 있는 3층으로 향했다. 길고 어두운 복도 옆으로 사무실 문들이 열려 있었다. 불행을 암시하는 징조처럼. 관리팀 직원들은 대부분 몇 시간 전에 퇴근했고 칸칸의 사무실들은 이제 컴퓨터 모니터에서 발하는 푸른빛으로 인해 기괴한 그늘을 드리우고 있었다. 그녀가 사보이에서 일한 1년을 통틀어 이곳에 올라온 건 딱 두 번뿐이었다. 처음은 이곳에 채용됐을 때로 엄청난 양의 고용 계약서 빈 칸을 채우고 비밀 유지 협약서에 서명해야 했다. 당시엔 쓸 데 없는 걸로 보였지만 이제는 그 이유를 알 것 같았다. 로이스가 자신의 완벽한 이미지를 보호하는 방법은 이곳을 떠난 직원들이 아무 말도 할 수 없도록 장치를 해두는 것뿐이라는 걸.

두 번째는 전 직원이 의무적으로 받아야하는 감수성 훈련 때문이었는데 그녀에겐 한 시간 동안의 자제력 시험이었다. 이 사람들은 주방에서 로이스가 하는 말을 들어본 적이 있을까? 인사담당 직원들은 의식을 못 하거나 아니면 완벽히 위선적인 게 분명했다.

로이스의 사무실은 복도 맨 끝에 있었다. 건물의 폭을 다 차지하는 크기로 소란한 거리가 아래로 내려다보였다. 이곳에 올라왔던 지난 두 번에 걸쳐 본 바로는 로이스의 사무실은 바닥부터 천장까지 창문으로 되어 있어 밖에서 안을 들여다볼 수 있었다. 아마 조그만 사무실에서 일하는 낙오자들에게 엿 같은 기분을 선사하려고 그런 게 틀림없다. 하지만 오늘 밤은 창문에 모조리 블라인드가 내려져 있었다.

리브는 내키지 않는 발걸음으로 가까이 다가갔다. 어쨌든 해치워야할 일이다. 안에서 무슨 일이 기다리고 있든 처리할 수 있을 것이다. 사무실 문은 거의 닫혀 있었는데 아주 작게 벌어진 틈으로 실 같은 빛줄기가 새어 나왔다. 노크를 하려고 손을 들던 리브는 안에서 새어 나오는 흐릿한 말소리에 얼른 문에서 손을 뗐다.

"부탁이에요, 로이스. 죄송해요. 그분이 오신 걸 말씀드려야 하는 줄 몰랐어요."

이런 미친. 아직도 가엾은 제시카를 타박하고 있는 건가?

"이 일이 마음에 드나?" 그가 물었다.

"네, 네."

"계속하고 싶고?"

"그럼요, 하지만 이렇게는 아니에요. 제발요."

축축한 땀이 리브의 겨드랑이를 적셨다. 대체 안에서 무슨 일이 벌어지고 있는 거지? 그녀는 문의 왼쪽으로 옮겨 서서 안에서 모습이 보이지 않게 한 다음 머리를 문에 기대고 벌어진 문틈 사이에 귀를 가까이 붙였다.

"다시 일하러 가봐야 해요." 제시카가 말했다.

"근무 시간 끝났잖아, 자기는."

"아직 할 일이 남았어요."

"자긴 홀 담당이잖아. 할 일이 뭐가 남았다 그래?"

"그, 근무카드도 찍어야 하고 그리고……."

"계속 이 일을 하고 싶으면 뭘 해야 하는지 알고 있을 텐데."

당장에라도 뛰어 들어가려던 리브는 순간 망설였다. 속에서 끓고 있던 분노가 신맛으로 뒤바뀌었다. 이대로 자리를 피하는 건 말도 안 된다. 저 불쌍한 아이를 혼자 두고 간다면 리브는 평생 스스로를 용서하지 못할 것이다. 하지만 로이스에 맞선다는 건 그녀의 경력이 끝장난다는 걸 의미할 게 분명했다. 그는 단순히 그녀를 해고하는 걸로 끝내지 않을 것이다. 이 업계에서 다시는 일할 수 없게 만들 게 분명했다.

"로이스, 잠깐만요." 갑자기 제시카의 애원하는 목소리가 들렸다.

리브는 숨을 참았다. 무슨 일이 벌어지고 있는 거야? 어이, 스스로를 속이려고? 알고 있잖아. 안에서 무슨 일이 벌어지는지 그녀는 정확히 알고 있었고 로이스의 목소리는 이런 상황에 아주 익숙한 것 같았다.

"나는 네가 뭘 하든 도와줄 수 있어." 로이스는 뱀이 기어가는 것 같은 목소리로 말했다. 그게 뭘 의미하는지 상상하던 리브는 속이 뒤집어지는 것 같았다.

"제발요, 로이스. 가볼게요."

"배우는 데는 별로 관심이 없는가 보네. 새로운 거 말이야."

"전 제 일을 하고 싶을 뿐이에요."

"그 이상을 원할 것 같은데."

우당탕탕 소리가 들렸다. 카펫 위를 빠르게 움직이는 발소리. 속삭이는 소리는 제대로 들리지 않았다.

"제발 그만요." 간절한 제시카의 목소리였다.

들을 만큼 들었다. 리브는 문을 세차게 열어젖혔다. 로이스의 입이 제시카의 입술을 덮치려던 순간이었다.

"그 더럽고 역겨운 손 당장 치워, 이 개자식아."

제시카는 놀라 입을 벌린 채로 그의 아래에서 몸을 비집고 빠져나왔다. 비틀거리며 일어나던 그녀가 책상 모서리에 부딪쳤고 그 바람에 로이스 부인의 사진이 든 액자가 넘어갔다. 로이스는 황급히 몸을 일으켰다.

"악, 세상에, 그거 치워요!"

절대로 보고 싶지 않은 것 같은 걸 보고 말았다. 망막이 타는 것 같다. 리브는 손으로 눈을 가렸다. 로이스의 바지는 허리 아래로 내려가 있었고 쪼글쪼글해진 그의 성기는 익히지 않은 새끼 대구 쪼가리마냥 덜렁거리고 있었다.

"나 어떡해. 봤어. 봤어. 나 정신과 치료 받아야 해." 그녀는 손을 내리고 제시카를 보았다. "얼른 가. 당장 나가라니까. 내가 다 들었어. 신고하는 거 내가 도와줄 테니까."

제시카는 눈을 깜빡였다. "신, 신고요?"

그러는 동안 로이스는 거시기를 챙겨 넣고 바지를 올려 입었다. "이건 네가 상관할 바 아니야, 올리비아. 좋게 말할 때 나갔다가 내가 오라면 그때 와."

"난 당신이 오라고 한 시간에 왔어요. 당신이 정확한 시간을 몰랐던 거죠. 제시카한테는 다행스런 일이지만." 리브는 제시카를 보았다. "인사부에 야간에도 하는 비상 신고망이 있어." 리브는 미간을 좁히며 로이스를 쳐다보았다. "이 자는 절대 빠져나갈 수 없을 거야. 느낌에 한두 번이 아닌 것 같긴 해도."

로이스가 위협적인 태도로 천천히 다가왔다. "지금 여길 뜨는 게 좋을 걸."

"꿈도 꾸지 마, 개자식아. 몇 명한테 이 짓거리를 해온 거지?"

"몸조심해, 올리비아."

"가자, 제시카." 리브는 문 쪽으로 뒷걸음질 치며 말했다.

"싫어요."

거절의 의사가 하도 조용하고 내키지 않는 느낌이라 리브와 로이스는 동시에 물었다. "뭐라고?"

"그, 그냥 별일 아니에요." 제시카는 셔츠 매무새를 다듬으며 말을 더듬었다. "오해예요. 완전히 오해하신 거라고요. 제가 들어왔을 때 로이스가 막, 그러니까, 그……."

"화장실에서 나오고 있던 거라고." 로이스가 말을 맺었다.

"신고할 일 없어요." 제시카는 당장이라도 무너질 것 같은 목소리로 말했다.

배신감이 리브를 강타해 숨이 턱 막혔다. "진심이야?"

"괜찮아요, 제발요."

"제시카, 내가 다 들었어. 이런 말도 안 되는! 내가 다 봤다고. 저자가 널 성추행하고 있었어. 그러면 안 되는 거야."

"아니에요, 그런 거 아니에요. 전 괜찮아요. 그냥 두고 가주세요, 제발."

"저 사람은 절대 그만두지 않을 거야! 이전에도 얼마나 많은 여자들한테 이랬을지, 또 앞으로도 그럴지 누가 알겠어?"

"넌 끝이야." 로이스가 낮게 읊조렸다. "원래는 아까 네가 조져 놓은 일에 대해서 나한테 빌 기회 정돈 줄 생각이었거든. 네 거지같은 태도는 짜증나지만 어쨌든 넌 헬루바를 만드니까. 근데 여기까지야. 넌 끝났어. 해고라고."

"안 돼요." 제시카가 말했다. "로이스, 제발요."

로이스는 책상 반대편으로 성큼성큼 돌아가 수화기를 들고 버튼을 눌렀다. "들어와."

"제발요, 로이스." 제시카는 그의 팔을 붙잡으며 애원하듯 말했다. 로이스가 거칠게 팔을 잡아 빼는 바람에 그녀가 휘청거렸다.

제시카가 리브를 보았다. "미안해요. 일이 이렇게 될 줄 몰랐어요. 그러려던 게 아닌데."

"네 잘못 아니야, 제시카."

"전 이 일이 필요해요." 그녀가 애원했다. "미안해요. 아무한테도 말하지 않을 거죠."

로이스는 쾅 소리가 나게 수화기를 내리꽂았다. "닥쳐, 제시카."

놀라 침을 삼키며 제시카는 뒤로 물러섰다.

로이스는 리브를 노려보았다. "넌 다시는 이 업계에 발도 못 붙일 줄 알아, 올리비아. 알아들어? 넌 끝이라고!"

"그런 협박을 어디 한두 번 했어야지, 안 그래?"

"난 협박 같은 거 할 필요 없어. 그냥 장담하는 거지."

"나도 마찬가지야. 나도 장담하는데 또 한 번 저 앨 건드리면 살아가는 동안 피를 질질 흘리게 될 거야."

로이스의 얼굴이 새빨갛게 달아올랐고 리브는 갑자기 화산이 용암을 쏟아내는 장면이 떠올랐다. 우웩. 싫어! 로이스가 쏟아내는 게 뭐든 생각하기도 싫었다.

로이스는 갑자기 그녀의 뒤편에 있는 누군지 뭔지를 향해 고개를 끄덕였다. "이 여자 데리고 나가."

"미안해요, 리브." 축축한 손이 그녀의 팔꿈치를 잡았다. 경비요원 중 하나인 제프였다.

리브는 팔을 확 잡아 뺐다. "저 자가 여기서 무슨 짓을 하고 있는지 알아요?"

"전 시키는 대로 할 뿐이에요." 제프는 그녀의 팔을 다시 잡아당기며 말했다.

"그럼요. 상남자라면 그러셔야지요."

리브는 거칠게 돌아섰다. 그 바람에 로이스의 또 다른 경비요원인 샘의 넙대대한 가슴팍에 얼굴을 박을 뻔했다. 그녀의 시선은 그의 목에서부터 보조개 팬 볼을 지나 담청색 눈동자와 마주 쳤다.

리브는 늘 덩치 큰 불량배들은 그냥 보여주기용이라고 생각했다. 경호원들만큼 '난 덩치 크고 중요한 사람이야'라는 걸 몸으로 드러내 보이는 존재는 없으니까. 하지만 보아하니 로이스는 해고하는 사람들을 겁줄 때도 이들을 쓰는 모양이었다. 지금처럼.

샘은 두툼한 손으로 그녀의 팔을 감쌌다. "갑시다." 리브는 팔을 잡아 뺐다. "한 번만 더 내 몸에 손 대봐요, 불알이 남아나질 않을 테니까."

"자네, 라커에 있는 짐 빼는 거 확실히 지켜봐." 로이스가 말했다. "뭐라도 훔쳐가려고 하면 당장 경찰 불러."

리브는 휙 돌아섰다. "조만간 다른 사람들 레시피로 꽉 채운 요리책을 낼 사람이 그런 말을 하다니, 참 재미있네요."

로이스의 눈알이 당장이라도 빠질 것처럼 불거져 나왔다. 리브는 그가 발작이라도 일으키는 게 아닐까 두려웠다. "그 정신 나간 여자 당장 내 눈앞에서 치워버려!"

샘이 그녀를 사무실 밖으로 끌어냈다.

"자기 불알에 별 애착이 없나 봐요, 그렇죠?" 리브는 그에게 잡힌 팔을 다시 잡아 빼면서 쏘아붙였다. 이번에는 그도 잡은 손에 힘을 주었다.

복도 끝에서 제프는 엘리베이터 문을 잡고 있었는데 리브의 시선을 피하는 그의 얼굴은 잿빛이었다. 샘은 그다지 부끄러운 것 같지 않았다. 그는 묵묵히 리브를 안으로 밀어 넣었다.

그녀는 잡혀 있던 팔을 손으로 문질렀다. "저 사람 막아주는 대가로 얼마나 받아요?"

그들은 말없이 똑같은 자세로 다리를 넓게 벌리고 그녀의 앞을 가로막고 서 있었다. 마치 문이 열리면 그녀가 튀어나가기라도 할 것처럼.

"내가 방금 저 안에서 뭘 본 줄 알아요? 제시카한테 무슨 짓을 한 줄 아냐고요?"

엘리베이터가 2층에 도착하자 삐 하고 소리가 났다.

"당신들은 포식자를 위해서 일하는 거야. 지금 저 안에서 그 아가씨한테 무슨 짓을 할지 누가 아냐고요!"

엘리베이터가 가볍게 흔들리며 쇠와 쇠가 닿는 마찰음을 내며 1층에 도착했다. 양문이 열리고 주방 안의 갑작스러운 정적이 마치 그랜드 올 오프리♥에서의 라이브밴드 연주처럼 선명하게 다가왔다. 샘과 제프는 양옆으로 걸어가 문을 잡고 서서 그녀가 지나가도록 했다.

지난 1년 그곳에서 일하는 동안, 리브는 예닐곱 명의 다른 직원들이 이 수치스런 발걸음으로 지나는 것을 보아왔다. 그런데 이제 그녀의 차례였다. 그녀는 동료 수감자들이 이 상황에 처했을 때 지금 동료들이 자신에게 보였던 행동을 그들에게 했던 것

♥ ─────

Grand Ole Opry. 미국 테네시주 내슈빌의 라디오 방송국 WSM에서 매주 토요일 밤 진행하는 컨트리 음악 공개 라이브 방송 프로그램.

이 죄스럽게 느껴졌다. 그들은 눈길을 피했다. 그녀가 지나가자 '신의 가호가 없었다면 나도 저렇게 됐을 거야'라는 안도의 한숨을 쉬었다. 불안에서 풍기는 악취가 땀으로 터져 나왔다. 리브는 그곳에서 그런 냄새를 종종 맡아왔고 이제는 자신이 그런 악취를 풍기는 입장이 되었다.

아니 어쩌면 덩치들 냄새인지도 모르겠다. 그들은 건장한 팔로 위협의 냄새를 풍겼다. 살라미 샌드위치 같은 냄새도 났다. 그렇다면 놀랄 일이다. 리브는 로이스가 덩치들을 지하실에 가두고 단백질 파우더만 주면서 벤치프레스를 사이에 두고 서로 경쟁하게 만든다고 생각했다.

리야만이 악취가 전염될 위험을 무릅쓰고 그녀에게 말을 걸었다. "어떡해." 그녀는 리브를 안아주며 말했다.

"난 살아남을 거야." 리브가 그녀를 꽉 안으며 말했다. 그녀는 리야의 귀에 입을 가까이 가져가 목소리를 낮추었다. "조심해."

"무슨 말이야?"

샘은 친절하다고 할 수 없는 동작으로 그녀의 어깨를 밀었다. "가요."

"나중에 얘기해." 리브는 리야에게 말했다. 그녀의 친구는 근심 가득한 갈색 눈을 하고 고개를 끄덕였다. 그러다 리브는 갑작스레 역겹다는 생각이 들고 섬뜩함을 느꼈다. 만일 로이스의 다음 희생양이 리야가 된다면? 이미 그자의 추행의 표적이 됐다면? 리브는 다급하게 주방 안을 둘러보았고 다들 황급히 고개를 돌려버렸다. 이 방 안에 있는 여자들 중에서 몇 명이나 학대했을까? 얼마나 많은 여자들이 제시카처럼 어두운 비밀을 감추고 있는 걸까?

거기다 더욱 최악인 건 이거였다. 리브가 이곳을 떠난 뒤에도 얼마나 많은 여자들이 로이스와 단둘이 마주하게 될 것인가.

리브는 거칠게 발을 구르며 탈의실로 들어갔고 샘과 제프는 따라 들어가 문을 닫았다. 그들이 안에 들어갔을 때 여직원 두 명이 탈의실 구석에서 목소리를 낮추어 이야기를 나누고 있었다. 그들은 즉시 입을 닫더니 바닥에 시선을 고정한 채 종종걸음으로 밖으로 나갔다. 한 여자는 심지어 코를 감싸 쥐었던 것 같기도 하다.

"개인 물품은 꺼내가도 됩니다. 그 외의 것들은 남겨둬요." 샘이 말했다.

"그리고 여기서 일하기 시작하면서 동의한 비밀 유지 협약서는 물론 기억하겠지요."

제프가 헛기침을 했다. "필요하다면 당신의 비밀 유지 협약서는 복사해서 제공해줄 수 있습니다."

리브는 관자놀이를 톡톡 쳤다. "필요 없어요. 여기 다 저장해뒀거든요. 사보이에서 있던 일은 사보이 안에서만. 맞죠?"

"협약에 위반하는 어떤 행동도 민사 소송 대상이 될 수 있습니다." 샘이 말했다.

"두 사람 조심해야겠어요. 그거 아주 중요한 말이니까요." 리브는 자기 세면용품을 더플가방에 쑤셔 넣으며 말했다. 그녀는 데오도런트를 들어올렸다. "둘 중에 이거 쓸 사람 있어요? 의료

용이라 쓴 건데."

샘은 거의 눈도 깜빡이지 않았다. "사물함에 남겨둔 개인 물품은 모두 파기될 겁니다."

리브는 어깨를 으쓱해 보이더니 데오도런트를 자기 가방에 던졌다. "이런 말까진 안 하고 싶었는데, 아무래도 좀 직접적으로 말하는 게 좋을 것 같네요. 그쪽한테서 냄새 나요."

샘은 담청색 눈 위로 눈썹을 치켜 올렸다. 제프는 겨드랑이 쪽으로 얼굴을 갖다 댔다.

"아마 스테로이드 때문일 거예요. 그 망할 게 당신들을 망가뜨리고 말 걸요." 리브는 자기 사물함을 닫고 어깨에 가방을 둘렀다. "그동안 재밌었어요, 아저씨들. 이제 두 사람은 좀 나가서 뒈져줄래요?"

5분 뒤, 그녀는 한밤 속으로 뛰어들었다. 밝게 빛나는 사보이의 뒷길에서 모퉁이까지 분노의 발걸음을 내디딜 때마다 가방이 허벅지를 쳤다. 그녀의 차는 두 블록 떨어진 주차장에 있었다. 이유인 즉은 로이스가 하도 짠돌이라서 가게 부지에 있는 주차장을 직원들에게는 제공하지 않았기 때문이다. 건물 뒤로 충분한 공간이 있었지만 절대 안 될 말이다. 오직 로이스만이 그곳에 주차할 수 있었다. 그 때문에 그녀를 포함한 모든 여직원들은 매일 밤 브로드웨이 골목에 어슬렁거리는 얼간이들을 피해 주차장까지 가는 스릴 넘치는 게임을 해야만 했다. 적어도 그녀는 이제 이 말도 안 되는 짓거릴 뒤로할 수 있다. 다음 직장은 가능한 한 이 난리 통에서 먼 데로 고를 것이다.

충격의 신맛이 그녀의 목 뒤를 시큼하게 쏘았다. 다음 직장이라…… 잠깐, 다음 직장이란 게 있을까? 이런, 젠장. 정말로 그일이 일어나고 말았다. 해고를 당하다니. 그녀의 마음은 수천 개의 생각들로 방망이질 쳐댔다. 중요하지 않은 게 없었다. 내가 대체 알고 있는 건 뭐란 말인가?

경찰한테 전화할까? 그는 제시카를 추행했다. 그녀는 그만하라고 했다. 애원했고. 그런데도 그녀에게 강제로 키스해버렸지. 분노가 되살아나자 리브의 피는 불처럼 끓어올랐다. 가방끈을 쥔 손에 너무 힘을 꽉 준 나머지 인조가죽 손잡이가 저항하며 소리를 질렀다. 로이스 프레스턴 같은 남자는 무슨 일을 저질러도 도망갈 수 있다고 생각한다. 왜냐고? 그렇게 도망쳐왔으니까. 그들은 힘에 열광했다.

누군가에게 말하고 싶었지만 그럴 수 없었다. 비밀 유지 협약 때문이 아니라 제시카가 아무에게도 말하지 않기를 원했다. 사람들한테 무슨 이유로 해고됐다고 말해야 하는 거지? 사람들은 그녀가 버티지 못했던 거라고, 그녀는 로이스의 주방이라는 불타는 지옥에서 떨어진 낙오자일 뿐이라고 생각할 것이다. 모든 걸 참고 애써 왔음에도 이제 그녀의 경력은 영원히 이 오점을 감수해야 할 것이었다.

물론 그런 건 제시카가 앞으로 겪게 될 일에 비해서는 문제도 되지 않는다. 왜 제시카는 그를 신고하도록 두지 않았을까? 심지어 그런 폭력적인 개자식 아래 남겠다고 했다. 왜?

그녀는 모퉁이에 멈춰 서서 신호등이 바뀌길 기다렸다. 망할 남자들.

"리브?"

자기 이름을 부르는 소리에 그녀가 돌아섰다.

하, 누구겠는가.

망할 브레이든 맥이었다.

"대체 원하는 게 뭐예요?"

모퉁이에서 그녀를 보았을 때 그가 기대했던 건 결코 이런 말은 아니었다. 그는 자기 클럽으로 걸어서 돌아가던 중이었다. 사보이에서 겨우 몇 블록 거리인데다가 더하자면 홀로 텅 빈 집으로 돌아가는 건 너무 우울할 것 같았기 때문이었다. 그러다 그녀를 본 것이다. 그녀의 가방처럼 길 위에서 널뛰는 감정을 부여안은 채로.

삐 소리가 나며 신호등이 바뀌자 리브는 몸을 돌려 그대로 길을 건넜다. 심지에 맥에게 대답할 시간조차 주지 않았다.

"리브, 잠깐만요." 그는 그녀를 따라잡기 위해 발걸음을 재촉했다.

그녀는 횡단보도 한 중간에서 흘깃 고개를 돌려 그를 쏘아보았다. "지금 날 따라오는 거예요?"

"아뇨, 내 클럽에 가는 중인데요. 어디 가는 중이에요?"

"집이요."

불안한 기운이 엄습했다. "어떻게 된 거예요?"

리브는 주위를 둘러보았다. "데이트 상대는 어디 있어요? 트

링크 같은 데에 밀어 넣었어요?"

"집에 갔어요."

"그 사람 운이 좋네요."

두 사람은 횡단보도 끝에 거의 다다랐고, 딱 봐도 그녀는 그와 대화하기 위해 걸음을 늦출 생각이 없어 보였다.

"리브, 잠깐. 잠깐만요." 맥은 그녀의 팔을 잡았다.

그녀는 몸을 홱 돌리며 뿌리쳤다. "내 몸에. 손끝 하나. 대지 말아요."

맥은 휴전 신청이라도 하듯 두 손을 번쩍 들었다. "미안해요. 이런, 좀 기다려 봐요. 말해 봐요. 무슨 일이 있었는데요?"

그녀는 코웃음을 쳤다. "무슨 일이 있었을 것 같은데요?"

"이런, 설마. 해고당했어요? 지금?"

"아니요, 어제요. 오늘은 그냥 와서 무료로 하루 일하기로 한 거예요. 당신이 오늘 찾아올 줄 알고 있었거든요. 와서 자기 데이트 상대 다리에 뭔가 엄청 특별한 걸 던져버릴 거라는 것도."

이런 비아냥거림쯤은 달게 받아야할 것이다. 그녀는 몸을 돌려 다시 걷기 시작했다.

"리브, 잠깐만요." 오늘 밤 이 남자는 이 말만 대체 몇 번을 하는 거야. "이런, 내가 뭐든 하게 해줘요. 우리 클럽으로 와요. 마실 걸 좀 줄게요."

"됐어요. 당신은 오늘 할 만큼 했어요."

맥은 제 발등을 찍고 싶었다. "차 있는 데까지 만이라도 데려다줄게요."

"왜요?"

"이렇게 야심한 밤에 차 있는 데까지 혼자 걸어가는 건 말이 안 돼요."

리브는 우뚝 멈추고 그의 얼굴을 정면으로 맞대고 섰다.

"지금 나랑 장난해요?" 누가 들어도 몰라서 묻는 질문이 아니었다. 그녀는 이미 돌아서서 걷고 있었다. "필요 없어요. 이제까지 1년 동안 그 주차장까지 혼자 걸어 다녔어요. 그러니 어디 딴데 가서 뭐든 해요. 망할 컵케이크에 1000달러 안 쓸 때 하는 거 하라구요."

"리브, 미안해요."

그녀는 또 다시 돌아섰고, 이번엔 뭔가가 달랐다. 뭔가를 할 수 있을 것 같았다.

"잠깐만요."

그녀는 끙 소리를 냈다. "왜요?"

그는 그녀 앞으로 뛰듯이 달려가서 뒷걸음으로 마주보며 걷기 시작했다. 운이 좋으면 안 넘어지겠지. "내가 고용할게요."

리브는 갑자기 멈춰 섰고 그 바람에 메고 있던 가방이 어깨에서 떨어졌다. 잠깐의 정적, 이어 그녀는 머리를 뒤로 젖히고 웃어재꼈다.

"뭐가 그렇게 웃겨요?"

"당신 밑에서는 일 안 해요." 그녀는 다시 어깨에 가방을 끌어올렸다. "길 막지 말고 비켜요."

그녀는 오른쪽으로 비켜섰고 그는 그 앞을 막아섰다.

"리브, 정말 마음이 안 좋아서 그래요. 제발."

그녀는 그를 옆으로 밀쳐버렸고, 그는 오늘 밤에만 두 번째로 자길 버리고 떠나는 여자를 바라보았다.

다음 날 아침, 맥은 북클럽 모임에 가서 멤버들을 만나는 것 만큼은 정말 하기 싫었다. 게다가 개빈의 집에서라니. 하지만 그 가 나타나지 않으면 녀석들이 말도 안 되는 문자와 움짤 테러를 가할 것이다. 피할 길이 없었다. 그래서 정오 직전 그는 개빈의 집 앞에 주차를 하고 자기 책과 피자 상자를 들고 무거운 발을 끌고 가 현관에 노크를 했다.

문이 열리고 곧바로 안에서 한껏 신이 난 개 짖는 소리가 그 를 반겼다. 개빈의 아내 세아가 웃으며 문을 열고는 개가 나오지 못하게 버티고 섰다. 버터볼이라는 이름의 골든 리트리버였다.

"왔어요?" 그녀가 말했다. "들어와요."

맥은 아주 찰나의 순간, 혹시 어젯밤 리브한테 일어난 일 때 문에 그녀가 자길 때리거나 하지는 않을까 찬찬히 살펴보았다. 아무 공격적인 징후가 보이지 않자 그는 몸을 숙여 그녀의 뺨에 입술을 가볍게 스쳐 인사했다. "잘 지냈어요, 세아? 장소 빌려줘 서 고마워요."

"당연하죠. 멤버들은 다 뒤뜰에 있어요."

"아이들은요?" 개빈과 세아에게는 곧 다섯 살 생일을 맞게 될 에이바와 어밀리아, 쌍둥이 딸이 있었다.

"낮잠 자는 중이에요, 진짜 다행이죠." 세아는 웃었다. "요샌 거의 낮잠 안 자는데 개빈이 오늘 아침에 커브볼 치는 걸 가르쳐줬거든요."

머릿속에 그려지는 행복하고 단란한 가족의 모습이 그의 가슴을 세게 내려치며 기분이 더 가라앉았다. 그레첸이라면 함께 그런 가정을 꾸릴 수 있었을 텐데. 그는 확신했었다.

맥은 피자 상자를 들고 거실을 지나 개빈네 집 뒷마당으로 이어지는 유리문으로 향했다. 벽돌로 둘러쳐진 테라스가 열려 있었고 맥은 그 안에 있는 멤버들, 맬컴, 델, 데릭, 개빈과 러시아인을 보았다.

문이 열리는 소리에 개빈이 돌아보았다. "어이, 늦었잖아." 그는 그릴드치킨 샌드위치처럼 보이는 걸 입 안에 잔뜩 넣은 채로 말했다. 야구 시즌 중 개빈은 최대한 건강식으로 먹으려고 한다. 그런 것까지 맥은 화가 났다. 피자에 맥주를 닥치는 대로 먹고 싶었으니까.

맥은 테이블 위에 피자 상자를 두고 반바지 주머니에 손을 찔러 넣었다. 그리곤 500달러를 꺼내 델에게 내밀었다.

델은 냅킨으로 입가를 닦았다. "뭐야?" 그는 설마 하는 기색으로 물었다.

"뭘 거 같아? 망할 내기에서 네가 이겼다."

멤버들은 일순 침묵했다.

델이 돈을 받았다. "그러니까…… 너랑 그레첸?"

"축하한다." 맥이 으르렁거리듯 말했다. "어젯밤에 나 차인 것 같아. 좋냐?"

맬컴이 목청을 가다듬었다. "차인 것 같다고?"

"맹세하는데 나 지금 너 놀리는 거 아니다." 개빈이 천천히 물었다. "근데 어떻게 자기가 차인건지 아닌지 모를 수가 있어?"

맥은 양손을 공중에 들었다. "왜냐하면 빌어먹을, 난 한 번도 차여본 적이 없으니까, 됐냐?"

또 다시 침묵, 하지만 이번에는 곧바로 테이블과 창문이 흔들릴 정도의 폭소가 뒤따랐다.

"그래, 퍽이나 재밌다, 자식들아." 맥은 의자를 잡아당겨 빼서 털썩 앉았다.

델이 맥의 어깨를 손으로 툭툭 쳤다. "야야, 미안. 진짜 세계에 들어온 걸 환영한다, 맥. 기분이 어때?"

"엿 같아. 고오맙다."

"어떻게 된 건데?"

"모르겠어. 어느 순간까진 괜찮았어. 그러다 리브가 컵케이크를 떨어뜨리고 그 다음에 그레첸이 별 말도 안 되는 이유를 대더니 가버렸는데."

"자, 잠깐." 갑자기 긴장을 했는지 개빈이 말을 더듬으며 끼어들었다. "방금 리브, 뭐 어쩌고 했지? 리브가 거기서 왜 나와?"

망했다. 그래서 그가 도착했을 때 세아가 아무 말도 안 했던 거구나. 세아와 개빈 둘 다 몰랐던 거다. 제기랄. 맥은 마른 침을 삼키고 방 안을 둘러보았다. "그게, 어, 그러니까 리브가 아무 말도 안 했어?"

"응." 개빈이 말했다. "안 했어. 그리고 너, 30초 안에 자초지종부터 설명 시작해. 안 그럼 여자한테 차이는 것보다 더 걱정스러운 일이 벌어질 테니까."

맥은 숨을 깊이 들이마셨다. "리브가, 음, 어…… 어제 해고당했어."

맥은 살면서 위협적인 사람들을 여럿 마주할 기회가 있었지만 세아 스콧은 그중 가장 무서운 축에 들 것 같았다. 키가 160센티미터 될까말까에 몸무게는 그의 허벅지 한쪽보다 덜 나갈 것 같은 그녀였지만 만일 지금 당장 그녀가 맥을 잡아 흔들어 재낀다면 목숨을 보존하기 어려울 것 같았다.

개빈은 그를 집 안으로 끌고 들어가 그녀에게 무슨 일이 있었는지 설명하게 했다. 맥은 다시 한번 숨을 훅 들이마셨다. "맹세하건데 세아, 그게 내가 아는 전부예요."

리브가 자기 친언니에게 어젯밤 무슨 일이 있었는지 한 마디도 안했으리란 걸 맥이 무슨 수로 알았겠는가. 거의 오후 1시가 다 되어가는 이 시각까지 말이다. 그는 도움을 바라며 다른 멤버들에게 눈길을 주었지만 다들 카펫이나 벽, 뒷마당에 갑자기 관심이 생긴 건지 모조리 다른 데를 보고 있었다. 퍽이나 도움 되는 인간들이다, 진짜.

"리브 지금 이리로 오고 있는 중이래?" 개빈은 자기 부인에게 조심스레 물었다.

세아는 팔짱을 끼고 이를 앙다문 채로 고개를 끄덕였다.

"맥 삼촌, 우리랑 같이 놀아요!" 에이바와 어밀리아가 방 안으로 뛰어 들어왔고 버터볼이 뒤를 따랐다. 에이바는 두 팔을 활짝 벌려 맥의 다리를 감싸 안았다. 맥은 에이바를 거꾸로 번쩍 들어 어깨에 얹었다. 에이바는 신이 나서 소리쳤고 어밀리아는 소리를 지르며 자리에서 방방 뛰었다. "다음엔 나, 다음엔 나!"

아이들이 있어 얼마나 다행인지. "트램펄린에서 방방 뛰기 할까?"

두 아이는 환성을 질렀다. "좋아요!"

"맥 삼촌은 지금 외출 금지 벌 받는 중이야." 세아가 말했다. "밖에 있는 삼촌 중에 누가 같이 나가줄지 찾아보자."

남자들은 빛보다 빠르게 움직였다. 다들 우당탕탕 뒷문으로 달려가다 한데 엉켜 부딪쳤다. 맬컴이 데릭을 밖으로 미는 바람에 그는 앞으로 고꾸라졌다. 델은 손잡이를 붙잡고 열리라며 씨름 중이었다. 러시아인이 문을 두드려대자 가까스로 문이 열렸다. 겁쟁이 네 남자가 문밖으로 쏟아져 나와 한데 엉켰다. 누군가 "나 피 나!"라고 소리치자 또 다른 누군가가 "일단 뛰어!"라고 대답했다.

"처음부터 다시 말해 봐요." 딸들이 밖으로 나가자마자 세아가 말했다.

"사보이에서 그녀를 봤어요. 아무래도 내가 거기 사장하고 그녀 사이에 문제를 만든 것 같아요. 그런 다음에……."

개빈이 손을 들었다. "사장이랑 리브 사이에 문제를 만든 것 같다고? 대체 그게 무슨 소리야?"

"내가 그 1000달러짜리 컵케이크를 주문했는데······."

세아가 숨이 막힌다는 듯 컥 소리를 냈다. 맥은 어깨를 으쓱했다. "그레첸한테 감동 주고 싶었거든요."

"보시다시피 역효과가 났고 말이지." 개빈이 말했다.

맥은 개빈을 향해 가운뎃손가락을 들어보였다.

"계속 해봐요." 세아가 짜증을 누르며 말했다.

"아무튼, 그녀가 그 망할 걸 직접 테이블로 가져다주는 게 그 패키지의 일부인 것 같았어요. 그래서 내가 그녈 알아봤고, 이렇게 말했죠. 저기요, 나 그쪽 알아요, 그러자 그녀가 아니라고, 자기 모를 거라고 했죠. 그래서 내가 맞다고, 개빈 처제 아니냐고 하면서 리브라고 불렀어요. 그런데 로이스는 올리비아라고 부르······."

"환장하겠네." 개빈이 으르렁거렸다. "대체 얘기가 언제 끝나?"

"그녀가 떨어뜨렸어요." 그가 불쑥 말했다.

"그 애가 컵케이크를 떨어뜨렸다고요?" 가라앉은 목소리로 세아가 물었다.

"그레첸의 허벅지 위에요."

"맙소사." 세아는 탄식했다. 몸이 살짝 휘청거리기까지 했다.

"맥, 리브는 일하는 중이었잖아." 개빈이 말했다. "그냥 좀 내버려뒀어야지."

"그럼 그녈 무시했어야 한다고? 그런 무례한 짓을 하라니."

"그랬으면 해고당하지 않았을 수도 있잖아!"

현관에 노크하는 소리가 나고 곧바로 버터가 빠르게 짖는 소리가 들렸다. 세아가 손을 들어 올려 남자들에게 조용하라는 표시를 했다. 맥은 마른침을 삼키고 숨을 고르려고 애썼다. 젠장, 젠장, 젠장. 리브가 왔다. 엄청 화내겠지. 어젯밤보다 훨씬 더 화를 낼 게 분명하다. 그리고 확신하건데 화났을 때의 세아보다 무서운 유일한 사람은 바로 리브일 테고, 그보다 더 확실한 건 어젯밤에 그가 맛본 리브의 열 받음 정도는 극히 일부에 불과할 거라는 거였다.

세아는 거실을 지나 현관으로 이어지는 복도로 갔다. 버터는 현관에서 시한폭탄이 째깍째깍 기다리고 있다는 사실도 모른 채 그녀 옆에서 방방 뛰며 짖어댔다.

개빈은 그를 바라보며 손가락으로 목을 긋는 시늉을 하며 입 모양으로 말했다. '넌 죽었다.'

이어 이제는 익숙한 목소리가 곧바로 따라 들어왔다.

"이 나쁜 놈아, 그새를 못 참아서 그걸 말해?" 리브는 현관을 성큼성큼 걸어 들어와 모퉁이를 돌자마자 맥에게 달려들었다. 그녀는 아침 내내 레시피 작업을 하면서 언니에게 이 일을 어떻게 설명할지 고민하고 있었다. 그때 전화벨이 울렸고 언니가 소리쳤다. "너 해고됐다며?!"

맥은 두 손을 공중에 들어보였다. "대체 왜 말 안 한 건데요?"

리브는 손가락으로 그의 가슴 한복판을 찔렀다. "왜냐하면 우리 언니는 무슨 일이 나면 흥분해서 정신 못 차리니까요. 그리고 뭐랄까, 고민 중이었다고요. 근데 고맙게도 당신이⋯⋯."

세아가 그녀 앞에 와 섰다. "야, 내가 무슨 정신을 못 차려."

개빈과 리브는 '할 말은 많지만 하지 않는다'는 시선을 주고받았다.

"그야, 네가 어젯밤에 해고됐다는 걸 맥한테서 듣게 됐으니까 안 놀라고 배겨?"

리브는 돌아섰다. "오늘 말하려고 했어."

세아는 팔짱을 꼈다. "언제?"

리브는 똑같은 자세를 취했다. "오늘 일과 끝내고 나서."

그녀 뒤에서 맥이 개빈에게 속삭였다. "일과?"

"농장 같은 데서 살거든." 개빈이 목소리를 낮춰 대답했다.

"어떻게 어젯밤에 나한테 바로 말을 안 할 수가 있니, 믿을 수가 없다." 세아가 말했다. "왜 나한테 전화 안 했어?"

"어젯밤엔 나도 계속 충격 받은 상태였으니까."

"그래서 곧바로 집으로 갔다고?" 세아는 리브가 마치 알몸으로 브로드웨이를 누비겠다고 말하기라도 한 듯 전혀 믿음이 담기지 않은 목소리로 물었다.

"그래. 집에 가서 은행 잔고 확인하고 로이스 얼굴 사진에 다트 던졌어. 다른 사람들은 해고당하면 대체 뭘 하는데?"

맥이 살짝 앞으로 나섰다. "그 부분 빠뜨렸어요, 내가 당신한테 일자리 제안했는데 거절한 거."

리브가 홱 돌아섰다. "미치고 환장하겠네. 당신이 상관할 바 아니라는 거 말고 또 모두한테 떠들고 싶은 말 있어요?"

"뭐?" 세아가 소리쳤다. "맥이 방금 한 말 뭐야? 어젯밤에 대체 뭔 일이 있었는지 누가 좀 제대로 말해줄래?"

세아의 폭발에 온 집안이 정적에 휩싸였다. 버터마저 낑낑거리며 바닥에 털썩 엎드렸다. 리브는 크게 숨을 들이마신 다음 마지막으로 맥을 한 번 쏘아보고 나서 목소리를 낮췄다.

"제발, 단둘이 얘기하면 안 될까?" 그녀가 세아에게 말했다.

"우린 나가 있을게." 개빈이 말했다. 뒷문으로 향하는 두 남자의 발소리에 우당탕하는 만화영화 효과음이 뒤따랐다.

리브는 세아를 따라 주방으로 들어가 대리석 아일랜드 식탁 앞의 의자에 앉았다. 그녀는 언니가 쿵쿵거리며 냉장고로 가서 오믈렛 재료 같은 걸 꺼내는 것을 말없이 지켜보았다.

"뭐하려고?" 리브는 언니가 양팔에 달걀, 우유, 치즈를 아슬아슬하게 들고 가스레인지로 향하는 걸 눈으로 쫓으며 물었다.

"너 먹을 것 좀 만들려고."

"나 배 안 고파."

"몰라, 소리 안 지르려면 나 지금 뭐라도 해야 해."

"그런 거면 대신 팬케이크 해주면 안 돼?"

세아는 재료를 있는 힘껏 조리대에 내려놓고 고개만 돌려 그녀를 쏘아봤다. 그러니까 팬케이크는 꿈도 꾸지 말라는 소리다.

세아는 찬장에서 프라이팬을 꺼내 큰 소리 나게 가스레인지에 내려놓고 불을 올렸다. 그녀는 조리대 모서리에 대고 계란을 거칠게 깨고는 끈적이는 내용물을 아무렇게나 팬에 넣었다.

"어젯밤에 말을 안 하다니, 아직도 믿을 수가 없어." 그녀는 달걀을 하나 더 꺼내며 쏘아붙였다.

"언니 걱정시키고 싶지 않았어."

"널 걱정하는 게 내 일이야."

하, 또 시작이다…….

리브는 단전에서부터 올라오는 한숨을 삭였다. 스물여섯 살인 세아는 리브보다 겨우 한 살 많았지만 이러기를 벌써 20년은 된 것 같다. 두 사람의 부모님이 엉망진창인 상태로 이혼을 했을 때 리브는 아홉 살이었다. 그녀는 세아와 한동안 할머니네 집에서 함께 살아야 했다. 세아는 큰언니이자 엄마의 역할을 떠안았고 성인이 된 지금도 그 역할을 쉽게 내려놓지 못하고 있었다. 불평을 하자는 게 아니다. 세아의 지원이 없었다면 그녀는 아마 지금까지 요리학과 학위나 미래도 없이 마리화나나 피우는 낙오자로 살았을 것이다. 그러니 세아가 지금 과잉보호를 하는 것에 대해 불평하지는 않을 것이다.

세아는 달걀을 거칠게 휘저어가며 공격했다. "그럼, 너 이제 내가 주는 돈 받을 거니?"

으, 리브는 짜증 섞인 탄식을 뱉었다. "아니."

"똥고집이야, 하여간."

그녀는 쓸 데 없이 달걀을 쑤셔가며 말했다.

리브는 무표정한 얼굴로 말했다. "스크램블 에그 만들 때 중요한 게 낮은 불 온도랑 부드럽게 저어주는 거라는 거, 알고 있

70

지?"

세아는 흘깃 그녀를 쏘아보았다. "지금 같은 때에 나한테 요리하는 법 설교하지 마."

"그럼 언니도 나한테 돈 문제로 설교하지 마."

"넌 돈이 없잖아."

"그렇지 않아. 몇 달 동안 나도 제법 모아뒀다고."

세아는 가스레인지 불을 끈 다음 꺼내 놓은 접시 위에 인정사정없이 달걀을 쏟아 부었다. 그런 다음 돌아서서 접시를 리브 앞에 툭 내려놓았다. 이어 오렌지 주스 한 잔을 내왔다.

"포크 좀 줄래?"

세아는 말 그대로 포크를 그녀에게 던졌다.

리브는 몸을 숙였다. "대체 나한테 뭣 때문에 화가 난 거야?"

"너한테 화 안 났어. 걱정하는 거지. 그리고 난 걱정될 때는 화가 나고 긴장한다고."

리브는 포크를 제대로 잡아 달걀로 가져갔다. "그래, 내가 알지."

세아는 리브의 옆자리에 앉았다. "그래서 이제 어떡할 거야?"

"별 거 있어? 다른 일 찾아봐야지." 그리고 그 개자식이 죗값을 치르게 하고 말이지.

"요즘 알렉시스가 일손이 좀 필요한 것 같던데."

"언니, 나 괜찮아. 걱정하지 마. 내가 다 알아서 할게, 응?"

"그런 소리 한두 번 들었어야지."

그녀의 말은 오래된 상처에 쑥 들어온 칼날 같았다. "나 이전처럼 개판 아니야, 언니. 날 좀 믿어줘."

세아가 몸을 뒤로 뺐다. "나 단 한 번도 너 개판이라고 한 적 없어." 충분히 진정성이 느껴지는 세아의 말에 리브는 죄책감이 들었다.

사실이었다. 세아는 리브에게 절대 그런 말을 한 적이 없다. 그저 보호하려는 것이다. 살아오는 동안 리브는 스스로를 개판이라고 하도 불러왔기 때문에 이제는 그 말이 자기 충족 예언이 되었다. 그런 시절은 이미 졸업했다고 생각했는데. 그런데 지금 그녀는 어떤가. 무직에다가 어떻게 해결해야 할지 감도 오지 않는 무거운 비밀을 안고 있었다.

"제발 그냥 내 도움 받아." 세아는 다시 몸을 가까이 기울이며 말했다. "네 학자금 대출 내가 내줄게, 아니면……."

"싫어."

"개빈이랑 난 이걸 다 어떻게 쓰지 싶을 정도로 돈이 많아. 그리고 우린 가족이잖아."

"그만, 언니. 언니한테서는 돈 안 받아."

세아는 짜증을 내며 두 팔을 허공에 던졌다. "왜? 내 도움을 받는 게 뭐가 문제야?"

"그게 내 평생 동안 해온 일이니까!" 리브는 폭발했다. 그리고 곧바로 후회했다. 두 사람의 관계에서 언제나 균형을 맞춰온 절반의 엄마, 절반의 친구 같은 표정이 세아의 얼굴에 떠올랐다.

"저기, 나 다른 일 찾을 거야." 리브는 세아가 언니로서 어쩌고 하는 설교를 시작하기 전에 얼른 말을 이었다. "언제 어디일지는 모르겠지만." 어쩌면 로이스가 나를 망치려 들지도 모르겠고. "어쨌든 뭐든 찾아볼 거야."

세아는 입술을 깨물었다. "맥하고 일하는 건 어때?"

리브는 코웃음을 쳤다. "으, 싫어."

"왜 싫은데?"

리브는 스크램블 에그를 한 숟갈 푹 떠서 먹고 이어 오렌지 주스를 마셨다. "학교 다닐 때 바에서 3년이나 일했어. 다시는 하고 싶지 않아."

"다른 파티셰 자리 구하기 전에 잠깐은 할 수 있잖아."

"안 해."

세아는 말씨름을 이어가려는 듯 입을 열었다가 그만두는 게 낫겠다 싶은 생각이 들었다. 대신 그녀는 분노의 화살을 로이스에게 돌렸다. "그 머저리 자식, 진짜 어이가 없네. 그동안 네가 뭐든 참아가며 종일 일하고 휴일까지 반납하고 온갖 수모를 참아왔는데, 그렇게 실수 하나 했다고 잘라버려?"

아니 그게 다는 아닌데. 리브는 그걸 입 밖으로 내어 말하지도, 세아의 오해를 정정하지도 않았다. 리브는 뭘 어떻게 해야 할지 감도 오지 않았지만 한 가지만은 확실히 알고 있었다. 무슨 이유로 해고를 당하게 된 건지 뒷이야기를 언니에게 말하진 않을 거라는 것. 진실을 알게 되면 그 일에 연루가 되는 걸 텐데 언니를 이 난장판에 끌어들일 수는 없었다. 리브는 지난날 세아에게 이미 차고 넘칠 만한 골칫거리를 안겨줘 왔다. 언니의 큰 짐이 되지 않았던 건 고작 지난 2년뿐이었다. 이제 와서 다시 그때로 돌아갈 순 없다.

거실 유리문이 열리며 짧은 순간 다행스럽게도 두 사람의 대화가 끊어졌다. 에이바와 어밀리아는 똑같이 말총머리를 흔들며 주방으로 뛰어 들어왔다.

"리비 이모!" 에이바가 리브의 다리에 몸을 던지며 소리쳤다. 리브는 쭈그리고 앉아 아이들을 꼭 끌어안았다. 아이들에게서 바깥공기와 딸기 향 샴푸 냄새가 났다.

"우리랑 놀 수 있어?" 어밀리아가 물었다.

"아, 그게 있지, 이모가 실은 갈 데가 있는데……."

"뭐?" 세아가 물었다. "어딜 가는데?"

"근데 조만간 와서 놀아준다고 약속할게, 알았지?"

아이들은 고개를 끄덕이고는 물러섰다. 리브가 일어나려는데 개빈과 맥이 긴장한 얼굴로 어기적거리며 주방으로 들어왔다. 두 사람은 마치 들어와도 되는지 허락이라도 구하는 것처럼 리브와 세아를 번갈아보았다.

심문의 시간이 다시 시작되기 전에 자리를 떠야 한다.

"내 제안은 유효해요, 리브." 평소와 달리 진지한 말투로 맥이 말했다.

"감사히 생각해요. 정말로요. 그렇지만 직접 찾아볼래요." 그녀가 말했다. 그리고는 다시 세아를 보았다. "그리고 언니 돈은 받을 수 없어. 이건 내가 스스로 해결해야만 하는 일이야."

"아니, 그렇지 않아." 세아가 말했다.

"그럼 내가 하고 싶은 대로 하게 그냥 받아주면 안될까?"

세아는 이해를 하는 건지 표정이 누그러졌다. 살면서 언니와 단 한 명에게서만 볼 수 있던 표정이었다. 세아와 할머니 그랜그랜이 아니었다면 리브는 좌절하고 말았을 것이다.

리브는 세아에게 가까이 다가가서 두 팔로 꼭 끌어안았다. "믿어줘." 그녀가 속삭였다. "나 괜찮을 거야."

세아도 그녀를 꼭 안고 목소리를 낮춰 말했다. "난 너 믿어."

리브는 세아에게 속마음을 들키기 전에 서둘러 집을 빠져나왔다. 세아의 그 말이 그녀에게 얼마나 큰 의미인지, 그 말에 부응하기를 자신이 얼마나 간절히 바라는지 말이다.

다음 날 아침, 리브의 집주인인 로지는 한쪽 팔 아래 글래디
라는 이름의 암탉을 낀 채로 다른 한 손으로 골반을 받쳤다.

"내가 40년 전에 이런 일 때문에 브래지어를 태워버렸는데
아직도 이런 일이 일어나다니."

리브가 둥지 상자 안으로 손을 뻗어 더듬자 손끝에 알 두 개
가 느껴졌다. 그녀는 그걸 바구니에 꺼내 담고 뚜껑을 닫았다.

"넌 옳은 일을 한 거야." 로지가 말했다. "그 불쌍한 여자애한
테 그놈이 그런 짓을 하게 둘 수는 없지."

"그 불쌍한 여자애가 스스로를 지킬 수 없었던 게 정말 안타
깝죠." 리브는 로지가 달걀이며 채소, 닭 모이를 저장해두는 지
하저장실 문을 벌컥 열었다. "어떻게 신고를 안 한다고 할 수가
있죠? 대체 뭐가 잘못된 걸까요? 그 인간이 계속 그런 짓을 할
거란 걸 그 애는 모르는 걸까요?"

"대부분의 여자들은 신고 안 해."

"그게 이해가 안 가는 거예요."

"네가 그 입장이 돼 보기 전에는 이해할 수 없겠지 싶어."

로지는 글래디를 내려놓았다. 글래디는 갓 흙을 뒤집어놓은 화단에서 여기저기 긁고 돌아다니는 스무 마리의 암탉 무리에 끼어들었다. 그녀는 랜디라는 이름의 수탉을 발로 옆으로 밀쳐 버렸다. 녀석의 임무는 살아 있는 동안 최대한 많은 암탉을 임신시키는 것이었다. 리브는 왜 로지가 저 녀석을 없애거나 수프 냄비에 집어넣지 않는지 알 수가 없었다. 아마도 녀석이 로지만큼 남자를 미워하고 농장에 들어가려 하는 모든 고추 달린 것들을 쫓아버리기 때문이 아닐까.

그게 리브 역시 이곳에 머무르는 이유일 것이다. 2년 전, 리브는 농장 차고 위의 집에서 지내며 유기농 농장 일을 도울 사람을 찾는 로지의 광고를 보았다. 사실 그런 일이 그녀의 취향은 아니었지만 시내에서는 지낼 곳을 구할 여력이 없었고 언니네 가족의 삶에 끼어들고 싶지도 않았다.

그녀가 이사 들어오던 날, 호텔에 성경을 구비해놓듯 침대 옆 탁자 위에는 하도 읽어 너덜너덜해진 《우리 몸, 우리 자신》♥이 놓여있었다. 그녀는 단박에 그 장소와 로지가 마음에 들었다.

리브는 달걀이 든 바구니를 반대 손에 옮겨 잡고 농장 뒤편으로 발길을 옮겼다. 쌀쌀한 아침 공기에 숨을 쉴 때마다 하얀 입김이 피어올랐다. 테네시주라고 해도 6월 아침은 추울 때가 있다. 로지는 한때 농경지뿐이었지만 지금은 번화한 상점가와 프

♥ ————

《Our Bodies, Ourselves》 by Boston Women's Health Book Collective.
비영리 단체 '우리 몸 우리 자신'(보스턴 여성 건강서 공동체)이 제작한 책으로
여성의 건강과 성적인 여러 측면 관련한 정보를 담고 있다.

랜차이즈 가게가 즐비한 도시 외곽에서 30여 분 떨어진 곳에 2만여 평 대지를 꾸리며 살고 있었다.

저장고에서 걸어 나온 로지는 고개를 흔들며 다시 투덜거리기 시작했다. "아직도 이런 거지같은 것들과 싸워야 한다는 게 믿을 수가 없어. 70년대에 내가 엉덩이 까고 행진을 했으니 너희 세대엔 이런 얼간이들이랑 상대할 일이 없어야 하는 건데."

리브는 로지를 따라 뒷문을 지나 본 건물로 들어갔다.

현관을 들어서면 장화 벗는 곳으로 이어졌는데 그곳에는 아주 오래된 세탁기와 건조기, 닭똥과 오물로 범벅이 된 장화가 수북이 쌓여있고 코트와 모자 등을 걸어두는 고리가 벽에 한 줄로 박혀있었다. 고리 하나하나에는 털실 덮개가 씌워져 있었다. 로지는 최근 뜨개질에 열심이었다. 그녀 말로는 뉴스에 정신을 팔지 않게 해줄 취미가 필요하다고 했다. 날씨가 제법 추워지자 암탉들은 모두 저마다의 스웨터가 생겼다. 그런데 그게 생각만큼 이상한 취미는 아닌 것 같았다. 로지는 뒷마당에서 키우는 닭에 관한 잡지를 구독 중이었는데 닭에 열광하는 여자들 사이에는 암탉용 스웨터가 인기였다.

로지는 아침 식사를 만들러 주방으로 들어가면서도 계속 혼잣말로 투덜거렸다. 로지는 괜찮다고 리브에게 그럴 필요 없다고 했지만 집에 있을 때 리브는 언제나 식사 준비를 도왔다. 로지는 '나는 네가 동물이랑 정원을 봐주는 데 돈을 주는 거지 요리는 아니야.'라고 말하고는 했다. 리브는 왜 그렇게 하고 싶은 건지 설명할 길이 없었다. 어쩌면 너무 창피해서 말할 수 없던 걸지도 모르겠지만. 로지와 함께 요리를 하다보면 세아와 함께 할머니네서 지내던 시절이 떠올랐다. 그랜그랜의 주방에서 그녀는 요리에 대한 애정을 발견했다. 그랜그랜과 세아, 그리고 그녀에 관해 가장 좋았던 기억들은 그랜그랜이 옛날이야기나 지혜가 담긴 오래된 이야기들을 해주며 함께 저녁을 만들던 순간들이었다. 그 두 해 동안이 그녀의 삶에서 세아를 포함해 진짜 가족과 함께였다고 느낀 유일한 순간들이었다.

갑자기 뒷문이 쾅 열리는 소리에 정신이 들었다. 이어 걸진 트림 소리가 들리더니 얼 홉킨스가 어슬렁거리며 들어왔다.

홉은 가끔 농장 일을 도와주는데 로지에게 푹 빠져 있는 사내였다. 로지가 그걸 아는지 아니면 신경을 쓰지 않는 건지는 알 수가 없었다. 그도 그럴 것이 두 사람은 완전 극과 극이었기 때문이다. 홉은 맥주 마시는 것과 진보 미디어에 대고 큰소리로 떠들어대는 걸 좋아하는 베트남 참전 용사 출신이었고, 로지는 한때 전쟁에 저항했고 지금은 매일 밤 '레이철 매도'♥를 음량 최고로 올리고 시청하는 공공연한 히피였다.

"불 피워, 피울 거지?" 로지는 거실로 걸어 들어와 벽난로 앞에 쭈그리고 앉는 홉의 엉덩이를 보지 않는 척하며 말했다.

"나한테 이래라저래라 하지 마." 그가 투덜거렸다.

"그게 싫으면 다른 아침 먹을 데를 찾아보든가."

♥ ─────
Rachel Maddow. 미국의 방송인이자 진보적인 정치 평론가.
MSNBC 채널에서 '레이철 매도 쇼' 등을 진행하고 있다.

"그러는 게 낫겠군. 조만간 당신이 내 음식에 독을 탈 테니 말이야."

리브는 양파를 푹 떠서 차곡차곡 쌓고 나서 로지가 나중에 염소들에게 주기 위에 모아놓는 그릇에 껍질을 버렸다. 염소들이 엄청 좋아하진 않겠지만 먹긴 할 거다. 걔네들은 뭐든 먹으니까. 양배추를 손질하는 날은 확실히 계 탄 날이겠지만. 잠깐, 아니네, 두 번째로 좋은 날이겠구나. 최고의 날은 로지가 신선한 비스킷을 구워주는 날이다.

이럴 수가, 이게 현재 그녀의 삶이다. 닭과 염소들의 식사 습관을 알고 있다니. 리브는 짜증 섞인 탄식을 내뱉고는 아일랜드 식탁에 머리를 쿵쿵 박았다.

"무슨 얘기들 하고 있었어?" 홉은 다시 주방으로 들어오며 약간 거친 숨을 내쉬며 말했다.

"리비가 어젯밤에 해고당했대."

홉은 그녀의 어깨를 톡톡 쳤다. "드디어 놈에게 스패출러를 어디에 꽂아야 하는지 일러줬나 보군."

리브는 웃었다. "그럴 걸 그랬네요."

로지는 칼을 무기처럼 들고 싱크대에서 빙글 돌아섰다. "뭔일이 있었는지 내가 알려드리지. 놈이 어린 대학생 여자애를 성추행하는 걸 리브가 봤어. 그 이유로 앨 잘랐다고. 남자들이 하는 게 다 그렇지."

"페미니스트 납셨군." 홉이 코웃음을 쳤다.

리브는 무거운 한숨을 내쉬고 고개를 흔들었다. 이 싸움은 꽤 길게 이어질 것이다. 그녀는 로지의 손에서 칼을 빼들었다. "감자는 제가 마무리할게요."

로지는 손사래를 쳤다. "넌 네 방으로 올라가서 쉬어. 준비되면 먹을 것 좀 가져다줄게."

리브는 거절할까 고민했지만 로지와 홉은 본격적으로 말싸움 준비를 하고 있었다. 심판 노릇을 해주기엔 너무 피곤했다. 그녀는 뒷문으로 빠져나와 차고로 향했다. 건물 뒤편의 계단을 오르면 안락하지만 아주 작은 그녀의 숙소가 나온다. 문을 열면 바로 조리와 식사를 할 수 있는 주방이 있고 작은 거실로 이어진다. 좁은 복도를 지나면 한쪽에 침실이 있고 반대편에는 욕실이 있었다. 아래층 차고에서 희미한 먼지 냄새가 올라왔는데 그녀는 적당한 자리에 양초들을 배치해서 그 냄새를 가렸다.

리브는 작은 주방 탁자에 앉아 노트북을 켰다. 세아에게는 이미 다 계산해봤다고 거짓말했다. 실은 계속 미뤄온 일이었다. 숫자 계산을 얼른 끝내야 한다. 그녀는 은행 사이트에 접속해 재빨리 계산했다.

10분 동안 숨을 참던 그녀는 앞으로 월급 없이 저축으로는 집세를 낼 수 있는 돈이 3개월 치뿐이라는 걸 알았다. 다른 일을 찾기에 충분한 시간일까? 다른 일을 찾을 수 있기는 할까? 그렇다고 해도 내슈빌 안에서? 여길 떠나고 싶지 않았다. 언니와 형부, 쌍둥이가 있는 곳이니까. 그리고 로지는 사실상 그녀에게 할머니와 같은 존재였다.

만일 로이스가 정말로 그녀를 레스토랑 업계에서 제거해버리려 한다면? 그자가 저지른 일을 봤으니 자기에게 위협이 된다는 걸 알 테고 그럼 그녀가 다시는 일을 구하지 못하게 본격적으로 협박해올 수 있다. 자신의 더러운 비밀을 감추기 위해 누군가의 경력을 망치는 일쯤이야 직원을 성추행하는 인간에게는 아무것도 아닐 테니까. 물론 그게 비밀이나 되면 다행이겠다. 대체 얼마나 많은 여자들에게 이런 짓을 한 걸까? 얼마나 많은 여자들이 추행당하고 그걸 덮기 위해 해고를 당했을까? 얼마나 많은 이들이 그자를 도왔을까?

마음 속 어딘가에서 '이건 불공평해!'라고 외치고 싶어 했다. 하지만 삶이 공정했던 적은 그다지 없었고 그렇게 징징대는 건 그녀의 스타일이 아니었다.

어쩌면 어리석었는지도 모르겠다. 그냥 포기하고 까짓 거 세아의 제안을 받아들여 레스토랑을 차리고 기꺼이 자신의 출발을 도와주는 것에 감사해야 했는지도 모르겠다. 하지만 돈은 사람 사이의 많은 것을 바꿔버린다. 관계를 변질시키기 일쑤였다. 언니와의 사이에 그런 벽이 생기는 걸 원하지 않았다. 세아는 그녀에게 너무나 소중한 존재였다.

로지의 노크 소리에 리브는 화들짝 놀랐다가 그녀를 안으로 들였다. 로지는 쟁반을 들고 걸어 들어왔다. "오믈렛이랑 토스트 좀 가져왔어."

리브는 두 팔을 위로 쭉 뻗어 기지개를 켰다. "고마워요, 안 그러셔도 되는데."

로지는 쟁반을 식탁 위에 놓고 손가락으로 리브를 가리켰다. "이제부터 내가 하는 말 잘 들어. 난 너를 잘 알아. 그러니 네가 여기 앉아서 앞으로 집세며 그딴 것들을 어떻게 낼지 골머리를 썩이고 있다는 것도 알고. 그러니 그만 둬. 난 그런 거 상관없어."

"로지, 집세를 안 내고 여기서 살 순 없어요."

"내가 된다면 되는 거야."

리브는 복받쳐 올라오려는 감정을 삼켰다. "내가 바라는 건 그 개자식을 앞으로 어떻게 하고 그 여자애를 어떻게 보호할지 결정했으면 하는 거야."

"그 앤 제 보호를 바라는 것 같지 않아요."

"그럼 그 앨 설득해, 할 거지?"

리브는 천천히 창문으로 걸어가 창밖의 농지를 가만히 바라보았다. "뭘 해야 할지 모르겠어요."

"그 앨 거기서 빼내, 리비. 무슨 대가를 치르든 그 앨 거기서 빼오는 거야."

이틀 뒤, 리브는 친구 알렉시스가 운영하는 '토빈스 고양이카페' 모퉁이를 돌아, 가게 앞 주차장에 지프를 세웠다.

알렉시스는 세상에서 그녀만큼 로이스를 증오하는 유일한 존재였는데 그 때문에 사보이에서 함께 일했던 기간이 짧았음에도 급속히 연대를 이루게 된 것 같다.

리브가 일을 시작했을 때 알렉시스는 일한 지 거의 2년이 된 상태였고 얼마 지나지 않아 아픈 엄마를 돌봐드린다며 그만두었다. 그럼에도 두 사람은 이후 친구로 남았다. 엄마가 돌아가신 후에는 알렉시스가 일생의 꿈이자 두 사람이 모두 바라던 그만의 가게를 차릴 수 있도록 설득한 게 리브였다.

리브가 가게 안으로 들어갔다. 주문 줄이 긴 걸 보면 장사는 잘되고 있는 것 같았다. 물론 그날은 화요일로 알렉시스에겐 늘 바쁜 날이긴 했다. 지역 고양이 구조 단체에서 고양이와 새끼 고양이들을 데려와 집을 찾아주는 활동을 하는 날이기 때문이다. 알렉시스는 갈 곳 잃고 외로운 존재들에게 마음 약한 구석이 있다.

알렉시스에게 도움을 청하러 달려온 또 다른 이유는 그녀가 리브에겐 유일하게 논리적인 사람이라는 것도 있었다. 그녀가 제시카를 외면할 리 없었다. 알렉시스가 제시카를 고용한다면 제시카가 사보이에 남을 이유는 없다.

리브는 줄 선 사람들 끝에 비켜섰다. 알렉시스가 그녀를 알아보고 손을 번쩍 들고는 열성적으로 흔들었다. 그 바람에 머리 꼭대기에서 늘어진 곱슬머리가 춤을 추듯 통통 튀었다. 그녀는 손바닥을 펼쳐보이고는 입모양으로 말했다. '5분만.'

리브는 주방으로 통하는 회전문을 가리켰다. 알렉시스는 고개를 끄덕이고 다시 앞에 있는 손님을 응대했다. 작은 주방은 밝고 깨끗했다. 벽은 전철 지하도를 연상시키는 새하얀 타일로 장식되어 있었고 개방형 수납장에는 무지개 색의 접시와 그릇들이 진열되어 있었다. 요리사 한 명이 그릴과 스테인리스 조리대 사이를 열심히 오가며 샌드위치와 샐러드, 디저트가 담긴 접시를 한데 모았다. 리브가 들어왔는데 그는 거의 눈길조차 주지 않았다. 그녀는 이해했다. 말 그대로 주방이 후끈 달아올라 있을 때에는 예의를 차릴 시간 따위는 없다.

리브는 그의 동선에 방해가 되지 않도록 뒤편으로 피했다. 그곳엔 갓 구운 스콘이 레인지 맨 위에서 식고 있었다. 스콘에서는 아늑한 토요일 아침과 따뜻한 담요 같은 냄새가 났다. 본능적으로 리브의 위장이 꿈틀댔다.

"레몬이랑 라벤더야." 알렉시스가 그녀 뒤쪽으로 다가오며 설명했다. "맛이 괜찮을지 아직 잘 모르겠지만. 네가 먹어보고 어떤지 말해줄래?"

리브는 하나를 집어 한 입 베어 물었다. 스콘이 혀 위에서 녹아내렸다. "완벽해." 그녀는 입가의 부스러기를 털며 말했다.

알렉시스는 안도의 미소를 지었다. "정말이야? 이게 네 번째 시도거든."

리브는 한 입 더 베어 먹고는 고개를 끄덕였다. "이거 메뉴에 꼭 넣어."

"네 승인 받았으니 메뉴 입성이지." 알렉시스는 앞치마를 풀어 주방 한쪽에 마련된 작은 사무실 옆 고리에 걸었다. "잠깐 앉았다 갈 수 있어? 지금 일하러 가는 거야? 리야는 어때? 그 요리책 출간 계획 어떻게 되고 있는지 말해줘 봐. 로이스가 여전히 사람들 미치게 하지?"

리브는 알렉시스가 자그마한 사무실 문을 열고 들어가면서 정신없이 쏟아 붓는 속사포 질문을 따라가려고 애썼다.

"들어와……. 안 돼, 비프케이크!" 작은 어린애만 한 크기의 주황색 고양이가 살짝 벌어진 문틈으로 탈출을 시도했지만 리브가 제때에 다리를 뻗어 막아서는 바람에 실패하고 말았다. 그덕에 비프케이크로부터 원망의 눈길을 받았다. 또 다른 고양이인 얼룩무늬 하울러는 고약한 눈초리로 밖을 엿보더니 알렉시스의 책상 아래로 잽싸게 달려갔다.

"화요일에는 이 녀석들을 사무실에 두거든." 알렉시스는 리브에게 앉으라는 시늉을 하며 설명했다. 그녀는 문을 닫았다. "낯선 고양이들을 싫어해서."

하울러와 비프케이크는 카페에서 살면서 고양이 입양 행사가 없을 때는 단골을 홀리는 역할을 하는 도우미들이었지만 밤에는 보나마나 살해 같은 무시무시한 걸 계획하고 있는 것 같았다.

알렉시스는 삐걱거리는 의자에 파묻히다시피 앉았다. 크게 한숨을 내쉰 그녀는 의자 머리받침에 머리를 기댔다. "몸 전체가 다 아파. 이제 겨우 서른인데. 서른에 어쩜 이렇게 아플 수가 있지?"

"그야 종일 서 있으면서 잠을 안 자니까 그렇지."

"넌 날 너무 잘 알아." 알렉시스는 고개를 들고 눈을 가늘게 떴다. "무슨 일 있구나. 뭐야?"

리브는 긴장과 죄책감이 버무려진 시큼한 침을 삼켰다. 알렉시스는 사업을 시작한 지 얼마 되지 않았고 아마 이제야 이윤이 조금씩 나기 시작했을 것이다. 그녀를 곤란하게 만드는 건 너무 싫었지만 제시카를 로이스에게서 빼내려면 이 방법밖에 없었다. "부탁할 게 있어."

"말해봐. 뭐든지."

"사람을 한 명 써줬으면 좋겠어."

알렉시스는 고개를 살짝 기울였다. "구체적으로 누가 있는 거야?"

"응."

"그래." 알렉시스는 천천히 말했다. "누구?"

"제시카라는 젊은 여자애야. 사보이에서 일해."

짧은 순간 알렉시스의 얼굴에서 표정이 사라졌다. 그러다 재빨리 눈을 깜빡이고는 다시 원래대로 돌아왔다. "그 애를 여기서 일하게 해달라는 거지, 이유는……?"

리브는 길게 숨을 내쉬었다. "일이 좀 있었거든."

알렉시스는 몸을 곧게 세워 앉았다. "어떤 일?"

5분 뒤, 그녀가 털어놓은 이야기가 악취처럼 두 사람 사이에 떠돌았다. 마치 식당에서 일하는 남자애가 더운 밤 담배 한 대 피우러 나가면 뒷골목 쓰레기통에서 진동하는 그런 냄새였다. 알렉시스의 표정 역시 창백한 얼굴에 욕지기가 일 것 같은 게 딱 그랬다.

숨을 삼키는 알렉시스의 목에 뭐가 단단히 걸린 느낌이 들었다. "뭘 어떻게…… 네가 뭘 어떻게 하려고?"

리브는 어깨를 으쓱했다. "제시카를 도울 수 있고 로이스를 막을 수 있는 거라면 뭐든지."

알렉시스는 다시 눈을 빠르게 깜빡였다. "무슨 말이야, 로이스를 막다니?"

"또 다시 이런 짓을 못 하게 막는 거지. 제시카 말고도 이런 짓을 당한 여자들은 더 많겠지만 그 애가 마지막이 될 거야."

알렉시스는 벌떡 일어나 문을 열고 나갔다. 비프케이크와 하울러가 탈출할 수 있는 기회가 생겼는데 알렉시스는 그걸 아는지 아닌 상관없는 건지, 두 녀석이 그녀의 다리 사이를 잽싸게 지나 빠져나가도 신경 쓰지 않았다. 리브는 놀라 입을 벌린 채로 알렉시스가 버번위스키와 잔 두 개를 집는 걸 보며 사무실 문 앞을 서성였다. 알렉시스는 술을 즐기는 편이 아니다. 그래본 적이 없다. 하지만 그녀가 다시 사무실로 돌아와 물도 타지 않고 잔에 위스키를 따른 다음 쭉 들이켜는 걸 본 순간 리브는 충격과 동시에 뭔가 있다는 느낌을 강하게 받았다.

"이 얘기 듣고도 놀라지 않네, 안 그래?"

이번에는 알렉시스가 잔 두 개를 채워 하나를 리브에게 건넸다. "로이스야 늘 명성이 자자하잖아."

"명성?"

알렉시스는 술이 채워진 잔을 골똘히 보더니 옆으로 밀었다.

"그런 짓을 한다는 거 알고 있었어?"

알렉시스는 다시 자리에 앉았다.

"그런데 나한테 한 번도 말해주지 않았다고?"

알렉시스는 얼굴을 찡그렸다. "제시카를 써주고 싶지만 안 되겠어. 미안해. 지금 있는 직원들 월급 주기도 빠듯해."

"아마 지금 많이 받고 있진 않을 거야. 일단 시작만 하면……."

"안 되겠어, 리브. 미안해." 더 이상 논쟁의 여지를 주지 않는 날카로운 목소리였다.

리브는 화를 내고 싶었지만 그럴 권리는 없었다. 애초에 쉽지 않을 걸 알고 있었다. "괜찮아. 이렇게 부담을 주면 안 되는 거였는데."

"넌 어때?" 알렉시스가 물었다.

"뭐든 찾아봐야지."

"파크웨이 호텔에서 주방 직원 뽑고 있어. 거기 메인 주방장을 알 거든. 내일 그 사람한테 전화해둘게."

리브는 멍하니 고개를 끄덕였다. "그래 주면 좋겠다. 고마워."

"그 동안에 돈은 어쩌려고?"

다른 사람이 이런 질문을 했다면 리브는 대놓고 그런 소릴 한다며 발끈했겠지만 알렉시스였다. 현실적이고 늘 한결같은, 몸은 서른이지만 나이 지긋하고 현명한 이모 같은 존재. "몇 달간은 저축해둔 걸로 충분해."

"로지라면 집세랑 공과금 미뤄줄 거야."

"이미 그러고 있어."

알렉시스는 책상 위로 팔을 뻗어 리브의 어깨를 잡고 힘을 꼭 쥐었다. "미안해, 리브. 그간 정말 열심히 일했는데, 너한테 너무 실망스러운 일이란 거 알아."

"난 살아남을 거야." 그게 바로 그녀의 인생이었다. 새로운 환경에 적응하는 법을 어린 시절에 빨리도 깨우쳤다. 부부 다툼, 양육권 청문회, 그 밖의 사소한 작은 일들로 전쟁하느라 너무 바빠서, 딸들 발아래 있는 양탄자를 잡아 빼고 있다는 사실조차 모르는 부모 밑에서 자라면 많은 걸 배울 수 있다. 이보다 더한 상황에서도 살아남았다. 이번에도 그럴 것이다.

"어쩌면 계시인지도 몰라." 알렉시스가 잠시 뜸을 들였다 말했다.

"무슨?"

"넌 스스로를 증명해냈어. 재능 있고 야망도 있고. 언니한테서 돈 빌려서……."

리브의 어금니에 힘이 들어갔다. "싫어."

"왜 싫은데?"

"부자들이라고 해서 그 사람들을 현금인출기처럼 대하면 안 돼. 돈은 인간관계를 망치니까. 그거라면 내가 잘 알아."

알렉시스가 얼굴을 찡그렸다. "어머, 미안해. 네 말이 다 맞아. 내가 그걸 몰랐네."

이런. 리브는 고개를 흔들었다. "미안, 쏘아붙이는 게 아닌데. 도와주려는 거 알아. 난 그냥……." 리브는 말을 하다 말고 짜증을 드러냈다. "부당한 걸 보면 참을 수 없이 화가 나."

"알아. 그래서 내가 널 좋아하는 거고. 하지만 나한테 약속 하나만 해."

리브는 눈썹을 치켜떴다.

알렉시스의 눈빛이 진지해졌다. "조심해. 로이스는 네가 생각하는 것 이상으로 막강해."

"로이스 프레스턴은 안 무서워. 정신 못 차리는 얼간이인데 뭐. 말 그대로 시간 계산도 못 해서 걸렸잖아."

알렉시스는 농담에 대꾸하지 않았다. "그는 널 망치려고 할 거야."

"내가 먼저 망쳐버리면 돼."

"진짜로 그럴 수 있다고 생각하는구나, 너?"

"내가 아는 건, 나한테 다른 선택지는 없다는 거야. 그자가 지금 무슨 짓을 하고 있고 이전에도 수없이 그런 짓을 했을 거란 걸 알면서 이대로 도망갈 순 없어. 그 인간이 포식자라는 걸 알면서 또 다른 누군가가 그 주방으로 걸어 들어가게 둘 순 없다고. 그 사람의 멍청한 제국을 전부 무너뜨려야 한다면 그렇게 할 거야."

알렉시스는 자리에서 일어나 간절한 눈빛으로 리브를 내려다보았다. "제발 경솔한 행동은 하지 마. 네가 어떤 앤지 알아서 그래, 그리고……."

"무슨 뜻이야?"

"너 가끔 생각 없이 행동할 때 있잖아."

리브는 자존심에 상처가 나는 걸 느꼈다. 그러기를 잠시, 그녀는 식식거리며 폭발했다. "그럼 그 자식이 이대로 지내는 걸 물러서서 그냥 지켜보기만 해야 해?"

"일단 로이스를 쫓기 전에 결과를 먼저 생각해보겠다고 나한테 약속해."

리브는 자리에서 일어나 알렉시스의 눈을 마주보았다. "난 그자가 다른 여자들에게 상처 주는 걸 막을 거야. 그게 내가 유일하게 생각하는 결과야."

"그건 안 돼. 다른 사람들이 상처 입을 거야. 생각해봐, 그 사람 왕국을 무너뜨리면 얼마나 많은 사람들이 직장을 잃겠니?"

리브는 고개를 저었다. 실망과 혼란스러움이 뒤섞인 낯선 감정이 혈관을 흘렀다. "이해가 안 가. 너만은 내 편을 들어줄 줄 알았어."

"난 네 편이야."

"전혀 아닌 것 같은데."

"단지 네가 상처받지 않았으면 해서 그래."

"난 제시카가 더 걱정돼."

알렉시스는 체념한 듯 한숨을 내쉬었다. "정확히 뭘 어떻게 하려고?"

"모르겠어. 생각해볼 거야."

알렉시스는 걱정스러운 듯 아랫입술을 깨물었다. "어떻게 되어가는지 계속 알려줄 수 있지?"

"그럴게."

토빈스 티셔츠를 입은 젊은 여자가 노크를 하고 문 뒤에서 머리를 디밀었다. "비프케이크가 손님 머핀을 훔쳐가고 새끼 고양이한테 오줌을 싸려고 했어요."

"가볼게." 리브가 재빨리 말했다. "넌 일 처리하러 가야지."

작은 책상을 돌아 나와 가볍게 안아주는 알렉시스의 미소가 왠지 어색해보였다. "나도 일자리 계속 찾아볼게." 리브를 안은 팔에 꼭 힘을 주며 그녀가 말했다.

리브는 가게 뒷문으로 빠져나와 건물을 돌아 차로 갔다. 하지만 바로 출발하지 않고 꽤 한참을 그대로 운전석에 앉아 다음엔 뭘 할지 생각했다. **너 가끔 생각 없이 행동할 때 있잖아.** 알렉시스가 일부러 그런 말을 한 건 아니겠지만 그 말은 그녀의 여린 부분을 때렸다. 리브는 그녀의 혈기왕성한 젊음에서 나오는 망나니 같은 행동을 자제하고자 무던히 노력해왔다. 그리고 소중한 그랜그랜은 그녀가 요리 학교를 졸업할 때까지 살아계시진 못했지만, 마치 여전히 어딘가에 있으면서 너무 늦기 전에 리브가 더 나은 길을 찾아내 정착한 걸 자랑스러워하고 있다고 상상하는 게 좋았다. 그랜그랜의 도움이 없었다면 리브는 제때에 고등학교를 마치지 못했을 것이다. 물론 세아의 도움도 함께.

하지만 과거의 모든 실수를 전부 만회했다고 진심으로 느낄 수 있는 사람이 있을까? 그녀는 어떤가? 일어났던 모든 문제들에 대해 그 정도면 됐다고 과연 만족할 수 있을까?

리브는 차 키를 꽂고 다른 차들이 지나가길 잠시 기다렸다 후진으로 도로에 들어섰다. 싸우지도 않고 물러서지도 않을 것이다. 로이스는 이 일에서 도망칠 수 없다. 하지만 그를 상대하기 전에 우선 제시카를 그곳에서 데리고 나와야 한다. 알렉시스가 그녀를 써주지 못한다면 그게 가능한 사람을 리브는 딱 한 명 알고 있었다.

망할 브레이든 맥.

템플 클럽은 원래 내슈빌에서 가장 호화로운 댄스 클럽 중 하나였지만 한낮의 그곳은 번화가 여느 바에서나 맡을 수 있는 퀴퀴한 맥주와 잃어버린 희망의 냄새가 떠도는 컴컴한 무덤 같았다. 리브가 부츠를 신은 채 성큼성큼 걸어 들어가자 나무 바닥이 삐걱거렸다.

"오픈은 네 시예요." 바에 있던 한 여자가 보지도 않고 말했다. 그녀의 삐죽삐죽한 머리는 보라색이었는데 아마 다른 상황에서 만났다면 그런 태도에 호감을 가졌을 것이다.

리브가 그녀에게 다가갔다. "리브라고 해요. 맥을 만나러 왔는데요."

"여기 없어요." 그녀는 여전히 눈길조차 주지 않았다.

"어디 있나요?" 리브는 바 앞의 의자에 앉으며 물었다.

여자는 선명한 초록색으로 화장을 한 눈 위로 피어싱한 눈썹을 치켜떴다. "여기 없으니 신경 꺼요."

"저기요, 중요한 문제라 그래요. 그 사람한테 할 말이 있어요."

"내슈빌에 있는 다른 모든 여자들도 당신하고 똑같아요. 번호표 받아요."

리브는 구역질하는 시늉을 했다. "잠깐만요, 나 비위 약해요."

여자는 갑자기 싱긋 웃었다. "이름이 뭐라고요?"

"올리비아라고 전해주세요."

여자는 수화기를 들더니 버튼 몇 개를 눌렀다. 잠시 기다리더니 여자가 말했다. "소냐예요. 올리비아라는 여자분이 왔는데……."

소냐는 잠시 말을 멈추더니 짧게 '알았다'고 답한 뒤 전화를 끊었다. "20분 내로 이리로 올 거예요. 사장님 사무실에서 기다리면 돼요."

리브는 높은 의자에서 내려와 소냐를 따라 복도를 걸어갔다.

"정체가 뭐예요?" 힐긋 그녀를 쳐다보며 소냐가 물었다.

"네?"

"맥은 보통 이러지 않아요. 사무실에 아무 여자나 들이는 거

말이에요. 그러니 분명 중요한 사람일 것 같은데."

"지난 주말에 그 사람 덕에 내가 잘렸어요. 복수하러 왔고요."

"구경해도 돼요?"

"도움도 환영이에요."

소녀는 안쪽에 자리한 사무실의 문을 열어주고 리브에게 안으로 들어가라고 손짓했다. 리브는 맥의 사무용 책상에 앉은 다음 놀랍도록 깔끔한 책상 위에 발을 올렸다.

소녀가 씩 웃었다. "파일은 색깔별로 정리되어 있어요. 가끔 맥한테 화가 나면 그걸 전부 섞어버리죠."

리브는 두 손을 가슴 앞에 포갰다. "우리 친구하면 안 될까요?"

"좋죠."

소녀가 나가자마자 리브는 의자에 기대어 사무실을 살펴보았다. 실내 장식이 많지는 않았지만 전문적인 느낌이었다. 캐비닛 두어 개가 벽을 따라 놓여 있고 그 위에는 아마 지금의 템플 클럽 전신인 것 같은 건물의 흑백 사진이 걸려 있었다. 사무실 안에 개인적인 느낌이 드는 물건이라고는 책상과 맞춤인 조립식 캐비닛 위 패브릭 메모판에 꽂혀 있는 일련의 사진들뿐이었다.

리브는 사진을 보지 않으려고 몇 번이나 피해보다가 결국은 포기하고 자세히 들여다보았다. 누가 봐도 가족사진이었다. 모두 맥과 닮아 있었다. 짙은 색 머리칼, 환한 미소, 똑같은 눈매.

"편해요?"

리브는 춤추듯 발을 콩콩 굴러 앉은 채로 의자를 빙 돌렸다.

맥은 소매를 말아 올린 검은색 셔츠에 청바지 차림으로 문 앞에 서 있었다. 그는 팔짱을 낀 채 미소를 지으며 나무 문간에 기대어 서 있었다. 자기가 잘 생긴 걸 알고 있고 그 덕에 원하는 걸 얻는 것에 익숙한 사람에게서 볼 수 있는 그런 미소였다.

리브는 눈을 굴렸다. "그런 자세는 거울 보고 연습하는 거예요?"

그가 윙크했다. "매일이요."

"사무실이 깨끗하네요."

"놀랐나 봐요."

"쓰레기며 더러운 커피 컵을 잔뜩 쌓아두는 타입일 거라고 생각했거든요."

"그렇다면 잘못 봤네요." 그는 문간에서 안으로 걸어 들어오며 사진들을 가리켰다. "우리 가족들이에요."

그녀는 어깨를 으쓱 들어올렸다.

"전혀 안 궁금해요?"

"별로요."

그는 그녀의 맞은편에 앉더니 이름을 줄줄 읊기 시작했다. "여긴 내 동생, 리엄. 그의 아내인 앨리슨이에요. 여기 두 명은 형네 아이들. 지구상에서 최고로 귀여운 애들일 걸요." 그는 마지막 사진을 가리켰다. "그리고 우리 어머니예요."

맥이 직접 가리키지 않았어도 그녀는 알았을 것이다. 그는 사진 속 여성과 똑같이 짙은 머리칼과 황갈색 눈동자와 긴 속눈썹을 갖고 있었다. 리브가 맥의 눈썹을 공들여 쳐다본 적이 있어서

아는 게 아니다. 마치 공작새의 깃털처럼 그냥 한눈에도 딱 보이는 것이다. 공작새의 공격적인 짝짓기는 싫어해도 아름다움에는 감탄할 수 있는 거 아닌가.

리브는 앉은 채로 발목을 꼬았다. "매니저는 내가 당신이 만나는 여자들 중 하나인 줄 알더라고요."

그는 싱긋 웃었다. "편견이 없죠."

"알아요. 마음에 들었어요."

맥은 책상의 반대편 의자에 앉았다. "나도 좋아해요. 내가 첫 번째 클럽 열었을 때부터 같이 해오고 있어요."

"어머, 안됐어라."

"그런 반응 익숙해요."

"그녀가 안됐다고요."

그는 다시 한번 윙크했다. "시간을 줘요. 날 좋아하게 될 테니까. 모두가 그렇듯이."

"당신이 먹어치운 내 중국 음식을 되돌려 놓는다면 또 모르겠네요."

"세상에, 아직도 그걸로 꽁해 있는 거예요?"

"나한테 음식은 대단히 진지한 문제거든요."

"개빈이 먹어도 된다고 했어요." 그는 항의했다.

"그렇게 막 줘도 되는 형부 음식이 아니었거든요."

"그것 때문에 날 안 좋아하는 거예요? 내가 당신 로메인을 먹어서?"

"아뇨, 나는 당신이 나보다 헤어 제품을 더 많이 쓰는 허세 쩌는 타입이라 싫어하는 거거든요."

"이렇게 상태 좋게 유지하기가 쉬운 게 아니에요, 아가씨."

"내 말이요. 거기에 상대 되는 여자가 있기나 하겠어요? 장담하는데 집에 방마다 거울 있고 그거 들여다보면서 웃는 연습하죠?"

"그쪽은 안 그래요?"

그녀는 코웃음을 쳤다.

"그러니까 진심으로 내가 마음에 안 들어요?"

그녀는 그를 쏘아봤다. "그 말을 뭘 그리 놀라서 해요?"

그가 아무 말이 없자 그녀는 황당한 표정으로 바뀌었다. "진심 놀란 거군요."

그는 어깨를 으쓱했다. "모두가 날 좋아하니까요." 그는 다리 한쪽을 들어 반대편 무릎에 걸쳤다. "여기 온 건 일자리에 대한 마음이 바뀌었다고 봐도 되는 건가요?"

그녀는 발을 바닥에 툭 떨어뜨렸다. "네, 그런데 나 말고요."

그는 눈 주위에 자잘한 주름을 만들며 눈을 가늘게 떴다. "무슨 말인지 잘 모르겠어요."

"정말 일할 자리가 있는 거라면……."

"있어요."

"그럼 제시카라는 아이를 써주면 좋겠어요. 사보이에서 일하는 서빙 직원인데 그 앨 거기서 빼내야 해요."

"왜죠?"

"그래야 하니까요. 그거면 돼요."

그가 어깨를 으쓱 올렸다. "그것만으론 안 돼요."

"그게, 이유를 말할 순 없어요. 하지만 일을 해결해주고 싶다고 했잖아요." 그녀는 그를 가리켰다. "정확하게 당신이 입으로 그렇게 말했다고요. 이게 해결 방법이에요."

"해고당한 건 당신인데 다른 사람을 고용하는 게 어떻게 해결 방법이죠?"

"해결해달라고 하는 거 아니에요. 안 좋은 상황에 있는 어린 여자애를 도와달라고 부탁하는 거라고요."

상상일지도 모르겠지만 리브는 그의 턱 주변에 핏줄이 불끈 튀어나오는 걸 본 것 같았다. "어떤 안 좋은 상황인데요?"

"그건 말 못 해요."

"그럼 나도 못 도와줘요."

그녀는 그를 멍하니 쳐다보았다. "상황이 많이 안 좋아요."

맥은 갑자기 자리에서 일어나더니 입구로 걸어가 문을 닫았다. 자리로 돌아왔을 때는 경비원 같은 자세에 심각한 표정을 하고 있었다. "얼마나 나쁜데요?"

"많이요, 아주 많이 나빠요."

"이게 당신이 해고당한 거랑 관계있는 거예요?"

"그게 중요해요?"

"그 아가씰 내가 고용해주길 바란다면, 중요하죠."

"일자리가 있다면서요. 난 일자리가 필요한 사람을 알고 있는 거고. 자세한 내용을 안다고 뭐가 달라지는데요?"

"나랑 장난해요?"

이야기를 전부 털어놓는 데는 5분밖에 걸리지 않았지만 맥의 혈압이 치솟고 눈앞이 흐려지기에는 충분한 시간이었다. 그는 말이 나오지 않았다. 숨 쉬는 것조차 힘겨웠다. 맥은 양손으로 머리칼을 거칠게 훑고는 그녀의 맞은편에 놓인 의자에 앉았다.

이 개자식. 그 자식을 부숴버리고 말 거야. 그 호래자식을 갈가리 찢어놓고 말 거야.

"혹시 그 인간이⋯⋯." 분노가 차올라 말이 쉽게 나오지 않았다. "그 인간이 당신한테도 그랬어요?"

"아니요." 리브는 잠깐 망설이더니 이내 말했다. "하지만 그런 짓을 한 게 처음은 아닌 것 같아요. 지나치게 자신만만했고 걸렸다는 것도 크게 걱정하지 않았거든요."

"우리가 뭔가를 해야겠네요." 맥이 빠르게 대답했다.

리브는 정색을 하고 그를 보았다. "'우리'가 뭔가를 하지는 않을 거예요."

"놈을 이대로 내버려두면 안 돼요."

"이대로 둘 생각 없어요. 당신한테 부탁하는 건 제시카를 고용해달라는 것뿐이에요."

그는 목이 바짝바짝 말랐다. 차오르는 분노에 목 안이 까칠했다.

리브는 자리에서 일어섰다. "연락할게요. 그리고 제발 부탁인데 앞으로 어떡할지 결정하기 전까지는 이 일에 대해서 형부나 언니한테 한 마디도 하지 말아줘요. 그래 주면 좋겠어요."

그녀는 문을 벌컥 열고는 밖으로 나갔다. 이런 젠장. 이 여잔 대체 몇 번이나 이렇게 사람을 버려두고 갈 셈이지?

맥은 벌떡 일어나 그녀를 따라갔다. "워, 워, 워. 잠깐만요, 지금 어디 가는 거예요?"

맥의 사무실 바깥쪽 부스에 앉아 있던 소냐는 빙그르르 의자를 돌려 대놓고 흥미진진해하며 눈앞에 펼쳐진 드라마를 보았다. 그래 그러시겠지, 이 남자는 여태껏 단 한 번도 여자 뒤를 따라 나와 본 적이 없다 이거지. 참 대단한 구경거리긴 하겠다.

맥은 리브의 팔꿈치를 잡더니 그녀를 끌어당겨 두 사람만 들릴 정도로 간격을 좁혔다. 짜증 가득한 표정으로 리브는 한숨을 내쉬었다. "뭐가요?"

"아까 그 말 대체 무슨 뜻이에요?"

"무슨 말이요?"

"그 개자식한테 죗값을 치르게 하겠다고 했잖아요."

그녀는 어이없다는 듯 그를 보았다. "말 그대로예요. 그 인간을 폭로해서 망쳐버릴 거라고요."

"당신 혼자서?"

리브는 어깨를 으쓱했다. "안 될 게 뭐가 있어요?"

"혼자서는 못 해요. 그자가 정말로 전적이 있다면 어떻게 감추는지도 알고 있는 거예요. 정확히 어떻게 폭로할 생각인데요? 그냥 방송국에 가서 당신이 보고 들은 걸 말하는 식으로는 안 된다고요."

"그럴 생각 없어요. 고맙네요, 얼간이 취급해줘서."

"어쩔 생각이에요, 그럼?"

"아직 결정된 거 없어요. 하지만 할 거예요. 다른 용건은요?"

"있어요." 맥은 처음으로 평정심이 돌아오는 걸 느끼며 말했다. 왜냐하면 이 문제만큼은 확신이 섰으니까. 여자를 학대하는 남자는 당연히 죗값을 치러야 한다. 그 과정에 자신이 어떤 대가를 치러도 상관없다. 로이스 프레스턴이 여자들을 먹잇감으로 삼았다면 맥이 그자를 막을 것이다. "나도 같이해요."

리브는 콧방귀를 뀌었다. "같이하자고요?"

"지금 그 콧방귀 거슬리지만 안 들은 걸로 해볼게요. 네, 같이요. 정말 프레스턴이 포식자라면 나도 그자를 폭로하고 싶어요."

리브는 회의와 불신이 가득 찬 눈빛으로 그를 보았다. 그녀는 팔짱을 끼고 뻬딱하게 섰다. "확실해요? 내가 그날 밤 사보이에서 그자랑 같이 있는 당신을 봤거든요. 친구, 친구, 하면서 사업을 같이 하네 마네. 둘이 친구잖아요. 당신이 이 일을 몰랐었다는 말을 내가 믿을 것 같아요?"

"정말이지, 난 몰랐던 일이에요. 환장하겠네." 맥은 양손으로 목뒤를 감쌌다. 진심으로 그렇게 생각하는 걸까? 내가 성추행범을 덮어줄 거라고?

"글쎄요, 누군가는 알겠죠. 그런 남자들은 늘 조력자가 있으니까."

"암튼 난 그중 하나는 아니에요. 그자를 거의 알지도 못하고요."

"그럼 그런 얘길 들었다면요? 뭐라도 했을까요?"

"당연하고말고요! 뭐든 했을 거예요."

리브는 고개를 삐딱하게 기울이고 그를 믿어야 할지 말아야 할지 고민하듯 골똘히 쳐다보았다. 맥은 처음으로 그녀가 언니와 많이 닮았다고 느꼈다. 두 사람은 눈이 똑같았다. 거기에 눈 색깔까지. 하지만 리브에게는 세아에게서는 한 번도 보지 못한 경계심이 있었다. 사람들을 간절히 믿고 싶지만 그 방법을 모르는 것 같았다.

갑자기 그녀가 자신을 믿어주었으면 하는 마음이 강하게 들었다. "당신도 알잖아요, 리브. 혼자 못 할 거라는 거. 고집부리지 말아요."

"도와주고 싶어요? 좋아요. 그럼 제시카를 고용해요. 난 그 애를 거기서 빼내야만 해요."

"좋아요. 오늘 고용할게요. 어떻게 연락하죠?"

리브가 눈을 깜빡거렸다. "모, 모르겠어요."

"모른다고요?" 삐딱한 말투가 좀 전까지의 그녀 말투와 똑 닮아 있었다.

"친한 사이가 아니라고요." 그녀는 팔을 넓게 벌리며 말했다. "휴대전화 번호가 없어요. SNS는 다 친구 공개로 되어 있고. 그냥 막 직장으로 찾아가서 말할 수 있는 상황이 아니잖아요."

맥은 휴대전화 화면을 스크롤해서 움직였다. "성이 뭐예요?"

"서머스."

맥은 구글 검색창에 이름을 치고 상세검색에 내슈빌을 덧붙였다.

리브는 눈을 가늘게 떴다. "진짜로 그렇게 찾으려고요?"

"네, 나 지금 진지해요."

"지금 일자리를 제안하는 거라고요."

"내가 방금 그런다고 하지 않았나요?"

검색 창에는 대략 200만 개의 결과가 떴다. 리브는 깊은 숨을 내쉬고는 고개를 절레절레 저었다. "그 방법은 이미 내가 해봤을 거라는 생각 안 들어요?"

그가 아무 말 없자 그녀는 눈을 크게 굴렸다. 어찌나 크게 굴리는지 소리까지 들리는 것 같았다. "내가 번호 알아내면 알려줄게요." 그녀가 말했다.

이번에는 그녀가 가는 걸 잡지 않았다. 리브가 번호를 알아내지 못한다 해도 상관없었다. 맥은 그걸 해낼 만한 사람을 알고 있었으니까.

맥은 휴대전화를 다시 주머니에 넣고 차 키를 꺼냈다. 그는 소녀가 앉아 있는 부스를 지났다. 그녀가 고개를 들어 그를 보았다. "아까 그게 다 무슨 일이에요?"

그는 대답을 피했다. "나중에 설명해줄게."

소녀는 어깨를 으쓱하더니 뭐라고 알아들을 순 없지만 비꼬는 말투로 중얼거렸다.

맥은 주방을 지나 뒷문으로 나와 차를 세워둔 바 뒤의 골목으로 갔다. 그는 차를 몰아 어딘가로 가면서 누군가와 통화를 했다. 4시 직전에 그는 약속 장소에 도착했다. 그곳은 현관에 색 바랜 초록색으로 '젠장'이라고 적혀 있는 3층짜리 벽돌 건물이었다. 싸구려 위스키를 팔고 주방장들이 손 따윈 씻지 않을 것 같은 곳이었다. 한마디로 이런 만남엔 더할 나위 없이 제격이었다.

맥은 금이 간 바닥 틈새로 잡초가 무성한 길을 걸어가 문을 잡아당겼다. 반항이라도 하듯 비틀리는 소리가 났다. 안에서는 어스름한 불빛 아래 시끄러운 텔레비전 소리가 났다. 텅 빈 실내엔 오토바이족 두 명만이 바에 몸을 무겁게 기대고 있었다. 그들 앞에는 반쯤 남은 맥주잔이 놓여 있었고 두 사람의 시선은 텔레비전의 야구 중계에 꽂혀 있었다. 아무도 맥을 쳐다보지 않았다. 두 사람에게서 두 자리 떨어진 자리에는 부스스한 머리에 금방이라도 숨넘어갈 것처럼 기침을 하고 CIA를 만나면 비명을 질러댈 것 같은 남자 한 명이 앉아 있었다.

맥은 한 중간에 안전한 자리를 선택해 앉아 맥주 하나를 주문했다.

5분 뒤, 문이 다시 삐걱거리며 열렸고 노아 로건이 걸어 들어왔다. 그는 가죽 재킷 앞섶을 풀어헤친 채로 주머니에 손을 찔러 넣고 비니를 이마까지 끌어내려 쓰고 있었다. 대략적인 외모로 보면 어디서나 흔히 만날 수 있는, 매일 컴퓨터를 붙잡고 사는 IT전문가였다. 특급기밀요원 같은 일을 하는 일부 젊은이들에게는 그런 게 일종의 변장술이 아닐까 맥은 생각했다. 비밀리에 정부를 위해 일하지 않고서야 그렇게 똑똑하고 완벽하게 속일 수 있는 건 불가능하다. 맥은 몇 년 전 네트워크 보안 설치를 위해 노아를 고용했다가 그의 기술이 평균에서 훌쩍 윗길이라는 걸 금세 알아차렸다. 그때부터 민감한 사안들에 대해 줄곧 도움을 받기 시작하면서 맥은 그를 깊이 신뢰하게 되었다.

"뭐예요." 노아는 맥의 옆자리 의자에 올라앉으며 투덜거렸다. "뭐가 그렇게 급한데요?"

"뭘 좀 해줬으면 좋겠어."

"그거야, 알죠."

맥은 5달러짜리 지폐 하나를 카운터에 올리고 자리에서 일어섰다. "좀 걷자."

"이제 막 왔는데요." 노아가 투덜거렸다.

10분 후, 노아의 투덜거림은 온 데 간 데 없어졌다. 노아는 천천히 걸으며 고개를 절레절레 흔들었다. "이런 젠장." 그는 나직이 내뱉었다. "그자한테 지저분한 뭔가가 있을 줄 알았어요. 내가 뭘 하면 되죠?"

"일단 시작은 제시카부터 찾아주면 좋겠어. 리브가 사보이에서는 그녀에게 접근할 수 없으니까. 제시카가 일터나 집에 없을 때 어디에 있을지 알아볼 수 있을까."

"또 다른 건?"

"얼마나 많은 여자들에게 이런 짓을 해왔는지 알아내야겠어."

노아는 회의적인 얼굴이었다. "찾아볼 수 있는 건 다 찾아볼게요. 그런데 얼마나 깊이 알아보라는 건지는 미리 알아야겠어요."

"얼마나 깊이 알아볼 수 있는데?"

노아의 얼굴이 무섭도록 침착해졌다. "졸라 깊이요."

"청구서 보내." 맥이 걸어가며 말했다. "아무도 모르게."

"돈 안 받아요." 노아가 그의 뒤에 대고 말했다.

맥이 뒤돌아섰다. "뭐?"

노아는 몇 센티쯤 키가 더 자란 것처럼 보였다. "로이스 프레스턴 같은 개자식들은 지들이 저지른 짓만큼 당해도 싸요. 이번 건 무료예요."

고속도로를 빠져나와 GPS를 따라 도시를 벗어나는 동안 석양은 수요일 밤의 지평선을 주황빛으로 물들였다. 개빈이 했던 말은 과장이 아니었다. 리브는 정말로 농장에 살고 있었다. 세련된 형식의 농업조합 같은 게 아니었다. 말 그대로 농장처럼 생긴 농장이었다. 목초지와 양들, 아니 잠깐, 염소다, 염소가 있고 자잘한 건물들이 둘러싼 한가운데 거대한 빨간 헛간이 있었다. 그리고 작은 언덕 꼭대기에는 하얀 판잣집이 우뚝 솟아 있었는데, 돌로 만든 울타리를 두른 그 집은 남북 전쟁 이후 재건 시대쯤에 지어진 것처럼 보였다.

맥은 자갈이 깔린 차도로 꺾어 들어가 늘어선 나무 그늘 아래를 지나 조금 떨어져 있는 차고 쪽으로 천천히 이동했다. 차고 건물의 한 면을 계단이 감싸고 있었는데 위층은 뭔가로 쓰고 있는 것 같았다. 위층 공간의 작은 창문 하나가 진입로를 내려다보고 있었다.

맥은 먼지 쌓인 포드사의 소형 트럭 옆에 차를 세웠다. 그 뒤에 세워진 검은색 지프에는 색이 바라고 벗겨진 범퍼 스티커가

붙어 있었다.

'여자에게 남자란, 물고기에게 자전거와 같은 것.' 제대로 잘 찾아온 것 같다.

그건 그렇고 대체 뭐지? 리브는 왜 여기서 사는 걸까?

맥은 시동을 끄고 차 문을 열고는 일종의 공물로 가져온 포장 중국 요리에 손을 뻗었다. 어젯밤에는 거의 잠을 못 잤다. 리브가 로이스를 혼자 상대하고 있는데 옆으로 빠져 있어야 한다고 생각하니 도저히 잠이 오지 않았다. 도울 수 있게 해달라고 리브를 설득해야만 한다.

그가 운전석에서 빠져나오는 순간…… 공격이 날아들었다.

어디서 튀어나왔는지 모를 야수가 그를 공격하기 시작했다. 화가 난 듯 꽉꽉거리는 소리와 함께 눈앞으로는 검정과 빨강 깃털이 푸드덕거렸다. 대체 무슨 일이 벌어지고 있는지 영문도 모른 채 막아낼 틈도 없이 청바지를 뚫고 들어온 발톱에 정강이가 찢어지는 게 느껴졌다. 야수는 공중에 꽤 높이 날아올라 두 발을 차댔다. 놈의 발톱이 또 다시 그의 피부를 찢었다. 맥은 다시 운전석으로 몸을 날려 아슬아슬하게 문을 닫았지만 야수는 복수심에 울부짖으며 그의 차를 공격했다.

그때 갑자기 차고 위층에서 구원자가 나타났다. 그녀는 헐렁한 고무장화를 신고 한 손에는 빗자루를 들고 있었다.

"졌어요?" 그녀가 외쳤다.

차 문을 들이받는 소리에 그는 얼굴을 찡그렸다. 이 망할 것이 그의 차를 긁어대려 하고 있었다. 맥은 주먹으로 차창을 쿵,

하고 쳤다. "이게 대체 뭐예요?"

리브는 귓가에 한 손을 갖다 댔다. 전 세계 어디서라도 '뭐라고요?'라는 뜻으로 통할 몸짓이었다.

맥은 차창을 내렸다. "이 망할 게 대체 뭐냐고요?" 그가 소리쳤다.

그녀는 코웃음을 쳤다. "수탉이잖아요, 바보 같긴."

"이거 귀신 씌었나 봐요!"

그녀는 어깨를 으쓱 들어올렸다. "수탉이 특히 텃세가 심해요."

"날 공격하고 있다니까요!"

"또 사람 볼 줄도 알고요."

"밖으로 나가게 이것 좀 치워줘요. 할 말 있어요."

"그 정도에 내가 도와줄까요? 실패."

그는 창밖으로 포장해온 중국 요리 봉투를 들어보였다. "돼지고기 로메인하고 완탕이요."

눈썹이 하나 치켜 올라갔다. "어디 꺼요?"

미치고 환장하겠네. "제이드 다이너스티."

"좋아요." 리브는 쿵쿵거리며 계단을 내려와 빗자루를 돌려잡아 닭에게 겨누었다. "휘이, 저쪽으로 가."

닭은 깃털을 퍼덕거리며 빗자루를 좇았다. 리브는 녀석에게 욕을 하며 울타리를 따라 녀석을 몰아 철망으로 만든 집 안으로 넣고 문을 잠갔다.

그런 다음 그녀는 운전석 쪽으로 돌아왔다. "됐어요. 안전해

111

요. 이제 음식 넘기시죠."

맥은 창문 밖으로 봉투를 건네주었다. 리브는 봉투를 낚아채
더니 열어서 안을 들여다보고는 다시 닫았다. "고마워요, 가도
돼요."

"아뇨." 그는 차 문을 열었다. "우리 할 얘기가 있잖아요."

"아뇨, 할 말 없어요."

"로이스 문제, 내가 도와줄게요."

"어제 내가 확실히 말했다고 생각하는데요."

맥은 밖으로 나와 차 문을 닫았다. "그 인간을 끌어내리는 걸
내가 돕기를 바라지 않았으면 그자가 무슨 짓을 하고 있는지 말
해주지 말았어야죠."

"세상에, 당신 꼭 아무리 뽑아도 자꾸 또 자라나는 턱에 난 털
같은 거 알아요? 당신은 그 자식 욕을 실컷 하겠죠. 그런 담엔
땡! 며칠 지나면 또 다시 반복이라고요."

"당신이 턱에 나는 털 때문에 고생하고 있다는 걸 알게 된 건
대단히 흥미롭지만 말이죠, 우린 그것보다 훨씬 더 중요한 할 얘
기가 있어요."

"뭐요, 내 차보다 비싼 당신 신발이 어때 보이나 그런 거요?"

"지금 나한테 패션에 대해 조언하려는 거예요? 당신은 꼭 변
신 프로그램에서 변신 전 사진에 나오는 모습이거든요."

"이 자가 널 괴롭히냐, 리비?" 떡 벌어진 가슴에 한쪽 다리가
불편해 보이는 남자가 그들 쪽으로 느긋하게 다가왔다. 남자는
기름 얼룩이 진 수건에 양손을 닦으며 별채에서 걸어왔다. 짧게

깎은 머리와 강렬한 눈빛이 그가 권위 있는 삶을 살아왔다는 것을, 절뚝이는 발이 그가 전성기를 지났음을 말해주었다.

"당신 남자친구?" 맥이 소곤거렸다.

리브는 맥을 쏘아본 다음 남자에게 대답했다. "엄청 성가시게요." 그녀가 말했다. "쫓아주실래요?"

맥은 한 발 앞으로 나서서 손을 내밀었다. 뒤에 선 리브는 코웃음을 쳤다. "아서요, 그러다 매니큐어 망가질라."

"브레이든 맥이라고 합니다." 그가 말했다.

남자는 필요 이상으로 손에 힘을 주며 악수에 응했다. "얼 홉킨스요."

"우린 홉이라고 불러요." 리브가 끼어들며 말했다. 그녀는 맥을 향해 고개를 까딱했다. "이 남잔 '턱에 난 털'이라고 부르고요."

홉은 그를 눈으로 재단했다. "들어가 본 적은?"

"감옥, 아님 군대요?"

"둘 다."

"없습니다."

홉은 코웃음을 치더니 맥을 위아래로 다시 한번 보다가 찢어진 청바지 아래 정강이에서 피가 흐르는 걸 보더니 히죽 웃었다. 그는 리브를 보며 한쪽 눈썹을 치켜떴다. "랜디한테 당했군."

리브가 싱긋 웃었다.

홉은 고개를 끄덕였다. "수탉 녀석들이 쓸 데가 있기도 하다니까."

"닭한테 랜디라는 이름까지 지어줬어요?"

리브는 눈을 흘겼다. "전 괜찮아요, 홉. 로지한테는 금방 들어가서 저녁 짓는 거 돕는다고 말해주세요."

홉은 맥을 향해 고갯짓을 했다. "이 친구도 같이 먹나?"

리브와 맥은 동시에 대답했다.

"아뇨."

"그럼 좋죠."

리브는 이글거리는 눈으로 그를 보았다. "저녁 식사까지 있을 거 아.니.잖.아.요."

"저녁엔 뭘 먹죠?"

"뭐든 당신이 알레르기 가진 걸로요."

홉은 또 한 번 코웃음을 치더니 안채로 어슬렁거리며 걸어갔다.

"와, 이런 데서 살다니 굉장하네요, 리브."

"원하면 언제든 가도 돼요."

"아니, 정말로요. 대체 왜 이런 데서 사는 거예요?"

리브는 아무 대답 없이 홉이 갔던 길을 똑같이 따라 성큼성큼 걸어갔다.

"저기, 눈치 못 챘나 본데." 맥이 서둘러 좇아가며 말했다. "나 피 흘리고 있어요."

"안 죽어요."

"무슨 이상한 병균 같은 게 있으면 어떡해요?"

"그러네요. 얼른 가 봐요. 곧장 응급실로 가서 정확히 무슨 일이 있었는지 소상히 전하셔야죠."

받아칠 준비는 되어 있었지만 그는 눈앞의 광경에 입을 다물었다. 3미터 정도 떨어진 울타리 반대쪽에서 랜디가 암탉 등 위에 내려앉아 있었다. "저 녀석 지금 닭한테 무슨 짓을 하고 있는 거예요?"

"어렸을 때 이런 시골에서 지내본 적 거의 없나 봐요, 그렇죠?"

"그렇죠. 한 칸짜리 기숙사 방에서 썩은 사과에 막대기를 꽂은 다음에 인형이라고 부르면서 종일을 보냈거든요. 거기서 들은 수업 중에 저런 잔악무도한 수탉은 없었다고요."

랜디는 암탉의 등에서 뛰어내렸다. "세상에, 빠르기도 해라."

"모든 종에 있어서 수컷은 모두 쓰레기예요."

"난 아니에요. 난 좋은 남자 중 하나라고요."

리브는 뒷문을 열며 코웃음을 쳤다. 그녀는 닫히는 문을 잡아주지 않았고 뒤에 오던 맥은 얼굴로 문을 받을 뻔했다.

"고맙네요." 그가 제때에 몸을 숙이며 말했다. 그는 그녀를 따라 장화 벗는 곳을 통과해 짧은 복도를 지나 넓은 농장 주방으로 들어섰다. 그곳에는 회색 머리를 길게 땋은 한 여인이 불 앞에 서서 커다란 빨간 냄비 안에 든 근사한 냄새가 나는 무언가를 젓고 있었다.

"길 잃은 동물 주워왔어요." 리브는 냉장고로 향하며 말했다. "랜디가 잡았어요."

여인은 주방 수건에 손을 닦으며 돌아섰다. "누구실까?"

맥은 자신의 트레이드마크인 미소를 지으며 손을 내밀었다. "브레이든 맥이라고 합니다, 부인. 만나서 반갑습니다."

그는 적절한 농도로 윙크를 날렸고 여인은 손을 마주잡아 흔들며 미소 지었다. "그러세요, 이렇게 만나서 나도 정말 기쁜걸요."

"이러기예요?" 리브는 중국 요리를 냉장고에 넣으며 말했다. "로지까지?"

"저녁 식사에 불쑥 끼어들어서 죄송해요, 부인 성함이……?" 그는 말끝을 흐렸다.

"그냥 로지라고 불러요." 그녀는 격식을 갖춰 손을 흔들었다. "그리고 방해한 거 전혀 아니에요. 음식은 충분하답니다. 고기 찜을 먹을 거예요."

맥은 자기 배를 두드리고는 다시 한번 윙크했다. "제일 좋아하는 음식이네요."

리브는 구역질하는 시늉을 했고 그 바람에 로지에게 눈총을 받았다.

"리브, 예의는 다 어디로 갔니?" 로지는 복도를 향해 고갯짓을 하며 꾸짖었다. "가서 다리 다친 데 좀 봐드려."

리브는 마치 어른들이 카드놀이를 하는데 어린 남동생을 돌보라는 소리를 들은 어린애마냥 한숨을 쉬었다. "알았어요, 이쪽으로 와요."

맥은 그녀를 따라 아래층의 작은 욕실로 내려갔다. 그는 하얀 자기 욕조 가장자리에 걸터앉아 다리를 뻗었다. 리브가 수건을 적시고 있는 세면대와 욕조 사이를 두 다리가 꽉 채웠다.

그녀는 왠지 불길해 보이는 병을 하나 들고 돌아섰다.

"바지 걷어 올려요." 그녀는 맥 앞에 쭈그리고 앉으며 말했다.

그는 그녀의 앉은 자세가 뭘 하기 좋은지 지저분한 농담을 하고 싶은 걸 간신히 참았다. 대신 허리를 굽혀 바지를 걷어 올렸고 그러자 3센티 정도 되는 정강이의 상처가 드러났다. 피가 다리털에 엉겨 붙어 있고 신발 쪽으로 살짝 흘러 있었다.

리브는 비웃더니 입을 비죽거리며 올려다봤다. "내내 투덜거리던 게 겨우 이거예요?"

"봐요, 피가 얼마나 많이 났는지."

"그냥 긁힌 거잖아요. 미쳐 진짜. 좀 남자답게 굴어요."

"방금 그거." 그는 그녀의 얼굴을 가리키며 말했다. "내가 여기 온 뒤로 당신이 두 번째로 한 성차별적 발언이에요."

"처음 건 뭔데요?"

"내 매니큐어 가지고 놀린 거요."

그녀의 눈이 동그래졌다. "매니큐어 같은 거에 돈을 갖다 버릴 정도면 놀림 받아도 싸요."

"난 매니큐어 안 받아요, 그리고 하면 어때서요? 남자들도 원하면 매니큐어 받을 수 있어요."

"받으면 안 된다고 한 적 없거든요. 누구든 매니큐어에 돈을 낭비하는 사람은 놀림 받아야 한다고 생각해요, 난."

맥은 이 담소가 꽤 흥미로워서 나중에 더 생각해보기로 하고 일단은 주제를 바꿨다. "홉은 어때요? 그분 경찰이에요?"

"형사였다가 은퇴했어요, 베트남 참전 군인이었고요. 내가 당신이라면 그분한테 안 대들어요."

"로지 타입은 아닌 것 같던데."

"아, 둘이 그런 사이 아니에요." 그녀는 웃었다. 그가 그녀를 만난 이래로 처음 들어본 애정이 담긴 웃음이었고, 그는 그게 꽤 마음에 들었다. "여기서 일을 도와주고 있어요. 고등학교 때부터 로지를 좋아하고 있는 것 같은데, 에이, 아니에요, 둘이 그런 사이 아니에요."

그녀는 상처에 차가운 액체를 부었고 맥은 소리를 질렀다. "으, 세상에. 대체 무슨 짓이에요?"

"상처 소독이요."

"뭘로? 염산으로요?"

"과산화수소요, 엄살쟁이 씨."

"또 이러시네, 내 남성성을 의심하는 거요. 내가 알려주죠. 남자가 여자보다 고통을 참는 능력이 낮다는 건 과학적 사실이라고요. 으으, 미치겠네!" 그녀는 그 불쾌한 액체를 그의 상처 위에 또 한 번 왈칵 부었다. "또 할 필요가 있어요?"

"그렇고말고요." 그녀는 자리에서 일어섰다. "당신이 말한 과학적 이론을 시험해봐야 했거든요. 당신 말이 맞네요."

"따갑다고요." 그가 볼멘소리를 했다.

"여기요." 그녀가 네모난 반창고를 내밀며 말했다. "다 되면 나와요, 안 나오면 더 좋고."

맥은 이번에는 받아치지 않았다. 그는 상처에 반창고를 붙이고 손을 씻은 다음 다시 주방으로 갔다. 리브는 주방 옆에 딸린 식당에서 식탁에 음식을 차리고 있었다.

"뭐 도와드릴까요?" 그가 물었다.

로지가 대답했다. "그냥 앉아서 편히 있어요. 리브, 마실 것 좀 드려."

맥은 활짝 웃으며 비어 있는 의자 하나를 골라 앉았다.

"뭐 마실래요?" 리브가 으름장을 놓듯 물었다.

"물이면 돼요." 맥이 윙크하자 리브는 무서운 표정으로 이를 드러냈다.

그때 홉이 갓 샤워를 마치고 나온 듯 젖은 머리에 깨끗한 옷을 입고 천천히 걸어 들어왔다. "난 맥주로 하지." 마치 남자라면 응당 그래야 한다는 듯 날 선 말투였다.

"아, 그러시면, 저도 같은 걸로 하죠."

홉은 냉장고 앞에서 리브를 슬쩍 옆으로 밀고 버드와이저 두 병을 꺼내와 맥의 맞은편에 앉았다.

"어디 출신이요?" 맥주 한 병을 내밀며 홉이 물었다.

"디모인이요."

리브는 조리대 쪽에서 식기를 정리하다 말고 순간 돌아보았다. "정말이요?"

"네, 왜요?"

그녀는 어깨를 으쓱했다. "아이오와 출신처럼 보이지는 않아서요."

"가족은?" 홉의 질문이 훅 들어왔다.

맥의 몸에 힘이 들어갔다. 홉이 그걸 눈치채지 못할 리가 없었다. 그의 한쪽 눈썹이 들썩였다.

"어머니는 아직 디모인에 살고 계세요. 곧 이쪽으로 오실 거지만요. 제가 집을 사드리려고요."

"아버지는?" 홉은 매의 눈을 하고 물었다.

"돌아가셨어요." 맥은 이제는 익숙한 거짓말로 답했다.

"몰랐어요." 리브의 말투는 한결 부드러웠고 맥은 그런 그녀를 흘깃 보았다. "유감이에요."

맥은 부끄러움을 감추려고 어깨를 으쓱해보였다. 그녀가 동정심을 갖는 것에 죄책감이 느껴졌지만 아직 진실을 말할 정도는 아니었다. 진실은 더 추악하니까. "벌써 오래전 일이에요."

10분 뒤, 저녁 식사가 차려졌다. 리브는 그의 대각선 자리에 앉았고 로지와 홉이 나머지 두 자리를 차지했다.

"정말 멋진 곳이에요, 로지." 맥이 말했다.

리브가 눈을 굴리고는 그의 손에 빵바구니를 들이밀었다.

"우리 가족은 1870년부터 쭉 여기서 지내왔어요." 로지가 말했다. "우리 할아버지와 어머니 모두 위층에서 태어나셨고요."

"말도 안 돼, 정말이요?" 맥이 말했다. "부인은 어디서 태어나셨는데요?"

"숲속에 있는 마녀들 무리에서." 홉이 말했다.

"밖에 나가서 염소들이랑 같이 식사하고 싶으면 그렇게 해." 로지가 홉에게 말했다.

"신경 안 써도 돼." 홉이 맥에게 말했다. "남녀평등 헌법 수정

안이 절대 채택 안 된다고 저렇게 화내는 거니까."

"한 마디만 더 해. 딱 한 마디만."

맥은 왜 리브가 이곳에서 지내는지 이해할 수 있을 것 같았다. 이곳은 즐거움 그 자체였다.

"그래서 리비랑, 두 사람 사귀는 거예요?" 로지가 물었다.

리브는 입에 있던 물을 뿜었다. "절대 아니에요."

"안타깝네요. 리브가 남자 만난 지 한참 됐는데."

"로지." 리브가 우는 소리를 냈다.

맥은 또 한 번 활짝 웃었다. "그런 거였어요?"

리브가 허리를 꼿꼿이 폈다. "남자 필요 없어요. 남자 만날 시간도 없고요. 다들 애정 결핍에 집착이나 하고 약속 따위 지킬 생각도 없는 사람들이잖아요."

맥은 휘파람을 불었다. "후, 이런, 이런. 누구한테 그렇게 상처를 받은 거예요?"

"가부장제요." 그녀는 웃음기 없이 말했다.

"그래서 여긴 무슨 일로 오셨나?" 홉이 물었다.

"리브를 도와주고 싶어서요."

리브는 입에 음식을 쑤셔 넣었다. "저 사람 도움 따위 필요 없어요."

"무슨 일인데?" 로지가 물었다.

"여기 맥이라는 분은 자기가 무슨 슈퍼맨이라도 되는 것처럼 휙 날아와서 곤경에 처한 아가씨를 구하고 싶은가보죠."

"그럼 여기 올리비아라는 분은⋯⋯." 식탁 아래로 부츠 신은 발이 날아와 그의 정강이에 박혔다. "로이스 프레스턴 같은 작자를 오롯이 혼자 끌어내릴 수 있다고 생각하는 거고요."

"이 사람 말이 맞아, 리브." 로지가 말했다.

"제가 해결할 수 있어요." 리브는 맥이 있는 쪽을 쏘아보며 대답했다.

로지는 입술을 일자로 다물고 고개를 저었다. "우리가 아직도 이런 거지같은 걸로 싸워야 하다니 믿을 수가 없어."

홉이 한숨을 쉬었다. "또 시작이네."

로지는 포크로 홉을 가리켰다. "당신들 남자들은 스스로를 탓할 필요가 있어. 우리가 얼마나 오랫동안 이 망할 것과 싸워왔는데."

홉은 양손을 들어보였다. "왜 나한테 소릴 지르고 그래? 난 아무것도 안 했다고. 살면서 단 한 번도 여잘 성추행해본 적 없어."

"아하, 모든 남자가 다 쓰레기는 아니라고? 그런 헛소린 집어치우셔. 로이스 프레스턴 같은 남자들이 빠져나갈 수 있는 이유는 세상의 모든 남자들이 그럴 수 있게 만들어주기 때문이야."

"아니 내가 왜 나쁜 남자가 되는 건데?"

맥은 목청을 다듬었다. "부인이 하시려는 말씀은 좋은 남자들이 못 본 척 눈감아주기 때문에 나쁜 남자들이 빠져나갈 수 있다는 것 같은데요."

그는 깜짝 놀라하는 리즈의 눈빛을 받고는 어깨를 으쓱해보였다.

홉은 고개를 저었다. "나쁜 놈들은 언제나 있어 왔고 앞으로도 그럴 거야."

"좋은 남자들이 그렇게 하도록 내버려두니까요."

"이봐, 내 말 잘 들어." 홉이 발끈해서 말했다. "난 자네가 여전히 기저귀를 차고 다니던 시절에 여자들을 해치는 버러지 같은 놈들을 감옥에 처넣었어. 그러니 여기 와서 날 가르칠 생각은 하지 마, 젊은이."

로지는 들고 있던 포크를 탕, 소리가 나게 내려놓았다. "여긴 내 식탁이야, 홉. 그러니 계속 앉아 있고 싶으면 내 손님한테 좀 더 정중하게 하는 게 좋을 거야."

리브는 다시 한번 식탁 아래로 맥을 찼다.

맥이 양손을 들어올렸다. "사과드릴게요. 제가 주제넘었어요."

"아니, 그런 거 전혀 없어요." 로지가 말했다. "그런 소리도 들어봐야 해."

홉은 나직이 웅얼거리며 다시 음식을 먹기 시작했다. 로지는 활짝 웃어보였다. "그래서 어머니께서 내슈빌로 이사 오실 거라고요?"

"네, 그러실 거예요." 그가 미소 지었다. "사실 다음 주말에 비행기를 타고 집을 보러 오실 거예요. 여기 이런 곳을 좋아하실 테지만 제 집과 가까운 데로 하시라고 설득하고 있어요."

"어머나, 얼마나 재미날까. 꼭 이리로 모셔서 농장도 둘러보시라 하세요."

리브는 벌떡 일어났다. "네?"

"그거 정말 좋을 것 같은데요, 로지." 맥이 윙크했다. "꼭 그렇게 해야겠어요."

"꼭 뵐 수 있으면 좋겠네요."

저녁 식사는 농장에 대한 이런 저런 이야기들로 계속 이어졌지만 맥은 식탁 너머에서 리브가 그를 향해 쏘아대는 눈총을 받아야 했다. 마침내 식사가 다 끝나자 그는 로지에게 맛있는 저녁에 대해 감사를 표한 뒤 치우는 걸 돕겠다고 말했다.

"두 사람은 나가봐요." 로지가 말했다. "홉이 도와줄 거예요."

홉이 뭐라 뭐라 하며 예의 없이 투덜거렸다. 로지의 반박을 듣고 싶지 않았던 맥은 자리에서 일어섰다. "리브, 우린 나갈까요?"

리브는 예의 그 지칠 대로 지쳤다는 식의 긴 한숨을 내쉬었다. 그녀는 앞장서서 밖으로 나와 그의 차로 갔다. 그리고 운전석 옆에 서서 팔짱을 꼈다.

"기분은 왜 그렇게 만날 엉망진창이에요?" 그가 놀렸다. 그녀를 놀리는 게 삶에 있어 큰 낙이라는 걸 이제 막 알아가고 있었다.

"흠, 어디 볼까요." 그녀는 뻬딱하게 서서 생각하는 척했다. "파티셰가 되려고 죽도록 일했는데 다시 일자릴 구하고 있는 신세라서?"

"내가 일자릴 제안했잖아요."

"내 전 상사가 어딘가에서 여자들을 성추행하고 있잖……."

"그것도 당신이 하려는 걸 내가 돕겠다고 말했고요."

"그리고 제시카는 내가 보낸 메시지에 아무 답도 없다고요."

맥이 활짝 웃고는 몸을 가까이 기울였다. "그것도 내가 답을 받았고."

"방금 뭐라고 했어요?"

"어디서 그녈 찾았는지 궁금해할 줄 알았는데요."

그녀의 입이 벌어졌다.

맥은 손가락에 차 키를 걸고 빙글 돌렸다. "내일 3시에 템플에서 나랑 만나요. 같이 갈 데가 있어요."

"그 '같이'라는 부분이 마음에 안 드네요."

맥이 윙크했다. "계속 애써 봐요, 리브. 그래 봐야 어차피 날 좋아하게 될 거예요."

정말로 눈이 굴러가는 소리가 어디서 들리는 것만 같았다.

"나랑 같이 보내는 시간이 많아지면 당신이 내 매력에 맥을 못 추게 될까 걱정인데요."

그녀는 한숨을 쉬었다. "알았어요. 내일 3시에 그리로 갈게요."

맥은 차에 올라타 문을 닫았다. 리브는 진입로에 서서 그가 떠나는 걸 지켜보았다.

한심한 생각인 건 알지만 맥은 마침내 자기가 그녀를 두고 자리를 떴다는 걸 깨닫고 싱긋 웃었다.

다음 날 오후 맥이 사무실에 도착하자마자 매니저의 통굽 부츠가 쩔렁쩔렁 시끄러운 소리를 내며 사무실로 직진해 들어왔다. 소냐는 150센티미터가 조금 넘는 키에 몸무게도 45킬로그램 남짓한 작은 체구로는 도저히 불가능할 것 같은 엄청난 소음을 만들어냈다. 하지만 소냐는 살아 있는 것처럼 걸었다. 마구 짜증을 내고 일부러 그러는 것처럼. 그가 최근에 알아가기 시작한 누군가와 닮아 있었다. 그녀와 리브는 한패가 되거나 서로를 죽이려고 달려들 타입이었다.

소냐는 입구에 모습을 드러내고는 골반에 양손을 괴었다. "이렇게 일찍 여기서 뭐하는 거예요?"

맥은 그녀에게 안으로 들어오라는 듯 고갯짓을 했다. "문 닫아봐. 말해줄 게 있어."

소냐는 징징거렸다. "오래 걸려요? 조가 버번 주문을 거지같이 해놨어요. 그러니까 도와주려는 거 아니면 나, 수다 떨 시간 없어요."

"내가 자기 사장인 건 기억하고 있는 거지?"

"그럼요, 그렇다고 딱히 좋을 것도 없지만요. 바텐더 새로 구한다는 건 아무 진전 없어요?"

맥은 팔짱을 끼고는 내심 울적한 기분으로 그에 대한 확답을 줄 수 있기를 스스로도 바랐다. "사실 그게, 진전이 있는 것 같기도 해."

소냐는 잠깐 말을 쉬더니 이내 삐딱하게 물었다. "어떤 식의 진전이요?"

"일자릴 원하는 누군가를 알고 있어."

"잘됐네요. 그 남잔 언제 시작하죠?"

"여자야."

"그 여잔 언제 시작하죠?"

"그게, 아직 그 사람한테 맡아달라고 설득을 못했어. 아니 애초에 그녀가 이 일을 원하는지 물어보지도 못했다고 해야 하나."

소냐는 툴툴거렸다. "나 이럴 시간 없거든요."

맥은 다시 한번 책상 맞은편 의자를 턱으로 가리켰다. "진짜로 해줄 말이 있긴 한데."

그의 목소리에 심각한 기색이 짙어지자 방 안의 분위기가 한층 진지해졌다. 소냐는 문을 닫고 자리에 앉았다. "심각한 얘기 같은데요."

"맞아." 그가 말했다. "이 얘긴 우리끼리만 알았으면 해."

진지함은 오래 가지 않았다. "미쳐, 누굴 임신시킨 거예요?"

"뭐? 무슨 말도 안 되는. 아니야."

"살았다. 나 아직 고모 될 준비 안 됐거든요. 대모 같은 건 더 말할 것도 없고요."

"잠깐만 말 좀 그만해줄래?"

그녀는 의자 깊숙이 몸을 묻었다. "듣고 있어요."

"진지하게 하는 얘기야, 소냐. 이 얘기 어느 누구한테도 발설하면 안 돼."

"재수 없어. 내가 언제 그래 본 적 있는……."

그는 양손을 들어보였다. "알았어, 알았어. 난 단지…… 이게 심각한 사안이라 그래."

"그렇다고 계속 질질 끌 거예요? 확 말해 봐요."

그는 펜을 하나 들고 빙글빙글 돌렸다. "로이스 프레스턴 알지?"

그녀는 구역질하는 시늉을 했다.

"안다는 걸로 이해할게."

"그냥 들어서만 알고 있어요, 왜요?" 그녀는 낮게 끙 소리를 내더니 고개를 삐딱하게 기울였다. "그자랑 사업이나 뭐 그런 거 같이할 생각이라고 말하지 말아요. 맹세코 그럼 나 관둘 거예요. 뭐야, 지금 이 자리에서 사표 낼 수도 있어요."

"하려던 말, 마저 해도 될까?"

"그러는 게 나을 걸요. 왜냐면 그런 식으로 영혼을 팔게 두지는 않을 거니까요."

그는 앉은 채로 몸을 뒤로 기울였다. "그냥 궁금해서 그러는데, 왜?"

소냐는 어깨를 으쓱해보였다. "몰라요. 왠지 그 남잘 보면 내

질이 '동작 그만'이라고 말해주는 것 같다고나 할까요."

"흥미로운 장면이네."

소녀는 자기 가랑이를 가리켰다. "소중이는 거짓말을 하지 않거든요."

두 사람이 나눌 대화의 내용으로 보건데 더 이상 그녀의 소중이에 대해 이야기하는 건 특히나 부적절하게 여겨졌다. "혹시 그 사람에 대한 특정 사건이나 얘기 같은 거 들어본 적 있어? 그런 거 있잖아……."

그녀는 눈을 가늘게 뜨고 쳐다봤다. "뭐요?"

"왜 그런 거 있잖아."

"10대 여자애들을 지하실에 묶어두는 거요? 아님 불법 체류자들이 낳은 애기들을 인터넷 경매에 올리는 거요? 좀 더 구체적으로 말해줘야 알죠."

"성추행."

소녀의 눈이 더욱 가늘어졌다. "무슨 일이에요?"

"소문을 들었어."

"성추행에 대해서?"

"뭐 그런 식의 얘기야, 맞아."

"놀랍지도 않네요."

그에게는 그 말이 놀라웠고 왠지 신경에 거슬렸다. 어떻게 그 동안 놓쳤던 거지? 로이스 프레스턴이라면 대충 5년을 알아왔다. 어떻게 말해도 친구라고는 할 수 없었지만 그들은 같은 업계에 몸담고 있었고 자선 골프 경기에 함께 참여했다. 같은 상공회의소에 출석했고 운동 경기에서도 친분을 쌓았다. 그 모든 시간 동안 그에게서 그 어떤 성추행의 낌새조차 본 적이 없었다. 그런데 소냐는 그자를 잘 알지도 못하는데 그런 걸 눈치 챘다니. 여자들은 그런 부분에는 특별한 레이더망 같은 걸 타고나는 걸까? 아니면 살아오면서 힘든 과정을 겪으며 촉이 발달한 걸까?

"젠장." 갑자기 소냐가 나직이 읊조렸다.

맥은 생각에 잠겨 있다 정신을 차리고 눈을 깜빡거렸다. "왜?"

"무슨 일 벌이려는 거죠, 맞죠?"

"아니야."

"아니, 맞아요. 나 그 눈빛 알아요."

"무슨 눈빛?"

"그 슈퍼맨 눈빛."

"그게 무슨 소리야?"

"당장에 백마를 잡아타고 곤경에 처한 아가씨를 구하러 가려는 눈빛 말이에요."

후, 정말이지, 요 며칠 새 그가 스스로를 영웅쯤으로 여긴다고 오해를 받은 게 벌써 두 번째였고 이젠 정말 제대로 화가 났다. "지금 어딘가에서 개자식이 여자들을 성적으로 학대하고 있다고 하면 누구든 뭐라도 해야겠다는 생각이 안 들겠어?"

"그러니까 뭐라도 해야겠다고 생각하고 있다는 거네요."

그는 자신의 휴대전화를 쾅 소리가 나게 내려놓았다. "그래, 젠장. 맞아."

그녀는 자리에서 일어섰다. "그럼 나도 껴줘요."

"뭐?"

"그 후레자식, 나도 싫어요. 그럴 만한 확실한 이유가 생기기 전에도 그랬거든요. 그러니 무슨 계획을 세우고 있든지 나도 같이 할래요."

"계획은 없어. 하지만 누굴 좀 채용해야 할지도 모르겠어."

"뭐 때문에요?"

그는 어깨를 들어올렸다. "나도 아직 몰라. 그럴 상황이 되면 자릴 하나 만들어야 해."

그녀는 다시금 눈썹을 치켜떴다. "곤경에 처한 아가씨?"

그는 그녀에게 가운뎃손가락을 들어보였다. 그녀는 똑같이 해주고 방을 나가려고 몸을 돌렸다.

"소냐."

소냐가 빙글 돌아섰다. "왜요?" 그녀는 특유의 징얼거리는 말투로 물었다.

"우리가 했던 얘기 중에……."

"아무한테도 말 안 해요."

"아니, 내 말은 그게 아니라. 그 소중이 어쩌고 하는 것들 말이야. 그런 것 때문에 불편했어?"

"그 말 한 사람은 난데요."

그는 멀거니 고개를 끄덕였다. "알아. 그래도 난, 가끔 소냐랑 나랑…… 그런 얘기들 하잖아."

"우린 친구잖아요, 맥. 그런 거랑은 다르죠."

"확실해? 난 혹시라도 내가 했던 말이나 행동 때문에 불편한 게 있다면 말해주면 좋겠어. 왜냐면 절대 그러려는 의도가 아니었으니까. 그러니까, 의도가 중요한 게 아니란 건 나도 알아. 어떻게 받아들여지냐가 문제인거지, 그렇긴 해도……."

"맥." 그녀는 맥이 처음 들어보는 웃음기 없는 진지한 목소리로 말했다. "사장님은 로이스 프레스턴이랑 차원이 달라요. 아마내가 아는 남자 중에 최고로 괜찮은 남자일 걸요. 그리고 방금내가 말한 거 다른 사람한테 말하면 가만 안 둘 줄 알아요."

그는 고개를 끄덕였다. "알았어."

"나가면서 문 닫아줄까요?"

그는 다시 한번 끄덕였다.

소녀는 거수경례를 하고는 걸어 나갔다. 맥은 그녀가 앉았던빈 의자를 잠시 바라보았다. '아마 내가 아는 남자 중에 최고로괜찮은 남자일 걸요.' 그런데 왜 이렇게 기분이 엿 같은 거지? 그는 그 질문과 대답을 회피하려 의자를 빙글빙글 돌렸다.

그는 휴대전화를 들고 어머니의 번호를 눌렀다. 발신음이 거의 끊어지기 직전에야 어머니는 숨 가쁘게 전화를 받았다. "어,잠깐만 기다려줄 수 있지?"

목소리가 작게 들렸는데 다른 누군가와 말을 나누기 위해 전화기를 귀에서 멀리 떼어놓은 게 분명했다. 수화기를 통해 남자목소리도 들렸다. "정말 아름답네요. 감사합니다."

"누구였어요?" 어머니가 다시 수화기 너머로 돌아오자 그가물었다.

"꽃집 주인."

맥의 레이더망에 경고음이 들어왔다. "누가 꽃을 보냈는데요?"

"몰라. 아직 카드도 안 열어봤는걸."

그녀는 뭔가를 숨기고 있었다. 그는 어머니가 이런 식으로 나오는 게 싫었다. "읽어보고 알려주지 그래요?"

"있지, 브레이든. 네가 날 살뜰히 챙겨주는 건 정말 고맙지만 그렇다고 내가 엄마라는 이유로 사생활을 가지지 못할 건 아니잖니."

그는 어머니의 훈계와 이름을 불린 것에 신경이 곤두섰다. 그의 성이 아닌 이름을 부르는 건 가족뿐이었다. "비행기 표 받으셨어요?"

"그래, 고마워 아들."

"부동산 중개인이 찾아낸 집이 몇 개 있는데 엄마가 좋아하실 것 같아요. 목록 보내드릴게요."

"잘…… 됐구나. 얼마나 많은데?"

"여섯 개쯤."

"그야 당연히 전부…… 훌륭하겠지."

또다. 또 미적지근하게 나오신다. "무슨 일 있어요, 엄마?"

"아무 일도. 그건 왜 묻니?"

"평소랑 다른 것 같아서요."

"그냥 피곤해서 그래. 있잖니, 엄마 뛰러 가야 하는데. 내일 전화해도 될까?"

"어, 그래요. 부동산 목록 이메일로 확인해보세요."

"그래, 사랑한다, 아들."

그리곤 전화를 끊었다. 대체 뭐지? 맥은 귀에서 전화기를 떼고 통화가 끝나버린 화면을 뚫어져라 바라보았다. 엄마가 그냥 전화를 끊어버리셨다. 그리고 누군가에게서 꽃을 받았다.

그때 방문에 짧은 노크 소리가 울리고 바로 소냐가 고개를 빼꼼 내밀었다.

"누가 턱에 난 털을 찾는데요?"

미치겠네.

막 4시가 되기 전, 리브와 맥이 도착했을 때 대학 카페 안에는 빈자리가 거의 없었다. 대학생들은 노트북과 교재를 둘러싸고 옹기종기 모여 있었다. 몇 안 되는 게슴츠레한 눈의 학생들은 구원이라도 구하듯 카페라테가 든 잔을 그러잡았다.

"여기는 꼭 천천히 올라오는 숙취 같은 냄새가 나네요." 맥은 카페 안으로 걸어 들어오면서 리브의 등에 손을 얹으며 말했다.

그의 손길에 리브는 움찔했지만 맥은 그걸 알아채지 못했거나 아니면 신경 쓰지 않는 것 같았다. 맥은 창가 자리를 가리켰다. "저 자리에서면 내부 전체를 볼 수 있겠어요."

리브는 자리에 앉으며 넓은 카페 내부를 훑어보았다. "아직 안 온 것 같아요."

"뭐 좀 마실래요?"

"네, 제발요. 카페인이 절실해요." 그녀가 가방에서 지갑을 꺼내자 그가 손을 들었다.

"내가 살게요. 어떤 걸로 할래요?"

"내가 마실 커피는 직접 살 수 있거든요."

"당연히 그렇겠죠, 하지만 이번 건 내가 낼게요."

그녀는 턱을 옆으로 삐죽 내밀고 이 말싸움을 계속하면 어떻게 될까 생각했다. 그러면 그가 도로 되받아칠 것이고 그럼 너무 진이 빠지겠지.

"바닐라라테, 큰 걸로요. 고마워요."

그가 고개를 끄덕였다. "금방 올게요."

그녀는 카운터로 가는 맥을 눈으로 좇았다. 그는 주문을 하며 미소를 발사했고 나이 어린 바리스타는 단 2초 만에 얼굴이 붉어지며 말을 더듬었다. 잠시 후 자리로 돌아오는 그는 종이컵 두 개를 들고 있었는데 하나에는 휘갈겨 쓴 전화번호가 적혀 있었다.

리브는 눈을 굴렸다. "당신한테는 너무 어린 것 같은데, 아닌가요?"

맥은 마치 전화번호를 처음 발견했다는 듯 자기 컵을 보았다. 그리곤 어깨를 으쓱 들어올렸다. "늘 있는 일이라."

"부끄러운 줄 알아야죠."

"천부적으로 매력을 타고난 걸 어째요."

"헛소리하는 재능은 타고났네요."

맥은 고개를 가로저었다. "커피 마셔 봐요. 오늘 까칠하시네."

리브는 한 모음 홀짝이더니 음미하듯 신음소리를 냈다. 카페인의 첫 한 모금은 언제나 최고였다. 눈을 뜨자 맥이 자신을 바라보며 능글맞게 웃고 있었다.

"그거랑 단둘이 있고 싶은 것 같은데요."

"그렇다고 하면 가줄래요?"

소리 없이 빙긋 웃는 그의 모습은 커피와 똑같은 효과를 일으켰고 그녀의 심장 박동은 조금 더 빨라졌다.

"제시카를 여기서 찾을 수 있을 거라는 건 어떻게 알아냈어요?" 잠시 후 그녀가 물었다.

"컴퓨터에 아주 능한 친구가 하나 있어요."

리브의 등줄기가 꼿꼿해졌다. "잠깐만요. 다른 사람한테 로이스 얘길 했어요?"

"아니요, 그냥 사람을 찾을 수 있을 정도로만 했어요."

그녀는 다시 의자에 등을 구부려 기댔다. "거짓말하는 거죠?"

"미치겠네." 그가 나직이 중얼거렸다.

"내가 거짓말쟁이를 싫어해서 그래요."

그는 눈썹을 들썩였다. "유의할게요."

리브는 의자에 다시 등을 기대고 문을 바라보았다. 문이 열리고 한 무리의 학생들이 줄지어 들어오자 그들은 숨을 죽이며 일행을 탐색했다. 하지만 제시카는 없었다.

"대학 다녔어요?" 그렇게 몇 번 숨죽임의 시간을 보내고서 그녀가 물었다.

맥은 커피를 홀짝였다. "아니요, 당신은?"

"그냥 요리학교요."

그는 한쪽 눈썹을 치켜떴다. "그냥? 마치기가 쉽지 않은 프로

그램이라고 알고 있는데요."

인정하고 싶지 않았지만 그의 말이 리브는 기뻤다. "대학을
안 갔으면 사업 운영하는 건 어떻게 배운 거예요?"

"성공한 사업가가 되는데 학위가 필요한 건 아니에요."

"대학에 가고 싶진 않았어요?"

그는 다리 한쪽을 들어 올려 반대 무릎에 발목을 얹었다. "이
게 우리가 하려고 했던 정상적인 대화예요?"

"그런 식으로 나오려고만 안 한다면요."

그는 다시 한 모금 마시고 대답했다. "대학 갈 형편이 안 됐어
요. 학자금 대출을 받을 수도 있었겠지만 내 생각엔 그게 터무니
없는 것 같아서."

리브는 고개를 끄덕였다. 대학에 진학한 그녀의 고등학교 친
구들 대부분은 지금 엄청난 빚을 마주하고 있었다. 그걸 갚아 갈
수 있을 만한 좋은 직장을 잡는 것으로 끝난다면야 괜찮겠지만
많은 친구들이 그러지 못하고 있었다.

"당신은 아마 갔으면 장학금을 탔을 거예요. 똑똑하니까."

맥은 한 손을 가슴에 얹었다. "신에게 맹세코 당신한테 처음
으로 들은 칭찬이에요. 나 감동받았어요."

"다른 사람한테 똑똑하다고 말하는 건 칭찬이 아니에요. 그냥
사실을 말한 거지."

그는 하늘에서 인내심이 떨어지길 바라듯 천장을 보았다. "왜
내가 하는 모든 말에 시비를 거는 거예요?"

"그래서 미칠 것 같아요?"

"그래요."

"그게 이유예요."

"당신은 어때요." 그가 물었다. "왜 파티셰죠?"

달갑지 않은 어떤 감정이 그녀를 덮쳤다. "할머니랑 베이킹하는 걸 좋아했어요."

"시비 안 걸고 대답하는 거 그렇게 힘들지 않죠, 어때요?"

그녀는 다시 눈을 굴렸다.

"그분이 당신이랑 세아가 한동안 함께 살던 그 할머니이신가요?"

그녀는 고개를 치켜들었다. 그렇게 빨리 목을 움직였는데도 목이 삐지 않은 게 신기할 정도였다. "그걸 당신이 어떻게 알아요?"

"언젠가 개빈이 말해줬어요. 당신 부모님이 이혼하신 후에 한동안 세아랑 할머니네서 같이 살았다고."

"형부가 말이 참 많네요."

"왜 할머니랑 같이 살았어요?"

그녀는 고개를 저었다. "당신 차례예요."

그는 양팔을 넓게 벌렸다. "뭐든 물어봐요."

"왜 로맨스 소설을 읽기 시작한 거예요?"

"어머니가 종종 읽곤 하셨어요. 책 속에 섹스 장면이 있다는 걸 알고 나서는 밤에 침대에서 보려고 슬쩍하기 시작했죠."

그녀는 손사래를 쳤다. "징그러워. 더 이상은 듣고 싶지 않아요."

"몇 가지 방법을 찾긴 찾아야 했으니까요. 왜냐면, 알잖아요……."

리브는 구역질하는 시늉을 했다. "우왝. 10대 남자애들이란."

"그게 쉬운 게 아니에요. 다리 사이에 달린 이 희한한 물건이 어느 시점이 되면 밖에서 오줌을 싸고 눈 위에다 이름을 쓰게 하고 그런 다음엔 머릿속 생각 전부를 지배해버리니까요."

"네네, 불쌍한 남자들, 뇌를 쓸 줄 모르죠. 온몸의 피가 곧바로 거시기로 향하니까요."

그는 눈을 가늘게 뜨고 그녀를 유심히 보았다. "정말로 남자를 싫어하는 거예요?"

"네."

"진심으로?"

"아뇨. 하지만 그래야 해요. 여태껏 믿을 만한 남자를 못 만났어요."

그는 고개를 갸웃 기울였다. "개빈도 아니에요?"

"형부가 유일할지도요. 어쩌면 홉도. 그게 전부예요."

"아버지는요?"

리브는 미소 지었다. "당신 차례예요."

그는 한쪽 눈썹을 치켜떴다. "절묘하시긴."

그녀는 커피를 한 모금 홀짝였다. "그렇게 어린 나이에 나이트클럽 열 돈은 어떻게 마련했어요?"

"뭐예요, 그건 너무 사적이잖아요."

"청소년 시절에 로맨스 소설 보면서 딸딸이 쳤다고 말한 건 그쪽이거든요."

"그러네요." 그는 의자에 기댔다. "일단 운이 좋았어요."

"로또에 당첨되거나 한 거예요?"

"비슷해요. 나이 지긋한 분의 클럽에서 기도로 일을 했었어요. 그분은 은퇴를 앞두고 있었는데 물려줄 자식이 없어서 저를 도와주기로 한 거죠."

"그래서 그걸 잘나가는 나이트클럽 네 개로 불린 거고요?"

"맞아요."

"그건 운이 좋았던 게 아니라 열심히 일하고 경영을 잘한 것 같은데요."

"지금 또 나 칭찬한 거예요?"

리브는 짜증이 난다는 듯 자리에서 일어섰다. "막 후회가 되네요."

맥은 과장된 몸짓으로 자기 주머니 여기저기를 두드렸다. "펜이 어디 있지? 이 순간을 기록해야겠어요."

문이 다시 활짝 열렸고 리브는 들이마시던 숨을 멈췄다. 제시카였다. 요가 바지와 넉넉한 맨투맨 티를 입은 그녀의 모습은 여느 여대생과 다를 바 없어보였다. 가장 큰 차이는 겁에 질린 것 같은 그녀의 눈빛이었다. 그녀의 어깨는 가장의 무게에 눌려 말 그대로 구부정했는데 아마 지니고 있는 비밀 때문일지도 몰랐다.

맥은 그녀의 시선을 따라갔다. "저 친구예요?"

리브는 고개를 끄덕였다.

컵을 쥐고 있는 맥의 손가락에 힘이 들어갔다. "세상에, 완전 어린애잖아요."

그들은 제시카가 주문을 하려고 카운터에 다가가는 것을 지켜보았다. 그녀는 한쪽 어깨에 걸치고 있던 가방을 추켜올렸고 그러면서 빈자리가 있나 카페 안을 훑어보았다. 리브는 제시카가 자길 알아볼까봐 바짝 긴장했다. 하지만 리브를 못 보았던지 아니면 봐도 누군지 알아채지 못한 듯 그녀의 시선은 리브를 보고도 그냥 지나쳤다.

아마도 후자이리라. 놀랍게도 정말 많은 사람들이 그녀가 셰프 모자를 쓰고 있을 때의 얼굴을 알아보지 못한다. 그러니 모자를 벗고 있는 리브를 제시카가 알아보지 못하는 것도 말이 된다. 바리스타가 그녀의 이름을 불렀고 제시카는 커피를 집어 들었다. 화장실로 향하는 복도 옆에 벽을 보고 앉는 테이블이 하나 비어 있었다.

리브는 제시카가 그 테이블에 자리를 잡고 노트북과 공책을 꺼낸 뒤 커피를 한 모금 마시는 것까지 조금 더 지켜보았다.

"우리 이제 어떻게 하죠?" 맥이 물었다.

"내가 먼저 가서 말해볼게요. 와도 괜찮을 것 같으면 내가 손을 흔들게요."

그녀는 커피 잔을 내려놓고 일어섰다. 갑자기 긴장감이 훅 밀려오며 가슴 속에서부터 떨리는 숨이 새어 나왔다. 맥이 손을 뻗어 그녀의 손을 잡았다. "괜찮아요?"

"괜찮아요." 그녀는 손을 뺐다. 그의 손가락이 닿는 감촉이 싫어서가 아니라 도리어 너무 좋은 기분이 들어서였다.

제시카의 테이블에 거의 다가갔음에도 그녀는 리브를 알아보지 못했다. 코앞까지 다가가자, 그녀를 알아본 제시카의 눈이 커다래졌다. "여기서 뭐하는 거예요?"

"앉아도 될까?" 비어 있는 의자를 가리키며 리브가 물었다.

제시카의 눈이 더욱 커졌다. "당신이랑 얘기 못 해요."

"내가 여기 온 거 아무도 몰라."

"날 어떻게 찾았어요?"

"그냥 얘기하고 싶어서 그래." 리브가 말했다.

"무슨 뜻이에요?" 제시카의 말투는 무례한 게 아니라 혼이 나간 것 같았다.

"네가 괜찮은지 확인하고 싶어서."

제시카의 눈빛이 번뜩였다.

"그래." 리브는 의자에 앉으며 말했다. "바보 같은 소리지."

"나 공부해야 해요." 제시카가 항의하듯 말했다.

"널 도와주고 싶어."

"도와줄 거 없어요. 아무 일도 없었다고 말했잖아요." 펜을 꼭 잡고 있는 그녀의 떨리는 손가락은 다른 이야기를 하고 있었다.

"내가 뭘 듣고 봤는지는 내가 알아. 네가 두려울 거라는 것도."

"그냥 나 혼자 있게 해주세요."

"그럴 수 없어. 로이스가 자기가 저지른 일에 대가를 치르게 하기 전까진. 아마도 그 전에 저질렀을 일들까지도."

제시카의 눈이 커지며 이전에는 불신이었던 눈빛이 극도의 공포로 바뀌었다. "대체 어떻게요?"

좋은 질문이었다. "고심하는 중이야."

제시카는 고개를 절레절레 흔들며 자기 물건을 챙기기 시작했다. "그냥 날 좀 내버려두세요."

"내가 널 보호해줄게. 약속해. 난 그저 네가 이 일을 참고 견딜 필요가 없다는 걸 알았으면 싶은 거야."

제시카의 입술이 떨렸다. "내가 거기서 일하는 걸 우리 엄마는 정말 자랑스러워하세요. 우리 가족 중에 대학에 간 건 내, 내가 처음이었고요, 내가 거기서 일하게 됐을 때 엄마는 모든 사람한테 그 얘길 했다고요. 이 얘기 난 엄마한테 못 해요. 내가 관두기라도 하면 이유를 알고 싶어 하실 거예요, 그러면……."

"너희 엄마는 로이스가 너한테 저지르는 일들을 네가 참고 견디길 바라지 않으실 거야."

제시카는 눈물을 참으려는 듯 또 다시 입술을 깨물었다. "제발이요, 나 좀 내버려둬요."

그녀는 일어섰다. 리브는 손을 뻗어 그녀의 손목을 잡았다. "잠깐만."

제시카는 멈춰 섰지만 리브를 보려 하지 않았다.

"만약에 다른 곳에 일할 데가 있다면? 적어도 거길 떠날지 생각해봐줄 수는 있겠니?"

"모르겠어요."

"저쪽에 있는 남자 보여?" 리브는 돌아서서 맥을 가리켰다.

그는 친근한 느낌이 들도록 가볍게 손을 흔들며 자리에서 일어섰다. "친구야. 네가 돈 문제를 걱정하는 거라면 저 사람이 너한테 일자리를 줄 거야."

맥이 다가오자 제시카는 다시 자리에 앉았다. 그는 걸어오다 적당한 거리를 두고 멈춰서 한 손을 내밀었다. "브레이든 맥이에요."

그의 손을 잡는 제시카의 손이 떨렸다.

"만나서 반가워요. 좀 앉아도 될까요?" 그는 비어 있는 또 다른 의자를 가리켰다.

그녀는 고개를 끄덕였다. 맥은 테이블 옆을 돌면서 리브와 눈을 맞추고 그녀에게 살짝 미소를 지었다. "무슨 일이 있었는지 리브가 아주 조금 얘기해줬어요." 그는 자리에 앉으며 나직이 말했다.

제시카는 배신감에 이글거리는 눈빛으로 리브를 쏘아보았다.

"그 외엔 아무도 몰라요." 그는 안심시키려는 듯 말했다. "절 믿어도 됩니다."

"맥은 이 지역에 나이트클럽이랑 바를 엄청 많이 갖고 있어." 리브가 말했다.

맥은 지갑에서 명함을 꺼내 테이블 맞은편으로 쓱 밀었다. "본사 사무실은 템플에 있어요. 제 나이트클럽 중 하나예요."

제시카는 고개를 끄덕였다. "거기 알아요."

"그보다 작은 클럽들도 예닐곱 개 갖고 있고요."

제시카는 입술을 깨물었다. "어떤 일자리가 있는데요?"

"자리는 만들어줄게요, 필요하다면."

"저를 위해 그래 주신다고요?" 그녀의 목소리에는 초특급 영웅을 갓 만난 것처럼 경이로움이 묻어났다. 리브는 그 기분을 알 것 같았다. 그 순간 그녀 역시 똑같은 기분을 느꼈으니까.

"원한다면 오늘부터 시작할 수 있어요. 로이스 프레스턴에게 다시는 돌아가지 않아도 돼요."

바로 그 순간, 마법이 깨졌다. 로이스의 이름을 입에 올리자마자 그녀 안의 무언가가 부서진 것 같았다. 제시카는 고개를 가로젓고 맥의 명함을 주머니에 쑤셔 넣었다. "전 이 일이 필요해요. 제가 찾아본 다른 일들보다 급료도 나아요, 그리고 연줄도 그렇고……."

"알아." 리브가 말했다. "나도 똑같은 이유로 거기서 일하기 시작했어. 그 대단한 로이스 프레스턴을 위해서 일하면 경력에 날개를 달 거라고 생각하지. 하지만 내가 무슨 대가를 치르고 있는지 봐. 어떤 일도 그럴 만한 가치는 없어."

제시카의 입술이 일자로 꽉 다물어졌다. "어쩌면 당신이 그냥 복수를 하려는 건지도 모르죠. 당신을 해고시킨 걸 복수하려고 절 이용하려는 것뿐이에요. 당신이 그럴 거라고 그 사람이 그랬어요."

"지금 그 사람을 옹호하는 거야?" 그 순간, 맥이 손을 뻗어 리브의 무릎을 꽉 쥐었다.

"그 사람이 나한테 무슨 짓을 할 수 있는지 당신이 알아요?" 제시카는 화로 맞받아쳤다. "내가 원하는 건 셰프가 되는 것뿐이라고요, 당신처럼. 그 사람이 나를 망칠 거예요."

"우리가 먼저 망치면 못 그러겠지."

"봤죠? 당신은 그저 그 사람을 해치고 싶은 것뿐이잖아요. 주방에서 당신이 하는 말 종종 들었어요. 로이스를 싫어하잖아요. 늘 그랬죠."

"내 말 믿어, 제시카. 그날 밤에 내가 할 수 있는 제일 쉬운 일은 그냥 그 자릴 빠져나오는 거였어. 내가 널 보호할 이유 따윈 아무것도 없었다고." 그녀의 무릎을 쥔 맥의 손에 좀 더 힘이 들어갔다. 그녀는 그를 쏘아보았고 그는 아주 살짝 고개를 흔들어 보였다.

제시카는 노트북 뚜껑을 탁 소리가 나게 닫았다. "그때 당신이 그 자릴 그냥 빠져나왔더라면 싶네요." 그녀는 다리 위에 가방을 올려놓고 자기 물건을 안에 쑤셔 넣었다.

리브는 그녀 쪽으로 몸을 기울였다. "제시카, 그자는 네가 여기서 벗어나지 못하도록 할 거야. 이전에도 얼마나 많은 여자들에게 이랬을지 누가 알겠어? 그게 너한테는 아무렇지도 않아?"

"그건 내 문제 아니에요." 그녀는 자리에서 일어섰다.

"우리가 도울 수 있게 해줘요." 맥이 차분하게 말했다.

"절 도와주고 싶으세요?" 제시카는 가방을 한쪽 어깨에 둘러맸다. "제발 좀 혼자 있게 놔두세요."

"제시카……." 리브는 그녀를 불렀다.

맥은 그녀의 무릎을 다시 꽉 쥐었다. "가게 해줘요. 강요할 순 없어요."

리브는 눈을 문질렀다. "이제 어쩌죠?"

맥이 자리에서 일어섰다. "이제 당신한테 바비큐를 대접할게요."

1시간 뒤, 리브는 맥의 사무실에 앉아 애꿎은 바비큐 샌드위치에 화풀이를 하고 있었다. 지하에서 쿵, 쿵, 쿵 울려오는 라이브 밴드의 베이스 소리가 레모네이드 잔에 잔물결을 만들고 그녀의 마음까지 울렸다.

"난 이해 못 하겠어요." 그녀는 한가득 입을 채운 채로 말했다. "제시카는 왜 떠나지 않는 걸까요? 왜 그자가 빠져나가길 바라는 거냐고요? 대체 이유가 뭘까요?"

맥은 감자튀김을 케첩에 푹 찍었다. "두려움은 강력한 동기예요."

"하지만 우리가 나올 수 있게 해주고 있잖아요. 두려울 게 뭐가 있어요?"

"당신이 그 입장에 처해보기 전에는 알 수 없죠."

로지가 그녀에게 했던 말과 똑같았다. 하지만 리브는 여전히 이해가 가지 않았다. "아뇨." 그녀는 레모네이드에 손을 뻗으며 말했다. "웃기는 소리 말아요. 어떤 이유가 됐든 여자가 그런 상황에 기꺼이 남으려고 한다는 건 말도 안 돼요."

"쉽게 재단한다는 생각, 안 들어요?"

리브는 뒤로 휘청했다. "이보세요, 근데 지금 누구 편이에요?"

"당신 편이요. 그래서 솔직하게 말하려는 거고요." 맥은 못 쓰게 된 냅킨으로 입가를 닦았다. "거기서 당신 얼간이 같았어요."

"아니거든요!"

"기본적으로 피해자 탓을 했잖아요."

"헛소리 마요. 안 그랬다고요." 하지만 그녀의 뇌는 에고를 무시하고 자신이 했던 말을 되풀이하기 시작했다. **이전에도 얼마나 많은 여자들에게 이랬을지 누가 알겠어? 그게 너한테는 아무렇지도 않아?** 그녀는 의자 깊숙이 몸을 묻었다. "난 단지 이해가 안 돼요."

"모두가 당신 같지는 않아요, 리브."

그녀는 눈썹을 일그러뜨렸다. "무슨 뜻이에요?"

"모두가 엄청나게 큰 싸움에서 세상의 도전을 기꺼이 받아들이거나 그럴 능력이 있는 게 아니에요. 그게 그들이 나약하거나 틀렸기 때문은 아니고요." 그의 눈에서 불꽃이 일더니 갑자기 그가 테이블에 팔꿈치를 괴고 몸을 앞으로 기울였다. "그거 알아요? 여자가 폭력적인 관계에서 완전히 떠나버리기 전에 평균적으로 일곱 번은 기존의 관계로 돌아간다는 거?"

"좋아요, 우선 첫째, 왜 다짜고짜 수치를 들어대는지 난 이해가 안 가고요, 둘째, 우린 성추행에 대해 얘기하고 있는 거지, 가정 폭력에 대해 말하고 있는 게 아니거든요."

"우린 권력 우위에 서서 자신의 권위를 이용하는 남자들에 대해 말하고 있어요. 그게 직업적이든 개인적이든 공포와 친밀감으로 조종하는 자들이요. 빌어먹을 다 같은 거예요. 전부 하나의 큰 문화 안에서 이어지는 거라고요." 맥은 자기 접시 위에 냅킨을 던졌다.

그의 말이 옳았다. 그래서 그녀는 그가 미웠다. 어쩌면 이렇게나 무지한 스스로를 미워하는 이상으로 그가 더 미운지도 모르겠다. "와우." 그녀는 비아냥거렸다. 왜냐하면 스스로에게 짜증이 났으니까. "그런 걸 전부 로맨스 소설에서 배우셨나 봐요?"

"믿거나 말거나." 그는 자기 쓰레기를 정리하며 말했다. "맞아요. 당신도 한번 읽어봐요. 입문서로 괜찮은 책 몇 권 소개해줄 수 있으니까."

"됐어요."

그는 윙크했다. "열여섯 살 때에 비하면 난 훨씬 다듬어졌어요."

그녀는 토하는 시늉을 했다. "내가 정말로 당신을 좋아하기 시작했다고 생각하는 거예요?"

"저항할 이유가 없어요, 리브. 모두가 결국은 내 매력에 항복하게 돼 있으니까."

그리고 지금 그녀는 그의 말이 맞을까봐 짜증이 났다.

맥은 의자에 편하게 기대어 앉았다. "이 모든 일에도 좋은 점은 있어요."

"뭔데요?"

그는 트레이드마크인 마법의 미소를 발사했다. "일이 오래 걸

릴수록 당신은 나랑 더 오래 파트너를 할 수 있다는 거죠."

리브는 두 손으로 헐겁게 자기 목을 감쌌다. "차라리 지금 날 죽여요."

"두고 봅시다." 맥이 일어서며 말했다. "일을 마칠 때쯤이면 당신은 날 사랑하게 될 테니까."

소냐가 사무실 문 사이로 고개를 내밀었다. "바에서 누가 찾아요."

맥은 쓰레기통에 자기 쓰레기를 버렸다. "무슨 일이야?"

소냐는 한 손을 이마에 갖다 대고는 살랑거리는 목소리로 말했다. "또 다른 외로운 부인이요."

리브는 자리에서 일어섰다. "당최 무슨 일인지 내가 알고 싶어 해야 하는 거예요?"

"맥은 초능력이 있거든요." 소냐는 눈을 굴리며 말했다.

"여자들로 하여금 금욕을 결심하게 만드는 능력이요?"

소냐는 맥을 보며 활짝 웃었다. "나 이 친구 맘에 들어요."

맥은 코웃음을 쳤다. "좀 더 같이 있어봐."

리브는 그에게 가운뎃손가락을 날렸고, 소냐는 자기 가슴을 부여잡았다. "세상에 말도 안 돼, 우린 오늘부터 절친이에요."

리브는 주먹 쥔 손을 뻗었고 소냐는 똑같이 주먹으로 받아쳤다. 맥은 고개를 절레절레 흔들며 미치고 환장하겠다며 작게 구시렁거렸다.

"오늘 무슨 진전 있었나요?" 소냐가 물었다.

맥은 빠르게 고개를 저었고 리브의 입은 벌어졌다.

"이 사람이 말했어요?"

"넵."

맥은 신음소리를 냈다. "망할, 소냐."

소냐는 어깨를 으쓱했다. "난 거짓말 못 해요. 그건 여자 동맹을 깨는 거라고요."

"지금 장난해?" 맥이 말했다. "이 사람 여기 온 지 겨우 10분 됐는데, 둘이 벌써 동맹이 있다고?" 그는 리브를 보았다. "전부 다 말한 건 아니에요."

"걱정 말아요. 그쪽 비밀은 안전하게 지켜줄게요." 소냐가 리브에게 말했다.

맥은 코웃음을 쳤다. "내가 당신이라면 저 말 안 믿어요."

그 말에 웃음이 터졌지만, 리브는 아차 싶어 바로 웃음을 멈췄다.

맥이 그녀를 가리켰다. "웃는 거 다 봤어요."

"누가 웃었다 그래요?"

"방금 내 말에 웃었잖아요."

"아뇨."

"내가 말했죠. 당신은 결국 날 사랑하게 될 거라고. 모두가 그런걸요."

리브는 눈을 굴렸다. "그런 식으로 흠모의 감정을 갈구하다니 정말 슬프네요."

"당신은 사랑이 필요 없는 척하는데, 그게 정말 슬픈 거죠."

리브는 어깨를 으쓱했다. "그런 척하는 거 아니에요. 난 사람들을 싫어해요. 그리고 그들도 나를 싫어하죠. 완벽히 건강한 관계예요."

"그건 관계가 아니에요. 변명일 뿐이지. 단지 사람들이 당신을 좋아하지 않을까봐 두려워서 이런 식으로 계속 행동하는 거잖아요."

"미안한데요, 지금 여자한테 감동 주려고 1000달러짜리 컵케이크를 사신 분이 말씀하고 계신 거 맞나요?"

"네, 다른 여자가 들어와서는 일을 망쳐버리기 전까지는 그랬죠."

"컵케이크가 떨어져서 나한테 얼마나 큰 도움이 됐게요, 멍청이 씨."

"그 일로 언제까지 계속 사과해야 하는 거죠?"

"계속해요. 충분하다 싶으면 내가 말해줄 테니까."

맥은 누군가가 자길 보고 있다는 느낌을 받았다. 흘깃 보니 소냐가 문간에 기댄 채로 과하게 흥미로운 표정으로 그를 보고 있었다. "뭐?" 그는 이유 없이 짜증을 냈다.

그녀는 어깨를 으쓱했다. "바에 갈 거예요, 말 거예요?" 소냐가 재촉했다.

안 가는 편이 나을 거라는 판단에도 불구하고 리브는 따라갔다.

맥은 아주 멀리서도 불행한 부인을 알아볼 수 있었다.

굳은 미소. 짜증스러우면서도 애틋한 시선. 다리 위에 꼭 마주잡은 손을 골똘히 내려다보는 애절한 눈빛. 겨우 몇 발치 떨어진 곳에서 아무것도 모르는 남편은 그가 영원히 사랑하고 아껴 주겠노라 약속했던 여인이 한 잔의 와인처럼 그의 눈앞에서 사라질 존재라는 사실을 모른 채, 친구들과 자기만의 시간을 보내고 있었다.

정말이지, 남자들은 멍청하다.

그녀는 홀로 바의 맨 끝에 앉아 근처의 테이블에서 맥주를 벌써 피처로 네 개째 들이켜고 있는 남자들을 몇 분에 한 번씩 돌아보고 있었다.

맥은 바텐더와 눈을 맞추고 그 여자 쪽으로 고갯짓을 했다. 바텐더는 웃음을 보이고는 고개를 끄덕였다. 그랬다, 이런 건 그가 전문이었다.

맥은 흘깃 리브를 보고 미소 지었다. "보고 배워요." 그가 말했다.

리브는 가운뎃손가락을 들어보였다.

맥은 여인이 기대어 있는 바로 천천히 걸어가 아마도 어릴 적 그의 어머니가 나중에 큰일 나겠다며 조심하라고 경고했을 법한 미소를 그녀를 향해 발산했다. "오늘 밤 내내 여기 이렇게 혼자 있으려고 왔다고는 말하지 말아요."

여인은 깜짝 놀라 고개를 돌려 그를 보았다. 그녀의 뺨이 붉어졌다. "네?"

맥은 윙크했다. "아, 이제야 보네요. 뭐 마시고 있어요?"

그녀는 비어 있는 자기 잔을 내려다보았다. "그냥 물이에요. 여, 여긴 남편이랑 같이 왔어요." 그녀는 불쑥 내뱉었다.

"아, 남편은 어디 계시나요? 당신한테 새 물도 안 가져다주고 말이죠?"

그녀는 고개만 돌려 남편 있는 쪽을 보았다. "자기 동료들이랑 있어요."

"자주 이러나요?"

"어떤 거요?"

"당신을 데리고 나와서는 자기 친구들이랑 노느라 이렇게 당신을 버려두는 거?"

그녀는 어깨를 으쓱했다. '그렇다'는 뜻이다. 저런 등신 같은 놈이 있나. 남자들은 여자라는 선물을 받을 자격이 없다.

맥은 그녀의 잔을 들었다. "가게에서 내는 거예요. 어떤 걸로 할래요?"

그녀는 고개를 저었다. "운전을 하기로 해서요."

보아 하니 이 개자식은 자기 부인을 무시하는 것뿐 아니라 자기가 술을 먹고 음주 운전을 안 하려고 부인을 끌고 나왔다는 거네. 잘하는 짓이다.

"아, 그러세요." 맥은 잔을 물로 채우며 말했다. "하지만 장담하는데 어떤 술을 제일 좋아하는지는 알 것 같아요."

갑자기 흥미를 보이는 눈동자 위에서 완벽하게 손질한 눈썹이 활처럼 치켜 올라갔다. "아니, 모를걸요."

맥은 그녀를 꼼꼼히 살폈다. 우선 머리부터, 부분적으로 탈색한 머리칼은 꽤 비싼 시술인 듯하고 귀걸이는 다이아몬드였다. 그리고 손 옆에 놓인 클러치 백까지 확인. 케이트 스페이드. 상류층으로 고급스러운 취향이다.

전형적인 상류층이군.

"맨해튼?"

갑작스러운 웃음과 함께 그녀의 입이 벌어졌다. "어떻게 그걸 알았어요?"

맥은 어깨를 으쓱했다. "타고난 재능이죠."

"정말 희한한 재능이에요."

"제 직업에선 그렇지도 않아요." 그는 테이블의 남자들을 보았다. "그럼 저 중에 누가 남편인지 짚어 봐요."

여자의 표정이 어두워졌다. "지금 일어나고 있는 저 사람이요."

맥은 그를 살폈다. 짧게 깎아 올린 머리. 바짝 다듬은 수염. 전문직. 대학을 졸업했고 거만한 타입. "맞춰볼게요." 맥은 팔짱을 끼며 말했다. "금융업에서 일하죠?"

여자는 다시 웃었다. "놀랍네요."

"다들 뭐 마시고 있나요?"

그녀는 눈을 굴렸다. "대개는 버드와이저요. 그런데 지금은 그 IPA♥인지 뭔지에 빠져 있어요. 정말 못 봐주겠다니까요."

그가 윙크했다. "버드와이저가 좀 그렇죠."

맥은 피처 한가득 맥주를 채운 다음 웨이터 중 한명을 불러 휘갈겨 쓴 메모를 쟁반 위에 올렸다.

브레이든 맥이 대접하는 겁니다.

♥ ─────────

India Pale Ale. 영국 페일에일 맥주의 일종.

네 부인한테 신경 써, 멍청아. 안 그럴 거면 당장 내 클럽에서 꺼져.

임무가 끝나자 맥은 돌아서서 소냐와 리브가 나란히 서 있는 바의 반대편으로 갔다.

"일이란." 맥은 양팔을 활짝 벌렸다. "이렇게 하는 겁니다."

리브는 깊은 한숨을 내쉬고는 소냐를 보았다. "이 사람이랑 얼마나 오래 일했어요?"

"10년?"

"그런데도 아직까지 이 사람을 안 죽였다고요?"

소냐는 손을 턱에 괴고는 활짝 웃었다. "이거 갈수록 대박 재미나지는데."

그 순간 리브의 얼굴이 흙빛으로 변하지 않았다면 그도 그 말에 동의했을 것이다. 그는 가까이 다가섰다. "왜 그래요?"

"그자가 왔어요."

맥은 돌아서서 그녀의 시선을 따라갔다.

로이스였다. 그는 본능적으로 등 뒤로 손을 뻗어 리브의 손목을 잡았다.

"우리가 제시카하고 만난 걸 알고 있는 거예요."

"대체 그걸 무슨 수로 알아요?"

"어쩌면 제시카가 말했을지도 모르죠. 나가면서 말하는 거 당신도 들었잖아요."

그녀의 손목을 잡고 있는 맥의 손에 더 강하게 힘이 들어갔다. "내 사무실로 가 있어요."

그녀는 그에게 잡힌 손목을 잡아 뺐다. "뭐라고요? 절대 싫어요."

"리브, 제발요. 내가 처리할게요. 아직 당신은 못 봤어요."

어떤 부분에 설득이 됐는지는 모르겠지만 리브는 그의 말을 따랐다. 로이스가 사람들 사이에서 팬들에게 손으로 평화 표시를 하고 하이파이브하며 걸어오는 모습을 보고 있자니 분노가 끓어올라 맥의 눈앞이 빨개졌다. 그는 오다가 잠시 멈춰 서서 두 여자와 사진을 찍어준 다음 그녀들이 양쪽에서 뽀뽀할 수 있게 뺨을 내주었다.

맥은 전력질주해서 저 개자식에게 달려든 다음 바닥에 메다꽂지 않기 위해 내면 깊은 곳의 의지력을 끌어 모았다. 대신 그는 천천히 바의 한 중간으로 걸어가며 두 주먹의 근육을 풀었다가 단단히 말아 쥐었다.

로이스는 TV쇼 프로그램에서 짓는 미소를 하고는 그에게 다가왔다. "맥, 내가 찾는 사람이 여기 있네요." 그는 돌아서서 자신과 사진 찍기를 원하는 두세 명의 여자들에게 사과했다. "미안해요, 아가씨들. 사업차 들른 거라서."

오호라. 사업. 이 예상치 못한 방문은 떼로 몰려서 하는 구시대적인 협박의 모든 특징을 갖추고 있었다.

로이스가 바의 맞은편에 도착했다. 그들의 악수는 한 쌍의 권투 선수들이 싸우기 전에 으르렁대는 것 마냥 다정했다.

로이스가 필요 이상으로 꽉 잡은 손을 맥 역시 똑같은 힘으로 맞잡았다. "무슨 일로 여기까지?"

로이스는 그 질문에는 답하지 않고 바에 팔꿈치를 기댔다. 그는 재단하는 눈길로 원을 그리며 크게 둘러보았다. "여기도 꽤 하네요."

"처음 와보나요?"

"전에는 이런 호사를 누려보질 못했네요." 그는 '호사'라는 말이 충분히 반대 뜻으로 들리도록 말을 길게 늘였다. 그의 시선은 댄스 플로어에 머물러 있었다. 그곳에선 브래드 페이즐리의 컨트리 음악에 맞춰 한 무리의 사람들이 카우보이모자를 쓰고 춤의 물결을 이루고 있었다. 지저분한 대중 속을 배회한 것 마냥 그는 입술을 비죽거렸다.

맥은 살면서 또 다른 인간을 이토록 치고 싶은 적이 있었나 싶었다.

아니, 실은 처음은 아니었다. 이전에 누군가를 훨씬 더 세게 치고 싶었지만 로이스가 단숨에 이인자로 올라섰고 이유도 똑같았다. 여자를 다치게 하는 남자들은 지구상에서 최하위 생명체다.

맥은 이를 악물고 있던 턱에서 억지로 힘을 뺐다. "마실 것 드릴까요?"

로이스는 다시 빙글 돌아서서는 예의 그 거짓 미소를 지으며 맥을 보았다. "좋지요."

맥은 자기 뒤편 벽에 놓인 술병들을 죽 가리켰다. "어떤 술로 하실래요?"

"여기서만 특별히 파는 걸로 줘 봐요."

"그렇다면 '콧구멍 로켓'을 드려야겠군요."

로이스의 입술이 역겨움에 가늘어졌다. "콧구멍 로켓?"

"짐 빔 한 잔에 날달걀을 넣은 거죠."

"고급지네요."

"다른 걸 원하시면 와인 저장고를 뒤져볼 수도 있는데요."

로이스는 양손을 들었다. "이봐요, 난 모험가예요. 콧구멍 로켓이 딱이에요."

근처에서 서성이던 바텐더가 위스키 병을 잡았지만 맥이 손짓으로 그를 물렸다. "이건 내가 할게."

"VIP를 위해 특별히 직접 해 주시겠다?" 로이스는 일말의 자기 비하도 느껴지지 않는 말투로 그렇게 말했다. 그는 진심으로 자기가 VIP라고 생각하고 있었다.

"잘 아시면서." 맥이 말했다. 그는 독주를 한 잔 따라 로이스 앞에 놓았다. 그런 다음 갈색 액체 안에 달걀을 깨서 넣었다. "날달걀을 섭취하는 건 건강에 해로울 수 있다는 경고는 해야 할 것 같네요."

로이스의 낯빛이 약간 변하는 것 같았지만 이건 남자다움의 싸움이었다. 그는 한 번에 꿀꺽 들이켰고 살짝 잔을 기울였다 다시 꺾었다.

"그건 그렇고." 맥은 바의 모서리를 양손으로 짚고 서서 물었다. "여긴 무슨 일로 오셨나요?"

"듣자하니……." 로이스는 말을 하다 멈추고 잔을 내려놓으며 힘겹게 삼켰다. 아마 달걀이 도로 역류해서 올라오고 있는 게 틀림없었다. "사람을 채용한다고 들었는데."

"맞아요. 지원서 드릴까요?"

로이스는 TV쇼에서 쓰는 미소를 장착했다. "괜찮은 한 방이네요. 당신은 내가 얼마나 성공했는지 궁금하지 않소?"

"그다지."

로이스의 턱을 따라 긴장감이 꿈틀거렸다. "나는 당신이 마음에 들어요, 맥. 그래서 여기 온 거고. 당신에게 동종 업계에서의예의가 뭔지 살짝 전수해주려고."

맥은 코웃음을 쳤다. "당신이 나한테 동종 업계의 예의를 가르쳐주겠다고?"

"다른 사람의 직원을 채용하는 건 나쁜 방식이지."

맥의 뇌에서 경고음이 울렸지만 그의 입은 아랑곳하지 않았다. "자기 직원을 성추행하는 것도 역시 마찬가지고."

로이스의 뺨이 붉으락푸르락하더니 어두워졌다. 맥은 깜짝 놀랐고 이건 대중들이 결코 본 적 없는 얼굴이라는 걸 알았다. 제시카가 두려움에 결국 눈물을 터뜨리게 만든 얼굴. 머지않아 맥의 주먹을 맞고 불에 덴 듯 고통을 느낄 얼굴이었다.

"당신이나 나나 이 문제를 빙빙 돌려 말하는 건 그만두는 게어때? 여기 온 용건 말하고 내 클럽에서 꺼져."

"이봐, 올리비아는 위험한 여자야. 아주 불안정하지."

"그래서?"

"더 진즉에 그 여잘 잘랐어야 했는데."

맥은 다문 턱에 너무 세게 힘을 주는 바람에 어금니에 금이

갈 지경이었다.

"그 여자가 너한테 뭐라고 했는지 모르겠지만, 너도 본인이 위험해질 각오는 하고 들어. 그 여잔 뭐든 조져버리니까." 로이스는 어깨를 으쓱하고는 계속 말했다. "참 안됐어, 진짜로 말이야, 주방에서는 참 재능이 있는 여잔데, 그리고……." 그의 입술이 색기 어린 비웃음을 머금고 말려 올라갔다. "다른 쪽으로도 말이야."

그때 곱슬곱슬한 머리카락 같은 형체가 빠르게 맥 앞을 지나갔다. 무슨 일인지 알아챌 수도 없이 순식간이었다.

오 망할. 리브였다. "이 역겨운 거짓말쟁이 자식아."

로이스가 웃었다. "올리비아. 이런 놀라울 데가."

맥이 그녀의 팔을 잡았지만 그녀는 뿌리쳤다. "난 절대로 안 잤어. 당신이랑. 세상에! 차라리 그 전에 내 눈알을 도려내고 말지."

로이스는 딱 자기가 바라던 대로의 반응이라는 태도로 어깨를 으쓱 올렸다. "말했잖아, 맥. 불안정하다고."

"입 닥쳐, 로이스."

"내가 그 장면을 봤을 때 네놈의 그 쭈글쭈글한 짱뚱어 같은 거시기를 걷어차 버렸어야 했는데." 리브는 이를 갈았다.

로이스의 얼굴은 울긋불긋 터질 것 같았다.

맥은 그녀의 허리에 팔을 감아 자기 쪽으로 끌어당겼다. "그만." 그는 그녀의 귀에 속삭였다. "이게 저자가 바라는 거예요. 우리가 격해져서 소란을 피우게 해서 우리 신용을 떨어뜨리는 거라고요."

리브는 자길 감싸고 있는 그를 밀쳤다. "당신은 빠져나가지 못할 거야." 그녀는 로이스에게 손가락질하며 말했다.

"어이, 올리비아?" 그가 윙크했다. "난 이미 빠져나왔어."

"당장 내 가게에서 꺼져." 맥이 으르렁거렸다.

맥이 바 쪽에서 리브를 끌어당겼고 그녀는 순순히 그러도록 두었다. "이리 와요. 갑시다." 그는 그녀의 손을 잡고 앞장서서 자기 사무실 쪽으로 걸어가면서 그녀를 이끌었다.

호기심 어린 속삭임과 시선들이 몰려들었다. 아무도 그 장면을 촬영하지 않았다면 기적일 일이었다.

리브는 손을 부들부들 떨면서 쾅쾅 발소리를 내며 사무실로 들어갔다. "난 그 인간이랑 절대 안 잤어요."

"세상에, 리브. 나도 알아요."

그녀는 그를 향해 돌아섰다. "내가 그랬다고 소문을 퍼뜨릴 거라고요, 안 그러겠어요?"

"내가 못 하게 할게요."

소냐가 갑자기 뛰어 들어왔다. "쭈글쭈글한 짱뚱어 거시기?"

리브가 치를 떨었다. "내가 살면서 여태껏 본 것 중에 최악으로 역겨운 거였어."

그녀의 신랄한 비판은 오래가지 않았다. 무릎이 떨려와 책상 한쪽에 기대듯 주저앉았다. "날 정말로 망칠 거예요. 요식업계 전체가 내가 그자랑 무슨 일이 있었다고 생각할 거라고요."

맥은 거리를 좁혀 가까이 다가가 그녀의 턱을 엄지와 검지로 잡았다. "날 봐요."

그는 그녀의 얼굴을 살짝 들었다.

"우리가 그를 막을 거예요."

그녀는 그의 시선을 온전히 받아들였고 그때 그의 가슴 속에서 뭔가가 덜컹였다. 그녀의 눈동자는 거울처럼 모든 감정을 반사했다. 그는 얼어붙어 있던 그녀의 불안한 갈색 눈동자가 결심으로 굳어지면서 이글거리는 초록색으로 변하는 것을 보았다.

"젠장, 당신 말이 맞아요, 우리가 하는 거예요." 그녀가 말했다. "무슨 수를 써서라도."

그는 주먹을 쥐어 공중에 치켜들었다. "파트너?"

리브는 그의 주먹에 자신의 주먹을 맞부딪쳤다. "파트너."

Chapter

10

다음 날 아침, 맥은 자기가 늘 앉던 자리에 털썩 앉았다. 그 식당은 격주로 멤버들과 만나 아침 식사를 하는 곳이다. 그가 마지막으로 도착했는데 흔치 않은 일이었다. 하지만 상황 역시 일반적이지 않기는 매한가지였다. 원래 만나는 주가 아니었으니까.

머그잔에 담긴 커피가 그를 기다리고 있었다. 그는 잔을 옆으로 밀치고 팔꿈치를 테이블에 괴었다.

"중요한 일이란 게 뭐야?" 맬컴이 평소답지 않게 짜증 섞인 목소리로 물었다. "아내랑 오늘 할 일 있단 말이야."

여종업원이 테이블로 다가와서 맥에게 주문할 건지 물었다. 그는 그녀를 보는 둥 마는 둥 흘깃 보았다. "그냥 커피 주세요."

그녀가 자리를 뜨고 난 뒤, 잠시 동안 정적이 흘렀다. "왜?" 맥이 물었다.

"와우." 델이 나직이 말했다. "너 저 여자한테 미소조차 안 보였어."

"누구?"

맬컴이 가리켰다. "종업원. 너 추파도 안 던졌어."

맥은 고개를 저었다. "추파 던질 시간 없어. 너희한테 할 말 있어."

"당연히 그래야지." 델이 부러 진지한 표정으로 말했다. "자는 우릴 끌어냈으니까."

"심각하다고!"

"그새 또 누구한테 차인거야?" 개빈이 물었다.

맥은 가운뎃손가락을 들어올렸다. 개빈은 똑같이 되받아주었다. 맬컴이 자리에서 일어날 차비를 했다. "나 이럴 시간 없다."

맥이 그의 팔을 잡았다. "앉아. 이 얘기 들어야 해."

맬컴은 무서운 눈초리로 자리로 돌아와 앉았다. "그럴 만한 얘기여야 할 거야."

맥은 숨을 들이마시고 한 손으로 머리를 쓸었다. 이내 숨을 내쉬고는 친구들의 눈을 마주보았다. 먼저 리브에게 말하지 않고 이러는 게 죄책감을 느낄 일이라는 건 잘 알고 있지만 이건 긴급 상황이다. "이건 우리끼리만 알고 있어야 해."

"정말로 심각한 일이구나, 그런 거야?" 한층 진지해진 목소리로 개빈이 말했다.

"맞아. 그리고 리브에 관한 일이야."

개빈의 몸이 뻣뻣해졌다. "처제가 왜?"

"리브는 자기가 왜 해고당했는지 너랑 세아한테 전부를 말한 게 아니야."

5분 뒤, 이야기를 들은 멤버들의 반응은 맥이 예상했던 딱 그대로였다. 그도 그럴 것이 그들은 모두 같은 사고방식으로 돌아가는 세계에 살고 있었으니까.

러시아인은 두툼한 주먹으로 나무통 같은 자기 허벅지를 세게 내리쳤다. "그 자식 불알을 터뜨려주겠어."

"우리가 뭘 하면 되는 거야?" 델이 물었다.

"아직 잘 모르겠어. 하지만 그자가 정말 그런 놈이라면 우리가 막아야 해."

맬컴이 고개를 끄덕였다. "난 할게."

데릭이 동의했다. "나도."

테이블에 둘러앉은 멤버들은 연이어 모두 고개를 끄덕였다. 오직 개빈만이 답하지 않고 있었다. 그는 고개를 가로젓더니 야구 모자를 벗고 납작하게 눌린 머리를 양손으로 비볐다. "난 별로야. 리브가 다치게 하는 건 싫어."

"다치지 않게 내가 막을 거야. 내가 그녀를 보호할 거라고."

개빈이 코웃음을 쳤다. "네가 그렇게 말하면 리브가 뭐라 반응할지 직접 보고 싶다. 처제는 자기만의 일 처리 방법이 있거든."

물론이지. 그도 알고 있었다. 그리고 그는 그게 뭐랄까 조금씩 좋아지고 있었다.

리브는 서둘러 샤워를 하고 머리 손질과 화장을 마치고 옷을 차려입은 다음 아침 일과를 보기 위해 나섰다. 차갑고 뿌옇게 내리는 비가 풀밭을 축축하게 적시고 그녀가 머리를 만지는 데들인 일말의 공을 한순간에 무용지물로 만들었다. 닭장으로 가기 위해 마당을 가로지르는데 부츠가 질척한 풀밭에 푹푹 빠졌다. 헛간 안쪽에서 염소들의 울음소리가 들렸지만 녀석들은 자기 차례를 기다려야 한다. 랜디는 벌써 울타리를 넘어 들어와 자기가 제일 좋아하는 가지 위에 앉아 오늘 분량의 할당된 섹스를 하기 위해 암탉들이 나오길 기다리고 있었다. 녀석은 위협적으로 날개를 퍼덕거리며 리브를 반겼다.

"오늘은 너랑 놀아줄 기분 아니다."

랜디는 성이 난 듯 소리를 질렀다. 그녀는 녀석을 거칠게 방어하다 이내 미안한 마음이 들었다. 로이스 이 개자식이 분명 자기랑 잤다고 모두에게 말하고 다닐 게 뻔했다. 하지만 그게 랜디 잘못은 아니었다. 오싹한 기운이 피부를 타고 흘렀다. 하지만 날씨 때문은 전혀 아니었다. 그저 그 남자 근처에 있다는 생각으로도 구역질이 났다.

랜디는 다시 그녀를 공격했고 이번에는 그녀도 녀석에게 겁을 주기 위해 팔을 크게 휘둘렀다. "내가 말했지, 랜디. 쪼다 같은 놈들 거시기쯤은 잡아 흔들어봤다고!"

"꿀 정보인데요."

리브는 깜짝 놀라 등 뒤를 보았다. 맥이 대여섯 발자국 떨어진 곳에서 걸어오고 있었다. 골프용 반바지에 목까지 올라오는 얇은 스포츠용 스웨터를 빼입은 채 자신만만한 걸음이었다. 그녀의 머리카락을 엉망진창으로 목에 달라붙게 만든 뿌연 안개비였는데 어쩐 일인지 그의 머리카락에 맺힌 물방울은 작은 이슬처럼 보였다. 제기랄, 그는 완전 나이키 광고 모델이었다.

"여기서 뭐해요?"

랜디는 횃대에서 날아올라 깃털을 한껏 부풀린 날개를 퍼덕거리며 곧바로 맥에게 달려들었다. 맥은 한 발로 서서 다른 발로 공격을 막았다. "얘는 대체 왜 이러는 거예요?"

"수탉들은 전부 얼간이들이니까요."

맥은 발길질을 했다. 랜디는 공중으로 날아올라 두 발로 공격했다. 맥이 욕을 뱉으며 뒤로 발을 헛디뎠다. 리브가 가축우리의 문 옆에 달려 있는 고리에서 철망 바구니를 집어 들었다. 그러자 랜디는 그게 무슨 뜻인지 알아채고 성추행할 암탉을 찾아 어디론가 내달렸다.

리브는 맥에게 그 바구니를 내밀었다. "쓸모를 보여 보세요."

"우리 뭐하는데요?"

"당신은 달걀을 수거해올 거고요, 그동안 나는 닭한테 모이를 뿌려줄 거예요."

"달걀을 수거하다니요? 어디서?"

리브는 둥지 상자를 가리켰다. "뚜껑을 들어요. 안에 알이 있는지 상자를 하나씩 살펴봐요. 있으면 바구니에 담아요. 조심조심."

맥은 마치 죽음 그 자체가 안에서 기다리고 있다는 듯이 상자를 바라보았다. "안에 닭들이 있어요?"

"그럴 수도 있죠. 비켜줄 거예요. 그냥 걔네 아래로 손을 넣으면 돼요. 조심스럽게."

"닭 아래에다가 손을 넣으라고요?"

"비켜줄 거라니까요."

"하지만 닭 아래에다가? 질이 있는 그런 데에?"

"첫째, 닭은 질이 없어요. 두 번째로 설령 그렇다 해도, 닭이잖아요. 개네는 신경 안 쓸 거예요."

"하지만……."

"아, 진짜, 맥, 남자답게 좀 굴어요."

"이봐요." 그는 그녀를 가리켰다. "내가 단지 남자라는 이유만으로 두려움을 느끼면 안 된다거나 아니면…… 잠깐만. 닭은 질이 없다고요?"

"미치겠네. 가서 달걀이나 가져와요."

리브는 가축우리로 가는 문을 열었고 그동안 맥은 둥지 상자 뚜껑을 조심조심 들어올렸다. 안에 암탉이 한 마리만 남아 있는 걸 보고 맥은 진심으로 안도의 한숨을 내쉬었다. 다른 녀석들은 리브가 우리를 열자 자유와 축축한 흙을 찾아 모두 밖으로 달려 나갔다.

헤이즐은 그리 멀리 가지 않았다. 랜디가 그녀의 몸통 위로 올라타더니 자기 할 일을 했다. 겨우 3초 남짓한 시간이었다.

"헐, 랜디." 맥은 역겨움이 뚝뚝 떨어지는 목소리로 말했다. "어느 정도껏은 해야지."

리브는 웃음을 감추기 위해 바닥에 모이를 뿌렸다.

맥은 바구니에 달걀 세 개를 내려놓았다. "있죠, 닭은 알이 언제쯤 쥐어짜서 나오겠구나, 하고 아는 거예요, 아님 그냥 퐁, 하고 나오는 거예요?"

170

"나도 몰라요."

"처음으로 알을 낳을 땐 어때요? 이러지 않으려나? 아니 세상에 지금 이게 대체 뭐야? 내 몸에서 지금 뭐가 나오려는 거야? 깔고 앉아서 무슨 일이 벌어지는지 봐야겠다."

그녀가 참을 새도 없이 웃음이 제멋대로 터져 나왔다. 그가 활짝 웃으며 만족스러워 하는 걸 보니 그도 웃음소리를 들은 모양이다. 이 남자가 정말.

그는 다음 비어 있는 둥지로 갔다. "그런데 진지하게 묻는 건데, 닭은 질이 없으면 뭐가 있는 거예요?"

그녀는 사료바구니 안에 든 숟가락을 교체했다. "더 이상 당신이랑 닭의 질에 대해 얘기하고 싶지 않아요, 앞으로도 쭉."

"말 안 해주겠다면 내가 구글에서 찾아볼게요. 그러고 나면, 상상해 봐요, 앞으로 팝업 광고창에 뭐가 뜨려나."

그녀는 한숨을 쉬었다. "배설강이라고 부르는 항문이 있어요. 그게 그러니까, 모든 걸 할 수 있는 범우주적인 구멍이랄까."

"모든 걸?" 그는 몸을 떨었다. "닭의 질에 대해 어떻게 그렇게 많이 알고 있는 거예요?"

"몇 달 전에 여기 애들 중 한 마리 거기에 알이 낀 적이 있어요. 그게 나오도록 도와줘야 했고요."

"당신 삶은 정말이지 꽤 흥미롭단 말이에요. 다시 말해줘요, 왜 여기서 산다고 했죠?"

그녀는 대답하지 않고 밖으로 걸어 나갔다. 그런 질문은 여러 사람으로부터 잔뜩 들어왔다. 대답할 의무는 없다. 특히나 맥에게는.

맥은 그녀를 따라 집 안으로 들어갔고 그녀는 오물이 잔뜩 묻은 장화를 벗어던지고 그에게서 바구니를 가져갔다. "손 닦아요." 리브는 고갯짓으로 욕실을 가리키며 말했다.

로지는 커피 한 잔과 조간신문을 들고 아일랜드 식탁에 앉아 있었다. 리브가 그녀에 관해 몹시 좋아하는 것들 중 하나였다. 로지는 여전히 매일 아침 신문을 받아보았다. 그녀의 할머니가 그랬던 것처럼. 그녀의 유년 시절 중 유일하게 온전히 안전하다고 느꼈던 때는 소파에서 조간신문을 읽고 있는 할머니 곁에 파고들어 함께 시간을 보내는 아침이었다.

리브는 젖은 머리를 뒤로 넘기고 달걀을 조리대 위에 올렸다. "랜디가 벌써부터 헤이즐을 좇기 시작했어요. 목에 땜빵이 생겼더라고요. 한동안 안으로 들여야 할까 봐요."

"불쌍한 것. 내가 가서 잠깐 안으로 데려올게."

욕실에서 물을 잠그는 소리가 나고 맥이 안으로 걸어 들어왔다. 로지는 작게 탄성을 뱉었다. "어머나, 누가 다시 오셨나."

맥은 환대를 흠뻑 누렸다. "로지, 오늘 아침 정말 아름다우세요."

"내가 미쳐." 로지가 토하는 시늉을 했다.

"배고파요?" 로지가 물었다. "머핀이 있어요, 아 그리고 오븐 안에 키슈♥도 있고."

♥ ——————

quiche. 달걀, 우유에 고기, 야채, 치즈 등을 섞어 만든 파이의 일종.

"직접 하신 머핀이 좋을 것 같은데요." 그는 윙크했다.

리브는 그를 보고 눈을 굴렸다. "추파를 안 던지는 여자도 있어요?"

로지는 머핀을 접시에 담아 그에게 건넸다. "그럼 오늘 두 사람은 뭐할 생각이에요?"

맥은 얼른 한 입 베어 물고 대답했다. "일종의 첩보영화랄까요."

"여기 왜 왔는지 나한테 한마디도 안했거든요." 리브가 말했다.

"당신이랑 의논할 게 몇 가지 있어요."

그가 뭐라고 더 말하기도 전에 갑자기 뒷문이 쾅, 하고 열렸다 닫혔다. 이어 쌍둥이의 목소리가 온 집안을 채웠다.

"리비 이모!"

어밀리아가 뛰어 들어오고 재빨리 에이바가 뒤따랐다. 곧이어 세아가 따라 들어왔다.

아이들은 맥을 보게 돼서 기쁜 것 같았다.

세아는 아니었지만.

"당신이 여기 있다니 참 희한하네요, 맥." 세아가 말했다.

맥은 '망했다'고 쓰인 한층 창백해진 얼굴로 돌아섰다. "안녕, 세아……."

"내 동생이랑 단둘이 얘기 좀 해야겠어요."

맥은 머핀을 내려놓았다. "내가, 음, 애들 밖에서 놀게 내가 데리고 나갈게요."

로지는 잠깐 불안한 듯 서성이다가 그게 제일 안전하겠다 싶었는지 그들을 따라 나갔다.

리브는 언니의 얼굴을 정면으로 마주봤다. "세상에, 언니, 대체 왜 이러는 거야?"

세아는 양손을 골반에 짚고 섰다. "네가 왜 해고당했는지 대체 언제쯤 나한테 말할 생각이었어?"

이런. 망할.

10분 뒤, 세아는 로지의 거실을 서성이고 있었다. "나한테 거짓말을 하다니 믿을 수가 없어."

"정확히는 일부만 말한 거지." 리브가 말했다.

세아의 뺨이 울긋불긋해지고 눈에서 화가 들끓고 있는 걸로 보아 확실한 표현을 알려준 게 고맙지 않은 모양이었다. 리브는 침을 삼키고 입을 닫았다.

"거짓말 안 하고, 나는 네가 이해가 안 가, 리브. 대체 왜 계속 나한테 이런 걸 숨기는 거니?"

"언니를 이 일에 끌어들이고 싶지 않았어."

"넌 내 동생이야. 네 문제가 내 문제라고."

"정정해줄게. 언니 문제들이 대개는 내 문제들 때문에 생기는 것들이지."

세아는 짜증 섞인 탄식을 뱉으며 허공에 두 손을 치켜들었다. "그건 대체 다 무슨 소리야, 리브? 난 네가 이해가 안 간다니까!"

"나는 평생 동안 사람들한테 짐이 되어 왔잖아. 엄마, 아빠. 그랜그랜. 언니."

"그렇지 않아. 대체 왜 그런 생각을 하는 거야?"

리브는 자리에서 일어나 양손을 내저었다. 그녀가 정말이지 꺼내 보이고 싶지 않은 이야기가 나오기 전에 더 이상의 논쟁을 피하려는 거였다. "어쩌겠어. 이제 전부 다 알고 있잖아. 이제 집으로 가서 걱정하고 조바심 낼 거잖아. 자기 일도 많은데 거기에 얹을 걱정거리가 더 필요한 사람처럼."

세아는 딱 그런 눈빛으로 그녀를 보았다. "난 네 언니야. 널 걱정하는 게 내 일이잖아."

리브는 얼굴에 흘러내린 머리카락을 뒤로 밀쳤다. "바로 그게 내가 언니한테 말하지 않은 이유야."

"넌 그럼 정말로 내가 끝까지 모를 거라고 생각했어?"

"결국엔 알아내겠지, 그렇게 생각한 것 같아! 그렇게 멀리까지 생각 안 했다고. 나는 내 방식으로 해결하려고 하고 있었어. 잠깐만…… 어떻게 알았어?"

"어떻게 알았을 거라고 생각하니? 오늘 아침에 맥이 개빈이랑 북클럽 멤버들한테 얘기했어."

리브의 근육이 움찔했다. "그 사람이 뭘 어쨌다고?"

집 안의 긴장감이 밖에 있는 맥과 로지에게까지 전해졌다. 심지어 암탉들마저 오줌을 지렸다. 랜디가 쫓아오자 헤이즐은 꽥꽥거리며 녀석이 물러날 때까지 부리로 쪼아댔다.

"안으로 들어가 봐야 할까요?" 쌍둥이들이 염소에게 먹이 주는 것을 돕고 있는 로지에게 맥이 물었다.

"준비가 되면 두 사람이 밖으로 나오겠지요."

홉이 느긋하게 걸어왔다. "로지, 나 사료 가게에 가야 하는데. 같이 타고 갈래?"

로지는 흠칫했다. "가자, 얘들아." 그녀가 말했다. "씨앗들이 잘 있나 보러 가자."

"너무 티 났어요." 로지에게 말이 안 들릴 정도로 멀어지자 맥이 말했다. "뭐하시는 거예요?"

홉은 입맛을 다셨다. "늘 나한테 저런 식이라고. 내가 남녀평등 헌법 수정안에 흠집을 낸 후로 말이야. 농담을 받을 줄을 몰라."

"그 농담이 재미가 없어서 아닐까요."

"봐, 요즘엔 이게 문제야. 유머 감각 있는 사람들을 이제는 찾아볼 수가 없어. 망할 온갖 걸 다 역겹다 하고."

맥은 고개를 저었다. "아저씨, 어떤 쓰레기들은 늘 역겨운 법이에요."

"우리 시대엔 아무도 신경 안 썼어."

"여자들은 썼죠. 다만 그들의 의견은 신경 쓰지 않기로 한 거고요."

홉은 눈을 굴렸지만 그의 철갑에 생긴 균열이 눈에 띄었다.

"자, 그럼 얼마나 더 이렇게 하시고서야 깨달으실까요? 로지가 유머 감각이 없어서가 아니라 아저씨가 훨씬 쌔끈한 방법을 찾아야 한다는 걸요."

홉은 거칠고 옹이진 손가락 마디로 그를 가리켰다. "입 조심해."

맥은 어깨를 으쓱했다. "전 제가 도움을 줄 수 있다고 말씀드리는 것뿐이에요."

홉은 비웃었다. "무슨 수로?"

맥은 로지가 쌍둥이들을 데리고 들어간 지하 저장실을 가리켰다. "얼마나 오랫동안 좋아하신 거예요?"

"자네가 무슨 소릴 하는지 알고나 말하는 거야?" 홉은 투덜거렸다.

"원하시면 계속 그렇게 멍청하게 구세요. 하지만 제가 뭘 알고 있는지는 알아요."

"얼마나 안다고."

"아저씨는 로지의 마음을 얻을 수 있어요. 제가 도울 수 있고요."

홉은 마치 처음으로 퀴노아를 먹었을 때처럼 입을 삐죽거렸다. "자기가 욕정을 느끼는 여자가 있는데 그렇다고 인정도 안 하는 남자한테 내가 연애 상담을 받을 줄 알고?"

"전 리브한테 욕정을 느끼지 않아요. 그녀를 잘 알지도 못하고요."

"그래도 내가 누구 얘길 하는지는 잘 알아듣는군."

맥은 대답을 피했다. "우린 아저씨에 대해 얘기하는 중이잖아요, 영감님."

"말도 안 되는 소릴 하고 있어."

"아저씬 로지가 알아들을 수 있는 언어로 그녀에게 말하는 걸 배우셔야 해요."

"그 언어쯤은 나도 알아. 까칠함이지."

맥도 그런 언어를 쓰는 사람을 한 명 알고 있었다.

홉은 자기 반다나로 앞이마를 훔쳤다. "자네 세대 남자들은 이런 잡것들에 대해 얘기하는지 모르겠지만 우리 세대는 안 그래."

"그래서 성과가 어떠셨는데요?"

"네 놈 성과는 어땠냐?"

맥은 활짝 웃었다. "지금까진 훌륭하죠."

홉이 코웃음을 쳤다. "그래서? 저기 저 여자는 널 봐서 행복한 것 같지 않은데."

맥은 돌아섰다. 리브가 풀밭을 가로질러 그를 향해 무섭게 돌진하고 있었다. 마치 분실물 보관소에서 힘든 작업이라도 마친 사람처럼 농장에서 신는 고무장화에 여기저기 해진 큼지막한 맨투맨 티를 입은 그녀가 우스꽝스럽게 보여야 정상일 것이다.

하지만 그녀는 전혀 우스워 보이지 않았다. 아름다웠다.

아름다운 폭풍 같았다.

천둥이 맥에게로 곧바로 내리꽂혔다.

리브는 무시무시한 눈길로 그 앞에 섰다. "북클럽에 얘기했다고요?"

그는 윙크했다. "그게 내가 여기 온 이유랄까요."

"나한테 먼저 물어봤어야죠."

맥은 양손을 들어보였다. "우리 어젯밤에 로이스를 쓰러뜨리자고 합의했잖아요, 무슨 수를 써서라도."

"그게 쪼르르 달려가서 내 허락도 없이 더 많은 사람들한테 말해도 된다는 건 아니었거든요. 파트너 역할을 해야죠."

"녀석들이 도와줄 거예요, 리브."

그녀는 자기 뺨을 쳤다. "북클럽이잖아요!"

"내슈빌에서 가장 연줄이 세고 힘 있는 멤버들로 만들어진 북클럽이죠. 우릴 도와줄 수 있어요."

살랑이는 바람이 그녀의 머리카락 한 줄기를 뺨에 걸었다. 그는 손으로 그녀의 뺨을 감싸 쥐고 머리카락을 귀 뒤로 넘겨주고 싶어 미칠 것 같은 충동을 느꼈다.

"지금부터는, 나한테 먼저 말하기 전에는 아무것도 하지 말아요." 마침내 리브가 말했다. "결정은 내가 해요."

맥은 고개를 끄덕였다. "결정은 당신이 해요."

리브는 만족스럽게 고개를 끄덕였다.

"조건이 하나 있어요." 맥이 덧붙였다.

리브는 팔짱을 꼈다. "무슨 조건이요?"

"무모한 행동은 그만둘 것."

그녀의 얼굴에 너무나 진심으로 발끈한 게 드러나서 웃겨 보일 정도였다. "내가 무슨 무모한 짓을 했는데요?"

"어젯밤에 로이스랑 있을 때? 우린 이 문제에 있어 똑똑하게 굴어야 해요. 당신이 결정을 하고 싶다면, 좋아요. 하지만 말도 안 되는 생각들에는 내가 거부권을 쓸 거예요."

두 사람 뒤에서 홉이 코웃음을 쳤다.

"봐요, 내일 우리가 사람들을 다 모읍시다, 그리고 계획을 세우는 거예요." 맥이 제안했다.

"알았어요." 리브는 휙 돌아서서 다시 집으로 거칠게 걸어 들어갔다. 로지와 쌍둥이는 지하 저장실에서 나왔고 로지는 리브가 맥을 봤을 때와 똑같은 눈빛으로 홉을 보고는 다시 집으로 들어갔다.

맥이 고개를 돌리며 말했다. "다음 주 금요일. 아침 8시. 식스 스트링스 식당이에요."

"감정을 주체 못하고 남발하는 거지발싸개 같은 모임 따위에 나는 안 가."

"신입 멤버가 아침밥 사는 겁니다."

"집어치워."

"이건 큰 실수예요."

다음 날 오후 3시가 되기 직전, 리브는 로지의 거실을 둘러보면서 자신의 깨달음을 입 밖으로 뱉었다.

"괜찮을 거예요." 맥이 말했다. "내가 약속할게요."

그녀는 좀처럼 확신이 서지 않았다. 맬컴이라면 완전히 믿음이 갔다. 똑똑한 사람이니까. 몇몇 멤버들은 아직 만나본 적이 없지만 두 사람은 누군지 알 것 같았다. 데릭 윌슨은 시내에 건축 회사인지 뭔지를 갖고 있는데 전에 개빈과 맥이 그에 대해 말하는 걸 들은 적이 있다. 그래서 그가 괜찮은 사람이라는 건 알고 있었다.

하지만 러시아인은? 그녀는 돌아서서 맥을 올려다보고 목소리를 낮췄다. "어떻게 그 사람을 부를 생각을 한 거예요. 이 집 배관이 얼마나 낡았는데요."

로지는 쿠키가 담긴 쟁반을 들고 리브가 모르는 남자와 함께 들어왔다. 그는 검은 테 안경을 쓰고 유행 좋아하는 사람들이 쓸 것 같은 헐렁한 비니에 포켓몬이 그려진 티셔츠를 입고 있었다.

"밖에 낙오자가 있는 걸 찾았어." 로지가 말했다.

"저 사람 누구예요?" 리브가 속삭였다.

"노아예요."

"노아가 누군데요?"

"컴퓨터 전문가."

"제시카 찾아냈다는 사람이요? 저 사람은 이 일에 대해 아무것도 모른다고 그랬잖아요!"

맥은 싸움은 피하고 싶다는 듯 양손을 들어보였다. "그러게요, 내가 거짓말을 했을지도 모르겠네요."

리브는 그의 팔을 세게 쳤다. "나한텐 완전 거짓말이거든요."

그녀는 그를 다시 한번 때렸다. 그는 팔을 감싸고 우는 소리를 했다. "이건 뭐 때문이에요?"

"그냥이요. 우리, 저 사람 정말 믿을 수 있는 거예요?"

"겉으로 판단하지 말아요. 확신하건데 IT 어쩌고 하는 건 전략상 하는 소리고 실상은 정부에서 일하는 암살자일 걸요."

리브는 눈을 가늘게 떴다. "진심이에요 농담이에요?"

맥은 손을 쫙 펴며 앞으로 걸어 나갔다. 그와 노아는 남자들끼리 으레 하는 악수, 가슴 부딪치기 같은 걸 했다. "와줘서 고마워, 친구." 맥이 말했다.

그는 노아를 위해 간단하게 한 바퀴 빙 둘러가며 멤버들의 이름과 어떤 기술이 있어서 이 자리에 오게 됐는지를 쭉 설명했다. 러시아인이 마지막이었다.

"이 친구는 힘쓰러 왔어." 맥이 말했다.

러시아인이 주먹을 쾅 내리쳤다. "그 자식을 뭉개주겠어."

리브가 양손을 저었다. "아뇨. 아무도 뭉개면 안 돼요."

러시아인은 아랫입술을 삐죽 내밀었다. 로지는 그를 달래기 위해 서둘러 쿠키를 내밀었다.

"그 친구한테 치즈가 조금이라도 든 건 먹이지 마세요." 맥이 재빨리 말했다.

리브는 그를 찬찬히 보았다. "언제, 그러니까 자정 이후나……?"

"그냥 언제든 안 돼요."

로지는 어깨를 으쓱하고는 맬컴에게로 갔다. "치즈 먹어도 괜찮아요?"

"그럼요, 여기 있는 사람들은 다 치즈 먹어도 돼요." 맥이 대답했다.

노아는 마침내 리브와 마주섰다. 그녀는 그와 악수를 하고 눈을 가늘게 떴다. "혹시 사람을 죽이나요?"

그는 고개를 살짝 기울였다. "고의로는 아니고요."

맥이 양손을 짝 소리가 나게 맞잡았다. "시작합시다."

아직 서 있던 사람들은 소파 두 개 중 하나에 서로 밀치며 몰려들어 자리를 잡았다. 러시아인은 진즉에 홉의 안락의자를 차지하고 있었는데 홉이 여기에 합류하기로 하면 분명 문제가 될 일이었다. 맬컴은 결국 바닥에 앉았는데 그 역시 암탉들이 합류한다면 문제일 터였다.

"개빈이랑 렐은 오늘 홈경기가 있어서 오늘 결정된 건 나중에 전해줄 거야."

"우리가 뭘 하면 되는 거야?" 데릭이 연이어 쿠키에 손을 뻗으며 물었다. "이거 장난 아니게 맛있네요."

로지가 활짝 웃었다. 그때 홉이 성큼성큼 걸어 들어오다 로지가 다른 남자에게 웃는 모습을 보고는 눈을 부라렸다. 그런 다음 러시아인이 자기 의자에 앉은 걸 알아채고는 노여움이 살기로 변했다. 그는 '저리 꺼져'라는 의미로 엄지를 까딱였다. 러시아인은 재빨리 맬컴 옆 바닥에 앉았다.

"늦었네." 로지가 홉에게 핀잔을 줬다. 그러면서도 그녀는 그에게 쿠키를 건넸다.

"우리가 해야 할 일 중에 가장 중요한 게 로이스가 얼마나 많은 여자들에게 이런 짓을 해왔는지 알아내는 거예요." 리브가 말했다. "그리고 어떻게 그걸 폭로할지도요."

"왜 그냥 언론에 찾아가서 본 걸 다 말해버리지 않는 거예요?" 데릭이 물었다.

"그건 너무 오래 걸릴 거예요." 리브가 말했다. "언론에선 자기들만의 조사를 해야 할 거고, 그럼 시간이 너무 오래 걸려요. 난 더 크게 가고 싶어요."

맥은 눈썹을 찡그리며 그녀를 흘깃 내려다보았다. "더 크게?"

"그의 요리책 출간 파티가 성대하게 열릴 거예요. 난 거기서 그자랑 정면으로 맞서고 싶어요."

"겨우 3주 남았잖아요." 맥이 말했다.

"알아요."

"그건 불가능해요." 그가 투덜거렸다.

"그냥 그 인간을 납치해서 불게 하면 안 돼?" 러시아인이 말을 하자마자 모두가 그를 보았다. 그는 어깨를 으쓱했다. "러시아에서는 늘 있는 일인데."

리브는 고개를 저었다. "아니요, 납치는 안 돼요. 폭력도 안 되고요."

"하지만 그가 인정하는 걸 녹음하는 건 가능할지도 모르겠네요." 데릭이 제안했다.

리브가 맥을 보았다. "그거 괜찮은 것 같아요." 그녀가 말했다. "하지만 어떻게요?"

"상공회의소 행사는 어때요?" 데릭이 말했다. "그도 거기 올거예요. 누가 휴대폰이나 그런 걸로 녹음할 수 있잖아요."

"자기가 여자들을 추행해왔다는 걸 상공회의소 기금 마련 행사장에서 그렇게 쉽게 인정할 리가 없잖아." 맥이 말했다.

"그 사실을 이미 알고 있는 사람에게라면 인정할지도 모르죠." 리브가 말했다. "나 같은 사람이요."

평정심을 유지하던 맥의 얼굴이 순식간에 완전히 굳어버렸다. 이상한 일이었다. "아니, 난 그거 마음에 안 들어요. 다른 계획을 짜야 해요. 그건 절대 될 리가 없어요."

"그 부분에선 제가 약간 도움이 될지도 모르겠는데요." 노아가 말했다. 그는 소파 앞으로 몸을 구부려 뒷주머니에서 돌돌 만 종이 뭉치를 꺼냈다.

그는 딱히 누구에게랄 것 없이 앞으로 내밀었고 리브는 맥보다 먼저 그걸 잡았다. "이게 뭐예요?"

맥도 그녀의 어깨 너머로 종이 뭉치에 눈길을 주었다.

"로이스 은행 기록을 슬쩍 들여다봤어요." 노아가 말했다.

리브는 숨이 막혔다. "뭘 했다고요?"

맥이 그녀의 등을 두드려주었다. "자, 숨 쉬어요, 숨."

"그거 불법 아니에요?"

"기본적으로 제가 들여다보는 대부분의 것들은 공개된 문서들이에요." 노아가 말했다.

"대부분?" 리브는 간신히 소리 내어 말했다.

노아는 진심이 느껴지지 않는 사과를 하듯 한쪽 어깨를 들어 올렸다. "그중에 어떤 건 합법성이 의심되는 수단이 필요하기도 하지만요."

"거기 뭐라고 쓰여 있는지나 말해줘." 맥이 말했다.

노아는 들고 있던 쿠키를 베어 물었다. "제가 일련의 이상한 매매 기록을 발견했거든요. 그래서 규칙이 있나 보려고 기록을 가져다 표로 만들어봤더니 흥미로운 게 나왔어요."

리브가 들고 있는 서류를 보기 위해 맥이 바짝 다가섰다. 그 바람에 그의 몸이 리브의 등에 닿을락 말락 가까워졌다. "이해가 안 가는데." 결국엔 눈길을 들어 올리며 맥이 말했다. "지금 보고 있는 이게 뭐야?"

노아는 고개를 끄덕였다. "로이스의 회사가 별 특징 없고 애매한 자선 단체에다 다양한 금액으로 연달아 송금을 했어요. 해외에 계좌를 두고 있는 곳인데, 송금 받은 계좌는 그 즉시 알 수 없는 곳들로 재분배됐고요."

"자넨 그럼 이게 입막음용 돈이라고 생각하는 거고?" 홉이 말했다.

노아는 어깨를 으쓱했다. "확실하게 아무도 모르는 방식으로 누군가를 매수하려고 하는 거라면, 저라면 이렇게 하겠어요."

"좀 봐도 될까?" 맬컴이 물었다.

맥은 서류를 그에게 건넸다. 맬컴이 서류를 빠르게 넘겨보는 동안 러시아인과 홉도 그의 어깨 너머로 서류를 살폈다.

"아무 의미 없어." 홉이 다시 의자에 앉으며 말했다. "단순히 자네가 불법적으로 그러모은 숫자 더미들뿐이야. 그 말은 자네가 이걸 쓰게 되면 로이스마냥 자네한테도 문제가 될 거란 소리고."

"그럼 이걸 다른 정보를 얻는 데만 쓸 수도 있잖아요." 데릭이 말했다.

"이 나머지 서류들은 뭐지?" 맬컴이 물었다.

"조세 재판 관련 서류 나부랭이에요." 노아는 쿠키를 한 입 더 베어 물었다. "로이스가 몇 년 전에……."

그때 어디선가 닭 우는 소리가 들려왔고 노아는 말을 멈췄다. 헤이즐이 머리를 까딱거리며 쿠키 부스러기를 찾아 방 안으로 걸어 들어왔다. "지금 다른 사람들도 저 닭 보여요?"

러시아인은 눈이 밝아지더니 양팔을 벌렸다. "닭이다."

"하려던 말 계속해봐." 목소리뿐 아니라 주먹에도 불끈 힘이 들어가며 맥은 동요하는 기색을 드러냈다.

"로이스가 몇 년 전에 비영리 단체를 등록했는데 세금 신고를 제대로 안했어요." 노아가 설명했다. "벌금을 세게 몇 건 맞았는데 그걸 안 냈고 그래서 그걸로 조세 재판 관련해서 대처를 해야 했어요."

"그런데?"

"그런데 그 바로 다음해에 파나마에 새로운 자선 단체가 생겨났죠."

맬컴의 눈알이 튀어나왔다. "그게 7년 전이야."

노아가 고개를 끄덕였다. "이런 쓰레기 짓을 오래도 해왔죠."

역겨웠다. 7년이라고? 그리고 그게 가짜 자선 단체를 해외로 옮긴 직후였다. 리브의 역겨움은 분노로 바뀌었다. 대체 얼마나 많은 여자들에게 그는 이런 짓을 해왔단 말인가? 그는 수년 동안이나 빠져나가고 있었다. 그러는 동안 내내 그 사실을 알고 그걸 돕고 덮어준 수많은 사람들이 존재해왔다는 뜻이다.

"그럼 이걸로 우리가 뭘 할 수 있지?" 데릭이 물었다.

"당연히 이 돈이 그가 추행했던 여자들에게 간 돈이라는 걸 증명해야겠지."

"바로 그거야. 아니, 그거긴 뭐가 그거야." 맥이 말했다. "우리가 그런 걸 어떻게 해?"

"저기 그 쓰레기 계속 해킹하는 건 내가 할 수 있어요." 노아가 어깨를 으쓱하며 말했다.

"전부 정신 나갔군." 홉이 안락의자에서 일어나 고개를 젓고는 방에서 나가려 했다. 그는 문에 다다르기 직전에 돌아섰다.

"경찰에 연락을 해야지, 직접 하겠다며 여기서 빈둥대지 말고 말이야."

"경찰에 뭐라고 할 수 있겠어요?" 맥이 말했다. "제시카는 신고하고 싶지 않다고 분명히 말했어요. 그러면 리브가 하는 말은 로이스와 제시카 두 사람과 정반대가 되잖아요."

"아무튼 난 불법적인 일에는 낄 수 없어, 난 경찰이라고, 빌어먹을."

"은퇴한 경찰이지." 로지가 말했다. "그리고 이 일에 끼라고 누구도 초대한 적 없어."

"그렇다면 자네들도 멍청한 거고." 홉이 비웃었다. "왜냐하면 여기서 수사 경험이 있는 사람은 내가 유일하거든. 그리고 자네들이 말하고 있는 게 바로 수사란 말이야."

러시아인은 허벅지 위에 암탉 헤이즐을 올린 채로 부드럽게 노래를 불러주며 몸을 앞뒤로 흔들기 시작했다.

"그리고 저 저녁은 완전히 제정신이 아니야." 홉이 러시아인을 가리키며 말했다.

"저 친구 하키 선수예요." 맥이 말했다.

"아이구야, 세상에." 홉은 뭐라 웅얼거렸지만 다시 자기 의자로 돌아와 털썩 앉았다.

"지금 가장 걱정되는 건 제시카예요." 리브가 말했다. "로이스에게 우리가 한 말을 전할 정도로 완전히 겁먹었어요. 그리고 로이스도 우리 앞에 나설 정도로 겁먹은 게 분명하고요. 상황이 점점 안 좋아지고 있어요. 거기서 그 앨 빼와야 해요."

노아는 남은 쿠키를 털어 넣었다. "다행히, 그것도 내가 도울 수 있어요."

"노아가 제시카가 있을 거라고 말한 데가 여기 확실해요?"

다음 목요일, 리브는 뭔가 미심쩍은데다 약간 겁을 먹은 것 같은 표정으로 허름한 바의 문을 뚫어져라 보고 있었다. 맥은 뭐라 반박할 수가 없었다. 그곳은 더러운데다 '어디 한번 들어와 보시든지'라고 말하는 것 같은 공격적인 분위기를 풍겼다. 마치 면전에 대고 누군가 중지를 들이미는 것 같은 느낌이었다.

맥은 어깨를 으쓱했다. "그녀가 오늘 밤에 여기 온다고 페이스북에 글 올렸다고 했어요."

"그 계정은 친구에게만 보이게 돼 있어요. 그런 걸 어떻게 알아요?"

"해외에 있는 은행까지 해킹한 친구예요. 페이스북 계정 하나 못 뚫을까 봐요?"

그녀는 그를 흘겨보았다. "맞는 말이네요."

맥은 그녀의 등에 손을 댔다. 자신의 손길에 그녀의 근육이 움찔거리자 웃으며 문 쪽으로 고갯짓을 했다. "들어가요. 여기서 만날 수 있으면 좋겠네요."

무거운 나무 문의 손잡이는 학생들이 즐겨 찾은 30년 동안 닳아 매끈해졌지만 문에는 깊은 상처와 패인 흔적들이 보였다. 거침없는 발길질과 문지기들의 거친 행적을 고스란히 감내하고 있다는 걸 알 수 있었다. 그들이 안에서 찾고자하는 걸 생각하면 좋은 징조는 아니었다. 맥은 안으로 걸어 들어가는 동안 계속 리브의 등에 댄 손을 떼지 않았다.

두 사람은 잠깐 멈춰 서서 낮은 조명에 눈이 적응하도록 했다. 아직 겨우 9시였으므로 대학생들에게도 분명 이른 시간인 듯 안에 있는 사람들은 스무 명도 채 되지 않았다. 그리고 그중 대부분은 겨우 술 마실 나이가 될까 말까해 보였다.

"갑자기 내가 몇 백 살 정도 된 느낌이에요." 맥이 말했다.

"서른 넘었잖아요. 저 친구들한테는 그런 거나 다름없어요."

"제시카가 술 마실 나이나 됐을까요?"

"아니요. 근데 여기선 딱히 신경 쓸 것 같지 않네요."

사실 그런 걸 신경 쓰는 곳은 거의 없었다. 하지만 맥은 자기 바에서 미성년자가 술을 마시는 것을 절대 용납하지 않았다. 기도들에게는 정기적으로 늘 가장 최근에 유행하는 가짜 신분증을 구별하는 기술을 훈련시켰고 적어도 하루에 한 다스 정도의 사람들을 문 앞에서 돌려보냈다. 총각, 처녀 파티는 최악의 손님들이었다. 눈을 깜빡거리며 애교를 시전하거나 딱히 숨기거나 하지도 않고 20달러 지폐를 내밀며 나이 어린 사촌을 몰래 들여보내려는 시도가 없는 날이 단 하루도 없었다. 어느 쪽도 그의 직원들에게는 먹히지 않았다. 맥은 그 부분을 확실히 해두었다.

"그녀가 들어오는 걸 볼 수 있게 뒤쪽에 자릴 잡아요." 리브가 그의 손에서 몸을 떼며 말했다.

그녀는 완전 구석진 곳에 격자로 된 부스에서 멈춰 섰다. 부서진 '밀러 라이트' 글자가 벽에 걸려 있었고 테이블 상판에 누군가 남자 성기 그림을 새겨놓았다. 비닐 쿠션은 더 이상 망가질 데가 없어 보였다. "자외선 조사등으로 비추면 이 자리에서 뭐가 보일지 생각만 해도 살 떨리네요." 리브는 말은 그렇게 하면서도 일단 잽싸게 앉았다.

"있어 봐요." 그가 말했다. "마실 걸 사올게요. 좀 더 자연스러워 보일 거예요."

"나야 자연스러워 보이겠지만. 당신은 관자놀이에 새치가 보이는데요."

맥은 손을 번쩍 들어 머리로 가져가다가 그녀가 웃는 것을 보았다. 거짓말. "하나도 안 웃겨요."

"엄청 예민하시네요."

맥은 턱으로 바를 가리켰다. "뭐 마실래요?"

"난 도스 마데라스♥랑 콜라요. 근데 아마 여긴 캡틴 모건♥♥이랑 섞을 것 같네요, 그러니까……." 리브가 어깨를 으쓱했다.

"숙녀는 자신의 술을 알고 있다." 맥은 골똘히 생각하다가 터

♥ ─────────

Dos Maderas. 럼주의 일종으로 가격이 최저 10만 원 이상이다.

♥♥ ─────────

Captain Morgan. 대중적인 럼주. 가격이 저렴하다.

무니없이 기분이 고조됐다. "금방 올게요."

바에서 술을 내주는 두 여직원 역시 손님들보다 딱히 더 나이가 많아 보이지 않았다. 가슴에 가게 상호가 도톰하게 새겨진 검정색 탱크톱을 똑같이 맞춰 입고 있었는데, 더 어린 직원이 계속 끈을 잡아당기는 걸로 봐선 유니폼이 마음에 들지 않는 모양이었다.

"뭘 드릴까요?" 여직원이 미소를 지으며 물었다.

"도스 마데라스 있나요?"

여직원은 눈을 깜빡였다. 맥은 고개를 저었다. "럼이랑 콜라 하나, 그리고 샘 아담스♥ 한 병이요."

그는 마실 걸 가지고 다시 자리로 돌아와 리브 옆자리에 미끄러지듯 앉았다. 리브는 잽싸게 비키려고 했지만 맥은 그녀의 어깨에 팔을 두르고 그녀의 등을 가까이 당겼다.

맥을 쏘아보는 리브의 곁눈질이 앞으로 벌어질 시트콤에 기름을 부었다. "뭐하는 거예요?"

"위장하는 거예요. 우린 이 밤을 즐기러 나온 다정한 연인인 거죠."

"꿈 깨요."

맥은 병을 들어 길게 쭉 한 모금 들이켰다. 이렇게 그녀와 바짝 붙어 앉아 있는 건 전략적으로 실수일지도 모르겠다. 그녀에게선 좋은 냄새가 났다. 로맨스 소설에서 수도 없이 읽었던 꽃향

♥ ───────
Samuel Adams. 미국의 한 수제 맥주 브랜드.

기가 어쩌고 하는 좋은 향은 아니었다. 하지만 뭐랄까, 그냥 좋았다. 바닐라나 뭐 그런 향기가 났다. 달콤했다.

그는 코 아래를 손으로 문질렀다.

"왜 그래요?" 그녀가 물었다.

"아무것도 아니에요."

"불편해 보여요."

"그렇지 않아요."

리브는 어깨를 으쓱하며 다시 맥의 어깻죽지 아래에 자신의 어깨를 묻었다. 맥은 마른 침을 삼켰다. 문이 열렸고 두 사람은 동시에 자세를 고쳐 앉았다. 그리곤 곧바로 다시 푹 허물어졌다. 제시카가 아니었다. 다섯 명의 여자로 이루어진 한 무리가 이미 다른 데를 거쳐 2차를 하러 왔는지 휘청거리며 들어왔다.

"우리 바에서는 절대 있을 수 없는 일이에요." 맥이 말했다.

"있을 수 없다니요?"

맥은 맥주병으로 그들을 가리켰다. "저 사람들 이미 완전히 취해 있잖아요. 저러면 말썽만 일으킬 뿐이에요."

맥은 그녀의 묵직한 시선을 느꼈다. "왜요?"

"굉장히 도덕적이네요."

"그래서 놀랐어요?"

"경험상 부와 도덕성은 거의 함께 가지 않거든요."

맥은 리브를 좀 더 잘 보기 위해 자세를 살짝 틀었다. "부자들한테 왜 그러는 거예요?"

"그냥 믿음이 안 가요."

"왜요? 아 물론, 부정한 방법으로 엄청난 돈을 벌어들이는 나쁜 사람들도 많긴 하죠…….."

"그리고 다른 사람들이 앞서지 못하게 확실하게 시스템을 조작하고."

"하지만 돈이 많다는 게 나쁜 사람이란 표시는 아니잖아요."

"근데 종종 그렇잖아요."

맥은 한쪽 눈썹을 치켜 올렸다. 진상을 파헤치고 싶다는 욕망이, 그만두는 게 좋다고 말하고 있는 상식의 목소리를 능가했다. "혹시 아버지랑 관계있는 건가요, 그렇죠?"

리브는 미소 지었다. "전에는 그 사람에 대해 얘기하고 싶지 않았거든요, 지금도 말하고 싶지 않아요. 시도는 좋았어요."

"그러지 말고요. 나한테도 뭔가를 좀 줘야죠."

리브는 고개를 젓더니 출입문을 돌아보았다.

"무슨 얘기라도 해야 해요, 우리. 제시카가 올 때까지. 그밖에 무슨 할 일이 있어요?"

그녀의 눈동자가 디즈니의 공주들처럼 똥그래졌다. "키스해요."

맥의 입으로 향하던 병맥주가 멈춰 섰다. "뭐라고요?"

"키스하라고 했잖아요, 바보 같으니."

리브의 손이 맥의 셔츠 앞섶을 그러쥐더니 가까이 확 끌어당겼다. 휘청하던 맥이 가까스로 한 손으로 벽을 짚었다. "아니, 이봐요, 적어도 저녁 식사 정돈 먼저 사주고 해야 하는 거 아니에요?"

리브가 자기 입술을 맥에게 힘껏 부딪쳤다.

이런 젠장, 이 여자의 키스는 제대로였다. 맥은 제대로 하는 키스가 뭔지 알 정도로 여자들을 충분히 만나왔다. 그런데 그녀가 바로 그 제대로였다. 그는 키스 잘하는 여자라면 맥을 못 춘다. 어떤 남자들은 침대에서 서로의 다리를 엇갈려 질펀하게 놀 수 있는 여자를 좋아하지만 그는 오직 입으로만 사랑을 나눌 수 있는 여자를 만나면 반쯤 죽은 거나 다름없었다.

그런데 이건 정말이지, 장난 아니었다. 대체 뭘 어떻게 하는 거지? 맥은 숨을 헐떡이며 뒤로 몸을 뺐다. "아버지 얘기가 그렇게 하기 싫었던 거예요?"

리브의 눈은 그의 어깨 너머를 흘겨보고 있었다. "로이스 부하들이 여기 와 있어요."

"뭐라고요?" 맥이 고개를 돌려 보려고 하자 리브가 양손으로 얼굴을 잡아 도로 돌려놓았다. 그녀의 손가락 감촉이 뺨에 전해져왔다. 놀랍게도 힘이 느껴지는 손가락이었다. 반죽을 치대는 게 실제로 운동이 되거나 하는 게 틀림없었다.

"로이스한테 부하가 있다고요? 그게 대체 무슨 소리예요?" 맥이 입술을 맞붙인 채로 작게 말했다.

"개인 경비요원이에요." 조금도 숨이 가쁘지 않은 듯 그녀가 설명했다. 어떻게 그게 가능한 거지? 맥은 방금 몇 킬로미터를 달리고 난 기분이었다.

그가 다시 돌아보려 하자 이번에는 리브가 가만히 있었다. 그는 바로 그들을 알아보았다. "문 옆에 있는 저 두 덩치예요?"

"맞아요."

"저 사람들 꼭……." 맥은 잠시 말을 멈췄다. "배고파 보이는데요."

"로이스가 저들을 얼마나 먹이는지는 나도 모르겠네요."

"저 친구들 대체 여기서 뭐하는 거죠?"

"답은 하나일 것 같은데요."

두 남자는 가게 안을 훑어보기 시작했다. "젠장." 리브는 낮게 내뱉고는 다시 한번 그에게 그걸 했다. 키스를.

하지만 이번에 그는 준비되어 있었다. 키스를 할 거라면 진짜 제대로 해야지. 맥은 그녀의 머리 뒤를 감싸고 얼굴을 기울였다. 그렇게 그녀의 입술에 꼭 맞게 자신의 입술을 기울인 다음 깊숙이 들어갔다. 리브는 멈칫했지만 잠시뿐이었다. 그녀는 곧 그의 안으로 빠져들었다. 녹아들었다. 그녀의 입술이 활짝 열렸고, 그를 안으로 받아들였다. 그의 가슴에 놓인 그녀의 손이 활짝 펴졌다.

그런 다음 그를 뒤로 밀쳤다. "지금은 안 보고 있어요." 그녀가 말했다. "나갈 수 있을 때 여기서 나가야겠어요."

맥은 눈을 깜빡였다. 뭐라고? 아, 맞다. 부하들. 그래, 그랬었지. 그는 등 뒤를 돌아보았다. 두 남자는 가게 안을 등진 채로 출입문을 보고 있었다. 맥은 리브의 손을 잡아 부스 밖으로 끌어냈다.

"뒷문이 있을지도 몰라요." 그녀가 말했다.

그들은 재빨리 부스 옆으로 난 어두침침한 복도를 따라 내려가다 한 칸짜리 화장실 앞에 당도하고는 욕을 뱉었다. 그 문에는 '여기서 오줌이랑 똥'이라고 적혀 있었다.

"젠장." 맥이 손으로 머리를 쓸며 말했다.

"그 사람들 보여요?" 리브가 물었다.

맥은 복도 끝으로 살금살금 걸어가 모퉁이에서 고개를 낮췄다. 그들의 고개가 다시 돌아가고 있었다, 그리고…… 망할. "화장실 안으로 들어가요." 그가 소리쳤다.

그녀는 두 번 말할 새 없이 바로 움직였다. 삐걱거리는 문을 열어젖히고 안으로 몸을 피했다. 맥도 뒤따라 들어가 문을 잠근 다음 문에 기댔다.

리브는 손으로 코를 움켜쥐고 그를 올려다보았다. "으, 세상에, 우리 파상풍 주사 맞아야겠어요."

누군가 밖에서 문을 두드렸다.

두 사람은 숨을 죽였다. 맥은 손을 뻗어 전등을 껐다. 어두워지자 냄새가 더 고약해진 것 같았다.

또 다시 노크 소리가 났다. "안에 일 다 본 거예요?" 젊은 여자가 물었다. "나 오줌 마렵단 말이에요."

맥은 다시 전등을 켜고 돌아섰다. 그는 잠금 장치를 풀었다. 리브가 그의 손을 덮쳤다. "지금 뭐하는 거예요?"

"오줌 마렵다 하잖아요."

"함정일 수도 있어요! 그 남자들이 저 여자한테 그렇게 해달라고 부탁한 거면요?"

맥은 그녀를 떨쳐내고 밖을 빼꼼 내다볼 수 있을 정도로만 문을 열었다. 앳된 여자는 무릎을 굽혀 몸을 위아래로 움직이고 있었다. 그를 본 여자의 입에서 "살았다."소리가 절로 나왔다.

그는 한 손을 들어올렸다. "혹시 밖에서 검은 티셔츠 입은 덩치 큰 남자 두 명 봤어요?"

"나 지금 쌀 것 같단 말이에요." 그녀가 우는 소리를 했다.

"그 남자들이 어디 있는지만 말해줘요, 그럼 안으로 들여보내 줄게요."

여자는 발을 쾅쾅 굴러 걸어갔다 돌아왔다. "문 옆에 서 있어요."

맥은 문을 열어 여자를 안으로 들였다. 그녀는 들어서며 비틀거렸고 그가 그녀의 허리를 감싸서 잡았다. 그때 여자가 리브를 보았고 그녀의 눈이 커다래졌다. "셋이 하는 건, 내 취향 아니에요."

리브는 눈을 굴렸다. "밖에 저 남자들 때문에 숨어 있는 것뿐이에요."

젊은 여자는 끙, 신음을 하며 몸을 앞으로 숙였다. "나 지금 급해요."

리브는 그녀를 변기 쪽으로 밀었다. "안 볼게요."

"당신들이 있는데 여기서 어떻게 싸요!"

"여학생 클럽 맨투맨 입고 있네요. 모르는 사람 앞에서 한 번도 오줌 싸본 적 없다는 걸 나더러 믿으라고 하진 말아요."

깔끔하게 다듬어진 그녀의 입술이 한가운데로 모아졌다. "제정신으로는 없거든요."

"본인이 지금 제정신이라는 걸 믿으라고요."

여자는 낄낄거리며 웃더니 휘청거렸다. "귀 막아요."

맥은 귀를 막고 눈을 꼭 감은 채로 얼굴을 구석으로 향했다. 그의 인생을 통틀어서 최고로 이상한 순간 10위 안에 오를 일이었다. 변기 물 내리는 소리가 나자 그는 참고 있었는지도 몰랐던 숨을 몰아쉬었다. 잠시 후, 젊은 여자는 문으로 걸어갔다. "아무한테도 말하지 마요, 알았죠?"

맥이 윙크했다. "그런 거 떠벌리는 사람 아니에요."

젊은 여자는 낄낄거리고는 걸어 나갔다.

그는 돌아서서 자기를 노려보고 있는 리브를 마주했다. "추파를 안 던지는 상대가 있긴 한 거예요?"

"질투해요?"

"픽이나."

"우리 아까 그 키스에 대해 얘기해봐야죠."

그녀는 그에게 등을 돌렸다. "아뇨."

"비겁한데요."

"말할 게 뭐가 있어요? 그건 그냥 위장 키스였어요, 이젠 끝났고요."

그는 몸을 숙였고 그의 입술이 그녀의 귓가를 스쳤다. "그 키스, 좋았어요. 아무 감흥 없었던 척하는데, 내가 그걸 믿을 거라고 생각했다면, 당신은 거짓말에 정말 소질이 없네요."

그녀는 그를 팔꿈치로 밀었다. "로맨스 소설을 너무 많이 읽으셨네요."

"당신은 좀 읽어야 하고요."

누군가 다시 노크를 했다. 리브는 홱 돌아서서 손으로 그의 입을 가렸다.

하지만 아까 그 젊은 여자였다. "그 남자들 갔어요. 혹시 궁금해할까 봐요." 그녀가 말했다.

"가요." 리브가 문을 열며 말했다.

맥이 복도 끝에서 그녀를 세웠다. "확실히 갔는지 내가 먼저 볼게요."

그는 모퉁이를 다시 한번 빼꼼 내다봤다. 사람이 더 많아져서 안 그래도 작은 실내가 훨씬 더 좁아보였다. 하지만 덩치 큰 남자들의 흔적은 보이지 않았다. 리브는 그의 뒤에 와 섰다. "어때요?"

"안전한 것 같아요." 그는 그녀의 손을 잡아 자기 옆으로 끌었다. 아드레날린이 가라앉자 불확실하게 거슬리던 질문을 그가 입 밖으로 내어 말했다. "우리가 여기 있을 거란 걸 대체 그자들이 어떻게 안거죠?"

"어쩌면 우릴 찾고 있던 게 아닐지도 모르죠. 그자들이 제시카 페이스북을 보고 있을지도 몰라요."

"제시카를 왜 따라다니는 걸까요?"

"글쎄요. 로이스가 불안해서 그럴지도."

맥은 한 무리의 술 취한 얼간이들을 피하기 위해 몸을 숙였다. 그들의 얼굴에는 '한 여자만 걸려라'라고 노골적으로 써 있었다. "실례할게요." 그가 무리 중 한 명에게 말했다.

그 녀석이 술에 잔뜩 취해 시비조로 몸을 빙글 돌렸다.

"당연히 실례하셔야지."

미치겠네. "옆으로 좀 돌아서 갈게요, 친구."

"어이, 당연하지, 다른 길을 찾아 가라고, 친~구~."

머저리 무리 중 한 명이 리브에게 눈길을 주었다. "어이, 예쁜이." 그는 그녀의 앞으로 휘청휘청 다가오며 불분명한 발음으로 말했다. "우뤼랑 같이 놀아볼래?"

"물러서시지." 맥은 피가 솟구치는 걸 느끼며 명령조로 말했다.

"꺼져, 인마. 여자한테 말하고 있잖아."

리브가 한 발짝 걸어 나왔다. "그럼 내가 말해주지, 꺼져."

"신경 쓰지 마요." 무리 중 한 명이 말했다. "쟤 취해서 그러는 거예요."

"그러시겠지." 리브가 무표정한 얼굴로 말했다.

"에이 이봐요." 그 남자가 리브에게 말했다. "왜 그렇게 화를 내요?"

"여기서 나가려는데 틴더에서 여자들 후릴 생각밖에 없는 놈들이 개자식으로 돌변하려고 해서일지도."

개자식 1번이 비웃었다. "뭐야, 좆같은 게."

맥의 화가 폭발했다. 그는 남자의 팔을 잡아 비튼 다음 자기 바의 젊은 기도에게 배운 동작으로 단숨에 놈의 가슴을 돌려 세워 바 쪽으로 밀어붙였다. 남자는 고통에 소리 질렀고 그들을 둘러싸고 있던 손님들은 너무 놀라 구경을 하거나 피하기 위해 서로를 밀쳤다.

"사과해. 당장."

"나한테서 떨어져!"

리브는 그의 팔을 당겼다. "그럴 가치도 없어요, 맥. 그냥 가요."

맥은 한 번 더 세게 밀어붙인 다음 자리에서 일어섰다. 순간 개자식이 맥을 향해 팔을 크게 휘둘렀다. 하지만 헛나간 팔이 그대로 맥주 피처를 바닥으로 패대기치는 바람에 가까이 서 있던 한 여자가 맥주를 옴팡 뒤집어쓰고 말았다.

여자는 욕을 하며 그 남자를 때렸다.

제대로 지옥의 문이 열리고 말았다.

"맥! 조심해요!"

맥은 리브를 찾기 위해 고개를 들었다. 그녀는 바 위를 기어가고 있었다. 그녀가 손가락으로 가리켰지만 한 발 늦었다. 턱으로 주먹이 날아드는 느낌이 들더니 오른쪽 눈앞에 별이 번쩍거렸다. 맥은 휘청거리며 뒷걸음질 쳤고 재빨리 몸을 세워 개자식의 친구가 날리는 다음 주먹을 피했다.

그 다음으로 그가 알고 있는 것은 리브가 바 위에 서서 쫄아 있는 바텐더에게 경찰을 부르라고 소리치는 장면이었다.

"내려와요!" 그는 그녀에게 소리쳤다.

개자식 1호가 또 팔을 휘둘렀고 맥은 놈의 명치를 강타했다. 그는 푹 고꾸라지더니 바닥에 무릎을 꿇었다. 사람들은 비명을 지르고 뛰어다녔다. 맙소사, 이게 무슨 미친 짓인지. 그의 클럽에서는 여태껏 단 한 번도 싸움이 일어난 적이 없었다. 절대로.

두 명의 기도가 사람들을 헤치고 싸움이 벌어진 곳으로 달려오고 있었다. 개자식의 친구 하나가 다시 맥을 쫓아오려는 걸 제때에 저지했다. 하지만 옆에서 바 의자를 넘어뜨리고 바닥을 문대며 싸우고 있는 두 여자를 말릴 정도로 빠르지는 못했다.

맥은 손을 뻗어 두 여자를 떼어내면서 리브에게 바에서 내려오라고 또 한 번 소리쳤다. 그녀는 그 말을 따랐지만 그가 바란 식은 아니었다. 그녀는 바에서 그대로 뛰어내렸고 한 여자의 팔을 잡았다.

"그만 좀 해요." 그녀가 두 여자를 떼어내면서 소리쳤다.

"내가 할게, 뒤요, 리브." 맥이 소리쳤다.

리브는 그 말을 무시했다. 당연하겠지만.

여자들의 남자 친구들이 다음 타자로 끼어들어 주변을 밀치고 욕을 하고 서로를 넘어뜨렸다. 리브는 다시 여자를 잡아 멈추게 하려 했지만 그 여자는 거칠게 팔을 뿌리쳤다. 그 바람에 리브가 한창 싸우고 있는 남자 친구들이 있는 뒤쪽으로 휘청거리며 밀려났다. 남자 중 하나가 빨리 몸을 돌리다가 우발적으로 리브의 뺨을 팔꿈치로 쳤다.

그 다음 장면부터는 모든 게 슬로모션처럼 흘러갔다. 리브는 미끄러져 엉덩방아를 찧으며 쓰러졌다. 맥은 개자식 중 한 명을 옆으로 밀쳐버리고 바닥에 있는 두 여자를 뛰어넘어 리브의 겨드랑이에 손을 끼웠다. 그는 마치 소방관처럼 그녀를 어깨에 들쳐 메고 혼돈의 도가니에서 그녀를 끄집어냈다. 리브가 위에서 저항했지만 그는 무시했다.

"뭐하는 짓이에요, 맥? 내려놔요!"

"가만히 좀 있어요." 그는 밖으로 나가는 자동식 문을 발로 차며 소리쳤다. 그는 그녀를 바닥에 내리고 곧바로 그녀의 뺨을 두 손으로 감쌌다. "세상에, 괜찮아요?"

그녀는 그의 손을 밀어내려 했다. "난 괜찮……."

"고개 좀 더 들어봐요."

거리의 불빛이 그녀의 눈 바로 아래 빨갛게 부어오른 상처를 비추었다. 맥은 욕을 뱉었다. "대체 무슨 생각으로 그런 거예요, 리브?"

"내가요? 당신이야말로 뭐가 문제예요? 당신이 바에서 싸움을 시작했잖아요!"

"당신을 보호하려고 그런 거잖아요!"

"뭐로부터요? 나쁜 말 좀 했다고요?"

"당신한테 좆같은 거라고 했다고요."

"맥, 난 3년 동안 바텐더로 일했어요. 그런 자식들 다루는 방법쯤은 나도 알아요." 그녀는 양손을 허공에 던졌다. "세상에, 나 정말로 당신이 좋아지려고 했어요. 그런데 당신은 이런 식으로 남을 깔아뭉개려는 마초 같은 짓이나 하고!"

그의 심장이 내달리고 손이 떨리는 그 순간에도, 그의 뇌 한 부분에서는 마치 델과 러시아인처럼 내기를 하고 있었다. 과연 완벽한 로맨스 소설 속 주인공의 겉치장을 벗겨내면 통제 불능의 수컷 우두머리가 튀어나올 것인가. 그는 곧바로 답을 알 수 있었다. 그가 입을 열었고, 여자에게 절대로, 단 한 번도 써본 적 없는 목소리가 튀어나왔으니까.

"맹세하는데, 리브, 당신은 내가 지금까지 본 여자들 중에 단연코 최고로 절망스러운 여자예요."

"이런 식으로 행동하면서 당신은 그 잘난 괜찮은 남자라고 생각하고요?"

그녀의 말이 날아와 꽂혔다. 아드레날린이 화와 욕정, 후회와 충돌하여 하나의 가연성 혼합물이 되어 그의 온 감각을 쥐고 흔들었다. 아니 그는 괜찮은 남자가 아니었다. 지금은 아니다. 그녀가 가쁘게 내쉬는 숨에 가슴이 들썩이며 그걸 감싸고 있는 티셔츠가 팽팽해지고 있는 지금은 아니었다. 그녀 역시 그를 홀리고 있다는 걸 알아챈 순간에는 아니었다. 갑자기 인도가 동시에 커졌다가 작아 보이는 혼미한 지금은 아니었다.

그는 그녀의 옷깃에 묻은 액체를 엄지로 쓸었다. 물인가? 맥주? 알 수 없었다. 그녀의 입술은 열려 있고 숨이 빨라졌다. 그런 다음 그의 엄지는 천천히 탐험을 시작했다. 그녀의 목 줄기, 그녀의 턱을 따라 마침내 그녀의 아랫입술에 닿았다.

그것은 너무나 순식간이었다. 알아챌 듯 말 듯할 정도로 그녀도 역시 동시에 움직였다는 생각이 그의 연료에 불을 붙였다. 그의 입술이 그녀의 입술을 덮쳤고 순간의 망설임도 없이 그녀의 손가락은 그의 머리칼을 파고들어 머리를 붙잡았다. 그녀에게서 럼주 향기가 났고 실수의 맛이 났지만 그런 것 따위 상관없었다. 어떤 고통스러운 절박함에 이끌려 그는 인정할 수도 이해할 수도 없었다. 그는 거친 소리를 내지르며 그녀의 허리를 한 팔로 감싸 안아 엉덩이를 번쩍 들어 올려 바의 벽에 올려붙였다. 그녀는 다리로 그의 몸을 감쌌다.

리브는 그의 얼굴을 움켜쥐고 가까이 끌어당겼다. 곧바로 그의 몸은 달아오르고 단단해졌다. 그녀는 자기 몸을 가누기 위해서인지 아니면 그가 완전히 거칠어지는 걸 막으려는 건지 그의 팔을 움켜잡았다. 그는 자세를 바꿨고 그의 아래서 그녀는 몸은 더 활짝 열렸다. 그의 입술이 그녀의 입안을 휘저었다.

갑자기 출입문이 열리고 한 무리의 사람들이 쏟아져 나왔다. 누군가 경찰이 온다고 소리쳤다.

리브는 그의 팔에 안긴 채로 경직되더니 이내 미식축구 선수처럼 그를 거칠게 밀어냈다. 그녀는 바닥으로 미끄러져 내려왔고 그의 발 위에 착지했다. 맥은 양손을 허공에 든 채로 돌아섰다. 미쳤다, 미쳤어, 방금 무슨 짓을 한 거지?

"가야 해요." 그녀가 말했다.

"리브." 그가 돌아서며 갈라진 목소리로 말했다. "미안해요, 한 번도 이런 적이……."

그녀는 그를 지나쳐 주차장 쪽으로 향했다. "여기서 벗어나야 한다고요."

맥은 가볍게 뛰어 그녀를 따라잡았다. "기다려요. 우리 이 일에 대해 얘기해야 해요."

"아니요, 그럴 필요 없어요." 그녀는 속도를 내 그의 차 쪽으로 성큼성큼 걸어갔다. 그는 리모컨으로 잠금장치를 풀고 그녀가 차에 들어갈 수 있게 문을 열어주었다. 그녀는 한 마디 말도 없이 차에 미끄러지듯 들어갔다.

그는 핸들을 잡고 그녀를 보았다. "리브."

"운전이나 해요."

그는 구시렁거리고는 시동 버튼을 누르고 차를 몰아나갔다. 온전히 10분 동안 침묵의 시간이 이어지고서야 그는 숨을 골랐다.

그는 그녀를 흘깃 보았다. "다친 데 괜찮은지 확인해봐야겠어요. 꽤 세게 맞았잖아요."

"당신도요."

"난 괜찮아요."

"나도 괜찮아요."

"젠장, 리브. 나 지금 사과하려는 거예요."

그녀는 코웃음을 쳤다. "뭘요?"

"그게 그러니까…… 내가 한 일에 대해서요. 그런 식으로 키스한 거. 허락도 없이요."

그녀는 한 손으로 자기 머리를 쓸었다. "나도 열정적으로 동참했어요, 맥. 죄책감 갖지 말아요."

"리브……."

그녀는 한 손을 들어보였다. "그만해요. 그냥 내 차 있는 데로 데려다줘요."

그녀는 템플에서 그를 만났고 차는 직원들 주차 구역에 세워두었다. 맥은 차를 세우고 시동을 껐다. 두 사람 모두 움직이지 않았다.

"우리 이 일에 대해 얘기할 수 있을까요?"

리브는 차 문을 열고 밖으로 나와 몸을 숙여 안을 보았다. "놈들이 우릴 어떻게 찾은 건지 알아낼 수 있는지 노아에게 물어봐요."

그녀는 차 문을 닫고 그대로 가버렸다. 방금 전에 대체 무슨 일이 벌어진 거지?

그리고 대체 그녀는 얼마나 더 그런 질문과 함께 그를 홀로 남겨두고 떠날 셈이란 말인가.

하필 파운데이션이 떨어졌다. 일진이 사나운 날이다.

다음 날 아침, 리브는 욕실 거울을 뚫어져라 보며 전등 아래서 얼굴을 기울여봤다. 불가능하다. 아이섀도로는 턱도 없다. 눈에는 선명하게 멍이 들어 있었다. 컨실러로 시커먼 부분은 가릴 수 있겠지만 누구라도 보자마자 그녀가 싸움에 휘말렸거나 어젯밤에 한숨도 못 잤다는 걸 알 수 있을 것이다.

사실, 둘 다 사실이었다. 이게 다 맥 때문이다. 정말이지 그 남자 키스는 예술이었다. 물론 놀랄 만한 일은 아니다. 그 남자라면 '키스하는 법' 설명서를 쓸 수 있을 정도로 충분한 경험을 했을 것이다. 물론 '전기가 오른 사람처럼 여자에게서 떨어지기'나 '샤워를 하고 싶은 듯 몸을 부르르 떨기'가 설명서 어느 단계에 들어갈지 감도 오지 않았지만. 그런 반응을 한 이유가 그녀가 수년간 주위에 갑옷이라는 방어막을 쳐왔기 때문일까. 그녀는 실망과 거절의 따끔함에 익숙해졌어야 했다. 그것은 오래된 상처 위에 생기는 새 상처였다.

다 무슨 상관이람. 맥과 키스를 한 건 실수였다. 아드레날린이 성욕과 부딪쳐 그른 결정을 부추겼던 것이다. 그런 일이 다시 일어날 것도 아니고 그걸로 된 거다.

리브는 헤어드라이어로 머리를 말리고 뒷머리를 꼬아 하나로 말아 올렸다. 그런 다음 아침 식사를 하기 전에 집세 문제를 들여다보는 데에 집중했다. 통장 잔고 숫자는 명치를 갑갑하게 만들기에 충분했다. 오늘도 이력서를 뿌리고 링크드인♥ 사이트를 뒤지는 데 몇 시간은 써야할 것 같았다. 지금까지 답장이 온 곳은 '파크웨이'가 유일하다. 다음 주에 인터뷰가 잡혔는데 전부 알렉시스 덕이란 걸 알고 있다.

그 행복한 전갈 하나를 가슴에 품은 채로 리브는 장화를 신고 닭을 돌보는 일을 했다. 잠시 후 집 안으로 들어간 그녀는 최대한 얼굴을 보여주지 않으려 했지만 로지의 눈을 어떻게 피하랴.

"뒷얘기가 재미있었으면 좋겠는데."

"어떤 게 재미있는 건데요?"

"섹스하다 다쳤다든가."

"미안해요. 바에서 싸웠어요." 리브는 모아온 달걀을 씻기 시작했다. "아침 식사 차리는 거 도와드릴까요?"

"내가 너한테 월급을 주는 건 동물이랑 정원 가꾸는 거지……."

"요리는 아니라고요." 리브는 웃으며 말을 맺었다.

뒷문에서 쾅, 소리가 나 대화가 멈췄다. 잠시 후, 홉이 천천히

♥ ─────
LinkedIn. 세계 최대 비즈니스 전문 SNS

걸어 들어왔다. 홉은 리브를 흘깃 보다가 다시 고쳐 보았다. "너 무슨 일이 있었던 거야?"

"내기 싸움이요. 짭짤하더라고요."

"그렇게 한껏 차려입고 어딜 가려고?" 로지가 그에게 물었다.

리브는 시선을 들었다. 그는 정말 제대로 차려입고 있었다. 적어도 홉의 기준에서는. 얼룩 없는 청바지에 셔츠에는 단추가 모두 제대로 달려 있었다.

"당신 알 바 아니야." 홉이 말했다. 문이 다시 한번 쾅 소리를 내며 닫혔다.

리브는 한숨을 쉬었다. "그냥 아저씨를 고통 속에서 꺼내주는 게 어때요?"

로지는 서랍에서 칼을 꺼냈다. "살인은 불법이거든."

"데이트하시라고요. 그럼 주위 사람들이 훨씬 살 만할 것 같은데요. 아줌마도 아시잖아요."

"당최 내가 남자가 왜 필요한데? 나 손 있다, 그거면 된 거 아니야?"

"너무 야한데요, 로지. 정말로요, '저녁 식사'를 같이 하시라고 말씀드리는 거예요."

"대체 누구를 가르치려는 거야?" 로지의 말 중간에 칼로 감자를 자르는 소리가 추임새처럼 들어갔다. "아직 맥이랑 안 잤어?"

"절대 그럴 일 없어요." 그녀의 성욕이 울상을 지었다.

"왜? 세상에 그런 남자가 나한테 달아올라 있으면 나 같으면 5초 안에 홀딱 벗고 바닥에 누워 있을 거다."

"맥은 저한테 달아올라 있지 않아요." 성난 듯이 달려들어 혀가 뒤엉키는 키스는 일단 빼고, 그는 관심이 없다는 걸 굉장히 분명히 했다. 잘 된 일이지 뭐. 왜냐면 나도 관심 없기는 마찬가지니까.

"세아가 몇 시에 아이들 데려다 놓는대?"

"정오에요."

주머니에서 이메일이 왔다는 알림음이 울렸다. 리브는 휴대전화를 꺼내 이메일을 확인했다.

그녀의 심장이 덜컹 바닥으로 떨어졌다.

"무슨 일이야?" 로지가 물었다.

"파크웨이 호텔에서 온 거예요. 제 인터뷰를 취소한대요."

"뭐? 그냥 무턱대고?"

리브는 휴대전화를 바닥에 쾅 내려놓았다. "로이스예요. 그자가 저를 블랙리스트에 올린 거예요."

그녀의 목소리는 실제 느낌보다 강하게 들렸다. 리브는 보조식탁 옆 의자에 앉아 두 팔 사이에 머리를 묻었다.

"제 고통에서 절 좀 꺼내주세요."

로지는 그녀의 등을 토닥였다. "다 지나갈 거다, 얘야."

그 단순한 말에 놀랍게도 마음이 차분해졌다. 리브는 자리에서 일어나 로지의 어깨에 머리를 기댔다. "고마워요. 그 말이 필요했어요."

로지는 세월의 흔적이 느껴지는 손마디로 리브의 뺨을 쓸어주었다. "언제든 해줄게."

맥은 멤버들과의 아침 식사 약속에 15분 늦었다. 밤잠을 설쳐서 기분이 엉망이었다. 그런데 늘 앉던 자리에 앉자 다들 아무 말도 못 하고 충격 받은 표정들인 걸 보니 그는 꼴도 엉망인 모양이었다.

커피 잔을 입으로 가져가다 멈추고 다들 그를 뚫어져야 보았다. "뭐?" 맥은 자기 머그잔을 입에 대며 으르렁댔다.

"너 괜찮아?" 개빈이 물었다.

"괜찮아."

"너 면도 안 했어." 델이 말했다.

맥은 수염이 자라난 턱을 손으로 쓸다가 주먹에 맞은 부분을 건드리고는 얼굴을 찡그렸다. "늦게 일어났어."

여종업원이 걸어와 그의 잔에 커피를 채워주기 위해 멈춰 섰다. 그 순간 그는 자기가 선글라스를 쓰고 있다는 게 생각났고 벗어서 테이블 위에 올려두었다. 멤버들은 단체로 '맙소사' 같은 소리를 내며 몸을 뒤로 뺐다.

러시아인은 그의 이마에 손을 찰싹 갖다 댔다. "너 죽는 거야?"

맥은 그의 손을 뿌리쳤다. "뭔 헛소리야? 말했잖아, 잠 못 잤다고."

"너 오늘 못생긴 게 그것 때문이야?"

"넌 왜 자꾸 헛소리야?"

러시아인은 어깨를 으쓱해보였다. "나 하키 선수잖아."

그 말이 실제로 많은 걸 설명해주었다. "못생겨진 거 아니야.

피곤한 거라고."

"너 오늘 좀 못생겼어. 그 눈 말이야. 되게 빨개. 못생겼어."

"꺼져."

"보통 이렇게까지 엉망은 아니니까 하는 소리야." 맬컴이 말했다.

그는 테이블 전체를 향해 가운뎃손가락을 들어보였다.

개빈은 어깨를 으쓱했다. "난 사실 네가 거지꼴이라서 좋은데. 나도 가끔은 얼굴로 짱 먹고 싶거든."

"넌 여전히 별로야." 맥이 말했다. "맬컴이지. 지금은 맬컴이 짱이야."

"다 시끄러." 델이 말했다. "너희 둘 다 잘생겼다고."

맥은 메뉴를 집어 들었다. 물론 뭘 파는지 뼛속까지 알고 있었지만 그걸로 얼굴을 가렸다. 녀석들도 똑같은 일을 겪었다면 지옥에 떨어진 몰골이 될 거면서. 살면서 최고로 놀라운 키스를 경험했는데 상대가 다시는 없을 일이라 말하고 그대로 떠나버렸다면 말이다.

"오늘 모임에 누굴 초대했어." 맥이 말했다.

"누구?" 델이 물었다.

그게 신호라도 되는 듯, 출입문이 열리고 홉이 걸어 들어왔다.

맬컴은 맥이 가리키고 있는 손가락을 따라 시선을 돌렸다. "오, 안 돼." 그가 나지막이 읊조렸다.

"정말로 오실 줄은 나도 몰랐어."

홉은 눈을 희번덕거리며 분주한 식당 안을 훑어보다가 그들이 앉아 있는 테이블에서 시선이 멈추었다. 맥이 손을 흔들었다. 홉은 이글거리는 눈을 하고 다리를 절룩거리며 걸어왔다.

"당최 내가 여기서 뭘 하는지 모르겠네." 그는 비어 있는 의자에 털썩 앉으며 투덜거렸다.

"모두 기억하시죠." 맥이 말했다.

홉은 군대식 인사를 했다. "보통은 새 멤버가 들어오면 일종의 입단식 같은 걸 하는데 오늘은 그럴 시간이 없어요." 맥이 말했다. 그는 표지에 '프로텍터'라 적힌 책을 테이블 위로 밀었다. "이게 지금 우리가 하는 책이에요."

홉은 책에 손도 대지 않고 빤히 보기만 했다. "벌써 후회되기 시작하는군."

"요점은 금방 알게 되실 거예요."

여종업원이 다시 와서 주문을 받았다. 맥은 그녀에게 활짝 웃어보였지만 그녀는 무반응이었다. 제길. 오늘 진짜로 못생겼나 보다.

그녀가 가고 난 뒤, 델이 '얼른 해치우자'는 듯이 몸을 앞으로 숙였다. "진도까지 읽은 사람 있어?"

"나." 개빈이 불쑥 끼어들었다. "이 책은 진짜 심각하게 엉망이야."

"로맨틱 서스펜스 처음 읽는 거잖아." 맥은 개빈을 노려보며 어젯밤의 재앙이 야기한 짜증을 그에게로 쏟아냈다. "겨우 몇 챕터 읽고 전체를 판단하지 마."

"여자가 남잘 싫어해." 개빈이 자기주장을 폈다. "내가 너희 만큼 로맨스 소설을 많이 읽지는 못했지만 관계를 맺는 데 있어 좋은 시작은 아닌 것 같아."

"넌 계속 읽기나 해. 더 읽기 전에 비난하는 건 안 돼."

"개빈이 자기 생각 펼 수 있게 둬." 델이 경고했다. "이 클럽에 선 모두의 의견이 유효하니까."

개빈이 활짝 웃었다. "고마워, 델."

맥은 그에게 손으로 욕을 했다.

개빈은 똑같은 동작으로 맞받았다.

델은 한숨을 내쉬더니 웅얼거렸다. "내가 못 살아."

"아무튼." 개빈은 짜증을 불러올 정도로 길게 늘여 말을 했다. "내 말은, 너희들은 늘 로맨스 소설이 체제를 전복시킬 만큼 얼 마나 페미니스트적인가 말하잖아. 그런데 여자가 자기 자신의 안전에 대해서 발언권이 없는 책에서 페미니스트가 다 뭐야?"

"등장인물들은 여태껏 그녀에게 최선인 것들을 해주고 있잖 아." 맥이 투덜댔다.

"그녀에게 최선이 뭔지 그걸 누가 결정하는데?" 개빈이 받아 쳤다.

"하지만 이 책의 요점은." 맥도 주장을 폈다. "서로를 신뢰하 는 법을 배워나가고 작가가 도입부에 설정해놓은 역경을 극복 해가는 두 사람의 여정이라는 거야."

"그런데 왜 시작부터 여자를 그런 위치에 놓고 책을 쓰는 건 데?"

"그야 실제로 그런 거지같은 일들이 일어나니까? 여자들에게 나쁜 일은 언제나 일어나는데 남자들은 대개 다른 식으로 보기 때문이지."

"그럼 그게 비유라는 거야?" 맬컴이 수염을 만지며 대답을 유도했다. "흥미로운데. 전에는 그런 식으로 생각해본 적 없거든."

맥은 어깨를 으쓱했다. "내 말은 우리가 여자들에 대한 폭력을 끝내기로 할 거라면 그건 우리한테 달려 있다는 거야. 우리 스스로를 탓해야 한다고."

홉은 낮게 신음했다.

"덧붙일 말 있어요, 홉?" 렐이 물었다.

"있지. 이 거지같은 걸 읽는 바람에 자네들이 말랑해졌어." 그는 '프로텍터'를 들어 뒤집었다.

"어쩌면 아저씨 세대가 너무 딱딱했었던 걸지도 모르죠." 맥이 말했다.

홉이 발끈하자 맬컴은 그의 반박을 막기 위해 끼어들었다. "맥이 하려는 말은 아저씨가 어떤 특정 유형의 남성성을 믿으며 살아왔다는 거지……."

"내 남성성이라는 딱지는 자네들이 태어나기도 전에 베트남 정글을 헤치고 다니고 궁둥이로 총알을 받아내는 거였다고."

"그런 일들에 우리 모두 감사드려요. 하지만 우리 얘기는 아저씨의 남성성이라는 딱지가 어쩔 수 없이 여자들을 폄하하는 것과 연결되어 있다는 거예요. 그건 누구에게도 좋을 게 없는 거고요."

홉은 눈을 굴렸다. "정치적 정당성이구만."

"누가 로지 아주머니에게 성적 농담을 한다면 어떻게 하시겠어요?" 맥이 물었다.

"죽여야지."

"그 대답이 옳다고 생각하시겠지만 그렇지 않아요." 맥이 말했다.

"모든 여자를 폄하하는 게 문제라는 걸 알기 위해서 한 여자를 챙겨줄 필요는 없어요. 그게 잘못된 거라는 것만 알면 돼요. 이유는 단순해요. 그들은 인간이니까요."

홉이 코웃음을 쳤다.

"남자와 여자가 평등하다고 생각하지 않으시죠?" 맬컴이 물었다.

"당연히 평등하다고 생각해."

맥이 믿음이 안 간다는 듯 한쪽 눈썹을 치켜 올렸다.

홉은 긴 목록에 체크해나가기 시작했다. "여자들도 똑같은 직업을 가진 남자들과 같은 돈을 받아야 한다고 생각해. 여자들도 의회에서 동등한 권리를 가져야 한다고 생각하고. 그리고 내가 죽기 전에 여자 대통령이 나온다면 더 좋겠고 말이야. 하지만 난 누군가에게 야한 농담 같은 것도 할 수 있어야 한다고도 생각해."

"여자들이 동등한 임금을 받지 못하거나 여자가 대통령으로 선출된 적이 없는 이유가 남자들이 하나로 뭉쳐서 그런 농담을 해왔기 때문이라고 생각해본 적 없으세요?"

홉은 어깨를 으쓱했다.

"다시 책 얘기로 돌아가도 될까?" 개빈이 물었다.

"계속해." 맬컴이 말했다.

"뭐랄까, 그녀가 그냥 끝내고 그를 용서해주는 것 같다고나 할까." 개빈이 말했다. "나는 부부침실로 돌아가는 걸 세아에게 허락받으려고 한 달 동안 무릎 꿇고 빌었거든."

"난 그녀가 그를 용서한 거라고 생각 안 해." 맥이 말했다. "단지 상황의 현실성을 깨닫고 그에 맞게 대응한 거지. 그는 그녀를 보호하기 위해 거짓말을 해야만 하는 거고."

"헛소리." 개빈이 말했다. "세아하고 나 사이의 일로 내가 배운 게 있다면 거짓말은 안 된다는 거야. 절대로."

맥은 관자놀이 주변의 혈관이 튀어 오르는 걸 느꼈다. "이건 그거랑 다르지."

"어떻게?"

"너희 둘, 우리도 얘기에 껴도 되긴 하는 거지?" 델이 물었다.

맥은 하려던 말을 삼켰다.

"난 여자 주인공이 화내는 건 당연하다고 봐." 맬컴이 말했다. "그런데 남자의 행동만 가지고 화를 내는 건 아닌 것 같아. 그녀는 자기한테 통제권이 없다고 느끼고 있어. 평생을 남자한테 휘둘리며 살아왔잖아. 맨 처음 그녀의 아버지. 그런 다음엔 첩보부 요원. 지금은 이 스토커랑 체이스의 거짓말이 그렇고. 이건 비유야."

"뭐에 대한?" 데릭이 물었다.

맬컴이 어깨를 으쓱했다. "현대 여성들이 하루하루 자신의 동의도 없이 어떻게 통제당하고 있는지, 그 숨 막히는 방식에 대한 비유랄까."

"모르지, 이 경우엔 그게 그녀를 위하는 걸 수도 있어!" 맥이 불쑥 말을 뱉었다.

"암튼 난 여전히 이 책은 말도 안 되는 것 같아." 개빈이 말했다. "남자는 분명 아직도 거짓말을 하고 있는 거야. 모르겠다. 난 이 작자 맘에 안 들어."

맥은 커피크림 상자를 만지작거렸다. "둘은 뭔가 강한 감정을 갖고 있어."

"그래서?"

"그래서 강한 감정은 보통이라면 하지 않을 행동을 하게 만들 수 있지." 참고로 맥은 자기 얘기를 하는 게 100퍼센트, 절대, 아니다.

"그럴지도, 하지만 여전히 그녀에게 거짓말을 하고 있잖아." 개빈이 어깨를 으쓱해보였다.

"왜냐하면 그녀를 보호하려는 거니까."

"내 말은 내가 힘들게 배운 바에 따르면 아무리 선의로 하는 거짓말이라도 무언가를 망가뜨릴 수 있다는 거야."

맥은 머그잔을 세게 내려놓았다. "자기가 아끼는 사람을 보호하고 싶다는 게 뭐가 잘못됐다는 거야!"

맥의 폭발에 멤버들은 깜짝 놀랐고 심지어 두 자리 건너의 사람들 시선까지 끌어왔다. 잘하는 짓이다. 그는 팔꿈치를 테이블에 올리고 한 손으로 콧잔등을 쥐었다. 오늘 아침에 아예 나오는 게 아니었다.

"이봐, 대체 왜 그래?" 데릭이었다.

그때 여종업원이 주문한 음식을 가져왔고 그 덕에 맥은 대답을 피할 수 있었다. 그녀가 사람들의 주문을 착각해서 델이 주문한 치즈 오믈렛을 러시아인에게 줬을 때는 상황이 좀 위험하긴 했다. 하지만 모두가 고통에 빠지기 전에 멤버들이 바로잡아주었다.

"무슨 말 하고 있었지?" 데릭이 수북이 쌓인 스크램블드에그를 흐뭇하게 바라보며 재차 물었다.

"아무것도 아니야."

맬컴이 몹시 심각한 얼굴로 몸을 앞으로 기울였다. "너 오늘 전혀 너답지 않아, 맥. 말해봐. 북클럽은 책만 이야기하는 데가 아니야. 너도 알잖아."

물론 그도 잘 알고 있었다. 다만 한 번도 그들의 심리적 조언을 받는 입장이 아니었던 것이다. 그런 걸 받는 것보다는 우쭐해서는 조언을 내놓는 쪽이 훨씬 좋았다.

"말해봐." 델이 말했다. "무슨 일이야?"

"무슨 일이든 간에 절대 놀리지 않겠다고 약속할게." 개빈이 말했다.

델이 개빈의 머리를 쳤다. "입 다물고 말 좀 하게 둬."

입을 다물고 있어봐야 아무 소용이 없다는 건 안다. 결국에는 리브가 세아에게 바에서 일어난 싸움에 대해서 말할 수도 있다. 물론 그 이후에 그가 실수를 저질렀으니, 그걸 생각하면 아직은 아무 말 안 했을 수도 있지만. 그렇게 되면 개빈은 맥이 아무 말도 하지 않았다고 열 받을 게 분명했다. 그럼에도 맥은 주저했다. 그러다 의자에 몸을 기대고는 불쑥 털어놓았다. "어젯밤에 우리가 갔던 바에서 싸움이 있었어. 리브가 얼굴을 맞았고."

포크를 들고 있던 개빈의 손에 힘이 들어갔다. "처제는 괜찮아?"

"괜찮아. 사고였어. 그 남자가 일부러 그러려고 한 건 아니었어. 그렇지만……."

맥은 갑자기 울컥해서 맞은편의 개빈을 손가락으로 가리켰다. "그녀가 어떤 사람인지 너 왜 나한테 말 안 해준 거야?"

"누구? 리브?"

"그래, 리브. 내가 누구 얘길 하고 있겠냐?"

"뭘 경고해줬어야 하는지는 모르겠지만 주로 까칠해 있다고는 말했잖아. 너도 그건 이미 알고 있는 거고."

"골칫거리라고 말해줬어야지."

"그건 다들 알고 있는 거고." 개빈은 히죽거리며 말했다.

"그러시겠지, 그런데 지금은 내 골칫거리라고."

개빈은 어깨를 으쓱하고는 한 입 가득 음식을 씹으며 말했다. "처제랑 같이 파트너하겠다고 우긴 건 너야."

"난 이해가 안 가는데." 델이 조심스레 말했다. "리브가 싸움을 일으키거나 뭐 그런 거야?"

"아니, 하지만……." 그가 짜증을 섞어 말했다. "그녀가 무슨

224

짓을 했는지 듣고 싶어? 말해주지. 완전 엉망진창이었어, 그런데 그녀가 그 빌어먹을 바 위로 올라섰다고. 내가 내려오라고 하니까 내 말을 들은 줄이나 알아? 픽이나. 그 망할 싸움 한가운데로 펄쩍 뛰어내렸다니까!"

개빈은 고개를 끄덕였다. "역시 처제다워."

"그런 다음에, 그러니까, 그녀가…… 그……." 망할, 무슨 말로 표현해야 할지도 모르겠다. "내가 밖으로 들쳐 업고 나오니까 나한테 무슨 배짱인지 소리를 질렀다고."

"잠깐." 입꼬리가 슬쩍슬쩍 올라가며 개빈이 물었다. "네가 들쳐 업었다고?"

"그러니까, 자네가 그녀를 들쳐 메고 싸움터에서 데리고 나왔다는 거야?" 홉이 다시 이야기로 돌아가서 재차 확인했다.

"네. 대체 어디가 이해가 안 가시는 데요?" 맥은 의자에 털썩 기대고는 팔짱을 꼈다. "그리고 로맨스 소설을 얼마나 비웃었는지 알아? 아주 질색을 하더라고. 그건 알고 있어?"

개빈, 델, 그리고 데릭은 속을 알 수 없는 눈빛을 서로 주고받았다. 그 옆에 있는 맬컴과 러시아인은 둘 다 지갑을 꺼냈다. 맥은 뭔가가 있다는 걸 알아채고 그대로 얼음이 됐다. "그게 뭐야? 너희들 뭐하는 거야?"

"아, 계산할 준비하는 거야." 맬컴이 말했다. "계속해."

그는 계속할 수 없었다. 왜냐하면 그 다음에 일어난 일을 털어놓을 수 없었으니까. 개빈과 홉은 싸움에 대해서는 큰 무리 없이 받아들인 것 같다. 하지만 맥이 리브를 벽에 밀어붙이고 영원의 사랑인양 그녀에게 키스를 퍼부은 데다 이제는 망할, 또 그러고 싶어서 정신이 나갈 지경이라는 걸 알게 된다면 저렇게 천하태평일 리가 없다.

"그게…… 다야?" 잠깐 기다렸다가 마침내 개빈이 물었다.

"응. 아니. 제길, 나도 모르겠어."

그 다음 또 그 상황이 반복됐다. 개빈의 집에서 그랬던 것처럼 멤버들은 뻥한 시선을 교환했다가 멈췄다. 이어 빵 터진 그들의 웃음소리에 테이블이 흔들리고 식당 안의 모든 사람의 시선이 그들에게로 쏟아졌다.

"시끄러." 맥은 하얀 오믈렛을 쿡쿡 찌르면서 투덜거렸다.

"말도 안 돼." 개빈은 너무 웃어서 헐떡거리고 있었다. "이런 날이 올 줄이야."

"뭐가 이런 날이야? 뭐가 그렇게 웃겨?"

맬컴이 두툼한 손으로 그의 어깨를 툭툭 쳤다. "맥, 세상에 있는 모든 지침서를 다 읽은 사람이라도 때론 자기 이야기에선 완전히 맥을 못 출 수도 있는 거야."

"꺼져. 다들 뭔 소리들을 하는 건데?"

"리브지 누구야, 바보야." 델이 웃었다. "더 정확히 말하자면 너랑 리브지."

완전히 속내까지 드러났다는 걸 깨달은 맥의 폐에서 공기가 순식간에 빠져나갔다. "아니야. 절대 아니라고. 나 좀 봐. 그녀가 날 얼마나 미치게 하는데."

"그러니까." 맬컴이 말했다. "너 좀 봐. 너 완전 엉망이야."

"다들 헛소리하지 마." 맥은 아무 맛도 느껴지지 않는 달걀을 입으로 쑤셔 넣기 시작했다.

"글쎄다." 델이 말했다. "난 네가 여자 때문에 이러는 거 맹세코 처음 본다."

"나도." 맬컴이 말했다. "그레첸한테 차였을 때도 이렇지는 않았어."

"받아들여, 인마." 델은 득의양양한 표정으로 뒤로 기대며 말했다. "그녀가 네 반쪽일 수도 있잖아."

맥은 테이블의 멤버 하나하나를 가리키며 말했다. "꺼져. 꺼져. 꺼져. 그리고 꺼져."

러시아인이 고개를 들었다. "나한테 꺼지라고 안 했어."

"그럼 너도 꺼져."

"그녀 때문에 미치겠다는 건 네가 그녀한테 끌리기 때문이라는 생각은 안 해봤어?" 맬컴이 물었다. "전형적인 '적과의 사랑'이잖아."

"전형적이지." 개빈이 고개를 끄덕이며 말했다.

"믿어지지가 않아." 맥이 그에게 말했다. "난 너희들 전부 이게 정신 나간 짓이라고 생각할 줄 알았는데."

개빈이 어깨를 으쓱 올렸다. "지금 너처럼 사람 미치게 하는 여자를 내가 세상에서 딱 두 명 알고 있거든. 그중 한 명이랑 결혼을 했고 나머지 한 명은 그녀의 여동생이야. 난 해보라고 말할게."

"해보라고?" 너무 놀란 나머지 맥의 목소리가 비명처럼 새어 나왔다.

"안 될 게 뭐야?" 개빈이 말했다. "네가 처제를 아프게 하면 나도 널 가만두지 않을 거라는 말은 물론 해줘야겠지만."

맥은 손으로 자기 가슴을 찰싹 쳤다. "나에 대한 신뢰에 가슴이 미어진다, 아주 진짜. 속이 완전 문드러졌어."

"괜한 소리 아니다. 네가 조심해줬으면 하는 거지. 리브는…… 겉보기랑은 달라."

맥은 손으로 머리를 쓸어 넘겼다. "알아."

"거칠고 세 보이는 척하는 걸 좋아하지만, 전부 거짓말이야."

"나도 알아." 끙 앓는 것 같은 대답이 흘러나왔다. 그게 바로 그가 그녀의 모습 중 가장 두려워하는 부분이었으니까. 그녀의 냉소적이고 다 꺼져버리라는 그 태도, 그리고 남자에 대한 완전한 불신은 무언가 다른 걸 감싸고 있는 껍질일 뿐이었다. 어쩌면 그게, 다른 모든 것보다도 두 사람이 공통으로 가진 무엇일 수도 있었다. 그들은 둘 다 거짓말 속에 살고 있었다. 모르는 사이, 외로움이 갑작스럽게 그에게 스며들었다. 처음은 아니었지만 기분이 좋지 않았다. 무리에서 혼자만 짝이 없는 남자. 수많은 결혼을 구해냈지만 자신만의 해피 엔딩은 결코 찾을 수 없는 운명을 맞이하게 될 남자가 바로 자신인 것만 같았다.

"좋아, 그게 전부인 것 같아."

세아는 에이바와 어밀리아의 가방 네 개 중 마지막 걸 리브의 거실 바닥에 내려놓았다. "우리가 뭐 잊은 게 있으면 네가 집에 가서 그냥 가져와."

"염소랑 닭이 있는데 장난감을 누가 갖고 놀아?" 리브는 바닥에 무릎을 꿇고 조카들에게 두 팔을 벌리며 말했다. 아이들은 꺄, 소리를 내며 그녀에게 뛰어들었다. 세아는 리브가 아이들과 뒤엉켜 목에다 부르르, 입방귀를 하고 간질이는 걸 충분히 하도록 참을성 있게 기다렸다.

마침내, 쌍둥이가 깔깔거리다 못해 바닥에 뻗고서야 리브는 자리에서 일어섰다.

"정말 괜찮겠어?" 세아가 물었다. "닭이랑 개랑 같이 있는 거 말이야."

리브 역시 버터볼을 바라보았다. "괜찮을 거야."

버터볼은 다람쥐를 보고 갑자기 멈춰서는 나이에서 낮잠 자기 딱 좋은 햇빛을 찾는 나이로 접어든 골든리트리버였다. 무슨 신호라도 받은 듯, 버터볼은 커튼 사이로 한 줄 햇빛이 비쳐 들어오는 창문 앞에서 무거운 한숨을 내쉬며 바닥에 풀썩 엎드렸다.

"일은 어떻게 되어가고 있어?" 세아가 물었다.

고개를 들었더니 세아가 구인 광고를 찾아보고 있던 주방 테이블로 천천히 걸어가고 있었다. 리브는 잽싸게 달려가 노트북을 덮었다.

"찾을 거야."

"괜찮은 일로, 알았지?"

괜찮은 일? 오늘 아침에만 거절 통지서를 두 개나 받았다. "뭐든 찾아봐야지."

세아는 테이블에 가방을 내려놓고 안에서 지갑을 꺼냈다.

리브의 어금니에 힘이 들어갔다. "지금 뭐하는 거야?"

세아는 대답 없이 20달러짜리 지폐 묶음을 꺼내 테이블에 내려놓았다. 리브는 쿵쿵거리며 그쪽으로 가서 그걸 집어 도로 건넸다.

세아는 받으려고 하지 않았다. "너 애들 봐주잖아. 베이비시터는 다들 돈 받고 해."

"얘들은 내 조카야."

"그럼 그걸로 애들 재미있게 해주는 데 써."

리브는 세아의 지갑에 돈을 도로 쑤셔 넣었다. "나 기분 나쁘게 하지 마."

"리브." 세아는 한숨을 쉬었다. 이어 그녀가 하려 했던 말은 로지가 올라오는 게 틀림없는 삐걱거리는 계단 소리에 잘리고 말았다. 로지는 노크를 한 번 하고 문을 열어 안으로 빼꼼 고개를 넣었다. "들어가도 될까?"

쌍둥이들은 달려가 그녀를 안았다. "로지 아줌마! 우리 3일 동안 아줌마랑 리비 이모랑 여기서 같이 지낼 거예요."

로지는 안으로 들어와 다리에 들러붙는 아이들을 안아주었다. "알지, 그래서 내가 우리가 같이 할 걸 얼마나 많이 준비해뒀게. 우리 같이 쿠키도 굽고, 염소 먹이도 주고 달걀 줍기도 하자. 그리고 홉 아저씨가 그러는데 트랙터도 태워주실 거래."

트랙터 타기는 쌍둥이에게는 넘사벽 놀이였다. 아이들은 마치 로지가 주말 내내 끝도 없이 아이스크림을 먹어도 된다고 말하기라도 한 것처럼 반응했다. 아 십중팔구 물론 그 일도 이루어지겠지만.

"맥이 어머니랑 내일 저녁 몇 시에 올 거라고 했지?" 로지가 물었다. "집 보러 날아오신다고 한 게 이번 주 아닌가?"

세아가 고개를 하도 빨리 돌리는 바람에 리브는 언니의 목뼈에 금이 가는 소리가 나는 게 아닌가 싶었다. "그게 뭐야?"

미치겠네. "아무것도 아니야."

"자기 어머니가 염소를 너무 좋아하신다고 그 친구가 그러더라고." 로지가 말했다.

"그런 거야?" 세아가 물었다. "그리고 넌 이게 어떻게 된 건지 알고 있고?"

리브는 로지에게 눈빛을 발사했다. 굳이 그 얘기를 꺼내지 않고도 이야깃거리는 온종일 할 정도로 많았다. 그런데 그녀의 얼굴에 떠오른 의도가 있는 미소를 보니 본인 역시 알고 있는 것 같았다. 로지는 자길 쏘아보는 눈길을 피해 세아를 보았다. 리브는 그 눈빛을 알고 있었다. 이제 곧 패를 지어 나설 참인 거다.

"알았어요, 거기서 그만. 당장 멈춰요."

"난 아무 말도 안했어." 세아가 말했다. "무슨 말씀 하셨어요, 로지?"

그녀의 임무는 그거면 충분했다. 로지는 쌍둥이에게 키스하고는 단 걸 주겠다고 약속한 뒤 자리를 떠났다.

로지가 문을 닫자마자 세아가 덤벼들었다. "말해."

"미치겠네, 말할 거 아무것도 없어." 리브는 이모 역할로 돌아가기 위해 다시 바닥에 털썩 앉았다.

"그 사람이 너를 보여주려고 자기 어머니를 모시고 온다며." 세아가 말했다.

"아니, 그런 거 아니야. 로지가 나한테 그들을 초대하라고 시킨 거야. 완전히 다르지. 그리고 난 그렇게 안 할 거야."

"왜 안 하는데? 너 그 사람 좋아해?"

리브는 어깨를 으쓱했다. "아니."

"야, 퍽이나 믿음이 간다."

리브는 눈을 굴렸다. "맥이야, 언니. 언니 지금 무슨 소리 하는지 알고 하는 거야?"

"알아. 그리고 그게 뭐 어때서."

"완전 말도 안 되는 소리지. 우린 같이 있으면 2분도 못 참고 싸워." 아니면 온통 몸 달아서 서로를 신경 쓰고 어색해하거나 얼굴을 빨고 싶어 안달 나든지.

세아의 싱긋 웃는 얼굴이 많은 걸 말해주고 있었다. "뭔지 알겠다."

리브는 고개를 저으며 아이들의 짐을 입구에서 안으로 나르며 분주하게 움직였다. "제발, 언니. 그런 남자를?"

"그래, 그런 남자. 맥은 진실한 남자야. 내가 장담해. 그 사람한테 기회를 한 번 줘보는 게 어때. 기회를 줘봐."

"그게 다 무슨 소리야."

"모든 남자가 아빠 같을 거라는 생각을 그만둘 필요가 있다는 소리야."

리브는 숨이 탁 막혀 그대로 멈추었다. 그런 다음 자리에서 일어나 상냥한—물론 겉으로 보기에만—미소를 지으며 현관문을 활짝 열었다. "언니 비행기 놓치겠다."

세아 역시 웃는 얼굴로 아이들에게 키스하고 부드럽게 안아준 다음 이모 말 잘 들으라고 말했다. 그런 다음 리브에게도 똑같은 식으로 인사를 했다. "맥은 좋은 남자야." 그녀가 말했다. "너 아마 깜짝 놀랄걸."

맥에 대해서 그녀는 이미 놀란 상태였지만 단지 키스를 한 번 했다는 이유로 세아에게 그걸 인정하고 싶지는 않았다. 언니는 거기에서 너무 많은 의미를 찾으려 할 것이다. 원래 언니는 그런 사람이니까. 그녀의 언니는 로맨틱한 걸 지나치게 좋아하는 경향이 있어서 첫눈에 사랑에 빠지는 것까지도 믿었다. 물론 본인에게는 그게 정말로 이루어졌다는 건 인정해야겠다. 언니와 형부는 겨우 몇 달 만나고 결혼했다. 하지만 그들은 소수의 복 받은 존재들이다.

리브는 로맨틱한 게 영 내키지 않았다. 맥과 혹시나 무슨 관계가 된다 하더라도 잠깐 동안의 섹스 파트너일 것이다. 그리고 끝. 맥과 그의 어머니가 찾아와 염소 먹이를 주고 저녁을 먹고 하는 것들은 의미 없는 섹스 파트너로 가는 과정에서 아무것도 아니다.

그런데 왜 자꾸 휴대전화를 뚫어져라 보고 있는 걸까.

"잘 모르겠다." 맥의 엄마는 한숨을 쉬고 고개를 저었다. "왠지 이 집은 느낌이 오지 않네."

맥은 콧잔등을 쥐었다. 이번 집은 두 시간 내내 돌아본 집 중 네 번째였다. "어떤 게 마음에 안 드세요?"

"이런 다이닝 룸까지 있는 집이 나한테 필요할지 모르겠구나."

"이전 집에서는 제대로 된 다이닝 룸이 없어서 싫다고 하셨잖아요."

"그래, 하지만 이렇게까지 제대로 된 다이닝 룸은 필요하지 않아. 내가 이렇게 즐길 만큼 주위에 사람을 많이 두게 될 것도 아니고."

맥의 부동산 중개인 크리스토퍼는 양손을 가지런히 맞잡은 채로 한쪽에 조용히 서 있었다. 그가 머릿속으로 온갖 욕을 퍼붓고 있을 거라는 데에 맥은 큰돈을 걸 수 있었다. 그러고도 남을 것이다. 그의 어머니는 돌아본 모든 집에서 결함을 찾으려는 것 같았다. 마당이 작은 것 같다, 마당이 너무 크지 않냐, 방이 너무 많다, 여긴 방이 너무 적은 것 같다, 고속도로에서 너무 가깝다, 도심에서 너무 멀다. 맥은 크리스토퍼의 시간을 낭비한 데 대해서 사례금이라도 쥐어주고 싶은 심정이었다.

"보실 수 있는 집이 두 군데 더 있습니다만." 잠시 후에 크리스토퍼가 말했다.

"나중으로 미루면 어떨까요." 그의 어머니가 말했다. "오늘은 몹시 피곤하네요."

그녀는 멍하니 어깨를 문질렀다. 순간 아드레날린이 솟구치면서 맥의 팔에 털이 바짝 섰다. 맥은 크리스토퍼에게 손을 내밀었다. "고마워요. 나머지 두 집은 내일 보면 어떨까요?"

남자는 미소 지었다. "집주인 분들에게 연락해두겠습니다." 그는 고개를 끄덕이며 인사를 덧붙였다. "만나서 반가웠습니다, 에린."

맥은 어머니가 차 앞자리에 타는 걸 도와주고서 문을 닫았다. 그는 운전석에 타자마자 어머니를 살폈다. "괜찮으세요?"

"그냥 피곤해서 그래. 집에 가서 낮잠을 자야할 것 같구나."

"아까 어깨를 문지르시던데요."

"내가 그랬나?" 그녀는 고개를 저었다. "괜찮아. 그냥 가끔 뻣뻣한 거야."

맥은 운전대를 잡았다. "진찰 받아보셔야 할 것 같아요."

그녀는 핏, 바람 새는 소리를 냈다. "내 나이 육십이야. 육십 정도 되면 가끔 어깨도 결리고 그러는 거야."

"하지만 그 어깨는 그때……."

그녀가 말을 잘랐다. "브레이든, 딴 얘기로 새지는 말자."

집으로 가는 동안 그녀는 잠이 들어 도로를 달리는 리듬에 가볍게 머리가 흔들렸다. 맥은 수차례 그녀의 기색을 살폈다. 불편한 감정이 그의 속을 시큼하게 뒤집어놓았다. 또 다시 어머니는 뭔가를 감추는 것 같은 분위기였다. '내 나이 육십이야…….' 설마 어디가 아프신가? 뭔가를 그에게 숨기고 계신 걸까? 운전을 하면서 그녀를 살펴보려고 해봤지만 빌어먹을, 집에 거의 다 와가고 있었다. 아파 보이지는 않았다. 갈색 머리는 반 정도 세어 있었다. 몸무게도 달라지지 않았다. 하지만 뭔가 있는 게 분명했다.

그는 주차장 입구로 들어서며 부드럽게 그녀를 깨웠다. "집에 다 왔어요."

그녀는 기지개를 켜고 하품을 했다. "난 바로 위층으로 올라가서 낮잠을 잘까 하는데. 한 시간 안에 안 일어나면 나 좀 깨워다오."

그녀를 따라 안으로 들어가 그녀가 계단을 올라가는 걸 지켜보았다. 그리고는 손님 방 문이 닫히는 소리를 기다렸다가 곧바로 동생의 번호로 전화를 걸었다. 리엄은 인사도 없이 바로 용건을 물었다. "집 구하는 건 어떻게 되어가고 있어?"

"안 좋아. 모든 집을 다 퇴짜 놓으셨어." 맥은 냉장고에서 맥주 한 병을 꺼내들고 지하 방으로 향하는 계단을 내려가기 시작했다.

"연세가 있으셔서서 까다롭게 구시는 걸지도 모르지."

그는 소파 구석 자리에 털썩 앉았다. 소파는 60인치 TV를 마주보고 벽 전체를 둘러싸고 있었다. "육십이 뭐가 많다는 거야."

"진정해, 농담이야."

아이들이 뛰고 지르는 소리가 간간히 끼어들었고, 리엄이 아이들에게 천천히 다니라고 말하는 걸 듣자 마음이 불편한 와중에도 입가에 미소가 지어졌다.

"어디야?"

"집. 루시가 유치원에서 친구를 데려왔어."

갑작스러운 외로움이 다시 한번 그의 속을 뒤집어놓았다. 리엄이 일 때문에 부인과 함께 캘리포니아로 이사 간 뒤로 그들을 만날 기회가 점점 줄어들었다. 리엄이 아이오와에 살 때만 해도 그들은 두 달에 한 번 정도는 만나곤 했었는데 이제는 잘해야 6개월에 한 번 볼 수 있을 정도였다. 정말이지, 조카들이 너무 보고 싶었다.

"아무래도 엄마한테 뭔가 있는 것 같아." 맥이 말했다.

"어떤?"

"모르겠어. 이상하게 행동하셔. 또 누가 꽃도 보냈더라고."

"확신하는데, 그건 걱정할 거 없어." 리엄은 말하고서 코웃음을 쳤다. "걱정 안 하는 법은 형이 잘 알잖아."

"내가 바라는 건 그냥 서둘러서 집을 고르셨으면 하는 거야. 1년 동안 아이오와에서 계속 혼자 계셨잖아."

"내슈빌로 이사한 건 바로 형이야. 내가 엄청난 승진도 포기하고 아이오와에 영원히 남아 있었어야 했나?"

"네 책임이라는 거 아니야. 그냥 왜 이렇게 질질 끄시는지 그걸 모르겠어."

"어쩌면 이사를 원치 않으실 수도 있어. 그런 생각, 해보긴 했어?"

말도 안 돼. "왜 이사하고 싶지 않은데? 거긴 어머니한테 필요한 건 아무것도 없어."

"친구들 전부랑 자라온 마을만 빼면 그렇지, 또……."

"또 빌어먹을 끔찍한 기억이랑." 맥은 그것들로부터 벗어나기 위해 내슈빌로 이주했다. 어머니도 그걸 원치 않으실 이유가 뭐람. "너랑 아이들이 어머니가 그곳에 남아계신 유일한 이유였어. 이제 너도 없잖아. 거기서 나오셔야 해."

"알았어. 내가 틀렸을지도 모르지. 그냥 무슨 일이 있는 건지 물어보는 건 어때?"

"해봤지. 그냥 질문을 피하고 사생활이라고 선을 그으시잖아."

"그러시겠지." 수화기 뒤에 또 한 번 자지러지는 웃음소리가 들려왔다. "이런, 가봐야겠다. 나도 무슨 일인지 모르겠어."

"애들한테 뽀뽀 전해줘."

"그럴게."

맥은 엉덩이 옆에 휴대전화를 툭 내려놓았다. 리엄은 무슨 말도 안 되는 소릴 하는 거지. 어머니가 디모인에 남아 있어야 할 이유는 전혀 없다. 게다가 어머니가 이사를 원치 않으셨다면 그렇게 말하셨을 것이다. 그도 그럴 것이 이번이 집을 구하기 위해 나선 두 번째 여행이 아닌가 말이다.

짜증이 난 채로 그는 TV를 켜고 이리저리 채널을 돌리다 농구 경기 채널에서 멈췄다. 얼마나 지났을까, 넋을 놓고 있는데 휴대전화가 울렸다. 상대가 누구든 신경 쓰지 말아야지 단단히 마음을 먹고 슬쩍 화면을 본 그는 심장이 단박에 목구멍까지 튀어나오는 줄 알았다. 화면에 리브의 이름이 떠 있었다.

엄청난 긴장감으로 속이 찌르르한 가운데 후다닥 몸을 세워 앉았다. 그 키스 이후로 대화를 나누는 건 처음이다. "이야." 마침내 전화를 받았고 이내 후회했다. 이야? 정말 그게 최선이야?

"안녕, 어, 저기…… 제길. 잠깐만요." 전화기를 멀리 뗀 모양인지 리브의 목소리가 멀리서 들렸다. "괜찮아, 에이바. 이모가 치울게. 가서 어밀리아 크레용 하는 거만 도와줘." 그녀는 다시 전화기로 돌아왔다. "미안해요. 조카들이 와 있어요."

"그렇군요. 개빈이 그런 말 한 것 같아요. 잘 되어가고 있어요?"

그녀가 크게 숨을 들이마시는 소리가 들렸고 이내 그는 그녀가 뭔가 말을 털어놓기 전에 늘 그러는 것처럼 당당하게 서 있는 모습이 머릿속에 그려졌다. "내일 어머니랑 같이 농장으로 올 수 있냐고 로지가 궁금하대요. 염소도 보고 저녁 식사도 하게."

긴장은 다른 감정으로 가라앉고 있었다. 안도감이려나. 아니, 분명 기대감이다. 그리고 또 다른 무언가가 있었다. 건강하게 타오르는 욕망이었다.

"여보세요?" 늘 그렇듯 리브는 까칠한 목소리로 말했다. 그런데 빌어먹을, 그는 그 까칠한 목소리가 너무 좋았다. 그 말은 두 사람이 다시 이전 같은 관계로 돌아갔다는 뜻이니까. "듣고 있어요?"

"로지가 궁금한 거예요, 정말?" 맥은 발목을 꼰 자세 그대로 뒤쪽 소파를 쿵쿵 찼다. "당신이 보고 싶어서 날 초대하는 게 아닌 거 확실해요?"

"네에, 상당히 확실해요."

"이런, 이런, 내일 스케줄을 확인해봐야겠는데요. 몇 시쯤 생각하고 있어요?"

"로지는 두 사람 오는 시간에 저녁 식사 시간을 맞출 수 있다고 했어요."

"와우, 세상에. 너무 친절하시네요."

"누가 아니래요? 난 당신이 오는 걸 원치 않는다고 말했어요. 근데 하도 우기시는 바람에."

그는 속으로 나지막이 웃었다. "그런 초대를 어떻게 거절해요?"

"해야 할 걸요. 재미날 것도 없을 거예요."

맥은 흠, 소리를 냈다. "서둘러 결론짓지 맙시다. 쌍둥이는 아마 맥 삼촌이랑 노는 시간을 바랄걸요."

"리비 이모랑 노는데 그걸 대체 왜 바랄까요?"

"그야 내가 훨씬 더 재미나니까?"

"싸우자는 말이죠?"

위층에서 주방으로 이동하는 발소리가 들렸다. 맥은 팔을 쭉 펴 기지개를 켜고 하품을 했다. "가서 어머니께 내일 어떠신지 여쭤보고 알려줄게요, 괜찮죠?"

"그러든지 말든지. 난 상관없어요."

그는 다시 한번 웃고는 전화를 끊었다. 총총 계단을 뛰어 올라가 보니 어머니가 저녁 준비를 시작하려고 가스레인지 앞에 서 있었다.

"정말로 요리하실 필요 없어요, 엄마."

그녀는 고개를 돌려 그를 보았다. "내가 하고 싶어."

"하지만 피곤하시면……."

"엄마가 하게 해줘, 브레이든."

그 말은 마치 주먹처럼 그를 강타했다. 그가 잊어버리려 무던히도 노력했던 기억이 증오가 되어 그의 목구멍을 타고 피어올랐다.

"뭐하시는 거예요?"

엄마가 올려다보았다. "커피 끓여."

"그건 제가 할 수 있어요. 엄만 침대에서 쉬어야 해요."

"브레이든, 난 괜찮아."

당연하게도 어머니는 괜찮지 않았다. 팔에는 아직도 팔걸이 붕대가 감겨있었고 얼굴 여기저기에는 여전히 보라색 멍이 남아 있었다.

"침대로 가세요. 제가 커피 끓여다 드릴게요."

그녀는 아무런 위압감이 느껴지지 않는 단호한 표정으로 그를 보았다. "네 아침밥은 엄마가 차릴 거야."

"제 아침밥 정돈 제가 차려 먹을 수 있다고요."

"브레이든 아서, 너 방금 뭐라고 했어?"

리엄이 느릿느릿 주방으로 걸어 들어왔다. 그의 머리는 천장으로 솟구쳐있었고 아직도 파자마를 입은 채였다. 브레이든은 동생을 나무랐다. "옷 입어. 이러다 학교에 늦겠어."

리엄은 엄마 옆으로 갔다. 그녀는 성한 팔로 동생을 바짝 끌어안아주고 머리에 입을 맞추었다. 그런 다음 고개를 들었다.

"엄마가 하게 해줘, 브레이든."

맥은 눈을 깜빡거리며 현실로 돌아와 어머니 뒤로 걸어가 그녀를 안았다. 그의 어머니는 웃음을 짓다가 깜짝 놀랐다. "어머, 왜 이래?"

"그냥 여기 계신 게 좋아서요." 그는 그녀의 정수리에 입을 맞추었다.

"너 괜찮니?" 그녀는 고개를 돌려 그를 올려다보며 물었다.

"좋아요." 그는 헛기침을 하고 가까스로 활짝 웃어보였다. "그냥 배고파서 그래요. 당근은 진짜 작게 잘라주시는 거예요, 알았죠?"

그녀는 미소 지었다. "당연하지. 네가 그렇게 하는 거 좋아하잖니."

"리브가 내일 우리 몇 시에 저녁 먹으러 갈 건지 알려 달래요. 아직도 가고 싶으세요?"

그의 어머니는 고개를 돌려 다시 한번 미소를 지어보였다. "물론이지."

몇 시간 후, 맥은 침대에 누워있었다. 배는 부른데 마음은 이상하게 요동치고 있었다. 그는 고심 끝에 리브에게 문자를 보냈다.

> **우린 4시면 집 보는 거 끝날 거예요. 5시까지 갈까요?**

리브는 엄지 척 모양의 이모티콘을 보냈다.

맥은 남자가 코를 후비고 있는 움짤을 보냈다.

리브는 한 여자가 상체를 숙인 채로 엉덩이를 춤추는 움짤로 받아쳤다.

> **지금 당신 모습?**

맥이 답장했다.

리브는 '살려줘'라고 말하는 것 같은 눈을 하고 바닥에 앉아있는 자신의 사진을 담아 답장을 보내왔다. 에이바와 어밀리아는 입술에 빨간 칠을 하고 뒤로 넘어갈 것처럼 웃어재끼며 그녀에게 매달려 있었다.

> **지금 내 모습**

리브는 아래에 그렇게 적었다.

맥의 가슴은 뭔가가 쥐어짜다 못해 아플 정도였다. 자신의 유머와 빈정거리는 능력이 언제 사라졌는지 모르겠지만 아무튼 사라지고 없었다.

그는 질문을 보냈다.

우리 그 키스 얘기 좀 할까요?

그녀에게서 답장은 오지 않았다.

다음 날 리브는 맥과 그의 어머니가 언제 오는지 주차장에 들어오는 차 소리에 귀를 기울이며 신경 쓸 필요가 없었다. 에이바와 어밀리아가 마치 크리스마스에 산타를 기다리듯 중개해주었으니까.

"맥 삼촌이다!"

리브는 아이들이 진입로에서 그를 반길 수 있게 밖으로 내보내주었다. 로지는 주방 수건에 손을 닦았다. "프라이드치킨을 어머니께서 좋아하셔야 할 텐데."

"로지의 프라이드치킨은 모두가 좋아해요." 리브가 말했다.

"왠지 좀 긴장되는걸." 로지가 살짝 웃으며 인정했다. "네가 상대 부모를 만나는 일이 자주 있는 게 아니잖니."

리브의 심장이 이상하게 쿵쿵거렸다. "그런 거 아니에요."

"계속 자신이나 그렇게 속이세요." 로지가 말했다.

뒷문이 열리고 맥이 쌍둥이를 양어깨에 매단 채로 걸어 들어왔다. "길고양이를 몇 마리 잡아왔어요." 그는 리브와 눈을 맞추며 말했다.

아이들이 웃었다. "우린 고양이 아니에요, 맥 삼촌!" 에이바가 웃었다. "그럼 뭔데?"

"우린 여자애들이에요!" 어밀리아가 대답했다.

맥은 아이들을 내려놓고도 자기 다리를 감싸고 매달려 있게 두었다. 그의 뒤로 리브가 사무실에 있던 사진에서 본 한 여자가 걸어 들어왔다.

로지가 서둘러 앞으로 나섰다. "어서 오세요, 에린."

"이렇게 만나게 되어 정말 반갑습니다." 에린이 로지의 손을 잡으며 말했다. "농장이 정말 아름다워요." "감사합니다." 로지는 뒤로 물러서서 리브를 보았다. "그리고 이쪽은 리브예요."

리브는 한 손을 내밀었다. "만나서 반갑습니다."

서로를 소개하는 시간은 정자 은행의 대기실과 견줄 정도로 어색했다. 맥은 아이들을 재밌게 해주는 데 정신이 팔려 모르고 있었다. 셔츠가 구겨질까봐 걱정이라도 하듯 내내 거실에 앉아 있던 홉이 역시 자기소개를 하려고 걸어 들어왔다.

"만나서 반갑습니다." 에린이 말했다.

"저녁 식사 준비는 거의 다 됐어요." 로지가 말했다. "뭐 마실 것 좀 드릴까요? 아니면 리브랑 맥이 간단하게 농장 안내해드리면 어떨까?"

로지는 두 사람을 연결시키려는 의도를 숨기려는 노력조차 하지 않았다. 리브가 맥을 보자 맥은 미소 지었다. 여심을 저격하는 그만의 미소가 아니라 조금 더 부드러운 미소였다. 그걸 보자 묘한 기분이 들었다. "염소 보러 가요." 그녀는 불쑥 내뱉었다.

쌍둥이는 에린에게 염소 먹이 주는 법을 가르쳐주겠다면서 현관을 튀어나갔다. 밖으로 나온 에린은 웃으며 아이들을 따라가려 애썼다. "아이들이 무척 신이 났네요." 그녀가 말했다. "아이들과 많은 시간을 보낼 수 있어서 정말 좋겠어요."

"맞아요." 안전한 대화 주제로 들어선 것에 안도하며 리브가 대답했다. 그렇다고 쿵쿵대는 심장이 완전히 차분해진 건 아니었다. 맥의 존재감은 평소보다 훨씬 더 커지고 있었는데 그는 거의 말을 하지 않았다. "최대한 자주 보려고 하고 있어요."

"부모님께서 근처에 살지 않으시나 봐요, 그런가요?"

"네." 리브는 짧게 대답했다. "두 분은, 음, 아버지는 애틀랜타에서 네 번째 부인과 살고 계시고요, 어머니는 지금은 버진 아일랜드에서 지내세요. 워낙 여기저기 많이 돌아다니시거든요."

갑자기 그녀의 등에 가볍게 손가락이 스쳤고 그녀는 순간 숨을 멈췄다. 일부러 그런 것인지 알 수 없었지만 뭐가 됐든, 그걸로 그녀의 마음은 풀어졌다.

"우리 손자들이 보고 싶네요." 에린이 아쉬운 듯이 말했다. "둘째 아들 리엄은 아이가 둘이에요. 그런데 캘리포니아로 이사를 갔거든요."

리브가 고개를 끄덕였다. "사진 본 적 있어요."

"아들네 가족을 위해서는 내가 옳은 일을 한 건데." 에린은 어깨를 으쓱하며 말했다. "그런데 아이들이 참 보고 싶어요."

"이쪽으로 이사 오시면 에이바랑 에멀리아랑 할머니 놀이 충분히 하실 수 있을 거예요." 맥이 말했다.

리브는 급하게 고개를 들었다가 이내 돌렸다.

에이바와 어밀리아가 빨리 오라고 불렀다. 아이들은 염소용 사료통 뚜껑을 열고 사료 알갱이를 한 움큼씩 쥐었다.

"어떻게 하는지 우리가 보여줄게요."

에이바가 에린에게 말했다.

아이들이 에린의 손에 사료를 담아주고 염소들에게 줄 때 어떻게 잡고 있어야 하는지 가르쳐주는 동안 맥과 리브는 뒤에서 기다렸다. 그들은 춤추자고 어떻게 청해야 할지 모르는 어색한 중학생들처럼 말없이 서로를 이따금씩 바라보았다.

맥은 진실한 남자야. 내가 장담해. 그 사람한테 기회를 한 번 줘보는 게 어때?

"좋은 할머니세요." 리브는 자신의 생각을 덮으려고 불쑥 말했다.

"최고시죠." 맥의 목소리에서 느껴지는 따뜻함에 리브의 심장이 또 다시 쿵쿵거렸다. 그는 한 손으로 머리를 부드럽게 쓸었다. "최대한 빨리 이리로 모셔오고 싶어요. 디모인에는 아무도 없으니까."

그가 농장에 맨 처음 왔을 때부터 그녀를 괴롭히던 질문이 결국 그녀를 이기고 말았다. "몇 살……이었어요? 아버지 돌아가셨을 때."

그 질문에 에린이 고개를 들어 돌아보았다.

"미안해요." 리브가 속삭였다. "그런 걸 묻는 게 아니었는데."

에린은 다시 염소에게로 고개를 돌렸고 맥은 그녀를 보았다.

"제가 열네 살 때 떠나셨어요."

에린은 사료 부스러기를 떼어내기 위해 양손을 털었다. "와, 정말 재미있구나." 에린이 아이들에게 그렇게 말했지만 리브는 그녀의 목소리에서 뭔가를 감지했다. 망했다. **잘하는 짓이다, 리브. 부모님 상견례도 아닌 자리에서 상황을 더 어색하게 만들다니.**

"저녁 다 됐을 거예요." 리브가 말했다. "돌아갈까요?"

"너무 배고픈데요." 맥이 가식적인 웃음을 지으며 말했는데 어쩐 일인지 외로움이 느껴졌다. 리브는 그 생각에 고개를 저었다. **난 대체 뭐가 문제인거지?** 그녀는 자신의 문제가 뭔지 알고 있었다. **우리 그 키스 얘기 좀 할까요?** 그 한 줄짜리 문자에 그녀는 밤새도록 고민했다.

집으로 돌아가는 길에 맥은 아이들이 자기를 끌고 가도록 양손을 내어주었다.

"아이들이랑 아주 잘 지내네요." 에린이 리브 옆으로 걸어오며 말했다.

"에이바랑 어밀리아가 아주 좋아해요."

"언젠가 좋은 아빠가 될 거예요."

리브는 발을 헛디뎌 휘청거렸고 에린은 미소 지었다.

그들이 안으로 들어갔을 때는 로지가 식탁을 다 차려놓은 상태였다. 프라이드치킨 접시가 한 가운데 놓여있고 양옆으로 으깬 감자와 푸짐한 샐러드가 차려져 있었다.

"냄새가 정말 환상적이에요." 에린은 맥의 옆자리에 앉으며 감탄하듯 말했다.

"리비가 디저트로 복숭아 파이를 준비했어요." 로지가 말했다.

맥이 한쪽 눈썹을 치켜 올렸다. "컵케이크가 아니고요?"

리브는 들고 있던 레모네이드 잔으로 입가에 떠오른 미소를 가렸다.

로지가 리브를 도와 아이들의 접시를 채워주고 식탁 옆 아이들 전용 작은 탁자에 아이들을 앉혔다. 리브가 자기 자리로 돌아와 보니 그녀의 접시에 이미 음식이 담겨 있었다. 맥이 그녀를 보며 윙크했다.

처음 대화는 딱딱했다. 서로를 잘 모를 때 사람들이 으레 하는 거리감 있고 의미 없는 대화가 주를 이루었다. 하지만 복숭아 파이가 나오고 다들 와인을 한 잔 이상 마셨을 즈음에는 편한 대화가 오가고 있었다.

에린은 샤도네이가 든 와인 잔을 부드럽게 잡았다. "베트남에서 복무하셨다고 맥이 말해주었어요." 그녀가 홉에게 말했다.

홉은 로지를 흘긋 보고나서 고개를 끄덕였다. "2년 있었습니다. 68년하고 69년."

"제 오빠도 1970년에 그곳에 있었지요."

"보병대였나요?" 홉이 물었다.

에린은 고개를 끄덕였다. "그는 어떤 것들을 봤어요, 그게…… 글쎄요, 그런 일에 대해 절대 얘기를 안 하던 사람이라."

홉은 맥주를 한 모금 마셨다. "우리들 모두 그렇지요."

"오빠가 돌아오고 나서 이전처럼 가까워지는 데 시간이 좀 걸렸어요." 에린의 얼굴에 오래전 후회가 떠올랐다. "저는 전쟁에 반대했어요."

"저도 그랬어요." 로지가 말했다.

"저는 어렸어요, 고등학생이었죠. 내가 생각하고 행동했던 방식을 제대로 이해하고 있지는 못했어요."

"시간이 가고 나이가 들면 모든 게 이해가 가는 법이죠." 홉이 말했다.

"거기에 대한 제 마음이 변한 건 아니에요, 전쟁이요." 에린이 말했다. "하지만, 돌이켜보면, 전쟁 그 자체와, 전장에 나가야만 했던 군인들이 다른 거란 걸 알아챌 정도로 세심했다면 얼마나 좋았을까 싶어요."

홉은 로지를 빤히 보았다. "돌아보면, 왜 어떤 사람들은 전쟁에 반대하는 건지, 저도 좀 더 이해하려고 했다면 좋았을 텐데 싶습니다."

로지의 입이 벌어지며 입으로 가져가던 와인 잔이 중간에 멈추었다.

홉은 한쪽 어깨를 으쓱하고는 자기 접시를 내려다보았다. "우리가 생각하는 만큼 모든 게 그렇게 단순하지는 않은 법이죠."

리브는 맞은편의 맥을 보았다. 그는 홉이 마치 밤새도록 노라 로버츠♥의 소설을 읽었노라 인정하기라도 한 것처럼 그를 보며 활짝 웃고 있었다.

30분 후, 리브는 주차해둔 차로 가는 에린과 맥이 있는 곳으

♥──────
Nora Roberts. 로맨스 소설의 여왕이라 불리는 미국 작가.

로 걸어갔다. 에린이 꼭 안아주어 리브는 깜짝 놀랐다. "만나서 정말 반가웠어요."

리브는 두 사람을 바라보는 맥의 의도적인 눈길을 피하며 그녀를 마주 안았다. 그런 다음 에린은 리브와 맥을 차 뒤에 남기고 보조석에 올랐다.

"저녁 식사 고마워요." 맥이 말했다. "즐거웠어요."

"그러게요." 리브는 그의 상체만 가볍게 안았다.

맥이 재빨리 그녀를 바짝 끌어안았다. 그의 목젖이 목에서 까딱, 움직였다.

"그럼." 리브가 나직이 말했다.

맥은 손가락으로 그녀의 팔 한쪽을 쓸었다. 그녀는 전율을 느끼며 그의 눈을 보았다.

"준비되면 알려줘요." 그가 허스키한 목소리로 말했다.

"뭐가요?"

"그 얘기 해야죠."

그녀는 그의 자동차 미등이 눈앞에서 사라질 때까지 숨을 내쉬지 못했다.

다음 날 아침, 맥은 어머니가 깨기 전에 일찌감치 달리러 나왔다. 한 시간 후 집에 돌아오자 베이컨과 달걀 냄새가 그를 주방으로 이끌었다. 어머니가 고개를 돌려 그를 돌아보았다. 그녀는 이미 옷을 차려입고 떠날 준비가 되어 있었다. 그녀의 하나짜리 여행 가방은 뒷문 옆에 놓여 있었다.

맥은 팔로 이마를 훔쳤다. "왜 이렇게 서두르세요?"

"일찍 도착하는 걸 좋아하는 거 너도 알잖니." 그녀는 달걀을 익히던 가스레인지 불을 끄고 아일랜드 식탁 옆에 죽 늘어선 의자 하나를 고갯짓으로 가리켰다. "앉아. 차려줄게."

"샤워 먼저 해야 하는 거 아니에요?"

그녀는 피식했다. "너 축구 연습 마치고 오자마자 바로 음식을 해먹이곤 했었는데. 기억나니?"

물론, 기억난다. 어머니를 돕기 위해 일자리를 구해야 했는데, 그 때문에 축구를 포기하기 전까지는 그랬다. 어머니는 도서관에서 하던 일을 파트타임으로 바꿔야만 했다. 바로 그 사고 때문에…….

에린은 접시 두 개에 음식을 담아 아일랜드 식탁으로 날랐다. "너한테 음식해주고 싶었어." 그녀가 말했다.

맥은 고개를 파묻고 먹었다. "여기로 이사 오면 원하는 만큼 차려주실 수 있어요. 불평 안 할게요."

그녀는 뭔가 애매모호한 소리를 냈다.

맥은 접시에서 고개를 들었다. "왜 그러세요? 엄마 전담 요리사 고용해주길 바라신 거예요?" 그는 농담을 던졌다. 하지만 그건 불안함을 감추려는 게 컸다. 그의 어머니는 또 다시 뭔가 감추는 것 같은 표정을 지었다.

에린은 자기 포크를 내려놓고 길게 숨을 내쉬었다. "브레이든……."

그는 꿀꺽, 침을 삼켰다. "네?"

"우리 이 문제는 잠시 미뤄둬야 할지도 모르겠다."

"뭘 미뤄둬요?"

"집 찾아보는 것부터 해서 네가 해준 모든 거, 난 정말 고마워, 하지만……."

맥의 등이 꼿꼿해졌다. "그냥 말해요, 엄마."

"내가 이사할 준비가 됐는지 확신이 안 들어."

맥은 몇 번이나 눈을 깜빡거렸다. 그는 포크를 내려놓고 입을 닦았다. 욱해서 성질부리는 것처럼 보이지 않으려면 어떻게 반응해야 할지 시간을 벌기 위해서였다. "왜 이러시는지 모르겠어요." 마침내 그가 입을 열었다.

"너는 나를 돌보느라 너무 많은 시간을 보내고 있어. 그래서

내가 이제 더 이상 보살핌을 받을 필요가 없다는 걸 놓치고 있
단다."

방금까지 달려서 난 땀과 무관한 식은땀 한 줄기가 그의 이마
에 흘러내렸다. "거기서 혼자 계시잖아요."

"그렇지 않아." 그녀는 몸을 앞으로 기울이며 강하게 말했다.
"친구도 있고 직장 동료도 있어."

"하지만 가족이 없잖아요."

"만나는 사람이 있어." 그녀는 말을 내뱉고 짧게 훅, 숨을 쉬
었다. 마치 그 말을 위해 오랜 시간 공을 들여왔다가 말을 내뱉
고는 마침내 해냈다는 사실을 스스로도 믿을 수 없다는 듯이.

맥은 강한 주먹에 얻어맞은 것처럼 훅 숨을 들이마셨다. "누
구요?"

"아주 좋은 사람이야……."

"그게 누구냐고요?"

"이름은 제이슨이야, 대학에서 교수로 있어."

"무슨 교수요?" 그게 중요한 게 아니었다, 하지만……

"물리학."

"어떻게 만나셨어요?" 마치 유리로 목구멍을 긁는 것 같은 소
리가 났다.

"친구 소개로."

맥은 자기 접시를 들어 싱크대에 내려놓았다. 그는 남긴 음
식을 음식물 처리기에 넣었다. "왜 말씀 안 하셨어요? 꽃을 보낸
게 그 사람이에요?"

"맞아, 그리고 너한테 말을 안 한 건 네 반응 때문이고."

"제가 어떻게 반응하는데요?"

"상처받은 것처럼."

맥은 그 말을 무시했다. "얼마나 오래 만나셨어요?"

"몇 달쯤."

"리엄도 알아요?"

그녀의 머뭇거림으로 답은 이미 나왔다. 동생은 어제 그에게 거짓말을 한 것이다. 맥은 돌아섰다. "샤워해야겠어요."

그가 열 걸음쯤 걸어갔을 때 그녀가 불러 세웠다. "브레이든, 네 아버지한테 일어난 일에 대해 얼마나 더 오래 거짓말을 할 생각이니?"

그는 주먹을 말아 쥐었다. "그 얘긴 하고 싶지 않아요."

"피한다고 사라지는 게 아니야."

"지금까지 저한테는 먹혔어요."

"그랬어? 그렇더라도." 그녀는 걸어와 그를 마주보고 섰다. "난 네가 정착해서 행복해졌으면 좋겠어."

"어머니가 여기로 오시면 정착되고 행복해질 거예요."

"아니, 그렇지 않아."

맥은 힘주었던 주먹을 폈다. "이게 대체 그 사람이랑 다 무슨 상관인데요?"

그녀는 그의 가슴 한가운데에 손을 올렸다. "모두 관계있어."

맥은 고개를 젓고 손으로 코를 쓱 훔쳤다.

"흘러가게 내버려둬도 괜찮아." 그녀는 그의 가슴을 토닥이며 말했다. "행복해지기 위해서."

맥은 옆으로 비켜서서 그녀를 주방에 내버려둔 채로 자리를 떴다. 그는 행복했다. 그는 망할 브레이든 맥이었다. 내슈빌 나이트클럽의 왕이었고 모두의 친구였다.

공항으로 가는 차 안에는 아주 오래전 이후로 느껴보지 못했던 긴장감이 흘렀다.

"모퉁이에서 그냥 내려주렴, 아들."

맥은 눈을 굴렸다. "공항 안에까지 들어갈 수 있어요, 엄마."

"넌 나한테 화가 나 있고 기분도 안 좋잖아. 이렇게 하는 게 서로한테 좋을 거야."

"와, 그렇게 저를 떼어놓고 싶으세요?" 그는 터미널 앞 빈 공간에 급하게 차를 몰아 아무렇게나 차를 세웠다.

"나 좀 보렴."

맥은 말을 따랐다. 잠깐이었지만.

"네가 화가 났고 또 약간 상처받은 것도 알아. 그 점에 대해선 마음이 안 좋아."

그는 한쪽 어깨를 으쓱 올리고는 이내 자기가 심술부리는 어린애 같다고 느꼈다. 하지만 뭐 어쩌란 말인가. 그는 정말로 화가 났단 말이다. 정말로 상처받았고.

"엄만 너를 위해서 이러는 거야, 브레이든. 잠시 동안 네 삶에 집중할 때야, 드디어 나를 걱정하는 걸 멈추고 말이야."

맥은 차를 박차고 나가 트렁크에서 그녀의 여행가방을 꺼냈다. 그는 차 반대편 인도에서 그녀와 마주섰다.

"참." 그녀는 손을 뻗어 그의 양 볼을 감쌌다. "그 아가씨 마음에 들더라."

그는 그녀가 누굴 말하는지 묻지 않았다. 맥도 그녀가 좋았으니까. 필요 이상으로.

"너한테 잘 맞을 거야." 에린은 팔을 빼며 말했다. "그녀에게 진실을 말해."

맞다, 진실. 그럼 모든 문제가 해결될 거다. 아닌가? 리브는 거짓말쟁이를 싫어한다. 그녀는 그 점을 아주 명백하게 전했다. 하지만 그건 그가 매일을 얼마나 거짓말을 해왔는지 몰랐을 때였다. 그녀가 어깨를 으쓱하며 '별일 아니네요,'라고 말할 거라고 생각한다면 그는 구제불능 멍청이일 것이다. 그가 오랫동안 거짓말을 해온 데는 이유가 있었다. 그리고 얼마간의 시간이 지난 후에는 거짓말이 눈덩이처럼 불어나 있었다.

왜냐하면 그와 그의 아버지에 대한 진실을 알게 되면 사람들은…… 맥은 운전대를 움켜쥐었다. 아니, 그는 그 일이 알려지게 둘 수 없다.

맥은 어머니를 내려주고 목적 없이 차를 몰았다. 집으로 가고 싶지는 않았다. 일하러 갈 마음도 들지 않았다. 그가 가고 싶은 곳은 단 한군데였다. 하지만 그는 자기 자신을 설득하는 데 한 시간이나 걸렸고 마침내 결정을 한 그는 핸들을 내려치고 차를 돌렸다. 그녀가 집에 있을지 그것조차 몰랐다. 어쩌면 아이들을 데리고 나갔을지도 모르는데. 제길. 그는 뭐가 하고 싶은지 막 깨달았다.

그는 핸즈프리로 리브에게 전화를 걸었다.

"여보세요." 리브가 숨찬 목소리로 전화를 받았다.

"안녕." 멍청한 대꾸였다. 그도 그럴 것이 그녀의 목소리를 듣는 순간 뇌세포가 모두 사라져버렸고 '딕과 제인'♥ 책 속으로 빨려 들어갔기 때문이다. **얼레리 꼴레리, 맥이 말 더듬는대요.**

"음, 무슨 일이에요?"

그는 손바닥에 난 땀을 청바지에 닦았다. "저기, 아니, 오후에 아이들이랑 뭐 할 생각이에요?"

잠시 정적이 흘렀다. 약한 심장마비가 올 정도로 긴 정적이었다.

"음, 실은, 아무것도 없어요. 해야 할 게……." 리브가 긴장감이 느껴지는 웃음을 터뜨렸다가 다시 숨을 몰아쉬었다. "알렉시스한테 연락이 왔는데 오늘 밤에 카페 일을 좀 도와달라고 하더라고요. 고양이가 물렸나 해서 동물 병원 응급실에 가야한대요. 그래서 로지에게 아이들 맡기고 30분 안에 나갈 거예요."

그의 심장이 회복됐다. "내가 아이들 봐줄 수 있어요."

또 다시 정적. 또 다시 경미한 심장마비.

"애들 봐주고 싶어요?"

"아이스크림 같은 거 사줄 수 있어요." 그는 움찔했다. 이런, 좀 덜 오싹하고 절망적으로 말할 순 없었을까? **얼레리 꼴레리, 맥이 놀랐대요.**

♥ ———————

Dick and Jane. 미국 아동물 시리즈 책의 제목.

"애들이 정말 좋아하긴 하겠어요." 마침내 그녀가 말했다.

"20분 안에 그리로 갈 수 있어요."

"확실해요?"

"뭐 사갈 거 있어요? 먹을 거나 우유 같은 거?"

"아니요." 그녀가 웃었다.

"그럼 갑니다."

"맥, 고마워요."

그는 15분 만에 도착했고 긴 진입로로 들어선 이후에 그날 처음으로 제대로 된 숨을 내쉬었다. 리브가 차 소리를 들었는지 그가 시동을 끄자마자 계단에 모습을 나타냈다. 그녀를 본 그의 입에 침이 고였다. 그녀는 청바지에 무늬 없는 하얀 티를 입고 머리는 돌돌 말아 위로 올려 묶었다.

맥이 차에서 내리자 아이들이 숨기고 있던 기쁨을 터뜨리며 리브를 앞질러 뛰어나왔다. "맥 삼촌!"

맥은 한 팔에 한 아이씩 안아 어깨에 올렸다. 아이들은 신이 나 소리를 질렀고 마침내 그는 아이들을 바닥에 내려주고 애정 어린 미소를 띠고 바라보는 리브를 보았다. 그를 보는 건지 아이들을 보는 건지 알 수 없었지만 어쨌든 그는 그 미소가 다시 보고 싶었다.

"이렇게까지 해줘서 고마워요." 그녀가 가까이 다가서며 말했다. 뭔가 심경이 복잡해보였다. "알렉시스한테 어려울 것 같다고 말할까 생각도 해봤는데, 최근에 계속 좀 이상했거든요. 로이스 일 때문에, 그래서……"

"리브." 그는 그녀의 목 뒤를 한 손으로 감싸 부드럽게 꼭 쥐었다. "나한테 맡겨요."

동시에 세 가지 일이 일어났다.

그녀가 그의 입술을 보았다.

그가 그녀의 눈을 보았다.

그리고 두 사람은 말없이 서로를 이해했다.

그들은 머지않아 그 키스에 대해 이야기하게 될 것이다.

다섯 시간 뒤, 리브가 현관문을 닫는데 알렉시스가 카페로 들어왔다.

"어땠어?" 알렉시스가 가볍게 숨을 내쉬며 물었다. 그녀는 플라스틱 고양이 이동장을 왼손으로 힘겹게 들고 들어왔다.

리브가 앞치마를 풀었다. "괜찮았어. 비프케이크는 어때?"

"몇 바늘 꿰매고 항생제 주더라고. 괜찮을 거야." 알렉시스는 이동장을 바닥에 내려놓고 우비에서 어깨를 뺐다. "오늘 도와줘서 정말 고마워."

"당연하지. 언제든." 리브는 속으로 찡그렸다. 대화가 어색하고 불편하게 느껴졌다. 알렉시스도 똑같이 느꼈는지 두 사람은 동시에 말을 뱉었다.

"잠깐 더 있어줄 수 있어?"

"우리 괜찮은 거지?"

두 사람은 말을 멈췄다가 이내 웃었다. "네가 먼저 말해." 리브가 말했다.

"잠깐 더 있어줄 수 있는지 물어보려고."

리브는 고개를 끄덕였다. "몇 분 정도는. 에이바랑 어밀리아를 맥에게 맡겨두고 왔거든. 그래서⋯⋯."

알렉시스의 입이 벌어졌다. "애들을 브레이든 맥한테 맡겼다고?"

"놀랍게도 애들을 잘 보거든. 애들도 그 사람 진짜 좋아하고."

"아하." 그녀의 말투는 세아가 '뭔지 알지'라고 했던 것과 상당히 비슷했다.

"뭐 없나 의미 부여하려고 하지 마." 리브는 웃었다. "그냥 도와주는 것뿐이니까. 그게 다야."

"네가 그렇게 말한다면야." 알렉시스는 빙긋 웃었다. "네가 하려던 말은 뭐야?"

"그때, 아, 모르겠다. 난 그냥⋯⋯." 리브는 입술을 깨물었다. "난 그냥 우리 사이가 괜찮은 건지 확인하고 싶어. 내가 여기 마지막으로 왔던 이후로 우리 별로 얘기 못 했잖아. 그리곤 뭔가 이상해졌고."

알렉시스는 안심하듯 숨을 내쉬었다. "그건 내 잘못이었어. 내가 과했지."

"나도 그랬어."

알렉시스는 고양이 이동장을 들고 리브에게 따라오라고 고갯짓을 했다. "오늘 밤에 바빴어?"

"아주는 아니었어. 쭉 바쁘긴 했는데 할 만한 정도."

알렉시스는 비프케이크를 다시 바닥에 내려놓았다. "일 구하는 건 어때?"

"전혀."

"파크웨이 호텔도? 내가 수석 셰프한테 직접 전화까지 했는데."

"그래서 연락이 왔지. 다음 주에 인터뷰가 잡혔는데……."

"잘됐다!"

"근데 이유도 없이 취소됐어."

알렉시스는 풀이 꺾였다. "넌 로이스가 뭔가를 했다고 생각하는 거지?"

리브는 어깨를 으쓱했다. "그게 유일하게 말이 되는 시나리오야. 나를 망쳐놓겠다고 그자가 협박을 했고, 이제 그러고 있는 거지." 그녀는 짜증 섞인 한숨을 내쉬며 벽을 따라 일렬로 늘어선 의자 하나에 앉았다. "뭘 어떻게 해야 할지 모르겠어. 제시카는 거길 떠나지 않겠대. 맥이 일자리까지 제안했는데도. 어떤 일이 됐든, 그녀는 받아들이지 않을 거야."

알렉시스는 그릇에 물을 떠서 비프케이크 앞에 놓았다. "네가 그만둬야 하는 걸지도 몰라."

"그럴 수 없어. 그를 막을 수 있는 방법이 분명히 있을 거야. 나보다 전에 일했던 여자들 중에 이상한 상황에서 그만둔 사람들을 알아내려는 중이야."

알렉시스의 손이 멈췄다. "왜?"

"그 사람들하고 말해보려고. 뭔가를 알고 있거나 앞에 나서고 싶어 할 수도 있잖아." 리브는 여기서 입을 다물지 아니면 계속 밀어붙일지 머릿속으로 싸움을 하느라 말끝을 흐리며 입술을 깨물었다.

밀어붙이기 승. "누구, 너 혹시 아는 사람 있어?"

"미안해, 난 해줄 수 있는 게 없어."

이런, 또 다시 제자리인 건가? "왜? 난 이해가 안 가……."

"지금까지 앞에 나서지 않은 거면, 분명 그럴 만한 이유가 있는 걸 거야."

"아는 사람이 있어?"

알렉시스가 얼굴을 찡그렸다. "이름은 알려줄 수 없어."

리브는 벌떡 일어섰다. "아는 사람이 있구나!"

알렉시스의 얼굴이 굳어졌다. "그 일은 그냥 그대로 두는 게 좋을 것 같아, 리브. 네 언니랑 형부 사이의 일을 겪고도 아직 느끼는 게 없니?"

리브는 마치 뜨거운 기름으로 뺨을 맞은 것 같았다. 하려던 말이 순식간에 타버렸다. 와. 리브는 알렉시스가 그렇게 정곡을 찌를 거라고는 생각하지 못했다. 늘 다정하고 조용한 사람이 가장 놀라게 하는 법이다.

알렉시스는 한숨을 쉬고 사과했다. "미안해. 내가 너무했어."

"아니, 네 말이 맞아. 언니랑 형부가 갈라섰을 때 내가 도움을 못 줬지. 내가 어떤 남자도 못 믿는다는 이유로 형부를 믿지 말라고 언니를 설득했어. 그래서 둘이 다시 합칠 수 있는 기회를 망쳐버릴 뻔했고. 그건 내가 평생 안고 가야할 내 실수야."

알렉시스는 걸어와 그녀를 안았다. "그래도 내가 그런 말 하는 게 아니었어."

리브는 친구를 꼭 안아주고는 뒤로 물러섰다. "가야겠다."

알렉시스가 그녀의 손을 잡았다. "화난 채로 가지마."

"화 안 났어." 리브는 자기 발치를 바라보고는 정직함을 택했다. "단지 실망스럽고 혼란스러워. 난 포식자를 막으려는 거야. 내가 하려는 일을 네가 왜 막으려는 건지 모르겠어."

"왜냐하면 이길 수 없는 싸움도 있으니까."

자기 차로 걸어가면서 리브의 실망감은 뜨겁게 달궈져 화가 되어 그녀의 목을 타고 내려갔다. 농장으로 차를 몰고 가는 내내 알렉시스의 말이 그녀의 머릿속에서 맴돌았다. **이길 수 없는 싸움도 있으니까.** 리브는 그 말을 믿고 싶지 않았다.

30분 후 그녀는 주차된 맥의 차 뒤에 자신의 차를 세웠다. 그리고 실망감은 기대감으로 바뀌었다. 도로 쪽으로 난 그녀의 창문이 안에 TV만 켜 있는 것처럼 파랑과 하양 불빛이 번갈아가며 일렁였다. 리브는 계단으로 올라갔고 문이 잠겨 있지 않은 걸 확인하고는 부드럽게 문을 밀었다. 아이들을 깨우고 싶지 않았다. 잠깐 동안 어둠에 눈이 적응하는데 시간이 걸렸고 이내 그녀가 안으로 들어서서 마주한 장면은 그녀의 심장을 빨라지게 만들었다.

맥은 소파에 있었고 아이들은 양쪽에서 그의 품에 파고든 채로 발을 그의 허벅지에 올리고 있었다. 맥은 머리를 소파에 기댄 채로 한 팔은 소파 뒤로 길게 늘어뜨리고 다른 한쪽은 손가락을 쫙 편 채로 가슴 위에 올려두었다. 그리고 새근새근 자고 있었다.

아파트 역시 깨끗해져 있었다. 그녀가 싱크대에 넣어둔 다 마신 커피 잔과 오트밀 접시는 사라져 있었다. 아이들 장난감은 모두 주워 TV를 올려둔 탁자 앞에 줄지어 진열해두었다. 현관 앞의 신발들도 진흙 쟁반 위에 완벽하게 줄지어 정리해두었다.

리브는 최대한 조용하게 문을 닫았지만 그녀의 등 뒤로 경첩이 삐걱거리며 날카로운 숨을 몰아쉬었다. 그녀는 고개를 돌렸다. 맥은 졸음 가득한 미소를 지으며 고개를 들고는 가슴에 얹어두었던 손을 소리 나지 않게 가만히 들어 반겨주었다. 그녀는 소파 쪽으로 기어갔고, 그는 잠에 푹 빠진 쌍둥이를 조심스레 바라보며 몸을 일으켜 앉았다. 하품을 하며 팔을 머리 뒤로 쭉 뻗는 그의 모습은 그녀를 빠져들게 만들었다. 하품과 기지개. 남자다움과 연약함을 동시에 발하는 것.

"아이들 어땠어요?" 그녀가 속삭였다.

"완전 악마들이었죠." 그는 미소 지으며 말했고, 그녀는 거짓말이라는 걸 알아챘다. "애들은 잘 있었어요. 이리저리 뛰어다니고 온통 더러워지고, 착한 일만 했어요."

"아이들 대신 봐준 거 정말 고마워요."

"고마워하는 거 그만." 그는 일어서서 다시 한번 기지개를 켰고 그 바람에 티셔츠가 쭉 딸려 올라가 어두운 털 아래 팽팽해진 살갗이 그녀 눈앞에 흘깃 드러났다. "배고파요?"

"네?" 그녀는 그의 복근에서 눈을 뗐다.

"로지가 음식 갖다 주셨어요. 따뜻하게 데워줄까요?"

"제가 할 수 있어요."

"내가 할게요. 아이들 안으로 옮깁시다, 그러고 나서 차려줄 게요."

그들은 각자 쌍둥이를 한 명씩 들었고 맥은 그녀의 뒤를 따라 짧은 복도를 지나 침실로 들어갔다. 리브는 아이들을 눕히고 이불을 덮어주면서 그와 눈을 마주치는 것을 피했다. 아이들 대신 두 사람이 그곳에 있는 모습을 상상하는 건 너무 쉬웠고 그 바람에 성적 감정들이 피어올랐다. 그녀는 아직 그럴 준비가 되어 있지 않았다.

"나는, 흠, 옷을 갈아입을게요."

그는 고개를 끄덕였다. "음식 준비해둘게요."

맥이 문을 닫고 나갔고, 리브는 손으로 부채질을 했다. 그녀의 침실에 있는 맥의 모습을 그녀는 아직 생각해본 적이 없었다. 그녀는 잠옷 반바지에 티셔츠로 갈아입었다.

"와, 이러다 버릇 되겠는데요." 그녀는 밖으로 나와 주방을 보더니 말했다.

그는 주방 조리대 앞에 서서 그녀를 보았다. "어떤 거요? 집에 왔는데 따뜻한 음식이 기다리고 있는 거요, 아니면 이렇게 근사한 미남이 있는 거요?"

"꼭 이상한 말을 해야 직성이 풀리죠. 안 그래요?" 물론 그녀의 투덜거림은 가짜였다. 그가 놀리고 비꼬아주어서 정말 다행이었다. 방 안을 무겁게 채우는 묵직한 성적 긴장감을 뭔가 가벼운 느낌으로 눌러주기를 바라고 있다는 걸 그가 아는 것 같았다.

맥은 접시에 오븐에 구운 참치 파스타—참고로 리브가 가장 좋아하는 음식―를 차려놓고 물 한잔을 그녀 앞에 놓았다. 그런 다음 그녀의 옆자리에 앉았다.

"그럼." 그가 지나치게 밝게 운을 뗐다. "그 키스에 대해 이야기하기엔 당신이 너무 겁쟁이인 것 같으니까……."

"흠, 뭐라고요?"

그는 몸을 앞으로 기울였다. "내가 여기 왔을 때 당신이 나한테 거의 키스하기 일보 직전이었던 얘기를 해볼까 봐요."

그녀의 목이 새빨개졌다. 딱 걸렸다. "어, 그러니까 당신이 나한테 키스할 뻔했던 거 말하는 거겠죠."

"왜 이래요, 누가 나한테 키스할 마음이 있는지 난 다 안다고요. 그리고 아까 그건 꽤 심각하게 키스를 부르는 눈빛이었고요."

"그런 거 전혀 없었거든요."

그가 윗입술을 핥았다. "이런, 있었다니까요. 바로 당신이 딱 그랬어요."

리브는 팔짱을 꼈다가 가슴이 갑자기 팽팽하게 단단해진 걸 느끼고 양팔을 아래로 내려놓으려고 했다. 하지만 앉은 채로 팔을 내리자 어색한 자세가 되어버렸다.

"어디 불편해요?" 맥이 그녀를 놀렸다.

그녀는 팔꿈치를 테이블 위에 괴었다.

그는 고개를 끄덕였다. "어쩌다 보니 그렇게 된 거지만 내가 이 분야 전문가라고요."

리브는 콧방귀를 뀌었다. "그건 본인 생각이고요."

"당신이 그런 생각하는 거 내가 어떻게 알았는지 조금도 알고 싶지 않아요?"

"네." 당연히 알고 싶지.

"아마 당신이 내 입을 마셔버릴 것처럼 쳐다봐서 그런가, 생각할 수도 있어요."

"와, 당신 정말 로맨스 소설을 너무 많이 봤어요."

"당신 혀가 살짝 나오고 입꼬리를 핥았냐고요? 사실 그러기도 했죠."

그녀는 눈을 굴리고서 포크질을 해서 입으로 가져갔다.

"그런데 그게 아니에요. 당신은 내 맥박을 봤어요."

리브는 미간을 찌푸렸다.

"당신이 뚫어져라 봤죠…… 바로 여기를." 맥은 두 사람 사이의 좁은 틈 사이로 손을 뻗어 엄지손가락으로 그녀의 목 옆에 뜨겁게 뛰고 있는 맥을 눌렀다. "그게 모든 걸 말해줬어요."

그의 엄지가 그녀의 피부를 부드럽게 어루만졌다.

그녀는 숨이 막혔다.

음식이 목에 걸렸다.

기침이 터져 나왔다. 리브는 그를 쏘아보고는 물을 한 모금 마셨다. "난 거기 안 봤어요." 그녀가 컥컥거리며 말했다.

맥은 한껏 의기양양해서 만족해하며 몸을 뒤로 뺐다. "전문가랑 말싸움하겠다는 거예요?"

"네. 왜냐하면 당신은 가장 중요한 사항을 까먹고 있으니까요." 리브는 두 사람의 코가 거의 맞닿을 정도로 얼굴을 바짝 들이댔다. "난 당신 좋아하지도 않아요."

"우리 그 단계는 이미 넘은 것 같은데, 안 그래요?" 그의 목소리가 그녀의 피부를 어루만졌다.

리브는 몇 입 더 먹다가 이내 포기했다. 그녀의 몸은 오직 한 가지에만 굶주려 있었고, 그건 절대 로지의 참치 파스타가 아니었다.

"다 먹었어요?" 그가 접시에 손을 뻗으며 말했다.

"나 기다릴 필요 없어요."

"알아요, 하지만 내가 설거지하는 걸 당신이 봤으면 해서."

코웃음을 치려는데 참아보려는 노력에도 불구하고 입에서는 웃음이 터져 나왔다. "왜요?"

"그래야 내가 얼마나 섹시한지 당신이 볼 수 있으니까."

그녀는 고개를 한쪽으로 기울였다. "인정할 수밖에요, 남자가 설거지하는 게 단연코 내 환상들 중에 하나죠."

"환상들? 하나가 아니네요?"

"난 보통 여자예요. 당연히 여러 개죠."

"그중에 몇 가지 들어보는 것도 난 괜찮을 거 같은데요."

"당신을 놀라게 하고 싶지 않아요."

그는 돌아서서 손을 말렸다. 느릿한 동작에 야한 생각이 떠올랐다. "부탁이에요, 뭐든지 간에 날 놀라게 해봐요."

리브는 자리에서 일어나 그의 손을 잡았다. "나랑 같이 가는 게 좋겠어요." 그녀는 그를 소파로 잡아끈 다음 손바닥을 그의 가슴에 살포시 올리고는 그를 가볍게 밀었다. "앉아요."

맥의 눈썹이 한껏 위로 치켜 올라갔지만 그는 순종했다.

"한껏 뒤로 기대요." 그녀는 명령했다.

"뭘 하려는 건지는 모르겠지만 지금까진, 완전 찬성이에요."

리브는 그의 옆에 있는 방석 위에 기어 올라가 다리를 바짝 당겨 앉은 다음 그의 왼팔을 들어 올려 그 아래로 파고들었다. 어깨 위로 팔의 무거움을 느끼며 그의 겨드랑이로 파고들었고 그의 심장이 느껴지는 바로 그 위에 자신의 뺨을 바짝 붙였다. 그녀는 목에서부터 우러나오는 '음' 소리를 참을 수가 없었다.

"뭐하는 거예요?" 그가 허스키한 목소리로 물었다.

"폭 안기기요."

"폭 안기기?" 그는 한 손으로 그녀의 등을 쓸어내리면서 빙긋 웃었다. 그의 손은 그녀의 잠옷반바지 허리선 위에서 정확히 멈췄다.

"음, 음……."

"폭 안기기가 당신 환상이군요."

"넵."

그의 손가락이 그녀의 셔츠와 바지 사이 맨살이 나온 부분을 찾아 배회했다. 맨살끼리 닿자 그녀는 숨을 참았다. 그녀의 귀에 그의 심장이 점점 빨리 뛰는 소리가 들렸다.

"놀랐어요?" 그녀의 목소리는 마치 코코아 가루로 가글을 하는 것처럼 들렸다.

"전혀요." 그의 목소리도 마찬가지였다. "이 환상 속에서 무슨 일이 벌어지는지 말해보면 또 모르죠."

"이야기를 나눠요."

"야한 얘기?"

"지루한 이야기요. 오늘 하루는 어땠는지, 보고 싶은 영화는 뭔지, 식당에서 손님들이 주문한 이상한 음식이나 바에서 있었던 웃긴 일들 같은 거요."

"그런 거라면 종일이라도 할 수 있어요."

그녀는 웃었다. 그는 그녀의 정수리에 턱을 가만히 기댔다. "이게 왜 환상이에요?"

"모르겠어요."

"분명 이유가 있을 텐데."

"그냥 가끔 기댈 수 있는 누군가가 있다고 생각하는 게 좋아요."

정말 인정하고 싶지 않았지만 그의 피부에서 느껴지는 따뜻함과 쿵쿵거리는 심장 소리가 그녀를 안심시켜 무방비 상태로 만들었다. 나중에 그녀는 분명 후회할 것이다. "내가 해고당한 날, 기댈 수 있는 사람이 있으면 좋겠다, 싶었어요."

그녀의 귀 아래서 그의 심장이 내달리기 시작했다. "대신 뭐 했어요?"

"TV를 보고 울었죠."

그의 숨이 멎었다. "내가 안아줄 수 있었을 텐데."

"그땐 당신을 좋아하지도 않았어요, 기억나요?"

그는 그녀의 허리를 엄지로 부드럽게 어루만지는 것으로 대답을 대신했다. "지금은 어때요?"

"점점 좋아지고 있죠."

그가 침을 삼키는 게 느껴졌다. 힘겹게. "환상 속에서 또 무슨 일이 일어나나요?"

"당신이 내 등을 어루만져요."

그의 근육은 긴장했고, 다가올 일에 대한 예감에 그녀의 온 신경이 춤을 추었다. 그의 손이 그녀의 셔츠 안으로 미끄러져 들어왔고 그녀의 등줄기를 따라 나른하게 올라왔다. "이렇게요?"

"네." 그녀는 눈을 감고 그의 셔츠 안으로 손가락을 말아 쥐었다. 그녀의 손길에 그의 숨결은 거칠어졌다. 그의 손길 아래서 그녀는 힘이 빠져나갔다.

"더 말해줘요." 힘겹게 숨을 쉬면서 긴장한 목소리로 그가 속삭였다. 그가 뱉는 모든 숨결이 강한 욕망으로 더욱 거세지고 있는 건 분명했다.

"목을 어루만질 수도 있고요."

"지금 지어내고 있는 거죠."

그녀는 웃었다. 그러다 이내 그의 손이 셔츠 아래서 멀리까지 미끄러져 올라오자 웃음이 멈췄다. 그의 손가락은 긴장한 그녀의 목선에 마술을 부리기 시작했다. 그녀는 스르르 눈을 감으면서 그가 더 쉽게 다가올 수 있도록 목을 기울였다. "찍어보는 거예요?"

"이미 어딘지 맞춘 것 같은데요."

그녀의 숨은 가슴에 걸려 있었다. 그녀는 눈을 떠 올려다보았다. 그의 목소리에 담겨 있던 애정이 그녀의 검은 눈동자를 지그시 바라보는 그의 눈에도 담겨 있었다. 그들이 무엇을 하고 있든, 갑자기 무슨 일이 벌어지고 있든, 분명 엄청난 것이었다. 아주 밀접하고, 뜨거운, 그리고 위험한 것이었다.

"당신도 알겠지만." 그가 밭은 숨을 내쉬었다. "또 그 생각을 하고 있어요."

"무슨 생각이요?"

"당신에게 키스하는 거."

그녀는 마른침을 삼켰다. "확실히 원하는 건 아니고요?"

"나 긴장돼요." 그가 말했다.

그녀는 자신의 혈관이 울부짖는 소리에 거의 아무것도 안 들릴 지경이었다. "왜요?"

"제대로 하고 싶으니까요."

"그런 건 아무 문제가 안 될 만큼 경험이 많을 거라 생각했는데요."

"중요한 건 경험이 아니에요. 감정이지. 지금 내 감정은 뒤죽박죽이에요."

그녀의 심장이 조여 왔다. "와, 가끔 난 내가 당신을 다 알고 있다고 생각하는데, 당신은 이렇게 생각지도 못한 달콤한 말을 하네요."

"아무한테도 말하지 말아요. 내 이미지 날아가요."

"딴소리 말고 그냥 바로 키스하는 건 어때요?"

그는 그녀의 얼굴 가까이로 다가와 근처에서 맴돌았다. 입과 입술이 스치고, 숨결과 숨결이 맞닿았다. 그녀는 그가 장난을 치고 있는 게 아니라는 걸 깨닫고 철렁했다. 그는 정말로 긴장하고 있었다. 아니면 이게 그가 말했던 키스 전의 전희라는 걸까. 그는 자신의 두 입술로 그녀의 아랫입술을 물어 부드럽게 당기고는 윗입술에도 똑같이 했다. 그들은 그 상태 그대로 서로를 느껴가며 갑작스럽게 달라진 서로의 관계에 적응하고 있었다.

과연 어떻게 되어갈까 그녀가 궁금해 하던 바로 그 때에 그가 신음 소리를 내며 그녀의 입술에 그의 입술을 맞대어왔다. 그의 손은 그녀의 목 뒤를 받쳤고 두피에 그의 뜨거운 손길이 느껴졌다.

바 밖에서 했던 그들의 키스가 급격한 박자의 정신없는 댄스곡이었다면, 이건 부드럽게 흔들리는 발라드였다. 달콤한 왈츠였다. 하나가 되어 움직이는 몸과 마음이 영원히 끝나지 않기를 그녀는 바랐다. 불안의 날들이 존재하겠지만 지금 이 순간은 아니었다. 왜냐하면 바로 지금 그녀의 감각은 '이것'과 함께 살아 있었으니까. 두 사람 사이의 타오르는 불과 함께. 그것은 지글지글 끓고 전기가 튀었고 뜨겁게 타올랐다.

리브는 단세포의 존재가 되었다. 모든 감각이 그녀의 머릿속의 그의 손가락으로, 그와 그녀의 가슴 사이를 오가는 거칠어진 호흡으로 서서히 빨려 들어갔다.

그녀는 유혹에 굴복하고는 그의 티셔츠 소매 안으로 손가락을 미끄러뜨리며 그의 팔을 감쌌다. 그가 전율하는 것이 느껴졌고 이어 갑자기 그녀의 입에서 황급히 방향을 바꾼 그의 입술이 그녀의 턱을 따라 뜨거운 길을 만들었고 그동안 그의 손은 그녀의 옆구리를 따라 내려왔다. 그의 입술이 그녀의 맥박이 뛰는 부드러운 지점에 닿자 그녀는 신음을 내뱉으며 쥐고 있던 그의 불끈거리는 팔을 더욱 꽉 쥐었다. 단박에 근육이 부푸는 게 느껴졌다. 그녀는 웃고 나서 다시 한번 근육을 꼭 쥐었고 그는 셔츠 아래 드러나 있는 그녀의 가슴골 사이 좁은 틈을 혀로 핥았다.

"당신한테서 좋은 냄새가 나요." 입술을 그녀의 귀로 옮겨가며 그가 가쁜 숨을 뱉으며 말했다.

"빵집 냄새가 나죠."

"바로 그거예요." 그의 혀끝이 그녀의 귓불을 건드렸다. "당신한테선 늘 쿠키나 바닐라 아이스크림 같은 냄새가 나요." 그의 입술은 갔던 길을 되돌아 다시 그녀의 입술로 돌아왔다. "그게 날 미치게 해요."

이거였다. 이게 바로 진짜 키스였다. 빛과 소리, 감각, 모든 걸 잃게 하고 그의 입술, 맛, 향기, 그 자체만 남고 모든 게 사라지게 하는 진짜 키스였다. 무언지 알지도 못한 채로 그녀가 그리워해 왔던 바로 그 키스였다.

또한 이것은 실수가 일어나는 방식이기도 했다. 염려해야 하지만 상관없었다. 멈춰야 했지만 그럴 수 없었다. 그녀의 머리와 그녀의 세계 전체는 오직 한 가지에만 집중할 수 있었다. 그녀의 얼굴을 감싼 그의 손길, 그녀의 입술 위에 놓인 그의 입술.

마침내 그가 입술을 느슨하게 풀었을 때 그들은 둘 다 열기와 갈망으로 헐떡이고 있었다. 그녀는 자신을 바라보는 그의 표정에 드러난 부드러움과 살짝 드리운 미소 속의 경이로움을 보았다. 그는 그녀의 손을 감싸 올려 손목에 입을 맞추고 자신의 가슴 위에 두었다.

세상에. 그건 정말이지…… 그녀가 지금껏 경험해본 그 무엇보다 가장 로맨틱한 동작이었다. "맥……." 그녀가 낼 수 있는 말은 오직 그의 이름뿐이었다.

"당신이 내 이름을 그렇게 불러줄 때가 좋아요."

그는 그녀의 입을 다시 한번 끌어당겼다.

그리고 그 순간 침실에서 뒤척이는 소리가 났고 두 사람은 얼어붙었다.

맥은 작게 끙, 소리를 내고는 소리를 듣기 위해 고개를 들었다. 몇 분 동안 아무 소리가 나지 않자 그는 그녀의 이마에 자신의 이마를 가만히 대었다. 길고 조용한 맥박 소리가 흐르는 동안 그들은 그 상태로 있었다. 서로의 생각을 추스르면서.

리브의 머릿속은 정신없는 난장판이었다. 혼란스럽고 두려웠다. 이런 식이면 안 된다. 이렇게 달콤하고 부드러우면 안 된다. 그는 여자들의 정복자였고, 비꼬는 걸 좋아하는 유치한 남자, 브레이든 맥이어야 한다. 그럴 때가 안전했다.

"뭐 물어봐도 돼요?" 그가 가라앉은 목소리로 물었다.

"좋아요." 그녀의 목소리는 거의 제대로 나오지도 않았다.

"닭들은 질이 없다면서 어떻게 섹스를 해요?"

"세상에." 리브는 웃으며 그를 밀었다. 고마워하는 것 같은 웃음이었다. 그리고선 제일 가까이 있는 쿠션을 잡았다. 그녀는 그의 머리를 쳤다. "집에 가요."

그는 웃고는 그녀에게 달려들어 그녀가 빠져나가기 전에 그녀의 허리를 감싸 안았다. 그는 그녀를 자기 가슴 위로 한껏 안아 올린 다음 함께 소파에 기댔다. "말해줘요." 그가 말했다. "구글에 검색하면 결과가 얼마나 끔찍할지 상상해 봐요."

그녀는 한숨을 쉬었다. "서로의 배설강을 맞대고 비벼요."

그는 그녀의 팔을 손으로 부드럽게 쓸었다. "내일 밤 우리 집으로 와야겠어요."

"갑자기 얘기가 그렇게 넘어간다고요?"

"나한테 컵케이크 만들어주면 되잖아요."

"정말이요? 세상에. 이렇게 훌륭한 제안이라니요."

"내 부탁 들어줄 차례예요. 내가 아이들 봐줬으니까. 내 멋진 주방에서 요리 학교에서 배운 걸 해볼 수 있겠네요."

"어이가 없네요, 하지만 승낙할 참이에요."

그는 팔 근육을 자랑하듯 팔을 위로 말아보였다. 아마 그렇게 하면 팔 근육이 최고로 부풀며 최상의 상태가 된다는 걸 알기 때문이리라. "역시 설거지였어, 그렇죠? 내 말이 맞을 줄 알았다니까요."

그녀가 그에게서 빠져나왔다. "앞서고 있을 때 그만하시죠."

그가 일어서는 그녀의 손을 잡았다. "저기, 리브?"

또 무슨 헛소리를 하려나 생각하면서 솔직히 그래 주었으면 하는 바람으로 그녀는 내려다보았다. "왜요?"

그는 엄지로 그녀의 손마디를 부드럽게 쓸었다. "내 가슴은 당신이 원하면 언제든 당신 거예요."

이것이 바로 그녀가 가장 두려워하는 맥이었다. 세상에 아무 관심 없는 척하려고 무던히도 애쓰던 이 남자의 다정하고 매력적인 버전. 그런 모습의 맥이 그녀가 사랑에 빠진 맥이었고 그것은 랜디에게 그랬듯이 빗자루로 쫓아내야 할 바보 같고 나약한 생각이었다. 그녀가 아는 한 그는 작년 한 해에만 한 다스의 그레첸에게 이런 모습을 보였을 것이다.

하지만 그녀의 심장은 상관이 없는 것 같았다. 마치 그녀가 온 세상에 유일한 여자인 양, 아니, 더 나아가 함께 있고 싶은 유일한 여자인 양 그녀에게 미소 지을 때면 그랬다.

그게 바로 그녀가 믿어보자고 스스로를 설득하고 싶어지는 남자였다.

그리고 무엇보다 그런 종류의 남자는 최악이었다.

다음 날 아침 7시 반, 맥이 식당 테이블에 앉았을 때 맬컴의 얼굴에서는 피곤함과 짜증의 기색이 역력했다. 나머지 녀석들과 함께 나눌 수 있는 이야기가 아니었기 때문에 맥은 다른 멤버들에게는 연락하지 않았다.

"위급 상황이라는 게 뭐야?" 맬컴은 하품을 했다.

맥은 슬쩍 주위를 둘러본 다음 대답했다. "리브가 오늘 밤에 우리 집에 올 거야."

맬컴은 자기 수염을 쓰다듬었다. "오, 그렇군." 그는 고개를 저었다. "아니, 그렇긴 뭐가 그래. 그게 대체 뭐가 위급하다는 거야?"

"나 망치고 싶지 않아."

"맥, 너는 우리 전부에게 지침을 가르쳐준 장본인이야. 네가 망칠 일은 없어."

"섹스를 말하는 게 아니야, 멍청아."

맬컴이 미소 지었다. "나도 아니었거든. 문제가 뭔지나 말해 봐."

맥은 입을 삐죽거리고는 시선을 돌렸다. "그걸 확실히 모르겠어…… 그녀가 나한테 반했는지."

맬컴의 입에서 공기가 풋, 터져 나왔다. "미안. 우선 내가 제대로 이해한 건지 확인해야겠어. 네가 걱정하는 이유가, 난생 처음으로, 실제로 일이 성사될까봐서라고?"

"퍽이나 웃기겠지. 근데 난 진짜 망가진 상태야. 그레첸이 내 게임을 뒤집어버렸어. 단 한 번도 차여본 적이 없었는데 내가 그녀한테 뭘 잘못했는지도 몰라. 그리고 리브는……." 맥은 손으로 마른세수를 했다.

여종업원이 커피를 가져왔고 그들에게 음식을 주문할 건지 물었다. 그들은 주문하지 않겠다고 손짓했다.

"리브는……?" 맬컴이 말했다.

맥은 지금까지 북클럽이 목적을 달성하기 위해 얼마나 힘들었는지 그가 진실로 깨달았던 적이 없다는 생각에 기분이 가라앉았다. 몇 년간 그는 관계를 회복하고 싶다면 배짱을 부리라고 모두를 꼬드겨왔다. 언젠가 자신의 조언이 스스로에게 절실하게 필요하게 될 줄은 꿈에도 모른 채.

"그녀는 변덕스러워. 의심도 많고. 나한테 마음을 열었나 싶으면 또다시 자신을 닫아버려. 오늘 밤 이후에 또 그렇게 되는 건 싫어."

"봐." 맬컴은 팔꿈치를 괴면서 말했다. "이게 어떻게 돌아가는지 너도 알잖아. 만일 그녀가 겁을 먹고 너한테서 거리를 두기로 마음먹었다고 쳐. 그럼 오늘 밤엔 마음이 약해질 거야. 섹스는 큰 문제니까. 그녀가 평소대로 빈정대는 모습으로 나타날 수 있도록 준비해."

그럴듯한 말이었다. 그가 다른 멤버들에게 해오던 말과 정확히 똑같았다. 하지만……. "내가 뭘 해야 해, 그 다음엔?"

맬컴은 눈빛으로 장난하느냐고 묻고 있었다. "그 대답은 네가 알잖아."

물론 그렇다. 다른 사람이 그걸 물었다면 뭐라고 말할지 그는 알고 있었다. "그 순간에 그녀가 원하는 존재가 되어라."

맬컴은 고개를 끄덕였다.

하지만 그런 말들이 갑자기 아무 의미 없이 다가왔다. 왜냐하면 그가 생각했던 것, 그가 알고 있던 것을 리브가 머릿속에서 모조리 날아가게 했으니까. 어젯밤 그는 잘 벼린 칼 같은 기분으로 그녀의 집을 떠났다. 그녀는 그 폭 안기기 환상과 무방비 상태의 말들로 그를 죽여 놓았다. **그냥 가끔 기댈 수 있는 누군가가 있다고 생각하는 게 좋아요.** 그 말은 지금껏 타인에게 들은 말 중에서 가장 외로운 말이었고 무서운 건 그게 무슨 말인지 그가 정확하게 알고 있다는 것이다. 친구들에게는 절대 인정하지 않겠지만 맥은 그의 거대한 집에서 왜 이리 조용하냐며 욕을 하고 침대 옆자리의 비어 있는 공간을 노려보면서 많은 밤을 외로움으로 지새웠다.

"생각보다 힘들지, 안 그래?" 그의 생각에 불쑥 끼어들며 맬컴이 말했다.

맥은 커피를 마셨다.

"너 그레첸이 널 왜 찾는지 아직도 모르는구나?"

"그야 뭐, 이유야 있었지, 다 말도 안 되는 거였지만."

"뭐였는데?"

"말하기 창피해." 맥은 그 말을 입에 담기도 전에 멍청한 소리라는 걸 알았다.

"우리 하나하나가 딱 그런 소리를 했을 때마다 그걸 극복해야 한다고 네가 얼마나 수도 없이 말했냐?"

맥은 잊고 있던 메뉴판의 모서리를 집어 들었다. "알아."

"넌 우리 모두의 창피한 면면을 전부 들었어, 친구. 이제 네 차례야."

"알아." 그는 볼에 공기를 가득 채워다가 푸, 바람을 뺐다. "그녀 말로는 내가 지침에 따라서 자기한테 와인을 주고 저녁 식사를 대접하는 기분이랬어. 근데 그게 지나치게 완벽하다고." 다시 생각해도 화끈거린다. "어떻게 완벽함이 지나칠 수가 있어?"

"왜냐하면 완벽함은 진짜의 정반대니까, 맥."

그레첸이 했던 말과 거의 똑같았기에 그는 꿀꺽 침을 삼켰다. **결국 모든 여자는 진짜를 느끼고 싶어 하죠.**

"그녀에게 어떤 모습을 보여야 할지 모르겠어." 그는 부끄러워하며 조용히 인정했다.

"그냥 너 자신이 돼, 맥."

하지만 그게 그녀에게 줄 수 없는 단 한 가지라면? 영리하게 생각했다면 오늘 밤 약속을 취소했을 것이다. 그녀는 더 나은 사람을 만나야 한다. 그녀가 가장 싫어하는 그 한 가지를 주는 사람이 아닌. 그녀에게 거짓말을 하는 사람이 아닌 다른 누군가를.

그냥 그녀가 원하는 모습을 보여야만 할 것이다. 그녀가 원하는 그. 망할 브레이든 맥.

대체 뭐하고 있는 거지?

가려운 데 긁기. 그래, 그걸 하고 있는 것이다. 그뿐이다. 그날 밤 8시 5분, 리브는 맥이 사는 거리에 접어들었다. 가로등이 동네의 잘 가꾸어진 잔디밭에 따뜻하고 노란 빛을 비추고 있었고 그녀는 흐릿한 불빛 아래 집 현관에 적힌 숫자를 보기 위해 차의 속도를 줄였다. 컵케이크 하나에 1000달러를 기꺼이 쓰려는 걸 보면 그가 호화 저택에 살 거라는 건 짐작하고 있었지만, 지나며 보는 모든 집에서 이렇게 부내가 진동할 줄은 미처 몰랐다. 거대한 벽돌과 돌로 지은 집들은 정교한 조경 위에 2층으로 솟아 있었고, 전면은 그들의 존재감을 너무 빤하게 드러내지 않도록 신중하게 고안된 투광 조명을 받아 환하게 빛나고 있었다.

그런 식으로 대놓고 자신의 부를 전시하는 데에 어떤 고상한 이유 따위 없다는 걸 충분히 알 만큼은 부자들을 만나왔다. 이런 집을 가진 사람들은 그렇게 집을 지을 이유가 있거나 뭔가 숨길 것이 있는 거였다.

후자가 늘 더 나쁜 경우라는 걸 그녀는 알고 있었다.

800미터쯤 길을 따라 가고 나서야 마침내 그의 주소가 적힌 돌로 만든 우편함을 발견했다. 그녀는 왼쪽으로 꺾어 다 자란 나무들이 활강하는 것 같은 모양으로 지붕을 이룬 진입로로 접어

들었다. 나무 아래의 짧은 길을 지나니 잔디 위로 솟아 있는 그의 집이 나왔다.

천장이 높은 현관 입구로 속도를 줄여 다가가고 있으려니 현관문이 활짝 열렸다. 골프용 반바지와 몸에 아주 잘 맞는 티셔츠를 입은 맥이 걸어 나왔다. 그는 총총 몇 걸음을 걸어 내려와 차에 있는 그녀를 반겼다. 심장이 쿵쿵댔지만 그녀는 애써 눌렀다.

오늘 밤은 몸을 풀어주기 위해서다. 의미 따위 없다. 그뿐이다.

"왔어요?" 그녀를 위해 차 문을 열어주며 그가 말했다. 무슨 일이 벌어지는지 인지하기도 전에 그가 몸을 숙였고 그녀의 입술 위로 그의 입술이 내려왔다. "나를 거 있어요?"

잠깐 동안 그녀는 말을 잇지 못했다. 그녀답지 않았다. "뒷좌석에 컵케이크 있어요." 그녀가 웅얼거렸다.

"내가 들게요."

리브는 그를 따라 안으로 들어가며 호화스러움에 놀라 입이 벌어지지 않도록 애썼다. 현관 입구는 5미터가 넘는 높이에 위로 뻥 뚫려 있었고 중앙에는 회전형 계단이 있었다. 신발을 벗자 발아래 차가운 대리석 바닥이 느껴졌다.

"찾는 거 괜찮았어요?" 그는 덮개를 씌운 접시를 나르면서 가볍게 물었다.

"네."

"주방은 이쪽이에요."

이번에는 말이 안 나오는 건 문제도 되지 않았다. "말도 안 돼." 그녀는 나직이 탄성을 질렀다. "진짜 장난 아니네요."

그야말로 그녀가 꿈에 그리던 주방이었다. 진짜 셰프의 주방. 여덟 개의 화구가 있는 가스레인지와 두 칸짜리 오븐이라니. 와, 이곳에서 할 수 있는 것들이 얼마나 많을까.

"마음에 들어요?" 가방을 내려놓으며 펼치고 있던 요리에 대한 환상을 맥의 신이 난 목소리가 정지시켰다.

"이런 주방이 당신한테 왜 필요한 거죠?" 그녀는 빈정거렸다. 긴장해서라고 밖에는 설명이 안 되는 이유 없는 짜증이었다.

"뭔가를 먹어야 하니까?" 그가 윙크했다.

"요리를 하기는 해요?"

그는 어깨를 으쓱했다. "그럼요. 냉동피자요. 심지어 전자레인지에 라자냐를 돌리기도 하는데요."

싸우자는 말이었다. 맥도 알고 있는 것이다. 그의 미소가 얼음을 녹여줄 수 있다는 걸.

"정말로 요리를 하나보네요." 그가 농담을 한 거라는 걸 깨닫고 그녀가 말했다.

"당연히 요리하죠. 피자랑 핫도그를 먹어서 이런 근육을 유지할 수 있겠어요?"

그녀는 눈을 굴렸다.

"마실 것 줄까요?" 그가 물었다.

"좋죠."

그는 냉장고에 차게 해둔 샤도네이를 꺼내 코르크를 따고 잔 두 개에 따랐다. 그는 한 잔을 그녀에게 내밀었고 그녀의 손에 꽤 오래 손가락을 맞대고 있었다.

"아무래도 이거보다 센 게 필요할 것 같은데요." 그녀가 뒤로 물러서며 말했다.

"그건 내가 줄 수 있어요."

긴장을 깨는 쾌활한 소리와 함께 그녀는 웃음을 터뜨렸다. 그 이유만으로 그에게 키스하고 싶었다. "그건 정말 원시적인 수준의 성적 비유잖아요, 맥. 더 괜찮은 걸 기대했는데."

그는 와인 병에 다시 코르크를 끼우며 특유의 남성적인 웃음을 지었다.

"그런 쪽에 꽤 능숙해 보이네요." 그녀가 말했다.

"능숙하다니요?"

그녀는 턱으로 병을 가리켰다. "긴 무언가를 꽉 조이는 구멍에 넣는 거요."

맥은 정말로 배를 쥐고 웃었다. 그가 입을 다물지 못하고 얼굴 전체에 놀란 기색을 띠는 걸 보니 리브는 마치 복권에 당첨된 기분이었다. 기대하지 않았던, 스릴 넘치는 완전한 역전이었다.

맥은 한 손으로 조리대를 잡고 그녀의 뒤에 있던 와인 잔을 가져오면서 일부러 몸을 깊숙이 기울여 그의 가슴에 그녀의 젖꼭지가 스치게 했다. 목소리와 눈에는 장난기가 가득했다. "이러고도 나한테 원시적이라고요?"

그녀는 부러 태연한 척하며 어깨를 으쓱 들어올렸다. "마운드에 서기엔 실력이 좀 녹슬었을지도요."

"베이스 돌아본 지 꽤 됐나 봐요, 그렇죠?"

"제 방망이 잡는 연습만으로도 견딜 만했어요."

"홈런 비법 알려줄까요?"

"늘 환영이죠."

그는 다시 앞으로 몸을 기울였다. "방망이를 어떻게 잡느냐, 그게 전부예요."

"혹시 지금 가장 좋은 자리를 찾는 방법을 가르쳐주는 건가요?"

그가 윙크했다. "어쩌다보니 내가 그 분야에서 전문가가 됐거든요."

리브는 손으로 얼굴에 부채질을 했다. "이런. 여기 안이 뜨거운 거예요, 아님 내 질이 그런 거예요?"

그가 웃는 걸 보자 그녀의 심장은 마치 카페인을 마신 토끼처럼 날뛰었다. 맥은 여전히 미소를 지으며 아일랜드 식탁에 기댄 자세로 한 손은 조리대를 받치고 다른 한 손으로는 와인 잔을 부드럽게 잡고 있었다. 그의 강하고 두꺼운 손가락 안에서 잔은 너무나 부서지기 쉬워보였다. 그는 사과를 하려는 노력조차 하지 않는 남성성의 대표였다. 그리고 그녀의 내면에는 그 모든 것을 하나하나 감상하며 기절할 것 같은 소녀가 있었다.

"혼자 사는 남자한테는 말도 안 되게 큰 집이에요." 그녀가 말했다.

그는 그녀와 시선을 맞추고는 고개를 돌렸다. "영원히 혼자 살진 않을 거예요."

"미래의 맥 부인이 여기서 살기 싫다고 하면요?"

그의 눈에 명백한 놀라움이 떠올랐다. "왜 싫어하는데요?"

"말이 안 되는 건 알아요, 하지만 자기 집에서 살고 싶다고 할수도 있잖아요." 그녀는 와인 잔 테두리를 입술로 지분거렸다.

"맞춰줄 수 있어요. 미래의 맥 부인을 공주처럼 대할 계획이거든요. 그러니 뭘 원하든 다 해줄 생각이에요."

리브는 코웃음을 쳤다. "로맨스 소설을 너무 많이 읽으셨네요."

그는 한쪽 눈썹을 치켜 올렸다. "당신은 너무 안 읽었고요." 맥은 와인을 홀짝였다. "집 둘러볼래요?"

아니요, 리브는 그렇게 말하고 싶었다. 그녀는 그에 관해서 더알게 되고 싶지 않았다. 그랬다가는 빤할 거라 생각했던 그에게서 색다른 모습을 발견하고 그 위험한 소용돌이에 더욱 깊숙이 빨려들어 가게 될 것이었다. 그녀는 그의 가족사진을 더 보고 싶지 않았고, 나중에 아기 방은 어디로 하면 좋을지 상상하고 싶지 않았다.

"와 봐요." 조리대에서 몸을 떼며 맥이 말했다. "수집한 책 보여줄게요."

리브는 과장해서 짜증을 냈다. "차라리 지금 날 죽여요."

맥은 비어 있는 그녀의 손을 잡아 감싸 쥐었다. "당신은 삶에 약간의 로맨스가 필요해요."

그는 부드럽게 그녀를 끌어 뒤를 따라오게 하면서 복도를 걸어갔다. 계단에서 왼쪽으로 꺾어 서재로 들어갔다. 바닥부터 천장까지 짙은 나무로 짠 책장이 들어찬 그 곳은 로맨스 소설만이 아니라 정치, 역사, 스포츠, 과학 책까지 갖춘 완전한 도서관의 자태를 뽐내고 있었다. 짜증나, 정말. 그녀는 이런 생각 있는 남자가 아닌, 생각 없는 한량을 원하는 거다.

속을 지나치게 빵빵하게 채운 가죽의자 두 개가 벽난로와 세트로 놓여있었다. 한쪽 의자가 더 낡은 걸 보니 맥이 거기에 비스듬히 앉아 발걸이 의자에 발을 올려두고 '로마 제국의 몰락'을 읽고 있는 반갑지 않은 모습이 머릿속에 떠올랐다.

벽난로 선반 위에 줄지어 놓여있는 가족사진이 그녀의 시선을 끌었다. 그녀는 그의 손을 놓고 그쪽으로 가까이 다가갔다. 그녀는 한 남자가 물고기를 든 채로 웃고 있는 사진이 담긴 액자를 손가락으로 가만히 쓸었다. "아버지세요?" 그녀가 나지막이 물었다.

뒤에서 그가 헛기침을 했다. "아니요. 삼촌이에요."

"아버지 사진은 없나요?"

"여긴 없어요."

그의 목소리에 느껴지는 어떤 기색에 그녀는 돌아보았다. 이래서 집을 둘러보기 싫었다. 아버지를 생각하는 것만으로도 아직 목이 멜 정도로 슬퍼하는 아들로 그를 떠올리게 되면 안 된다. 그녀는 옆으로 비켜서서 방을 가로질러 로맨스 소설을 꽂아둔 책장 쪽으로 갔다.

"제일 좋아하는 건요?" 그녀는 책등이 많이 헤진 책의 제목을 읽어보려 고개를 기울이며 물었다.

"이거요." 그는 그녀의 어깨 너머로 팔을 뻗었다. 바로 눈앞의 책장에서 그의 긴 손가락이 여러 권의 책 중에서 애지중지한 티가 나는 책 한 권을 뽑아 그녀의 손 위에 내려놓았다.

그녀는 받아들고 소리 내어 제목을 읽었다. "겨우살이♥의 꿈."

"못 해도 열두 번은 읽었어요."

그녀는 뒤표지를 읽어보려 책을 뒤집었다. 눈으로 줄거리를 빠르게 훑었다. 싱글 맘이 고향으로 돌아와 이웃에 사는 낯선 이와 사랑에 빠진다. 구조견과 크리스마스의 진실한 의미에 관한 거였다. "왜 이걸 제일 좋아해요?"

"알고 싶으면 읽어봐야 할 걸요."

그녀는 책을 원래 있던 자리에 꽂았다. "연쇄살인 같은 건 없어요? 차라리 그런 걸 읽을래요. 로이스를 어떻게 처리할지 힌트를 얻을 수도 있잖아요."

맥은 뒤에 서 있다 갑자기 앞으로 나와 그녀를 막으며 손으로 책장 틀을 받치고 섰다. "오늘 밤에 여기 오는 데에 왜 응한 거예요?"

리브는 아찔했다. "당신이 내내 자랑해댄 주방을 보고 싶었던 거 말고요?"

"네, 그거 말고."

그녀의 심장이 철렁했다. *육체적인 거야. 아무 의미 없는 거야.* "결정을 내렸거든요."

"좋은 결정이요, 아니면 나쁜 결정?"

♥————————
크리스마스 장식에 흔히 쓰이는 덩굴식물.

"아마도 나쁜 거."

"내가 좋아하는 쪽이네요." 그는 그녀의 바로 뒤에 나란히 서면서 거리를 좁혔다. "그게 뭔데요?"

그녀는 잔을 책장에 내려놓고 돌아섰다. 반쯤 그에게 안기는 것 같은 자세였기에 그에게서 열기가 느껴졌다. "당신이랑 나는 섹스를 하게 될 거예요."

그는 손을 자기 가슴에 철썩 올렸다. "나 제대로 충격 받았어요. 지금 서로의 배설강을 비비자고 제안하는 건가요?"

"뭐 그런 거죠, 네, 하지만 장담하는데, 겨우 3초만 버틴다면 그 유명한 브레이든 맥이 고자라고 소문내고 다닐 거예요."

그는 뭔가 야한 소리를 낮게 지껄이고는 단단해진 자기 몸으로 그녀를 확 끌어당겼다. "도전이라면, 받아들이죠."

리브는 뒷걸음질 쳤고 책장에 부딪쳤다. "어떻게 이런 결론이 나왔는지 알고 싶을 텐데요."

"딱히."

"난 이게 완전히 당연한 거라고 결정했어요."

"그래요?" 그의 입이 그녀의 귀 아래 부드러운 지점을 찾았다. "우린 명백히 서로에게 끌리고 있어요."

"명백하죠."

"우린 세 번 키스했고, 반쯤은 나쁘지 않았어요."

그는 모욕을 당한 듯 뒤로 물러섰다. "절반은 나빴다는 뜻이에요?"

리브는 연기하듯 한숨을 쉬었다. "남자들 자존심이란."

"생물학적으로." 그는 자신의 코로 그녀의 코를 부비며 지분거렸다. "우리는 서로를 건드리고 싶어 하죠."

"당신도 나랑 섹스하고 싶다고 말해도 돼요."

"첫 번째 증거는?"

"글쎄요, 이런 게 있네요." 리브는 손을 뻗어 그의 지퍼 안, 누가 봐도 단단히 불뚝 일어나 있는 곳을 손으로 감쌌다.

그는 침을 꿀꺽 삼켰다. "얘가 내 이불을 좀 자주 걷어차야 말이죠."

"아무튼 우리는 함께 많은 시간을 보내게 될 거예요."

"맞아요."

"그러니 완전히 말이 되죠. 안 그래요?"

그는 그녀의 머리칼 사이에 손을 넣고 그녀의 입을 자기 입에 끌어당기는 것으로 대답했다. 그것은 뜨겁고 빠르게 침투하는, '숨이 멎을 것 같아요'라는 대사가 어울릴 만한 영화 같은 키스였다. 그는 고개를 뗐다가 이내 다시 신음하며 그녀의 입술을 덮쳤다. "말은 그만 됐어요, 리브. 우리 이거 할 거예요, 말 거예요?"

그녀는 입술을 깨물었다. "위층으로 데려가줘요."

맥은 바에서 벌어진 싸움에서 그녀를 구조했던 그날 밤처럼 그녀의 다리 아래로 손을 받쳐 번쩍 안아 올렸다. 그녀는 이번에는 저항하지 않았다. 그는 결연한 얼굴로 아무 말 없이 그녀를 안고 계단을 올랐다. 리브는 그의 목에 기대어 그의 귀 아래를 입술로 물었다.

그는 끙, 소리를 내지르고는 침실 문을 걷어찬 다음 마호가니 서랍장 앞에 서둘러 그녀를 내려놓았다.

그냥 육체적인 거야. 단지 그뿐이야. 리브가 그에게 키스하려고 까치발을 들자 그는 고개를 저었다. "돌아서요." 그가 거칠게 명령했다.

그녀는 그 말에 따라 돌아서서 서랍장 위를 짚었다. "나 몸 수색 당하는 건가요?"

맥의 손은 그녀의 몸을 훑어 내려갔고 엉덩이에서 멈췄다. 그는 그녀를 힘껏 끌어안았다. 그녀에게 단단해진 그가 느껴졌다. "당신이 지휘해요, 리브. 당신이 원하는 걸 내가 당연히 아는 것처럼 날 휘둘러요."

좋아. 그거라면 할 수 있었다. 역할 놀이를 하는 거다. 마음을 두지 않고. 마치 그가 주인인 양, 그녀의 몸을 만지게 하고 그녀의 몸이 노래하게 하는 거다.

"목에 키스해요." 그녀는 고개를 기울이며 말했다.

그의 입술이 살갗에 닿자 전기가 오른 것처럼 그녀의 등줄기로 찌르르 불꽃이 튀었다. 그의 혀가 그곳에 머무른 지 단 5초만에 그녀는 숨을 헐떡였다.

리브는 엉덩이를 움켜쥐고 있던 그의 손 하나를 떼어내 잡았다. 손가락을 얽은 채로 그녀는 그의 손을 청바지 허리선까지 끌어당겼다.

"원하는 걸 말해요." 그가 거친 목소리로 말했다.

"나를 만져줘요." 그게 그녀의 목소리였나? 세상에, 목소리가 마치 물속에서 말하는 것처럼 들렸다.

맥은 손가락으로 능숙하게 청바지 맨 위 단추를 푼 다음 지퍼를 조금씩, 조금씩 내려 애를 태웠다. 그의 손가락이 그녀의 성기와 손길 사이를 막고 있는 부드러운 장애물 위를 스치자 다가올 무언가에 그녀는 숨을 몰아쉬었다.

"해줘요." 그녀는 신음했다.

그의 손가락이 그녀의 팬티 옆으로 밀고 들어왔다. 뜨겁고 축축한 그곳에 그의 손가락이 닿자 무릎에서 힘이 빠져나갔다. 그는 그녀의 허리를 감싸 안았다. "잡았어요, 자기." 그가 속삭였다.

정말 달콤하고 부드러웠다. 너무 달콤하고 너무 부드러웠다.

그냥 육체적인 거야. 그냥 육체적인 거라고.

그녀는 그의 손길에 맞춰 움직였다. 갈구하고 또 갈구했다. 그녀가 바라는 곳을 문지르며 그는 속도를 유지했다. "아, 세상에." 그녀는 신음했다. "당신 정말 잘해요."

"알아요." 그는 그녀의 어깨를 물었다.

"잘난 척 때문에 살짝 흥이 깨졌거든요."

"차라리 내가 못하는 게 낫겠어요?"

그녀는 신음으로 대답했다. 그는 그녀의 귓불을 깨물었고, 그녀는 앓는 소리를 냈다. 그가 멈췄다. "내가 아프게 했어요?"

그녀는 바지 속으로 손을 집어넣어 그의 손가락을 감쌌다. "멈추지 마요."

"바로 그거예요. 뭘 원하는지 말해요, 리브." 그는 그녀의 귀에 대고 속삭였다. "날 휘둘러요."

"손가락을 넣어요."

그는 손가락 두 개를 축축하게 벌어진 그녀의 틈 사이로 미끄러뜨려 안으로 쑥 집어넣었다. 그녀가 울부짖는 동안 그녀의 손톱이 그의 손을 파고들었다. 지금은 그녀의 몸이 주인이었고, 그는 한쪽 팔로 단단히 그녀의 허리를 감싸 안은 채로 그녀가 원하는 것을 해주었다. 그녀는 그의 손에 맞춰 들썩였고, 그가 쑤시는 리듬에 그녀의 엉덩이가 움직이는 속도가 맞추어졌다.

"거의 왔죠, 그렇죠?" 그가 거친 목소리로 말했다. 그녀가 그렇듯이 그도 말하는 게 힘들어지고 있었다.

"네." 그녀는 신음했다.

"어떻게 도달하는지 말해줘요. 절정에 달하는 방법을 말해요."

"더 세게 해줘요." 그녀가 할 수 있는 말은 그것뿐이었지만 그는 그녀가 원하는 걸 알고 있었다. 그는 엄지 아래 도톰한 곳을 그녀의 그곳에 문질렀다. 그녀는 소리를 내질렀고 그의 손가락 주위로 경련이 일었다. 그녀의 몸이 그에게 축 늘어졌다. 그녀의 속옷 안에서 그는 그녀와 손깍지를 꼈다. 그녀는 고개를 돌려 그에게 키스했다.

맥은 다시 한번 그녀를 번쩍 안아 올린 다음 방향을 돌려 침대에 내려놓았다. 그녀는 축 늘어져 나른한 채로 침대에 누웠다. 만족감에 피부가 화끈거렸다.

"이제 뭘할까요?" 그녀 위에 우뚝 서며 그가 말했다.

"옷을 벗어요."

그는 그녀의 굶주린 눈길을 받으며 살갗과 근육이 드러나도록 시간을 들여 천천히 옷을 벗었다. 그의 몸에는 지방이 조금도 없었다. 그의 근육은 헬스장에서 몇 시간씩 보내며 얻은 게 아니라 유전적인 것과 조깅으로 다져진 것이었다. 그의 가슴을 덮고 있는 두껍고 짙은 털은 점점 좁아져 한 줄로 이어지다 그의 리바이스로 유혹적으로 스며들었다.

그녀는 침을 삼켰다.

그는 윙크했다. "그런 반응 많이 봐요."

그녀는 고개를 저었다. "이럴 줄 알았어. 입으로 판을 깰 거라니까요."

"내 입으로 뭘 할 수 있는지 아마 당신은 모를 걸요."

"그놈의 호언장담."

맥은 손을 뻗어 그녀의 바지를 벗겨버렸다. 극도로 흥분한 두 사람은 남은 옷을 재빨리 벗어던졌다. 그런 다음 그는 그녀의 옆에 누웠고, 낮은 신음을 내지르고는 고개를 기울여 그녀의 입술을 덮쳤다. 그는 키스를 멈추지 않은 채로 한 팔로 그녀의 허리를 감싸 그녀를 자기 허벅지 위로 끌어올렸다. 그의 위에 올라탄 리브는 욱신거릴 정도로 달아오른 자신의 욕망이 단단하게 튀어나온 그의 것과 만나자 숨이 막힐 지경이었다. 그 강렬한 쾌락이, 원시적이고 사납고 절제되지 않은 무언가가 그들을 조종했다.

맥의 손이 그녀의 엉덩이를 어루만졌고, 그는 야한 리듬에 맞춰 자신의 엉덩이를 들썩거리면서 그녀의 엉덩이를 거기에 맞춰 주물렀다. 리브는 그의 어깨를 잡았고, 손가락은 살갗을 파고

들었다. 그녀는 단단해진 그의 중심에 몸을 밀착시켜 골반을 움직였다. 두 사람의 신음은 하나가 되었다. 그의 손이 그녀의 몸을 쓰다듬는 동안 그녀는 또 한 번 그에 맞춰 골반을 들썩였다. 그의 두껍고 굳은살이 박힌 손가락이 그녀의 가슴 아래를 부드럽게 쓸고 위로 올라갔고 그의 성급한 탐험에 그녀의 젖꼭지는 견딜 수 없을 정도로 단단히 달아올랐다.

그걸로는 충분하지 않았다. "입으로 해줘요." 그녀가 신음했다.

그는 몸을 앞으로 숙여 그의 입으로 단단해진 젖꼭지 하나를 빨았다. 리브는 소리를 내질렀고 고개를 뒤로 젖혔다. 그녀는 그의 머리칼을 움켜쥔 채로 그의 머리를 그 자리에 못 박아 두었다. 그는 양쪽 가슴을 충분히 공을 들여 빨고 핥았고, 그녀의 다리 사이의 압박은 더는 견딜 수 없을 지경에 이르렀다.

어쩌면 그런 식으로 생각할 수 있었을지도 모른다. 그냥 육체적인 거라고, 그냥 그의 몸에 그녀의 몸이 반응하는 거라고. 만일 그가 잠시 멈추지 않았더라면, 그가 갑자기 눈을 들지 않았더라면, 그가 머리를 흔들고는 감격에 겨워 이런 말을 내뱉지 않았더라면. "당신에게서 눈을 뗄 수가 없어요."

그녀는 이게 아무 의미 없는 거라고 스스로를 설득할 수 있었을지도 모른다. 그의 말에, 그의 눈길에, 또 다시 그녀의 입술을 자기에게 끌어당겨 했던 그 부드러운 키스에 그녀의 마음이 저절로 돌아서지 않았더라면 말이다.

빌어먹을, 그가 이렇게 부드럽지 않았더라면 로맨틱 나부랭이를 스스로 끝낼 수 있었을지도 모른다. 숭배하듯 그녀를 만지는 그의 손길에 전율을 느끼지 않았더라면. 그가 그녀를 들어 올려 잽싸게 콘돔을 끼우는 동안 내내 그녀에게 미소 짓지 않았더라면.

어쩌면 그 무엇보다 그녀에게 다가온 건 그 미소였을 것이다.

그는 마치 그곳에 있을 수 있어서, 그녀와 함께할 수 있어서 행복하다는 듯 미소 지었다.

마치 정말로 행복한 것처럼.

그 미소에 그녀는 속수무책이었다.

리브는 그의 단단해진 중심에 더욱 밀착하기 위해 몸을 뒤로 젖혔다. 그의 목 안쪽 깊은 곳에서 신음이 올라왔다. 리브는 그를 달아오르게 했다는 성적 만족감을 느꼈다. 맥은 다시금 신음하더니 갑자기 그녀를 굴려 바닥에 눕혔다. 그런 다음 또 다시 그 키스가 시작되었다. 천천히 섹시하게. 그녀의 다리는 활짝 열려 있었다. 한껏 딱딱해진 그의 성기가 욱신거리는 그녀의 중앙에 맞대고 자리를 잡았다.

"가요, 리브." 그는 그녀에게 몸을 밀착하며 신음했고, 이내 그녀의 안으로 들어갔다.

그는 그녀를 채웠다.

그녀를 날아오르게 했다.

맥은 곯아떨어졌다.

무슨 일이 일어난 건지, 어떻게 된 건지 어리벙벙했다. 하지만 이내 그는 인생에서 가장 놀라웠던 성적 경험에서 우러나는

빛에 몸을 녹이고 있었다. 하지만 바로 다음 순간 그 빛은 사라졌다.

그는 춥고 외롭게 홀로 잠에서 깨어나서야 빛이 사라진 걸 알아챘다.

그는 팔꿈치를 괴어 몸을 세우고 어두운 자신의 침실을 둘러보았다. "리브?"

그녀가 욕실에서 나왔다. 옷을 얼추 챙겨 입은 채였다.

그는 일어나 앉아 눈을 비볐다. "뭐해요?"

"집에 가려고요."

"왜요?"

"여기 와서 하려는 걸 했잖아요."

그의 첫 반응은 불쾌함이었지만 이내 그는 맬컴이 했던 말을 떠올렸다. 이 일 이후에 그녀는 약한 모습을 보일 거라고 했다. 그녀가 밀어낼 거라고. 그는 밤새도록 역할극에 충실했고 그녀도 그랬다. 그렇게 게임은 계속된다. 그래서 그는 그걸 따랐다.

맥은 침대 상판에 등을 기대고 삐쳐 있지 않은 척했다. "나 굿나잇 키스도 못 받는 거예요?"

그녀는 의무적으로 키스를 해주었지만 그를 다시 단단하게 만들기엔 지나치게 오랜 시간을 들인 키스였다. 그는 그녀의 허리를 감싸 다시 끌어들이려 했지만 그녀는 버텼다. "내가 가는 게 우리 둘한테 더 좋아요."

"왜 그런지 제대로 설명을 좀 해줘야겠는데요. 난 당신이 다시 홀딱 벗은 다음에 나를 좀 더 이리저리 굴리는 게 좋을 거라 생각하거든요."

"그건 당신한테만 좋은 거고요." 그녀는 티셔츠에 팔을 꿴 다음 머리를 집어넣었다. "보아하니, 이걸 처리하는 데 시간이 좀 필요할 것 같네요."

그 관찰은 놀랄 만큼 정확했다. "난 침대에서 우리 둘이 벗은 채로 하면 더 잘 처리할 수 있어요."

그녀는 어깨를 으쓱하고는 가엾다는 표정으로 고개를 흔들었다. "있잖아요, 우리가 조심하지 않으면 당신은 나를 사랑하게 될 거예요. 내 양심상 그렇게 둘 순 없어요."

그는 웃음을 터뜨렸다. 긴장감이 묻어나는 웃음이었다. 망할. "내가 왜 당신을 사랑하게 될 거라고 생각하는 거예요?"

"당신은 그런 사람이니까요."

"아니, 난 그렇지 않아요. 내 마음 상처받는 일은 난 안 해요. 난 와인을 사고 저녁을 대접하는 그런 남자라고요."

"로맨스 소설을 읽고 간절히 여자를 원하고 컵케이크 하나에 1000달러를 쓰는 남자죠."

"내가 그 일은 이미 만회하지 않았던가요?"

"현실을 봐요, 맥. 당신은 전형적인 남자예요."

센 한방이었다. "무슨 뜻으로?" 그가 낮은 어조로 말했다.

그녀는 그의 침실을 가리켰다. "당신은 존재하지도 않는 공주님을 위해 지은 성에서 살고 있어요. 속은 여린 사람이라고요 ……. 난 그런 여린 가슴에 상처 주는 사람이 되고 싶지 않아요."

이번에는 그녀의 평이 너무 정확해서 온몸을 관통하는 것 같왔다. 물론 농담으로 하는 말일 거다. 하지만 아주 찰나의 순간, 그녀가 정말로 그를 꿰뚫어보는 건가 말도 안 되는 걱정이 될 정도였다. "장난하는 거예요, 그렇죠? 정말 가겠다고요?"

"갈 거예요."

그녀는 몸을 숙여 다시 그에게 키스했다. 그렇게 그녀는 그를 두고 나갔다. 왜냐하면 그녀는 그런 사람이었으니까.

맥은 그녀가 계단을 내려가고 현관문이 열렸다가 닫히는 소리를 들었다. 그는 베개 위로 풀썩 쓰러졌다. 이 여자는 난데없이 나타나서는 온갖 방법으로 그의 이불을 벗겨내고 있었다. 정말로 마음에 들지 않았다.

그녀가 나가고 5분 뒤에 휴대전화가 울렸고 그는 발신인을 확인도 하지 않고 전화를 받았다. "마음이 바뀐 거예요?"

"네?"

망할. 맥은 일어나 앉았다. 리브가 아니었다. 소냐였다. "무슨 일이야?"

"리브랑 같이 이리로 좀 와봐야겠어요. 제시카라는 여자애가 와 있어요."

맥은 발로 이불을 걷어차 버리고 전화를 끊은 다음 서둘러 리브의 번호를 눌렀다. 그녀는 부러 경박하게 전화를 받았다. "미쳐, 나 방금 나왔거든요. 벌써 내가 보고 싶어요?"

"나 태우러 와요. 제시카가 바에 나타났어요."

제사카가 맥의 사무실 책상 앞 의자에 앉아 다리를 불안하게 떨고 있는 동안 맥은 사무실 문을 닫았다. 그녀는 코트 앞섶을 꼭 여미고 아랫입술을 깨물고 있었다.

리브는 그녀의 옆자리에 앉아 부드럽게 말했다. "괜찮아?"

맥은 테이블 앞쪽에 몸을 기대어 서서 팔짱을 꼈다. 제시카는 그를 불안한 눈빛으로 훑어보았다. "내가 나가줄까요?" 그가 물었다. 남자 앞에서 말하고 싶지 않은 일이 벌어진 것 같았다. 그 생각이 들자 속이 뒤틀렸다.

하지만 제시카는 급하게 침을 삼키며 고개를 저었다. "아뇨, 저, 전…… 그냥 어떻게 해야 할지 모르겠어요."

"처음부터 얘기해봐." 리브가 차분히 말했다.

"그냥 더 이상은 못 하겠어요. 지금 그 사람은 너무 심각해요, 그리고…… 오늘 밤은 정말 안 좋았어요."

반사적으로 맥의 주먹에 힘이 들어갔다. "어떻게 안 좋았는데 요?"

"그 사람이……." 리브는 공기 중에 떠도는 질문을 어떻게 제대로 던져야할까 생각하며 물었다. "그 사람이 다시 이전처럼 너를 추행하려고 했어?"

"아니요, 그런 게 아니에요."

맥은 참고 있었는지도 몰랐던 숨을 몰아쉬었다.

"소리를 지르긴 했지만요." 제시카가 말했다. "절 볼 때마다 노려봐요. 그리고 그 사람은……." 그녀는 또 다시 불안한 눈빛으로 맥을 보았다. "망가뜨리려 하고 있어요."

"망가뜨리다니 누구를요? 리브를?"

"둘 다요."

손가락 관절에서 우지끈 소리가 났고 나중에야 맥은 그게 자기 손에서 난 소리라는 걸 알았다. "어떻게 망가뜨리려는데요?"

"리브가 아무데서도 일을 구하지 못하게 제대로 손을 쓰고 있어요. 그리고 당신은 저, 전 모르겠어요. 하지만 두 사람이 함께 있다는 걸 알고 당신을 싫어해요. 사람들을 시켜서 당신을 예의 주시하고 있고요."

로이스 프레스턴에 대한 증오와 제시카에 대한 걱정에 초점을 맞추지 않고 있던 그의 머리 한구석에서 리브가 '함께는 무슨 함께냐며' 불평하지는 않을까 기다렸지만 그녀는 그러지 않았다. 그 때문에 그의 머리 한구석에서는 스스로도 어이없다는 건 알지만 행복했다.

"그걸 어떻게 알아?" 리브가 대답을 재촉했다.

"저한테 말했어요." 제가카가 말했다. "자기를 거스르려는 사람들은 언제나 후회한다고요. 제 생각엔…… 저를 겁주려던 것 같아요."

맥은 말을 꺼내기 전에 헛기침을 했다. "오늘 있었던 일이에
요?"

제가카가 고개를 끄덕였다. "오후 근무였어요. 일이 끝나니까
제프를 시켜서 저를 집에 데려다주게 했어요. 제가 이리로 못 오
게 하려고 했던 것 같아요. 왜 저를 그냥 해고하지 않는지 모르
겠어요."

"그리로 다시 돌아갈 순 없어요." 맥의 목소리는 의도한 것보
다 더 냉정하게 나왔다.

제시카의 아랫입술이 떨렸다. "알아요. 하지만 뭘 어떻게 해
야 할지 모르겠어요."

"제시카, 그냥 관둬." 리브가 그녀의 손을 잡으며 말했다. "그
냥 돌아가지 마. 우리가 그를 막을 거야."

그들은 제시카를 차로 집에 데려다주었다. 그녀의 학교 아파
트 건물 주차장에 차를 대고 맥은 리브와 자신의 전화번호를 건
넸다. "리브랑 내가 이 일을 알아볼게요." 안심을 시켜줄 수 있기
를 바라며 그가 말했다. "로이스나 제프, 아니면 다른 누구든 당
신에게 연락하려고 하거나 겁주려고 하면 우리한테 연락해요,
알았죠? 일할 준비가 되면 우리 클럽에서 할 수 있게 준비해둘
게요."

제시카는 참담한 얼굴로 고개를 끄덕였다. "도와주셔서 고마
워요." 그녀는 나직이 말했다. "전에는 나쁘게 굴어서 죄송해요."

"무슨. 아니에요. 사과할 일 한 적 없어요."

제시카는 어깨를 으쓱했고 아랫입술은 또다시 떨렸다. "하지만 이런 일, 아무것도 일어나지 않을 수 있었어요, 제가 그때 그냥……."

운전석에서 있던 리브가 뒤를 돌아보았다. "이런 일은 하나도 일어나지 않았을 거야, 만일 로이스가 여자들을 약탈하는 쓰레기가 아니었다면. 그게 다야. 얘기 끝. 어떤 식으로든 네 잘못은 하나도 없는 거야."

제시카는 입술을 깨물며 고개를 떨어뜨렸다.

"이 일은 맥이랑 내가 처리할게." 리브가 말했다. "그자든 누구든 다시는 너를 해치지 못할 거야."

제시카는 고개를 끄덕였고 이번에는 정말로 그들을 믿는 것 같았다.

리브는 고속도로를 타고 왔던 길을 돌아와 맥의 집으로 향했다. 그는 족히 10분은 말없이 생각에 잠겨 있다가 입을 열었다.

"로이스가 점점 불안정해지고 있어요."

"그는 늘 불안정했어요."

"하지만 명백히 더 나빠지고 있어요. 그리고 만일 제시카가 관두면 폭발할 거예요."

그녀는 그가 사는 동네로 가기 위해 고속도로를 빠져나갔다. 맥은 대시보드 위의 흐린 조명 아래서 그녀를 찬찬히 살폈다. 그의 침대를 떠난 지 한 시간 반이 지나있었음에도 그녀는 여전히 갓 섹스를 마친 얼굴이었고 그 때문에 그의 바지는 다시 팽팽해지고 심장 박동은 빨라졌다.

망할 역할극 같으니라고. 망할 자기만의 공간 같으니! 그야말로 그녀의 안전이 절실했다. "이 일이 끝날 때까지 나랑 같이 지내는 게 좋겠어요."

리브가 하도 빨리 돌아보는 바람에 그는 차가 충돌하지는 않을까 깜짝 놀랐다. "뭐라고요?"

"로이스가 이 일을 더 크게 만들까 걱정돼요. 제프에게 제시카를 태워다주라고 했어요. 나를 예의 주시하고 있다고 하고요. 그자는 위험해요, 리브."

그녀는 웃고는 다시 도로를 보았다. "난 괜찮아요."

"난 확실히 하고 싶어요."

그녀는 지침에서 가장 중요한 항목 중 하나를 그가 훼손하고 있다는 눈빛으로 그를 보았다. 너무 멀리까지 갔다. 너무 많은 말을 했다. 바로 지금 그녀의 벽은 공식적으로 다시 원상 복귀되어 높아져버렸다.

그녀는 그의 집 주차진입로에 차를 세웠다. "내 몸은 내가 직접 지킬 수 있어요, 맥."

"그럴 수 있는 거 알아요, 하지만 같이 있는 게 나을 거예요, 혹시라도……."

핸들을 쥔 그녀의 손에 힘이 들어갔다. "전화할게요."

"언제요?"

그녀는 어깨를 으쓱했다. "이삼일 안에."

그의 입이 벌어지고 심장이 쿵쿵거렸다. "이삼일씩이나요?"

그녀는 짧은 숨을 훅 들이마셨다, 말도 안 되는 소리 그만하라는 의미였다. 하지만 그가 뭘 할 수 있단 말인가? 안 내린다고 거부라도 하나? 맥은 차 문을 열었다. 그가 차 문을 닫기가 무섭게 그녀는 차를 후진시켜 출발했다. 맥은 진입로에 서서 그녀의 차가 빠져나가는 것을 지켜보았다.

그는 홀로 남았다, 다시 한번, 그녀의 흔적 뒤로 늘 따르던 그 질문과 함께.

방금 무슨 일이 벌어진 거지? 하지만 이번에는 즉시 새로운 질문이 뒤따랐다. 대체 어떻게 다시 그걸 할 수 있게 만들지?

이틀 후 밤, 밖에서 난 소리에 잠이 깬 리브는 자신의 고집스러움에 온갖 욕을 퍼부으며 휴대전화를 꼭 쥔 채로 일어섰다.

아마 너구리일 거야.

우리 밖으로 나온 염소 중 하나일 수도 있다.

아니면 홉이 트랙터로 뭘 더 하려고 돌아온 거 아닐까.

하지만 오해할 여지없이 자갈밭 위를 밟는 신발 소리가 나자 그녀는 누군가 집밖을 훔쳐보고 있는 건 아닌지 확인하기 위해 침대에서 튀어나왔다. 이런 상황에 좀 더 적응이 된 사람이었다면 걱정을 먼저 했겠지만 리브는 로이스가 일을 더 크게 벌일거라고 말한 맥이 정말로 짜증난다는 생각부터 했다.

제기랄. 그가 옳았다니, 정말 싫다.

그녀는 까치발을 하고 조용히 짧은 복도를 지나 거실로 슬금슬금 다가갔다. 바깥 계단을 오르는 발자국 소리가 희미하게 쿵쿵 울렸다.

어쩌면 로지일지도 모른다. 로지여야만 한다, 로지가 들른 거다……. 근데 뭐가 필요해서 밤 11시에 오겠는가!

계단을 오르는 발소리가 다시 들리자 그녀의 팔에 난 털이 섰다. 로지라고 하기에는 발소리가 너무 무거웠다. 리브는 밭은 숨을 쉬며 전화기를 보면서 만약 911에 전화를 하면 경찰이 오기까지 얼마나 걸릴지 계산했다. 10분? 만약에 침입자가 주 건물로 가서 로지를 공격한다면?

리브는 긴급 통화 버튼을 누르고 바닥에 납작 엎드렸다. 응급 출동 상담원이 거의 바로 전화를 받고는 상황을 알려달라고 말했다.

"누가 제 집 안으로 들어오려는 것 같아요."

"좋아요, 부인. 주소 알려주실 수 있을까요?"

그녀가 움직이자 달그락거리는 소리가 났다.

"지금 어디신가요, 부인?"

"거실 바닥 위에요."

"누가 보이나요?"

"소리가 들려요. 계단을 올라오고 있는 것 같아요."

"집 안에 들어와 있나요?"

"네? 아뇨, 제 집이 차고 위에 있거든요. 계단은 밖에 있어요."

"거주지로 경찰관들을 보내겠습니다. 성함 알려주시겠어요?"

"리브예요."

상담원은 침착함을 유지했다. "리브, 경찰들이 도착할 때까지 계속 통화를 이어가겠습니다."

"얼마나 걸릴까요?"

"5분 거리에 순찰차가 한 대 있습니다."

"너무 길어요."

리브는 낮은 포복으로 창문으로 기어갔다. 상담원이 무슨 일인지 물었다. 리브는 커튼 뒤에 한 발 물러서서 밖을 살짝 엿보았다. 너무 어두워서 아무것도 보이지 않았다.

"보이진 않지만 분명히 계단을 올라오고 있어요."

침입자는 아직 건물의 모퉁이를 돌지는 않았다.

"리브, 그대로 앉아 계세요."

"다시 걸게요."

상담원의 만류에도 리브는 전화를 끊었다. 그녀는 계속 기는 자세로 현관으로 향했다. 아주 천천히 일어섰고 소리가 날까 얼굴을 찡그리며 걸쇠의 잠금장치를 돌렸다. 아주 낮게 따알까악, 소리가 났다. 리브는 얼음이 되었다. 남자의 움직임이 멈추지 않는 걸 보니 그 소리를 못 들었거나 신경 쓰지 않는 것 같았다.

리브는 제일 가까이에 있는 물건인 버켄스탁 신발을 들고 일어섰다. 숨을 훅, 들이마시며 문을 벌컥 열었다. 그녀는 두 계단을 한 번에 뛰어내려 층계참에 착지한 다음 윔블던 테니스 결승에 나가기라도 할 듯 신발을 휘둘렀다.

신발은 얼굴과 조우했고, 남자는 놀라서 소리를 질렀다. 층계참 끝에서 불안정하게 선 자세로 공포의 순간에 그는 양팔을 헬리콥터마냥 휘둘렀다. 그 순간은 리브가 자신이 실수를 저질렀다는 걸 깨달을 수 있을 정도로 충분히 길었다. 그가 몇 계단이나 굴러 떨어지는지 셀 수 있을 정도로 긴 시간이었고, 그와 눈을 마주치며 그가 침입자가 아니라는 걸 알아볼 만큼 충분히 긴 시간이었다.

"대체 뭐예요, 리브?" 맥이 소리쳤다.

그런 다음 그는 그대로 뒤로 넘어갔다. 컵케이크 때와 마찬가지로 그는 중력과의 싸움에서 지고 말았다. 그의 몸은 기울어졌고 삐걱거리는 나무판을 머리로 쿵쿵 받아가며 그대로 열 계단을 미끄러져 먼지 이는 바닥으로 떨어졌다.

머리가 먼저 자갈밭에 떨어지고 다리는 아직 계단에 걸쳐 있었다. 그는 끙 앓는 소리와 욕을 뱉었다.

미안한 마음에 되레 리브는 짜증을 냈다. "젠장, 맥. 대체 여기서 뭐하는 거예요?"

맥은 고개를 들었다. "지금 장난해요? 당신은 뭐하고 있었는데요?"

"침입자한테서 나를 보호하고 있었죠, 내가 그럴 거라고 말했잖아요."

"보, 보호한다고요?" 그는 어이가 없어 말도 제대로 나오지 않았다. 그의 목소리에서 불신이 뚝뚝 떨어졌다. "신발로요?"

"지금 눈앞에 보인 게 이것뿐이라고요."

맥은 바닥에서 몸을 일으켰다. 청바지와 흰 셔츠에 온통 먼지 범벅이었다. 왼쪽 눈 아래 울긋불긋 부풀어 오른 자리에 희미하게 그녀의 샌들 자국이 남아 있었다.

그녀는 양손으로 골반을 짚었다. "대체 왜 먼저 전화를 안 한거예요?"

"내가 온다고 하면 안 된다고 할 거였잖아요, 그리고 빌어먹을 벌써 이틀이나 지났어요! 당신을 만나고 싶었다고요."

"그래서 그냥 갑자기 나타나면 괜찮을 줄 알았어요?"

맥은 청바지에 손을 닦았다. "정리 좀 합시다." 그가 으르렁거렸다. "집 밖에서 남자 소리가 나는 걸 들었죠, 그런데 경찰에 전화할 생각도 없이 남자가 무기를 들었는지, 혼자인지 확인도 안하고 그냥 그렇게 돌진한다고요?"

이런. 경찰. 리브는 허겁지겁 계단을 뛰어올라갔다. 거실 바닥에 떨어진 휴대전화를 집어 다시 긴급 통화를 눌렀다.

아직 취소할 시간이 있을지도 몰라.

상담원이 전화를 받은 바로 그 순간, 밖에서 빨강, 파랑 불이 춤을 추기 시작했다. 너무 늦었다.

"제가 오해한 것 때문에, 죄송해요."

20분 후, 리브는 1000번째 사과를 했다. 현장에 나타난 네 명의 경찰관은 그녀를 맥으로부터 분리시키고 홉과 로지에게도 질문을 했다. 두 사람은 그 야심한 시각에 함께 있었고 그건 뭐랄까, 상당히 이상한 일이었다.

"전 저 사람이 나쁜 놈인 줄 알았어요."

"나쁜 놈이요?" 경찰이 물었다.

"이 사람은 제……." 그녀는 말을 멈추고는 흥미진진하게 한쪽 눈썹을 치켜 올린 맥을 쏘아보았다. "제 친구예요."

맥은 코웃음을 쳤다.

창피한 시간이 몇 분 더 흐르고서야 마침내 경찰이 떠났다.

"그냥 이렇게 불쑥 찾아오다니 어이가 없네요." 발을 쾅쾅 굴러 계단을 오르며 리브가 말했다.

"뭐, 그야, 당신이 날 경찰에 신고할 줄 몰랐으니까요."

"20분 전에는 나더러 경찰에 신고도 안 했다면서 화냈잖아요! 둘 중 하나만 해요."

그는 그녀를 따라 집 안으로 들어갔다. "내가 당신을 상처 줄 수 있는 방법이 많다는 걸 모르시나보네요." 그녀가 말했다.

"약속 어기기 같은 거요?"

리브는 냉장고 문을 거칠게 열고 얼음 틀을 잡았다. 싱크대에서 행주를 낚아채와 그 위에다 얼음 틀을 세게 내려쳤다. 열 개쯤 되는 얼음이 빠져나왔고 하나가 떨어지더니 조리대 위를 미끄러져 바닥으로 떨어졌다. 무슨 상관이람. 사실, 속으로는 그가 그걸 밟고 넘어졌으면 싶었다.

맥은 한 손으로 광대를 감싼 채로 과장되게 앓는 소리를 내며 거실 소파에 털썩 앉았다. 투덜거리면서도 그녀는 얼음이 놓인 행주를 오므려서 살며시 거실로 들어갔다. 그는 발을 소파 앞 탁자에 올리고 눈을 감은 채 머리를 뒤로 기대고 있었다. 거리가 있음에도 그의 광대뼈에 보랏빛 멍이 부풀어 오른 게 보였다.

와. 제대로 친 건 맞지만 정말 먹힐 줄이야.

그녀가 다가가자 그가 머리를 굴리고는 한쪽 눈을 떴다. 그녀는 얼음주머니를 불쑥 내밀었다. "여기요. 당신을 왜 도와주고 있는지는 모르겠지만."

"그야 날 걱정하니까?"

"당신 때문에 놀라자빠질 뻔했다고요."

그는 얼음을 얼굴에 갖다 댔다. "아스피린을 좀 먹어야겠어요."

리브는 쿵쿵 걸어 욕실로 갔고 구급약 보관 장을 뒤지는 소리가 났다. 곧 타이레놀 병을 가지고 돌아왔다.

"물은 없어요?" 그가 물었다.

"그냥 마셔요."

"무고한 사람을 때려놓고 대접이 너무 엉망인데요."

"무고요? 우리 집에 몰래 들어오려고 했잖아요!"

"몰래 들어오려던 거 아니에요. 랜디를 깨우지 않으려고 조용히 한 거라고요."

"여긴 대체 왜 온 거예요?"

"이틀이라고요, 이틀, 리브!" 그는 행주를 옆으로 던지고 벌떡 일어섰다. "당신한텐 순식간일지 모르지만 난 아니에요."

리브는 죄책감과 창피함을 꿀꺽 삼켰다. 그녀는 그를 피해왔고 가장 큰 이유는 자신의 감정을 외면하기 위해서였다. "이삼일될 거라고 말했잖아요. 당신이 적응할 시간을 준거라고요."

"내 생각 말해줄까요?" 맥이 가까이 다가서며 말했다. "내 생각엔 적응할 시간이 필요했던 건 당신이에요. 그래서 말도 안 되는 이야기를 지어내서는 망할 이틀이나 나를 내버려둔 거라고요."

그녀의 몸에 열기와 냉기가 동시에 몰려왔다. 열기는 돌진하려는 그의 눈빛 때문이었고, 냉기는 젠장, 이건 너무 불공평했다. 그는 그녀를 몰아세웠고 그녀는 뒷걸음질로 주방에 닿았다. 그녀는 그에게 둘러싸였다. 그가 그녀의 눈을 들여다본다면 속을 훤히 꿰뚫고는 자기 말이 옳았다는 걸 알게 될 거다.

"내가 걱정한 게 바로 이거예요." 리브가 쏘아붙였다. "나한테 너무 집착하는 거요. 내가 상처를 줬잖아요."

맥은 그녀의 양옆으로 팔을 벌려 조리대를 짚고 몸을 숙였다. 그의 눈빛은 지치고 약해져 있었고 그녀는 순간 그 눈빛이 진짜일까 궁금해졌다. 정말로 나를 그리워했나? 이틀 내내 그를 피했단 이유로 정말로 상처를 받은 걸까?

맥은 골이 난 표정을 지었다. "내가 당신을 걱정했다면 그게 그렇게 나쁜 겁니까?"

그녀의 심장이 쿵쿵대기 시작했다. "어차피 걱정 안 하잖아요."

"안 한다고요?"

"그런다고 생각하는 걸지도 모르죠, 하지만 진짜는 아니에요."

그는 짜증 섞인 탄식을 하며 눈을 굴렸다. "아, 그러세요. 어디 계속해보시죠."

"당신은 영웅 콤플렉스가 있어서 내가 무슨 위험하고 거지같은 일에 처했다고 생각하는 거예요. 그래서 당신의…… 영웅 호르몬이 엔진을 풀가동하고 있는 거고요."

"영웅 호르몬?"

"네. 그리고 나서 거기에 섹스까지 섞어버렸으니, 빵, 당신은 완전한 디즈니 왕자님으로 변신한 거예요."

그는 팔짱을 꼈다. "잠깐. 내가 당신을 사랑하게 될 거라고 말한 건 당신인 것 같은데요. 그런데 이제 와서 내가 걱정을 안 한다고요? 둘 중 하나만 해요."

그녀는 얼굴을 찡그렸다. 말에 구멍이 생겼다. "당신은 나를 걱정한다고 생각하는 거예요, 당신은 사랑에 빠지는 타입이니까요. 하지만 나를 진짜로 걱정하는 건 아니에요."

"그러니까 당신이 두려운 건 내가 당신을 정말로 사랑하게 되는 게 아니라 당신을 사랑한다고 착각할까봐서군요."

그녀는 눈길을 피했다. "네."

그는 그녀를 가만히 바라보았고 못 이기겠다는 듯 입꼬리가 올라갔다. "정말이지, 리브, 당신은 복잡해요."

그녀는 으쓱했다. "그거야 당신 문제고요, 난 상관없어요."

"당신 말이 맞으면 좋겠는데요, 당신 걱정하는 게 가장 큰 애로 사항일 테니까."

"그런 다음에 본인 문제도 내려놓으시고요."

"고마워요. 그러면 정말로 나도 좀 수월해지겠네요."

"천만에요."

"리브." 맥이 과하게 거리를 좁혀 몸을 구부리며 속삭였다.

오해할 여지없는 그의 체취가 거대한 쇠공처럼 날아와 리브를 강타했다. 이 남자는 나쁜 냄새가 나는 법이 없었다. 땀과 먼지와 피와 자만심이 뒤섞인 그런 것이었다. 그는 여전히 그녀에게 순수한 욕정의 냄새를 풍겼다. "왜요?" 리브는 한껏 가라앉은 목소리로 말했다.

"전부 다 거짓말인 거 같은데요?"

에라, 모르겠다. 리브는 그의 셔츠 앞섶을 그러쥐고 앞으로 거칠게 당겼다. 두 사람의 입이 닿았고 그녀는 그가 자기 일을 하게 두었다. 두 사람의 깊고 뜨거운 혀가 오가는 키스부터 두 팔을 올려 셔츠를 벗어던지게 하는 일련의 작업이 단 10초 만에 이루어졌다. 이후로 그녀의 논리와 내밀한 핑크색 몸의 일부 사이에 논쟁은 더 이상 없었다. 둘 다 같은 편에 있었으니까. 한 목소리로 '그래, 다 벗어버리자'고 말했다. 젠장, 이 남자가 손가락만으로 젖꼭지를 튕기는 건 불법으로 정해야 할 정도였다.

리브는 그의 손길에 신음했고 몸은 활처럼 휘었다.

맥은 그녀를 몰아세웠다. "누가 더 위에 있죠?"

"당신은 그 입 때문에 망칠 거라니까요."

"당신이 틀렸다는 건 이 입으로 증명해보이죠."

맥은 갑자기 바닥에 무릎을 꿇었고 다음 순간 무슨 일이 벌어진 건지 리브는 알아차릴 새도 없었다. 하지만 어느 순간 그녀의 바지가 사라지고 팬티 레이스 위로 그의 입술이 그녀를 핥고 있었고 그녀는 그의 머리를 부여잡고 있었다.

"당신도 알겠지만, 난 다시 섹스하는 데 동의한 적 없어요." 그녀의 말은 신음이 되어 나왔다.

"이건 섹스가 아닌데요." 그가 놀렸다. 그는 왼손으로 그녀의 허벅지를 쓰다듬어 올라가 팬티 허리선에서 멈추었다. 그의 손가락과 맥박이 뛰는 작은 구슬 사이엔 얇은 면 한 장뿐이었다.

"섹스하는 기분이에요." 그녀가 신음했다.

"그럼 진도를 더 나가야겠네요."

그의 손가락이 그녀의 팬티를 거칠게 밀고 들어와 맨살에 닿자 그녀는 정신을 못 차리고 앓는 소리를 냈다. 그는 다시 핥기를 시작했고 손가락 두 개가 그녀 안으로 들어가는 순간 그녀는 절정에 달했다. 순식간이었다. 폭죽이 터지듯이. 그녀는 환희의 송가가 입에서 새어 나가지 못하게 자기 팔을 깨물었다.

하지만 아직 그는 끝나지 않았다. 혼미한 가운데 그녀는 그가 자기 몸을 핥으며 위로 올라오는 걸 느꼈다. 이내 그가 자기 바지를 더듬고 뭔가를 꺼내는 소리를 들었는데 가만 보니 그건 콘돔이었다.

그녀는 우뚝 멈췄다. "그건 어디서 났어요?"

"뒷주머니에요."

"좋은 생각이에요."

"뭐든 준비해두는 걸 좋아해서요."

물론 리브도 준비하는 걸 좋아하지만, 다음 순간 그녀는 아무런 준비 없이 그의 두 팔로 들어 올려졌다. 그녀는 현관문에 밀어붙여졌고 이내 그녀 안으로 그가 강하게 밀고 들어왔다. 어쩌면 그도 마음의 준비가 된 건 아니었던 건지 잠시 그대로 움직이지 않았다. 그는 그녀의 어깨에 이마를 떨어뜨렸고 절반은 쾌락인 절반은 고통인 소리를 냈다. 리브는 그 소리가 어떤 느낌인지 정확히 알 것 같았다. 손잡이가 그녀의 엉덩이를 찔렀지만 그녀 안에 들어온 그의 느낌이 너무 강렬해서 아무래도 상관없었다.

그리고 그가 움직이기 시작했다. 그녀를 문에 거칠게 밀어붙이는 힘에 문을 치는 소리가 점점 커졌다. 그럴수록 그녀의 내밀한 근육은 로켓의 시뻘건 불길처럼 또다시 끓어오르기 시작했다. 그녀의 입에서 터져 나오는 폭발음을 줄이기 위해 그가 손으로 그녀의 입을 가렸다.

그녀를 받치고 있던 그의 손이 그녀의 등을 파고들면서 맥은 앓는 소리를 냈다. 그녀는 그의 목에 팔을 감고 허리에는 다리를 감은 채로 그에게 매달려 있었다.

"리브." 그가 갑자기 신음소리를 냈다. "아, 세상에."

그는 다시 한번 신음하며 마지막으로 거칠게 그녀 안으로 밀고 들어왔다.

그녀는 아직 지구로 되돌아오지 못한 상태였는데 그가 한 손으로 바지를 끌어올리고 그녀를 침실로 옮기는 게 느껴졌다.

"뭐하는 거예요?"

"침대로 데려다주는 거예요."

"아뇨. 아니, 아니에요. 여기서 자면 안 돼요."

"돼요, 그럴 겁니다. 난 그런 짓 안 해요. 난 섹스하고 도망가는 짓은 안 한다고요, 리브."

그녀는 그가 자길 침대에 떨어뜨릴 거라 생각했지만 그는 그러지 않았다. 잽싸게 그녀의 바지를 홀딱 벗겼을 때처럼 마초 같이 거칠게 말하는 대신 몸을 구부려 부드럽게 그녀를 침대에 눕혔다. 그는 그녀를 가만히 내려다보았는데 그 눈빛을 보고 그녀는 왜 지난 이틀간 그를 외면하려 했는지 그 이유가 다시 떠올

321

랐다. 그런 눈빛에 매달릴 수 없는 여자가 어디 있을까? 하지만 그건 세상에서 가장 바보 같은 일 아닌가?

"그저 당신 옆에서 깨고 싶을 뿐이에요." 그가 나직이 말했다. "괜찮죠?"

사실 그녀가 동의하기도 전에 그는 머리 위로 셔츠를 벗어 바닥으로 떨어뜨렸다. 청바지도 재빨리 뒤를 따랐다. 그녀가 채 빠져나가기 전에 그는 이불을 당겨 두 사람 몸 위에 덮었다. 리브는 이불을 가슴 앞에 꼭 쥐었다.

그는 고개를 돌려 보더니 웃음을 터뜨렸다. "내가 무서워요?"

무섭냐고? 당연하지. 그녀는 그가 무서워 죽을 것 같았다.

"잘 자요, 리브." 그가 하품했다. 그런 다음 이 나쁜 놈은 바로 눈을 감았다. 몇 분 지나지도 않아 그의 숨소리가 차분해지더니 느려졌다. 대체 어떻게 잘 수가 있지? 그녀의 온몸은 불덩이였다. 1초 만에 그녀는 그의 몸 위로 타오를 수도 있었다. 하지만 그는 이렇게 가까이 있어도 전혀 끌리지 않는 것 같았다.

남자들이란. 무슨 수도꼭지 잠그듯이 감정을 조절할 수 있다니. 정말 불공평하다.

"짜증나……." 그녀가 나직이 말했다.

"이번엔 내가 뭘 잘못했어요?"

리브는 기겁했다. "자는 줄 알았잖아요."

"알아요. 나 감상하게 둔 거예요."

"정말 싫어." 그녀는 그에게서 등을 돌려 옆으로 돌아누웠다. 옆자리에서 침대가 들썩이더니 이내 무거운 팔이 그녀의 허리를 감았다. 그는 자기 가슴 쪽으로 그녀를 끌어안았다. 돌처럼 단단한 그의 몸이 마치 틀처럼 그녀의 몸에 꼭 맞았다. 그녀가 엉덩이를 살짝만 뒤로 움직인다면 아마 그곳이 느껴질 것이다.

"겁나게 해서 미안해요." 그가 말했다. 나직이, 진심으로.

그녀는 돌아누워 그를 마주보았다. "전화 안 한 거 미안해요." 그게 그녀가 할 수 있는 최선이었다.

맥은 그녀의 몸 옆을 미끄러져 올라가 턱 선을 어루만졌다. 그녀에게 용기는 필요하지 않았다. 그녀는 고개를 기울여 그의 키스를 받았다. 그를 받아들였다. 그녀는 다시 한번 바닥에 등을 대고 누워있었다. 그는 그녀의 몸 옆을 손으로 쓸어내렸다. 한 손으로 그녀의 무릎을 끌어와 자기 골반 위에 걸쳤다.

"난 늘 여자들과 있을 때 내가 뭘 하는지 안다고 생각했어요, 리브." 맥이 속삭였다. "그러다 한 파티셰를 만났고, 나의 세계가 깨어났어요."

리브는 그가 했던 단순한 말이 그녀에게 무슨 의미로 다가왔는지 그가 알까 생각하다, 잠시 후 그의 팔에 안긴 채 잠이 들었다.

얼마나 지났을까, 그녀는 몸 위에 묵직한 기운을 느껴 잠에서 깼다. 대체 뭐?

"조용해요." 그의 손이 그녀의 입을 가리고 있었고 입술은 그녀의 귓가에 스쳤다. 대체 뭐하는 거야? 이것도 특이한 섹스 놀이인가? 그의 아래서 그녀는 꿈틀대봤지만 그가 단단히 누르고 있었다.

"아까 때린 거 복수하는 거예요?" 그녀가 낮게 소리쳤다.

"내 말 들어요." 그가 명령했다. "아래층에 누가 있어요."

그녀는 눈을 굴렸다. 하, 그러시겠지.

"당신 욕실에 들어가 있으면 좋겠어요."

뭐라고? 안 될 말이다. 그녀는 그의 손 아래서 고개를 저었다.

"제발, 리브. 한 번만 그냥 내 말 좀 들어요!"

그 순간 그녀에게도 들렸다. 누가 봐도 수탉을 쫓아내려 꿱꿱대는 한 남자의 소리가.

맥은 청바지를 꿰어 입고 계단을 뛰어 내려갔다. 리브는, 물론 안에 남기를 거부했다.

"도와줘요!" 남자의 절규는 랜디의 사나운 꽥꽥 소리에 묻혀 버렸다. 맥은 맨 아래 계단에서 펄쩍 뛰어 진입로로 달려갔다. 그곳에는 형체를 알 수 없는 무언가를 등에 매단 남자가 두 팔을 위로 치켜든 채 날아오는 발톱에 저항하며 버둥대고 있었다.

"당신 대체 누구야?"

"도와줘요." 남자가 다시 한번 소리쳤다. 이제는 얼굴로 손을 가리고 있었다. 그 남자가 갑자기 팔을 넓게 휘두르자 랜디가 멀리 떨어져나갔다. 그는 다음 공격까지 시간을 벌었다. 엉덩이를 이쪽으로 향한 자세로 그가 네 발로 일어섰다. "저예요." 남자가 소리쳤다.

"당신이 누군데."

그가 일어나 돌아섰다. 그 순간 리브가 맥 옆에 도착했다. 그녀는 놀라 소리를 질렀다.

"제프!"

"깜짝이야." 그 남자는 귀를 가리며 소리쳤다.

"당신 여기서 대체 뭐하는 거야?" 맥이 우렁우렁한 목소리로 말했다.

"리비!" 또 다른 남자의 목소리였다. 홉이었다. 이번에는 집 쪽에서 들려왔다.

리브는 돌아섰다. 맥도 돌아섰다. 제프도 돌아섰다. 세 사람은 동시에 비명을 질렀다. 왜냐하면…….

"엄마야! 왜 벗고 있는 거예요?!" 리브는 자기 눈을 가렸다.

이어 제프가 또 다른 의미로 깜짝 놀라 돼지 멱따는 소리를 질렀다. 그도 그럴 것이 홉이 미식축구 선수들이 태클을 제치고 날아갈 때처럼 슬로 모션으로 그를 향해 날아올랐으니까. 두 사람은 바닥으로 굴렀고 먼지가 피어올랐다. 엉덩이를 위로 드러낸 채 홉이 그를 덮쳤다.

"세상에." 리브가 낮게 탄성을 질렀다. "트라우마 생기겠어요."

홉이 한 팔로 남자의 목을 감았다. "5초 주겠어. 네 놈이 누군지, 여기 왜 왔는지 말해."

제프는 숨이 막혀 캑캑거렸다. 홉은 조인 팔을 조금 풀었다.

"로이스의 부하 중 하나예요." 리브가 말했다.

본관의 뒷문이 다시 한번 쾅, 하고 열렸다. 로지가 풀어진 가운 앞섶을 여미며, 머리를 어깨까지 푼 채로 뛰어나왔다. 그녀는 남자 청바지와 플란넬 셔츠를 손에 들고 있었다. 그녀는 그걸 홉에게 주고는 뭔가 눈길을 보냈다.

리브의 입이 벌어졌다. "말도 안 돼."

"이 얘긴 나중에 합시다." 로지가 꾸짖었다. "이게 대체 무슨 일이야?"

홉이 간단하게 요약해서 로지에게 알려주었다. 로지는 가운을 여며 맸다.

홉이 제프를 일으켰다. "대체 여기 온 목적이 뭐야?"

"도우러 왔어요." 제프가 숨을 헐떡였다.

"헛소리." 맥이 소리쳤다.

"맹세해요." 제프는 더러워진 양손으로 얼굴을 닦았다. "더 이상 로이스의 거짓말에 일조하고 싶지 않아요."

흡은 미동도 하지 않았다. "우리가 자네를 어떻게 믿지? 이게 함정일 수도 있는데."

"함정 아니에요." 제프가 말했다. "맹세해요. 일단 제 말 들어 보세요. 제발."

"말해봐."

제프는 로지가 건네준 아이스팩을 뺨에 누르면서 하나님 아버지, 감사하게도, 이제는 바지를 입고 있는 흡을 계속 경계하는 눈길로 보았다.

"돕고 싶어요."

"말은 그렇게 하시겠지." 맥이 팔짱을 낀 채로 말했다. "뭘로 돕는다는 건데요?"

"로이스의 진짜 모습이 어떤지 당신들이 폭로하려고 한다는 거 알고 있어요."

"대체 뭔 소리를 하는지 모르겠군." 흡이 말했다.

그는 완전히 형사 모드로 바뀌어 있었고 맥은 그 모습에 감탄하지 않을 수 없었다. 제프는 정말로 자기가 잘못 알고 있었던가 싶었는지 잠깐 동안 눈을 깜빡거렸다. 하지만 이내 알아차렸다. "이런, 저 녹음이나 그런 거 하는 거 아니에요."

"자네 하는 말을 그냥 믿으라고?"

"스트립쇼라도 하길 바라세요?"

흡은 그의 머리를 쿵 내리쳤다. "주둥아리 조심해."

"옷 벗는 건 제발 하지 말아요." 리브가 말했다. "나 최근에 평생 못 잊을 만큼 원하지 않는 거시기를 너무 많이 봤으니까요."

맥은 자기 건 그중에 끼지 않기를 바랐다.

"맹세하는데, 당신들을 도우러 여기 온 거예요." 제프가 말했다. "나는 이런 쓰레기 같은 일을 하겠다고 서약한 게 아니었어요. 난 경호원 일을 하는 줄 알았다고요! 하지만 그가 놓아버리고 있어요, 맹세할 수 있어요."

"무슨 뜻이야?"

"정신이요. 편집증을 보인다고요!"

"진정해요. 경호하는 일이랑 내 미래의 고용주들을 겁박하는 거 말고 또 뭘 시켰죠?"

"그것도 알아요?"

리브는 고개를 끄덕였다. "우리도 알고 있어요."

그는 어깨를 으쓱했다. "처음에는, 그냥, 그런 거 있잖아요, 당신들 페이스북 계정 같은 걸 들어가서 그에 대해 얘기하나 보는 거였어요."

"그 다음엔?"

"그 다음에 제시카가 그에게 두 사람이 학교로 찾아왔다고 말했고, 거기서 이성을 잃었어요. 그는……." 다음에 말하려는 게 무엇이었든지 간에 그는 창피함과 두려움으로 깊은 초조감을 드러냈다.

"그가 뭐요?" 맥이 거칠게 몰아붙였다.

"우리한테 그녀를 따라다니라고 시켰어요. 그리고 당신들도요."

마지막 두 단어가 가장 크게 울렸다.

맥은 욕을 했고 홉은 손가락을 치켜들었다. "봤지. 내가 했던 말이 바로 이거야. 자네들이 가서 온통 엉망으로 들쑤셔 놓았잖아. 아무 경험도 없이."

로지가 그의 팔에 가만히 팔을 올려놓았고 놀랍게도 홉이 입을 다물었다.

"아무튼 그는 제정신이 아니에요. 제시카가 관둔 이후로는 더 심해졌고요." 제프가 말했다. "더 이상은 그 일에 가담하고 싶지 않아요."

"그럼 그냥 관두면 되잖아요?" 맥이 그를 떠보았다. 그는 여전히 이 얼간이가 못미더운 것이다.

"그냥 관둬버리고 그자가 이 거지같은 일에서 빠져나가게 두라고요? 그건 안 될 소리죠. 난 여동생들이 있어요. 누가 우리 애들한테 그런 짓을 했다간 가만두지 않을 거예요."

로이스의 행동이 틀렸다는 걸 깨닫는 데 여동생까진 필요도 없다는 걸 지적하고 싶은 충동을 맥은 억눌렀다. 그런 말을 할 때는 아닌 것 같았다.

"제시카 말고 그가 또 이런 짓을 한 여자들 이름을 알아요?" 리브가 물었다.

"아니요."

"그런 정보를 어디서 찾을 수 있을까요?"

"그의 사무실이요. 거기에 무슨 비밀 기록 같은 걸 보관해요."

"헛소리." 홉이 투덜거렸다. "그렇게 멍청한 인간이 어디 있어."

"그 사람 만나보셨어요?" 리브가 반박했다. "그 인간은 무슨 일에서든 자기는 빠져나갈 수 있다고 생각하는 오만한 멍청이에요. 자기 더러운 비밀을 누군가 벗겨낼 거라고는 생각도 못 하는."

"아니면 누가 자기를 배신할 거라는 생각도 못 하거나." 맥은 제프에게 눈을 고정한 채로 덧붙였다.

"그런 놈한테 충성 따위 안 해요." 제프가 말했다. 그런 다음, 뭐랄까 동경에 가까운 눈빛으로 리브를 보았다. "그래서 그자가 당신을 두려워하는 것 같아요. 자기가 쓰레기라는 걸 당신이 알고 있고 자기한테 절대로 충성한 적 없으니까요. 그는 협박이나 뇌물, 영향을 줄 수 없는 사람들한테 익숙하지 않아요."

맥의 가슴에 따뜻한 기운과 함께 자랑스러운 마음이 차올랐다.

"그럼 자네가 정확히 우리한테 해줄 수 있는 건 뭐야?" 홉이 물었다.

"뭘 원해요?"

"우린 명단이 필요해요." 리브가 말했다. "얼마나 많은 여자들한테 이런 짓을 했는지, 그리고 그들에게 얼마를 지불했는지 알아야 해요."

"그런 건 다 서류함에 있을 거예요."

"거기에 접근할 수 있어요?"

"잘, 잘 모르겠어요. 하지만 어디 있는지는 알아요."

맥은 한쪽 눈썹을 치켜 올리고 리브에게 고갯짓을 했다. "어떻게 생각해요?"

"믿어봐야 할 것 같아요. 지금까지 얻은 정보 중에 가장 낫잖아요."

"나도 같은 생각이야." 홉이 말했다. "내일 전부 모아서 계획을 짜자고."

제프는 자리에서 일어나 로지에게 아이스팩을 건넸다. "감사합니다, 부인. 이제 가봐야 할 것 같아요."

"말도 안 되는 소리." 로지가 말했다. "너무 늦었어요. 여기서 자고 가요."

맥과 홉은 동시에 '무슨 말도 안 되는!' 이라는 뜻의 반항 섞인 소리를 냈지만 눈길 한 방에 바로 꼬리를 내렸다.

그들은 로지가 제프를 아래층의 욕실로 안내하는 걸 지켜보았다. 리브는 물을 좀 마셔야겠다면서 자리에서 일어섰다.

"어디 보자……." 리브가 소리를 들을 수 없을 정도로 멀어지자 맥이 운을 뗐다. 그는 욕실을 가리키는 시늉을 했다. "발전이 있었던 것 같은데요."

"저리 꺼져." 홉이 투덜댔다.

"그냥 고맙다고 하셔도 돼요."

"자네한테 고마워할 일 쥐뿔도 없어."

맥의 표정이 어두워졌다. "생각 이상으로 일이 커졌어요, 그런 것 같죠?"

331

홉이 고개를 끄덕였다. "그렇지."

"그만둬야 한다고 보세요?"

홉은 전에 본 적 없는 단호한 눈빛으로 그를 뚫어져라 보았다. "꿈도 꾸지 마. 난 할 거야."

정오가 되기 전, 경기 때문에 빠진 델과 개빈을 제외하고 나머지 멤버들은 다음 단계의 계획을 짜기 위해 농장으로 모여들었다. 제프는 마치 인질처럼 구석에 앉아 손톱을 물어뜯다가 쿠키를 먹다가를 반복하고 있었다.

"그 명단을 우리가 얻어서 득이 되는 게 뭐야?" 맬컴이 물었다. "전부 기밀 유지 협약서에 서명한 것 같은데. 누군가 앞으로 나서고 싶었다면 벌써 그렇게 했겠지."

"우리가 이름을 공개할 필요는 없어요." 리브가 말했다. "그를 맞서기 위해 필요한 건 몇 명인가예요. 이름은 건드리지 않을 수 있어요."

"그의 요리책 행사에서 기자들한테 흘릴 증거로 그 정도면 충분할 거야." 맥이 말했다. "누구인지 신원을 밝힐 필요는 없어. 그들이 어디서 왔는지 누구도 알 필요는 없는 거지."

"추적 경로는 제가 지울 수 있어요." 노아가 말했다.

리브는 그의 말에 일말의 의심도 들지 않았다. 하지만 여전히 그 말은 그녀의 가슴을 쓰리게 했다. "그냥 확실히 하고 싶어서 그래요. 우리 정말로 이 일을 실행하는 거 맞나요? 로이스의 사무실을 쳐들어가는 거?"

맥은 목소리를 낮출 수 있을 만큼 충분히 가깝게 그녀 앞에 섰다. "당신한테 달려 있어요." 그가 말했다. "이 일이 불편하면 그냥 그렇다고 말해요."

그녀는 그의 말에 그에게 키스하고 싶었지만 참았다. 어젯밤 이후로 두 사람의 관계는 어디쯤에 있는 건지 알 수가 없었다. 하지만 공개적으로 애정 표현을 하기에는 여전히 마음의 준비가 되어 있지 않았다.

"난 그냥 우리가 앞으로 겪게 될 일들에 대해 모두 동의를 하는 건지 확실히 하고 싶을 뿐이에요." 리브가 말했다. "로이스한테는 이미 충분히 피해를 입었어요. 그를 무너뜨리는 일로 여러분 누구도 피해를 보는 건 원하지 않아요."

"그럼 아무도 붙잡히지 않게 확실히 하는 게 낫겠네." 홉이 말했다.

계획은 재빨리 세워졌다. 맬컴과 그의 부인은 VIP 코너에 예약을 할 것이다.

"술탄을 주문해요." 리브가 말했다. "거기에 그를 붙잡아둘 수 있을 거예요."

제프가 뒷문을 통해 맥, 노아, 러시아인을 행정사무실로 몰래 들어가게 하는 동안 로이스는 거기에 매어 있게 될 것이었다.

"나는요?" 리브가 물었다.

"당신은 여기 있어요." 맥이 말했다.

"뭐라고요? 말도 안 돼!"

맥이 그녀를 마주보았다. "리브, 당신은 가면 안 돼요. 당신을 보면 무슨 일이 있다는 걸 알아챌 거예요."

"음, 그런 거라면 당신도 마찬가지라고 말해주고 싶네요."

맥은 어금니를 꽉 물었다. "위험하다고요."

"당신이나 나나 똑같아요."

"저 친구 말이 맞아, 리브." 홉이 말했다.

"완전 성차별이야!"

맥은 양손으로 머리를 쓸어 넘겼다. "리브, 이 문제에 있어서는, 내가 결정할 수 있게 해줘요."

"어, 아니요. 이걸 시작한 건 나예요. 모두가 위험을 무릅쓰는데 나 혼자 뒤로 빠져 있을 생각 없어요."

로지가 걸어 들어와 러시아인에게 암탉을 건넸다. "그럼 차에 있는 건 어떨까." 로지가 제안했다.

휙 돌아선 리브는 그녀를 보며 입을 다물지 못했다. "제 편을 들어주실 줄 알았어요."

로지는 어깨를 으쓱했다. "이 문제에 있어서는 나도 약간 편견이 있는가봐."

"나도 그래요." 맥이 나직이 말했다. "당신이 안전했으면 좋겠어요."

그의 눈빛에 심장이 뛰었다. 리브는 그게 마음에 들지 않았다. 아직 그런 것에 대한 준비도, 그를 믿을 준비도 되어 있지 않았으니까. 그래서 그녀는 늘 하던 대로 행동했다. 까칠해

지기. "이런 식이면 내가 무슨 말을 하겠어요. 하는 행동이 꼭, 꼭⋯⋯."

그의 한쪽 눈썹이 올라갔다.

그녀는 양손을 허리에 짚었다. "꼭 과잉보호하는 남자친구 같잖아요."

맥은 허공에 손을 던졌다. "내가 바로 그거니까요. 어젯밤을 보내고도 아직 눈치를 못 챘나본데, 나 당신한테 완전히 빠졌다고요."

그 문장은 폭발할 만한 위력으로 방 안의 모두를 뒤덮어버렸다. 리브는 숨을 들이마신 채로 눈을 깜빡거렸다.

귀가 먹은 것 같은 적막을 깨뜨린 건 나지막한 중얼거림이었다.

"이럴 줄 알았어." 러시아인이었다.

멤버들이 일제히 지갑을 꺼내 러시아인에게 돈을 던지면서 한바탕 소동이 일었다.

러시아인은 자리에서 일어나 닭을 허공에 높이 치켜들고 춤을 추었다. "돈 땄다! 돈 땄다!"

"내기를 했어요?" 리브가 쇳소리를 냈다.

맥은 양손을 들어보였다. "난 아무 관련 없어요."

홉이 자리에서 일어나 모두에게 입 다물라며 소리쳤다. "지금 우린 심각한 얘기하는 중이라고!"

경찰 특유의 목소리가 방 안을 순식간에 통제했다.

"리브, 넌 나랑 같이 차에 있어. 맬컴, 가능하면 8시에 예약을 잡아주고, 노아, 우리가 쓸 만한 승합차가 있다고 했지?"

노아는 방금 게임 업그레이드를 마친 프로 게이머 같이 활짝 웃으며 고개를 끄덕였다. "두말하면 잔소리죠."

"지금 나랑 장난하자는 거지."

7시, 맥의 집 앞으로 노아가 더러운 하얀색 승합차를 몰고 들어왔다. 외관에서 풍기는 기괴한 분위기가 차 옆에 '무료 강아지 분양'이라고 적혀 있다면 더할 나위 없이 완벽할 것 같았다.

리브와 홉, 그리고 맥은 말없이 차를 바라보았다. 노아는 손잡이를 돌려 조수석 창문을 내렸다. "다들 준비 됐어요?"

맥은 차 문을 비틀어서 열었다. "우리 이걸로 아동 성추행범 같은 걸 쫓는 거야, 뭐야?"

"이래 봬도 좋은 차예요. 여기서 첫 경험을 했다고요."

"난 안 타." 홉이 양손을 들며 뒤로 물러섰다.

"걱정 마세요. 그 시트는 진즉에 버렸죠."

"언제?" 홉이 투덜댔다. "클린턴 탄핵♥ 사건 때? 이거 완전 유물 수준인데."

"그러게요, 전 클린턴 탄핵 때 유치원생이었지만요."

홉이 그에게 가운뎃손가락을 날렸다.

노아는 모두에게 타라는 시늉을 했다. "아버지가 지붕 공사

♥ ————
1999년 2월 12일 빌 클린턴 당시 미국 대통령은 르윈스키와의 부적절한 관계가 폭로된 사건에서 위증을 한 것과 사법 방해 등의 혐의로 탄핵 소추되었고, 탄핵안은 부결되었다.

사업하는 데 쓰는 차 중 하나였어요."

"완벽해. 우리가 원했던 게 딱 지붕 공사 사업에 쓰는 차였거든." 맥이 말했다.

노아는 차에서 내려 뒷좌석 쪽으로 와서 슬라이딩 도어를 열어 컴퓨터 장비며 거대한 벽에 선으로 연결된 라디오 나부랭이로 가득 찬 검은 동굴 같은 곳을 보여주었다. 컴퓨터 화면은 승합차 주위 360도 전부를 보여주고 있었다.

모두가 그대로 얼어붙었다. "이거 진짜 감시 차잖아." 맥이 말했다. "거짓말한 게 아니었어."

노아는 운전석으로 돌아갔다. "당연하죠."

"이런 걸 왜 갖고 있는 거예요?"

리브와 홉이 뒤에 자리를 잡는 동안 노아는 차를 몰아 거리로 나섰다. "모든 IT 전문가들은 하나씩 갖고 있어요."

"CIA에서 일하는 거, 맞죠?" 뒤에서 리브가 말했다.

"CIA는 국내에서 활동할 수 없어요."

"아주 자연스러운 반응이네요."

"하지만 국가 안보국이라면야……."

"농담인지 아닌지 구분도 안 가네요." 리브가 말했다.

"국가 안보국에서 일한다고 인정하는 사람은 없어요, 리브."

러시아인의 집은 맥의 집에서 5킬로미터도 되지 않았다. 진입로에 나와 서 있는 러시아인이 보였다. 그는 검은색 작전용 바지에 검은색 티셔츠, 거기에 조폭들이 입을 것 같은 가죽 재킷을 입고 있었다. 손에는 공사장 인부들이 주로 쓰는 검은색 도시락 통을 들고 있었다.

찰나의 침묵이 흐른 뒤, 노아가 모두를 대표해 물었다. "대체 저게 다 뭐예요?"

맥은 한숨을 쉬고 턱을 양손으로 감았다 쓸어내렸다. "내가 어둡게 입고 오라고 했어."

노아는 주차를 하고, 밖으로 나와 차 뒤로 돌아가 뒷문을 열어주었다. 러시아인이 올라타자 그의 거대한 몸집이 뒷좌석을 거의 다 차지했다. 그는 무릎을 가슴에 끌어안은 자세로 바닥에 앉고는 옆에 도시락 통을 내려놓았다.

노아가 차를 출발시키고 몇 분 지나지 않아 뒷좌석에서 부산한 소리가 들리자 맥이 돌아보았다. 러시아인이 도시락 통을 뒤져 과자를 꺼내 홉과 리브에게 내밀고 있었다.

"너 뭐해?" 맥이 물었다.

"나 배고파." 러시아인이 대답했다.

"음식을 싸 왔어?"

"나 진짜 배고프단 말이야."

"그 안에 망할 치즈가 없기를 진심으로 바란다." 맥은 다시 돌아앉았다. "어쩨 일이 점점 더 엉망이 되어가는 것 같다."

"저기 온다."

8시 바로 직전, 맥은 자세를 고쳐 앉고 승합차 뒤에 있는 컴퓨터 모니터 중 하나를 보았다. 그들은 사보이 레스토랑이 내려다보이는 주차 타워의 맨 위층에 주차했다. 맬컴의 검은색 SUV

가 레스토랑 앞 주차 부스 앞에 멈췄다. 검은색 복장의 주차 담당 요원이 맬컴의 부인 트레이시를 위해 문을 열어주었다.

"진짜 이 일을 하고 있다니 믿어지지가 않아요." 리브는 바닥에 앉아 있는 맥에게 붙어 앉으며 차분히 말했다. 그는 그녀의 손을 잡았고 그녀는 깍지를 꼈다. 그만큼 그녀는 긴장하고 있었다.

"괜찮을 거예요." 맥이 그녀를 안심시켰다. 그는 고개를 숙여 그녀의 이마에 입 맞추고 싶었지만 너무 밀어붙이는 느낌이 들 것 같았다.

1분도 지나지 않아 제프가 보고했다. "두 사람이 자리에 앉고 있어요."

그러고 몇 분이 더 흘렀다. "그가 인사하러 나오고 있어요."

"신호예요." 맥이 말했다.

맥은 옆에서 손톱을 깨물고 있는 리브 쪽으로 돌아앉았다. "괜찮을 거예요."

그녀는 고개를 끄덕였다. "조심해요."

에라, 모르겠다. 그는 고개를 기울여 그녀에게 짧고 강렬하게 키스했다.

그와 노아, 그리고 러시아인은 재빨리 차에서 내려 계단을 뛰어 내려갔고 지상에 도착할 때쯤엔 한데 엉켜 있었다. 그들은 모퉁이를 돌아 레스토랑 뒤편에 있는 골목으로 들어갔다. 그들 앞으로 레스토랑 뒷문이 활짝 열렸다. 세 사람은 소리 없이 안으로 숨어 들어갔다.

문에서 안내하던 제프는 아주 작게 딸깍 소리가 나게 문을 닫았다. 그는 맥에게 카드 키를 건넸다.

"누구 거예요?" 맥이 물었다.

제프의 턱에서 땀이 흘러내렸다. 그는 말도 못 하게 초조해하고 있었다. "아무도요. 배달 물건 들어올 때 쓰는 무기명 카드예요."

"그럼 추적은 못 하겠네요. 완벽해."

그들은 레스토랑의 배달 구역으로 들어갔다. 낮에는 부산했겠지만 고맙게도 지금은 쥐죽은 듯 조용했다. 더러운 콘크리트와 엔진 오일 냄새가 났다. 저 끝에 있는 문 하나만이 '출입구' 표지판의 붉은 불빛 덕에 환하게 보였다.

제프가 거길 가리켰다. "저기가 계단이에요. 어떻게 가는지 말했던 거 기억해요?"

"계단 끝에서 왼쪽으로." 맥이 말했다.

제프는 고개를 끄덕이고 손으로 얼굴을 닦아 내렸다.

"사무실이 열려 있는 건 확실해요?" 노아가 물었다.

"방금 직접 열고 왔어요. 10분 남았어요."

"가자."

"말해봐." 홉이 이어폰을 통해 지시했다.

"안에 들어왔어요." 맥이 대답했다. "지금 계단 올라왔어요."

맥은 제프가 이전에 알려줬던 걸 기억했다. 위층으로 향하는 주 계단이 두 개가 있다. 뒤쪽에 있는 걸 이용할 건데 주로 낮 시간 직원들이 쓰는 것이다. 그러니 야간 근무 시간에는 비어 있을 것이다.

계단을 빠져나오자 컴퓨터 모니터 화면의 부드러운 푸른빛을 받고 있는 행정실 전체가 눈에 들어왔다. 그들이 가야하는 사무실은 복도 맨 끝에서 왼쪽이라고 제프가 말했었다.

"서둘러." 맥이 쉿소리를 냈다.

세 사람은 카펫 위를 살금살금 걸어갔고 마침내 제프가 설명했던 사무실이 눈에 들어왔다. 노아가 장갑 낀 손으로 손잡이를 돌리는 동안 맥은 숨을 참고 있었다. 정말로 이걸 하고 있다. 맙소사.

소리가 나지 않게 극도로 조심조심 돌려서 그들은 안으로 들어갔다.

맥은 숨을 내쉬고는 노아를 따라 안으로 들어갔고, 러시아인이 그 뒤를 따랐다.

맥이 문 쪽을 가리키자 러시아인이 고개를 끄덕였다. 그는 문 옆에서 경호원 같은 자세로 섰고 그동안 노아와 맥은 좁은 공간을 지나 책상으로 갔다. 컴퓨터는 켜져 있었지만 로그인이 필요했다.

맥은 나지막이 욕을 뱉었다. "정말로 할 수 있겠어?"

노아는 로이스의 의자에 앉아 곧바로 자판을 두드리기 시작했다. 노아가 컴퓨터를 조작하는 모습은 흡사 모차르트가 교향곡을 작곡하는 것 같았다. 몇 초 만에 그는 로그인에 성공했다.

"세상에, 너 진짜 빠르다."

"사람들은 비밀번호에 심혈을 기울이지 않거든요." 노아가 말했다. 그는 주머니에서 휴대용 드라이브를 꺼내 컴퓨터 옆면의 포트에 밀어 넣었다.

맥은 돌아서서 사무실을 살펴보았다. 아내와 서 있는 로이스의 사진이 눈에 들어오자 노려보았다.

"10분이야." 이어폰으로 홉의 말이 들렸다.

맥의 얼굴에 땀이 흘러내렸다. 러시아인은 문 앞에서 누구라도 우연히 들어오면 둘러메칠 준비를 하고 있었다.

노아의 손가락이 키보드 위를 날아다녔다.

"뭘 찾고 있는지 알고는 있는 거야?" 맥이 물었다.

"말 걸지 마요." 노아가 쏘아붙였다.

"리브가 상황 알려달라고 날 들볶아대고 있다고." 홉의 목소리였다.

맥은 싱긋 웃었다. "우리 괜찮다고 말해주세요."

물론 사실은 아니지만. 노아는 욕을 하며 키보드를 부술 듯이 두드려대고 있었다.

"왜 그래?"

"말 걸지 말라니까요!"

길에서 울린 차 경적 소리에 맥은 너무 놀라 천장까지 튀어오를 뻔했다. "빨리 좀 해." 그는 손을 움켜잡았다.

"들어갔어요." 노아가 나직이 말했다.

맥이 달려가 그의 어깨 너머로 화면을 보니 노아가 파일의 목록을 불러오고 있었다. "이게 다 뭐지?"

"그냥 전부 다운 받으려고요."

"얼마나 걸릴 것 같아?"

노아는 대답하지 않았다. 맥은 장갑 낀 손으로 주먹을 말아 쥐고는 자기 이마를 쿵쿵 쳤다.

"거의 다 됐어요." 노아가 말했다. "5초만 더."

맥은 속으로 초를 셌다.

"나왔어요." 노아가 말했다.

맥은 안도의 숨을 내쉬었다. "가자."

노아는 휴대용 드라이브를 꺼내고 들어가 봤던 모든 파일을 닫고는 컴퓨터에서 물러났다. 러시아인이 한 손을 들고 복도를 앞뒤로 살펴본 다음 그들에게 고개를 끄덕였고 그 신호에 맞춰 그들은 밖으로 나왔다.

중간쯤 갔을 때, 발소리가 들렸다.

젠장. 젠장, 젠장, 젠장. 맥은 똑같이 놀란 눈을 한 노아와 눈이 마주쳤다. 맥은 노아를 잡아 책상 아래로 밀었다. 러시아인은 맥의 손목을 휘어잡더니 사무실 부스들을 분리하기 위해 세워 놓은 반쪽짜리 벽 뒤로 그를 밀쳤다.

두 남자의 목소리가 가까이 다가왔다. 제프가 경고했던 밤 시간 경비원들이었다. 제기랄. 젠장.

갑자기 러시아인이 살짝 앓는 소리를 냈다.

"안 돼." 맥은 그의 얼굴을 조금 더 가까이 들여다보았다. "이런 망할, 안 돼."

"왜?" 홉이 이어폰으로 쇳소리를 냈다.

"뭔가 잘못된 것 같아요." 노아가 마이크에 대고 대답했다.

"누가 잘못돼?"

"러시아인이요. 이상한 얼굴을 하고 있어요."

맥은 러시아인의 옷깃을 잡아 가까이 끌어당겼다. "숨 쉬어. 천천히 숨 쉬는 거야."

러시아인은 마치 애라도 낳는 것처럼 헐떡이기 시작했다.

"대체 무슨 일이야?" 홉이 소리쳤다.

"나도 몰라요!" 노아가 목소리를 낮추어 소리쳤다.

"너 뭐 먹었어?" 맥이 속삭였다.

"치즈 아니야. 그냥 비건 치즈였어."

"비건 치즈를 먹으면 어떻게 해!"

"유제품 아니야. 유제품 아니라고."

"망할 그래도 치즈는 치즈잖아!"

러시아인은 또 다시 신음 소리를 냈고, 침침한 컴퓨터 불빛 아래서도 맥은 그의 얼굴에서 핏기가 사라지고 있는 게 보였다.

맥의 등에서 땀이 줄줄 흘렀다. "엉덩이를 꽉 조이는 거야, 친구. 꽉 조이고 호흡해. 지금 여기서 뀌어버리면 우린 끝장이야."

"장난해요?" 노아가 쳇소리를 낸다. "방귀 때문에 이러는 거예요?"

"넌 몰라서 그래." 맥이 양쪽을 살피며 말했다. "이건 그냥 방귀가 아니야. 누가 하수도관을 찢어놓은 것 같은……."

러시아 민요에 맥의 말이 잘렸다. 러시아인이 나지막이 러시아 민요를 부르고 있었다.

공포가 한층 짙어졌다. "이건 아니야. 진짜 이건 아니야."

"그냥 조용히 뀌게 하면 안 돼요?" 노아가 물었다.

"소리 때문이 아니야. 망할 냄새가 문제지."

"농담하는 거지, 그렇지?" 홉이 이어폰을 통해 말했다.

"못 참겠어." 러시아인은 끙끙 앓고 있었다.

"참아야 해."

"참으면 건강에 안 좋아." 러시아인이 투덜거렸다.

맥이 그를 흔들었다. "내보내기만 해봐, 정말로 건강 걱정하게 만들어줄 테니까."

러시아인은 신음하며 양팔로 어깨를 감싸 안았다. 얼굴이 고통으로 일그러졌다. 그들이 숨어 있는 쪽으로 발걸음 소리가 점점 가까워져 왔다. 맥은 러시아인의 입을 손으로 틀어막았다. 그의 얼굴에서는 땀이 비 오듯 쏟아졌다.

이건 진짜 말도 안 된다. 무단 침입이며 수백 가지 위법 사실을 고작 망할 방귀 때문에 걸리게 생겼다니.

심지어 남의 방귀 때문에!

"대체 거기 무슨 일이 있는 거야?" 홉이 이어폰으로 소리치는 게 들렸다.

경비원들이 비추는 손전등의 불빛이 바닥 앞뒤로 왔다 갔다 하며 점점 가까워졌다.

러시아인은 숨을 들이마시고 꾹 참았다.

잠시 후, 경비원들은 그대로 지나갔다.

러시아인은 온몸의 긴장을 풀었다.

다음 순간 죽음의 냄새가 삽시간에 공기 중에 퍼졌다.

노아는 바닥에 네 발로 엎드려 구역질을 하며 기어 나왔다. 모퉁이를 막 도는 찰나, 누군가 외치는 소리가 들렸다. "야 씨, 너 방귀 뀌었어?"

"나 아냐." 다른 경비원이 대답했다.

잠시 정적이 흐른 후, 두 남자는 그게 무얼 의미하는지 깨달았다.

맥은 노아의 팔을 잡고 떠밀며 낮게 소리쳤다. "뛰어."

그들이 마지막 계단을 밟으며 들은 소리는 역겨움에 몸서리치는 외침이었다. "망할, 이 썩은 내는 대체 뭐야?"

"나 바지에 지린 것 같아." 러시아인은 아래층으로 내려가는 동안 간신히 어기적거리며 걸었다.

"넌 집까지 걸어가라." 맥이 낮게 쏘아붙였다. "너 때문에 걸릴 뻔했다고!"

"하나님 아버지 맙소사." 노아는 숨을 제대로 못 쉬면서 헛구역질을 했다. "젠장, 뭐예요? 저 사람 어디 잘못된 거 아니에요?"

"소화 장애가 있어서 그래."

"세상에, 소 한 마리가 장에서 그대로 썩은 거 같아요."

그들은 배달 구역의 뒷문을 박차고 나와 골목길을 따라 달렸다. 승합차에 시동이 걸리며 바퀴 돌아가는 소리가 그들을 반겼다. 리브가 문을 열어젖혔다. "타요!"

맥이 제일 처음 들어가고 이어 노아가, 마지막으로 러시아인이 탔다.

"거기서 대체 무슨 일이 있었던 거예요?" 리브가 소리쳤다.

노아가 러시아인을 가리켰다. "저 사람이 방귀 꼈어요."

"잊어버려." 홉이 운전석에서 거칠게 말했다. "가져왔어?"

맥이 승합차 벽에 털썩 기대앉으며 말했다. "가져왔어요."

노아는 허벅지 위에 간신히 노트북을 끌어다 놓으며 머리를 뒤로 기대고 짧게 숨을 돌린 다음 전원을 켰다. 그리고 휴대용 드라이브를 꽂았다.

맥은 리브를 보았다. 두 팔로 그녀를 안고 싶은 걸 참았다. 그녀는 다시 변덕스럽고 걱정이 많아보였다. 그건 아마 방금 있었던 일 때문이지 둘 문제는 아닐 테지만 아무튼 그는 좀처럼 기회를 잡기 힘들었다.

"좀 걸릴 것 같아요." 노아가 말했다. "이 쓰레기를 전부 다 훑어보고 뭔지 알아봐야겠어요."

"좋아." 맥이 숨을 헐떡였다. "아무튼 러시아인, 너는 샤워 꼭 해라."

"그거 아니었어." 러시아인이 말했다. "그냥 방귀였더라고."

맥의 집으로 돌아가는 길은 모두가 말이 없는 가운데 긴장감이 흘렀다. 노아는 노트북을 집으로 가지고 들어가 주방 아일랜드 식탁에 설치했다. 맥은 차가운 맥주들을 건넸다.

"얼마나 걸릴까?" 그가 노아에게 말했다.

"모르겠어요." 노아는 맥주를 받지 않고 말했다. "어쩌면 한 시간. 어쩌면 20분. 혼자 있게 해줘요."

맥은 리브가 자길 보고 있는 걸 느꼈다. "난 옷 좀 갈아입을게요." 그는 그녀가 자기 힌트를 알아채길 바라며 말했다. 말인 즉은, '나는 옷을 벗을 테니까 당신도 그러면 더없이 좋겠네요,'였다.

그녀는 못 알아들었거나 아니면 다시 쌀쌀맞은 상태로 돌아와 있었다. "난 여기서 기다릴게요." 그녀가 말했다.

하지만 10분 뒤 아래층으로 내려왔을 때 그녀는 보이지 않았다. 노아, 러시아인, 그리고 홉까지 모두 똑같이 얼굴에 '젠장'이라 쓰고 컴퓨터 앞에 서 있었다.

"왜?" 맥이 위협적으로 물었다. "리브 어디 갔어?"

"와서 이거 봐요." 노아가 말했다.

맥은 성난 걸음으로 다가가 모니터를 내려다보았다. "왜들 이러는 거야. 이게 이전 직원들 목록이야?"

노아가 침을 꿀꺽 삼켰다. "돈을 받은 여자들 목록이에요."

그리고 목록의 맨 위에 그가 아는 이름이 있었다.

알렉시스 칼라일.

리브가 토빈스 카페에 들어간 건 영업이 끝나기 바로 직전이
었다.

알렉시스는 체리 앞치마를 입은 채로 오늘의 마지막 쿠키를
반 가격에 사게 되어 몹시 신이 난 여자 손님을 기다리며 카운
터에 서 있었다. 문소리가 나자 알렉시스는 고개를 들더니 웃으
며 손을 흔들었다. 입가에 걸린 미소는 금세 사라졌다.

리브는 카운터를 돌아 성큼성큼 걸어갔다. "할 얘기 있어."

알렉시스는 카드 명세서에 서명을 하고 있는 손님을 미안한
얼굴로 슬쩍 보았다. "어, 기다려줄 수 있지?"

"아니."

알렉시스는 에스프레소 기계를 만지고 있던 청년에게 계산
을 마무리해달라고 부탁했다. 그런 다음 그녀는 짜증이 난 얼굴
로 돌아서서 주방으로 걸어갔다. 요리사가 주방을 청소하고 있
어서 알렉시스는 그녀의 사무실로 향했다. 책상과 의자, 서류함
을 다 놓기에도 빠듯할 만한 겨우 욕실 정도 크기의 사무실이었
다. 리브는 몸을 벽에 바짝 붙여 문을 닫았다.

알렉시스는 팔짱을 꼈다. "있지, 아까 그거 굉장히 무례했어. 대체 왜 이러는 거야?"

"나한테 목록이 있어."

알렉시스는 천천히 침을 삼켰다. "무슨 목록?"

"로이스에게서 돈을 받은 사람들의 목록."

얼굴이 창백해지면서 알렉시스는 고개를 흔들었다. "수백 번도 더 했던 얘기잖아. 너한테 어떤 것도 말해주지 않을 거야."

"네 이름이 목록에 있다고!" 리브의 고함에 그녀의 친구는 움찔했다. 리브는 미안함을 느낄 시간도 인내심도 없었다. "그 사람이 왜 너한테 돈을 주는 거야? 너는 왜 그 사람을 보호하는 거고?"

알렉시스의 눈에서 불꽃이 번쩍였다. "보호하는 거 아니야!"

"내가 그를 폭로하는 걸 네가 도울 수 있는 기회야. 바로 지금이. 그런데 너는 기꺼이 그러고 싶지가 않지. 그래서 말인데, 미안하지만 너는 그를 덮어와 준 남자들보다 조금도 더 나을 게 없어."

알렉시스는 손으로 책상을 내리쳤다. "네가 감히 어떻게! 네가 감히 어떻게 여길 걸어 들어와서 나한테 그런 말을 할 수가 있어? 내가 뭘 겪어왔는지 네가 뭘 안다고 그런 소릴 해."

리브는 그게 무슨 말인지 단박에 알아들었다. 그녀의 눈에서 분노의 눈물이 반짝였다. 입술이 떨리고 두 뺨이 달아올랐다.

"세상에." 무릎에 힘이 빠지고 솟구치는 아드레날린에 욕지기를 느끼며 리브는 탄식했다. "세상에, 알렉시스. 어떻게 나한테 말을 안 할 수가 있었어?"

말을 뱉은 즉시 그녀는 그 질문을 후회했지만 혼란스러움과 배신으로 입이 제멋대로 움직였다. "날 거기서 일하게 했으면서 단 한 번도 나한테 경고하지 않았어. 심지어 네가 관둔 이후에도, 그자가 어떤 사람인지 귀띔도 주지 않았잖아."

알렉시스는 분개하며 고개를 저었다. "이거야. 바로 이거 때문에 내가 말을 안 했어. 왜냐하면 너는 늘 네 위주니까. 그게 나한테 어땠을지 짐작은 가니? 아니 신경이 쓰이기는 하니?"

"넌 다른 여자들한테 책임이 있는 거야!"

"제정신으로 하는 소리야? 넌 온통 비난할 생각으로 여기에 와서는……."

리브의 분노는 목까지 차올랐다. "난 너 비난하지 않아."

"장난하니? 너는 해고당한 그 순간 이후로 너라면 죽어도 그런 상황에 처하지 않을 거라고, 그런 일이 생기도록 내버려둔 여자들을 이해할 수 없다는 말뿐이었어."

"그렇지 않아." 하지만 사실이었다. 심지어 맥마저도 그 이야길 했었다.

알렉시스는 슬픔과 분노를 동시에 느꼈다. "진심으로 그렇게 생각하니? 내가 너한테 말하고 싶지 않았을 거라고? 숨겨왔던 비밀을 털어놓고 싶지 않았을 거라고? 그러고 싶었지만 그럴 수가 없었어. 왜냐하면 너는 나약함을 무기로 썼으니까. 넌 네가 살면서 저지른 실수들을 부끄러워하고 네 나약함을 너무 두려워해서 주위에 있는 모든 사람들이 인간이라면 나약해질 수밖에 없는 상황이라도 약해 빠졌다고 비난하니까."

그녀의 말은 유리 조각 같았다. 그것들은 리브를 찌르고 후볐고 그녀를 피 흘리게 했다. 그럼에도 그녀의 목소리는 잔해를 뚫고 나와 또 다른 나약한 말을 웅얼거리고 있었다. "그렇지 않아."

"난 너 도와주지 않을 거야, 리브. 로이스 프레스턴이라면 나는 참을 만큼 참았어. 난 거기서 나왔고 나한텐 그게 끝이야. 그리고 네가 이해조차 할 수 없는 무언가를 위해 그 여자들을 폭로하고 부릴 권리가 너한테는 없어. 대단한 영웅이 되고 싶은 거면 로이스를 상대해, 마음껏 하라고. 하지만 단지 무언가를 증명하기 위해서 우릴 끌어들이지는 마." 문을 가리키는 알렉시스의 손이 떨렸다. "이제 내 인생에서 꺼져, 그리고 다시는 돌아오지 마."

두 시간 후, 그가 보낸 어떤 문자에도 답이 없자 맥은 본격적으로 리브가 걱정되기 시작했다. 노아와 홉, 러시아인은 11시가 지나자 돌아갔다.

자정이 되기 직전, 맥은 다시 문자를 보냈다.

> 걱정돼요. 괜찮은지만 알려줘요.

초인종이 울렸다.

그가 문을 열기도 전에 리브가 밀고 들어왔다. 그는 뒤로 주춤거리면서 안도하면서 동시에 약간 화가 났다. "세상에, 리브,

대체 계속 어디 있……."

그녀는 그의 목을 팔로 감싸 안고 그의 입술을 덮쳐 말을 막았다. 다리가 풀리는 와중에도 그의 머릿속 한구석에서는 이건 아니라는 생각이 들었다. 그녀의 행동에는 절박함이 묻어났다. 뭔가 잘못된 것이다.

그는 한 팔로 그녀에게 팔을 둘러 안으로 들어오게 당기면서 발로 문을 닫았다. "무슨 일이에요?" 그녀의 입술에 눌려 그는 웅얼거렸다.

그녀는 또 다시 그의 입술을 덮쳤고 주의가 흐트러진 걸 이용해서 그가 뒷걸음질로 거실로 향하게 했다. 그는 기꺼이 따랐다. 감각을 혼란스럽게 하는 그녀의 손길에는 저항할 수가 없었으니까.

그들은 거실 한가운데에서 멈췄고 그는 아쉬움에 신음하며 입술을 뗐다. "말해 봐요. 알렉시스랑 무슨 일 있었어요?"

그녀는 그의 셔츠를 움켜잡으며 그의 가슴에 얼굴을 떨어뜨렸다.

"리브."

그녀는 뒤로 물러섰고 양팔이 옆으로 힘없이 떨어졌다. "나한테 내내 거짓말했어요. 몇 년 동안이나."

맥은 다시 한번 뭔가 시큼하고 불길한 것이 목구멍을 쏘는 느낌이 들었다.

"날 믿지 못했어요." 리브가 억양 없는 목소리로 말했다. "내가 비난을 잘한다고 했어요. 나약함을 무기로 쓴다고 했어요."

그녀를 보호해야겠다는 본능에 그는 그녀의 얼굴을 두 손으로 감쌌다. "그럼 당신을 잘 모르는 거예요."

리브는 그를 올려다보았다. 그녀의 표정은 그의 사무실로 찾아와 제시카를 고용해달라고 요구하던 그날과 똑같았다. 그날처럼 그녀의 눈은 내면의 싸움을 담고 있었다. 그의 말을 믿어야 하는데 방법을 알 수 없는 눈빛이었다. 하지만 이번에는 그녀가 그를 믿을 이유가 없다는 지긋지긋한 깨달음이 그를 쳤다.

왜냐하면 그 역시 그녀에게 거짓말을 해왔으니까.

그는 그녀를 사랑하게 됐다. 열렬히. 그런데 그녀에게 거짓말을 하고 있었다.

마치 돌을 긁는 것 같은 목소리로 그가 입을 열었다. "리브……."

그녀가 끼어들었다. "그녀는 우릴 도와주지 않을 거예요. 앞에 나서지 않을 거래요."

"시간이 좀 필요한 걸 수도 있어요."

"우린 시간이 없어요!" 그녀는 고개를 젓고는 그를 마주보았다. 보통 그가 좋아하지 않는 말을 하기 전의 표정이었다. "이 일을 대신해줄 사람을 찾을 시간이 없다고요."

맥은 얼굴을 치켜들었다. "무슨 말이에요?"

"이건 싸움이에요. 내가 시작했고요. 끝을 내도 내가 내야 해요."

"리브……."

그녀는 그의 손길을 떨쳤다. "상공회의소 행사가 내일 밤이에요."

　"그런데요?" 식은땀이 나올 것 같은 대답을 두려워하며 그가
물었다.

　"내가 할 거예요. 내가 직접 그의 말을 녹음해올 거예요."

"나쁜 계획은 아니에요, 맥."

다음 날 아침, 리브, 노아, 홉, 데릭, 그리고 러시아인이 맥의 주방에 있는 아일랜드 식탁을 둘러싸고 앉아 있었다. 노아는 그 말을 하면서 맥의 반응을 예상한 듯이 얼굴을 찡그렸다.

"끔찍한 계획이야! 리브 혼자 그를 마주하는 건 안 돼."

"혼자 아니에요." 리브가 항의했다. "다들 들을 수 있잖……."

"안 돼요."

"그리고 데릭이 저랑 같이 행사장에 들어갈 거고요. 로이스는 우리 사이를 모를 거예요."

맥은 주먹을 쥐었다. "안 돼요. 자백을 받아낼 다른 방법이 있을 거예요."

"어떻게요?" 리브가 받아쳤다.

"나도 몰라요." 맥이 언성을 높였다.

노아가 조용히 기침 소리를 냈다. "제가 통신 장치를 달아줄 수 있는……."

맥은 머리가 터져버리기 일보 직전이었다. "통신 장치를 달아? 지금 제정신이야?"

리브는 그를 진정시키려 했다. "우린 로이스 얘길 하는 거예요. 그가 유괴범이나 살인자는 아니잖아요."

"사람이 궁지에 몰리면 무슨 일을 저지를지는 아무도 몰라요, 리브." 그는 양손으로 머리를 헤집었다. "이건 진짜 아니에요."

"더 좋은 생각 있어요?" 리브가 맞받아쳤다.

맥은 허공에 손을 치켜들었다. "네, 당신이 로이스를 직접 상대하지 않는 방법은 어때요? 혹시라도 자기를 녹음한다는 걸 그가 눈치채면요?"

"모를 거예요." 노아가 말했다.

"네가 어떻게 알아?"

노아는 황당하다는 표정을 지었지만 '질문은 이제 그만'이란 태도였다. "티 안 나게 하는 방법을 아니까요."

맥은 몇 분을 서성거렸다.

"나를 믿어야 해요." 리브가 말했다.

"당신은 믿어요. 못 믿겠는 건 로이스라고요."

"그럼 내가 그를 상대할 수 있다는 걸 믿어요. 1년이나 그 사람 밑에서 일했어요. 그가 어떤 사람인지, 어떻게 말을 해야 할지 내가 알아요."

맥은 서성이던 걸 멈추었다. "내가 같이 가야겠어요."

"아뇨. 그건 너무 의심스러울 거예요."

맥은 시큰한 절망으로 목 뒤가 따가워지는 걸 느꼈다. "상황이 나빠질 수 있는 요소가 너무 많아요."

"사람들 많은 곳에 있을 거예요. 그가 뭘 할 수 있겠어요?"

"음식에 약을 탈 수도 있어요." 그가 갑자기 쏘아보면서 말했다.

그녀는 웃었다. "안 먹을게요."

"당신을 천천히 죽일 수 있는 방사능 독을 담은 주사기로 테이블 아래서 찌를 수도 있어요." 모두가 러시아인을 쳐다봤다. 그는 '뭐가 어때서?'라는 듯 양손을 허공에 들었다. "러시아에선 늘 있는 일인데."

"내 생각은 이거예요." 맥이 말했다. "당신 전에 먼저 두 명을 들여보내서……."

"아뇨. 나 혼자 가야 해요."

"그가 모르는, 당신이랑 관련도 없는 두 명이에요." 맥이 말했다. "그들이 당신보다 먼저 들어가서 자리를 잡고 상황을 지켜보는 거죠. 안 좋은 일이 생기면 당신을 구할 수 있게."

"나를 구한다고요?"

건너편에서 홉이 손으로 얼굴을 쓸어내리며 뭐라고 웅얼거렸는데 '또 시작이다'라는 것 같았다.

"그냥 말이 그렇다고요, 리브."

"나는 내가 지킬 수 있어요, 맥."

"신호는 만들어야 해요, 만약을 대비해서." 데릭이 말했다.

"소금 병을 쓰러뜨려요." 맬컴이 제안했다.

멤버들이 모두 열정적으로 고개를 끄덕이기 시작했다.

"그거 여러분이 읽는 책에 나오는 거예요?" 리브가 물었다.

모두가 다시 고개를 끄덕였다.

쏘아보는 맥의 눈길이 더욱 매서워졌다.

"다 잘될 거예요." 리브가 말했다. "로이스는 인스타그램에 올라올 만한 짓은 사람들 앞에서 절대로 안 할 거예요."

"하지만 그런 다음에는? 그가 따라 나오기라도 하면요?"

러시아인이 손가락 관절을 꺾었다. "그럼 내가 불알을 박살내 버리겠어."

그날 오후 5시 바로 직전, 맥이 리브의 집에 도착했을 때 욕실에서는 샤워기 소리가 새어 나오고 있었다. 노아가 6시에 모두를 태우러 올 것이다. 리브만 빼고. 그녀는 혼자 운전해서 갈 것이다. 맥은 계획에서 그 부분에 대해 족히 한 시간은 이의를 제기했지만 지고 말았다.

어젯밤 이후로 두 사람은 단둘이 있을 시간이 전혀 없었고 그는 그녀가 떠나기 전에 꼭 해야만 하는 말이 있었다. 오늘 밤엔 뭔가 불길한 느낌이 들었다. 몇 가지 일을 그녀가 이해한다는 걸 확실히 해두지 않고는 보낼 수가 없었다. 나중에 그녀에게 모든 이야기를 털어놓을 시간이 있을 것이고 꼭 그렇게 할 것이다. 하지만 지금은 단지…….

샤워기 소리가 멈췄다. 맥은 헛기침을 했다. "나 여기 있어요." 그가 소리 내어 불렀다.

"왔어요? 금방 나갈게요."

리브는 타월만 몸에 두르고 나왔다. 어휴 맥. 그렇다고 침은 좀.

"리브." 갈라진 목소리로 맥이 말했다.

"괜찮아요?"

"그럼요."

그녀는 재미있다는 표정으로 보더니 그를 지나쳐 조그만 주방으로 갔다. "커피 마셔야겠어요." 그녀가 말했다.

맥은 그녀가 커피 주전자에 커피를 담는 일련의 동작을 지켜보았다. 급작스럽게 그는 그녀가 서 있는 곳으로 다가갔다. 그리고는 그녀의 허리를 감싸 안고 그녀가 자기 가슴에 그대로 새겨질 때까지 꼭 끌어안았다. "느껴져요?"

"어…… 내가 말하는 데가 맞는지 모르겠지만, 바지에 야구방망이 들어 있는 거요? 아니면……."

그는 그녀가 비꼬는 걸 무시했다. "내 심장 말하는 거예요, 리브."

그녀가 순간 숨을 멈추었다가 이내 내쉬는 걸 그는 느꼈다. "뛰고 있어요." 그녀가 속삭였다.

그는 그녀의 머리 뒤편에 이마를 가만히 맞댔다. "당신이 그 바에서 나한테 키스했을 때부터 줄곧 이래왔어요, 그런데 멈출 수가 없어요."

"멈추면, 멈추면 좋겠어요?"

"당신의 심장도 함께 뛰지 않는다면."

리브는 자신의 배를 감싸고 있는 그의 손을 감쌌다. 그는 곧바로 그녀의 손가락에 깍지를 끼어 단단하게 엮었다. 리브는 엄지로 그의 엄지를 쓸었고 그도 똑같이 했다. 그의 이마가 그녀의 머리에 닿아 있는 내내 따뜻한 숨결은 점점 빨라졌고, 다른 한 손은 그녀의 앞섶을 파고들어 그녀를 달뜨게 했다.

"리브." 그가 속삭였다. 그 질문은 그를 어리고 연약하게 만들 었다. "이렇게 느끼는 거, 나뿐이에요?"

리브는 그의 손바닥을 뛰고 있는 자기 심장 위로 가져갔고 그 의 손가락은 젖은 타워 위로 부드럽게 부풀어 오른 그녀의 가슴 을 쓸었다. "나 거짓말했어요." 그녀가 속삭였다.

맥이 얼어붙었다. "어떤 거요?"

"당신한테 적응할 시간을 주는 거라고, 당신 상처 주기 싫다 고 한 것들 전부요."

그는 부드럽게 웃었다. "기억나요."

"내 이야기였어요."

맥은 그녀의 머리칼에 코를 묻었고 심장은 튀어나오기 직전 이었다. "알아요."

"나 스스로를 보호하려던 거예요. 왜냐하면…… 당신하고 가 까워지는 게 두려웠거든요."

"왜요?" 그의 목 안에 여러 가지 감정이 갇혀 있어 목소리가 제대로 나오지 않았다.

"어떻게 해야 할지 몰라서요. 어떻게 믿어야 할지."

믿음. 또 그 말이다. 그 빌어먹을 믿음.

"우리 아버지는……." 그녀는 말을 멈추고 침을 삼켰다. "늘 우리한테 거짓말을 하곤 했어요. 전화한댔다가 안 하고. 여름 방 학 때 일주일 내내 함께 지내겠다고 해놓고 사정이 있어서 안 된다고 하고. 사람들을 어떻게 믿어야 할지 난 모르겠어요."

나를 믿어요, 맥은 속으로 애원했다. 그녀를 꼭 안고 있는 그의 몸이 진실을 말하고 싶은 마음에 떨려왔다. 할 수 있다. 바로 지금. 그냥 입을 열고 말을 하는 거다, 내 진실을, 그리고 그녀야말로 그 진실을 알아야 하는 유일한 여자라는 걸, 진실을 말할 수 있는 유일한 여자라는 걸, 그러고 나면 어쩌면…….

어쩌면 뭐? 그녀가 이해해줄까? 나에게 키스해주고 그걸로 끝일까?

아니면 역겨움에 떠나버릴까?

겨드랑이에 땀이 솟았다. 길게 숨을 내쉬며 맥은 그녀의 맨살이 드러난 어깨에 얼굴을 떨어뜨렸다. 그녀는 그에게 머리를 기댔다. 마치 그가 원하는 게 무언지 느끼는 것처럼…… 바로 그 무언가를.

그런 다음 그녀는 돌아서서 그에게 키스했다. 달콤하게. 부드럽게. "준비해야겠어요." 그녀가 말했다.

그런 다음 그녀는 그의 품에서 빠져나갔다.

"내 말 들려요?"

리브는 파크웨이 호텔의 꼭대기 층에서 멈춘 엘리베이터에서 걸어 나오며 조용히 말했다. 그녀의 하이힐이 카펫에 푹 들어갔고 그녀는 시간을 충분히 들여 균형을 잡고 나서 복도 끝 연회장 행사에서 흘러나오는 소리를 따라갔다.

"들려요, 리브." 노아의 대답이 들려왔다. "행사장 들어가면 다시 확인해주세요."

걸음을 내디딜 때마다 가슴이 옥조여왔다. 만약에 실패하면? 로이스가 그녀와 말하는 걸 거부하거나, 아니면 말은 해도 아무것도 흘리지 않는다면? 혹시라도 배짱 좋게 로이스가 까발렸는데 연회장이 너무 시끄러워서 노아가 녹음할 수 없게 된다면?

"리브." 이번에는 맥이었다. 그의 목소리를 듣는 것만으로도 그녀의 심장이 차분해졌다. "대답할 필요 없어요, 그냥 알려주고 싶어서요, 나 여기 있어요."

나 여기 있어요. 참 단순한 말이었지만 너무나 많은 의미가 담겨 있었다. 이 짧은 말 안에 이렇게나 많은 뜻을 담아내길 그처럼 잘하는 사람이 또 있을까? 이런 사람을 어떻게 그렇게 잘못 봤을 수가 있을까?

이렇게 느끼는 거 나뿐이에요?

아니에요, 그녀는 말하고 싶었다. 아니에요, 당신만 그런 게 아니에요. 나도 똑같이 느끼고 있어요.

그녀는 그렇게 말하지 않은 걸 후회했다. 그녀와 함께 이곳에 오게 두지 않은 걸 후회했다. 자신의 두려움과 불안함을 후회했다. 다른 사람들에게처럼 감정을 열어 보이지 않은 걸, 그녀의 과거가 의심하고 불신하게 만든 걸 후회했다. 그의 품에서 돌아서서 그녀의 심장도 그를 향해 똑같이 뛰고 있다고, 절대 멈추지 않았으면 좋겠다고 말하지 않은 걸 후회했다.

무도회장으로 들어가는 입구 옆에서 턱시도를 입은 한 남자가 그녀에게 인사했다. "어서 오십시오. 표 확인해주실 수 있을까요?"

리브는 클러치 백을 열어 데릭이 준 표를 건넸다. 파티를 망치러 온 게 아니라는 걸 확인한 남자는 그녀에게 문을 열어주었다. 갑자기 여러 가지 소리가 한꺼번에 그녀를 덮쳤다. 웃음소리, 말하는 소리, 잔 부딪치는 소리, 그리고 지나간 노래를 연주하는 라이브 음악까지. 반짝이는 샹들리에가 홀 안을 부드러운 노란 빛으로 물들였는데 다이아몬드 반지와 드레스에 달린 수백 개의 스팽글 장식을 더욱 빛나게 하기에 딱 알맞은 조도였다. 부자들이 뭔가를 알고 있다면 그건 주변을 이용하는 방법일 것이다.

리브는 자세를 유지하기 위해 잠깐 다시 멈추었다. "들어왔어요." 사람들이 그녀가 혼잣말을 하는 걸 보지 못하게 고개를 숙이고 말했다. "내 말 들려요?"

"크고 선명하게 들려요, 리브."

안심이 되자 자신감이 되살아난 그녀는 얼굴에 미소를 장착하고 파티장 안으로 걸어 들어갔다. 샴페인 잔이 담긴 쟁반을 들고 웨이터 한 명이 다가왔다. 리브는 나직이 고맙다고 말하고 샴페인을 하나 받아 한 모금 홀짝였다. 먹고 싶지는 않았지만 그러지 않으면 분위기에 어울려 보이지 않을까 겁이 났다.

"데릭은 시 사업자 테이블에 앉아 있어요." 노아의 목소리가 귓속에 꽂혔다.

리브는 결혼식 연회장처럼 차려진 실내를 살펴보았다. 연회장의 절반에는 원형 테이블이 배치되어 있어 정장을 입은 다양한 계층의 사람들이 앉아 음식을 먹고 마시고 있었다. 꽃 장식 위로 높이, 후원하는 회사의 이름을 현수막에 걸어둔 예약석도 일부 있었다. 그녀는 현수막을 일일이 살피다가 내슈빌시를 발견했다. 데릭과 그의 부인이 무심한 듯 흘깃 그녀를 보고는 재빨리 고개를 돌렸다.

"찾았어요." 그녀가 대답했다.

"로이스는요?" 맥이 물었다.

연회장 반대편에는 높은 칵테일 테이블에 둘러싸인 긴 바가 있어 사람들이 어울릴 수 있도록 해놓았다. 한가운데에는 춤 출수 있는 무대가 있었는데 춤을 추는 사람은 거의 없었다.

"아직 안 보여요." 그녀가 차분히 말했다.

"카메라 플래시가 터지는 곳을 찾아봐요." 맥이 말했다. "거기에 있을 거예요."

리브는 샴페인 잔으로 새어 나오는 웃음을 꾹 눌렀다. 그녀는 다시 한번, 그가 바깥의 차에 있지 않고 그녀의 옆에 있어주었기를 바랐다. 등에 닿는 그의 손길, 그의 강함과 따뜻함이 절실했다. 그녀는 그를 원했고, 정말 놀랍게도 그걸 인정하는 게 두렵지 않았다. 이게 누군가를 진실로 믿는다는 걸까? 누군가를 신뢰하는 느낌이 바로 이런 걸까?

바에서부터 한바탕 웃음소리가 터져 나와 그녀는 시선을 그리로 돌렸다. 많은 사람들이 무리지어 원을 이룬 채 서 있었고 누군가 그 안에서 마치 수도꼭지 아래에 놓인 바싹 마른 스펀지처럼 사람들의 관심과 사랑을 모조리 빨아들이고 있었다. 그럴 사람은 로이스뿐이었다. 리브는 가까이 걸어갔다. 그 남자가 돌아섰고 그녀는 심장이 덜컹했다. 로이스다. 그는 고개를 뒤로 재껴 가며 누군가 한 말에 웃었고 친한 친구 사이마냥 그 남자의 등을 두드렸다. 그런 다음 한 여자가 그에게 사진을 찍자고 했고 곧바로 다음 요청이 이어졌다.

그가 진짜로 어떤 사람인지 저들은 모르고 있다. 그가 무슨 짓을 할 수 있는지를. 다정한 껍질 뒤편은 괴물이라는 것을.

그게 바로 그녀가 이 일을 하는 이유였다.

"그가 보여요." 리브가 속삭였다.

"좋아요. 지금부터 우리는 소리 내지 않을게요." 노아가 말했다. "하지만 여기 있어요."

"우린 해낼 수 있어요, 리브." 이어 맥이 말했다. "당신은 내가 만나본 사람 중에 가장 용기 있는 사람이에요."

그의 자신감이 그녀의 것이 되었다. 리브는 어깨를 쫙 펴고 샴페인을 크게 한 모금 마시고 앞으로 걸어 나갔다. 그녀는 사람들 무리에 가까워지자 칵테일 테이블에 잔을 내려놓고 클러치백을 팔 밑에 끼웠다. 무리는 새로운 사람을 끼워주기를 꺼려했지만 결국 리브는 무리 안으로 비집고 들어갔고 로이스가 볼 수 있을 정도의 위치에 섰다. 그녀는 그가 돌아서서 자기를 알아보기를 기다렸다. 그녀의 심장이 너무 세게 뛰고 있어서 승합차에서도 이어폰으로 들을 수 있을 것 같았다.

마침내 로이스가 그녀 쪽으로 돌아섰다. 그 순간 넋 나간 그의 얼굴에 믿을 수 없다는 표정이 떠올랐다. "올리비아." 그는 예의 그 구역질나는 가식적인 목소리로 말했다. "이렇게 놀라울 데가."

"안녕하세요, 로이스."

"오늘 아름다운데." 그가 능글맞게 말했다.

그녀는 수줍은 시늉을 하며 어깨를 으쓱 올렸다. "이 노땅이요?"

호기심 어린 표정으로 사람들이 둘의 대화를 지켜보았다. 로이스 옆에 서 있던 여자는 웬 침입자가 관심을 빼앗아가서 짜증이 난 게 분명한 얼굴로 보고 있었다. 저 여자는 로이스가 결혼했다는 걸 설마 모르는 건가? 물론 결혼했다고 그가 야밤의 소소한 관계를 끊지는 않았지만, 아무리 그래도 그렇지 세상에.

리브는 그 여자에게 악수를 청했다. "리브 페펀드레아스입니다. 사보이에서 일했어요."

여자는 입으로만 간신히 웃어보였다. "아, 아! 얼마나 재미있었을까!"

"상당히 흥미로웠죠."

"셰프예요?"

"올리비아는 파티셰였어." 로이스가 참지 못하고 직접 끼어들었다. 리브가 무슨 말을 할지 두려워서인 것도 있을 것이다. 좋았어. 그가 두려워하고 초조해하기를 바랐다.

"파티셰가 뭐예요?" 그 여자가 물었다.

"주로 디저트를 만들어요. 제 특기는 술탄이었죠."

그 소리에 무리에서 우, 와, 소리가 터져 나왔다. 모두가 술탄에 대해 들어봤기 때문이다.

"꼭 한번 먹어보고 싶은데." 한 남자가 말했다. "능력이 되는 날이 올까 모르겠네요."

그 남자는 초조하게 웃고는 그 말이 로이스에게 기분 나쁘게 들릴까 싶어 흘깃 로이스를 보았다.

리브는 손을 흔들었다. "걱정 마세요. 그냥 컵케이크일 뿐이에요. 실제 재료는 겨우 200달러 밖에 안 드는 걸요."

로이스의 얼굴이 굳어지고 어두워졌다. 그는 재빨리 웃는 표정을 지었다. "국가 기밀을 누설하면 안 되지, 올리비아."

무리들은 그가 웃자 속으로는 그가 부글대고 있다는 걸 알고 있던 것 마냥 안도하며 함께 웃었다.

그녀는 잠시 차에서 듣고 있을 맥을 떠올렸다. 그 생각에 그녀는 용기를 얻어 한 발 더 나아갔다.

"로이스, 잠깐 당신을 좀 훔쳐갈까 하는데, 괜찮을까요?"

그녀는 무대 쪽을 몸짓으로 가리켰다.

그의 옆에 있던 여자는 마치 그가 춤추기로 약속이라도 한 듯 상처받은 눈빛으로 그를 보았다. 하지만 로이스는 먹을 걸 쫓는 상어였다. 그가 리브의 몸통을 덥석 물어버릴 수 있는 기회를 놓칠 리 없었다. 물속에서 피 냄새를 맡고 있는 건 그녀라는 걸, 정작 피를 흘리는 건 자신이라는 걸 그는 꿈에도 모르고 있었다.

그는 사악해 보이는 미소를 억지로 지어 보였다. "물론이지. 기꺼이 그러지."

무리는 그가 무슨 망할 왕이라도 되는 듯 지나갈 수 있게 길을 터주었다. 리브는 그를 무대로 이끌면서 사람들의 따가운 눈총을 등 뒤로 느꼈다. 마침 밴드는 느린 음악을 연주하기 시작했고 몇 커플이 순식간에 무대에 합류했다.

로이스가 그녀의 허리에 손을 얹고 두 사람의 몸을 밀착시키자 리브는 소름이 끼쳤다. 이걸 끝내고 가면 적어도 샤워를 한 시간은 해야 할 것 같았다. 그에게서는 샴페인과 향수 냄새가 났는데 두 냄새 모두 평생 가도 맡고 싶지 않을 정도로 지독했다.

로이스는 필요 이상으로 그녀의 손을 세게 쥐고는 차갑고 위협적인 목소리로 속삭였다. "대체 여기서 뭐하는 거야?"

"사교 활동이요. 불행하게도 아직 일자리를 찾고 있거든요."

그녀와 있는 모습을 사람들 눈에 띄는 게 겁이라도 나는 것처럼 그는 주위를 흘깃거렸다. 리브는 흡족했다. 그가 이렇게 겁먹고 초조해 하다니.

"심지어 여기도 지원했었어요." 그녀는 대화를 하듯 말을 이었다. "파크웨이에서 파티셰를 찾고 있었거든요. 인터뷰 약속까지 잡혔는데, 갑자기 날아갔어요. 아무 이유도 없이 취소를 해버리더라고요. 혹시 짚이는 거 없어요?"

그는 이를 악물었다. "여긴 호락호락한 업계가 아니야."

"특히나 누군가 작정하고 악의적인 소문을 퍼뜨릴 때는 더 그렇겠죠."

그녀의 허리에 닿아 있는 손가락에 세게 힘이 들어갔다. "나는 경고했어."

"물론 그랬죠."

그는 그녀와 눈을 마주쳤다. 그의 눈빛은 차갑고 어둡고 냉혹했다. "혹시 사과를 하려는 거라면 너무 늦었어. 기회를 줬을 때 했어야지."

"실은 이게 당신한테 기회가 아닐까 생각하는데요." 그녀의 등으로 땀이 흘러내렸다. 얇은 드레스 위에 흥건하게 고인 땀을 그가 눈치채지 못하기를 바랐다.

"날 협박할 생각은 꿈에도 꾸지 마, 올리비아. 네 수준으론 상대도 안 돼."

그녀는 연습한대로 한숨을 내쉬었다. "이번엔 당신 말이 맞아요. 당신이랑 겨룰 수는 없죠. 여기부터 지구 끝까지 줄을 세워도 될 만큼 많은 이전 직원들이 당신에 대해 입도 뻥긋 못 하게 협박해두었으니까."

"그 사실을 좀 더 빨리 깨달았어야지."

"그럼 휴전은 어때요?"

그녀를 내려다보던 그의 한쪽 눈썹이 과장되게 활처럼 치켜 올라갔다. "휴전이란 건 우리 둘 다 뭔가를 포기하고 반대로 뭔가를 얻는다는 건데. 우린 이미 그 단계는 지났지."

"당신한테 바라는 건 작은 부탁 두 개뿐이에요."

"뭐가 됐든 너한테 줄 생각 없어."

그녀는 떨려오려는 몸이 무너지기 전에 계속 말을 이었다. "첫째, 제시카에게 추천서를 좋게 써준다고 약속하면 좋겠어요."

그의 턱 근육이 불끈거렸다. "두 번째는?"

"이 업계에서 나를 망치려는 짓 그만두는 거요. 당신한테 추천서 좋게 받을 생각은 없어요. 내 구직 인터뷰를 사주해서 망치는 짓만 그만둬요."

그의 얼굴에는 진심으로 놀란 표정이 떠올랐다가 이내 냉소적인 비웃음이 드리웠다. "내가 말했지. 두 번째 기회는 없다고."

"정말 위험 부담을 안고 가고 싶은 거예요? 내 말은, 난 당신을 고소할 수 있어요. 그러면 우린 폭로전 같은 걸 하게 되겠죠, 그렇게 되면, 세상에, 얼마나 엉망진창이 될지, 그리고……."

그는 남들 이목 때문에 점잖은 척하던 겉치레를 포기해버렸다. 그는 그녀를 거칠게 끌어당기고 이글거리는 눈으로 쏘아봤다. "어디 해봐. 널 아주 묻어버릴 테니까. 난 네가 상상할 수 있는 것보다 훨씬 돈이 많아."

리브는 차분하고 아무렇지 않은 듯 보이길 바라며 어깨를 으쓱했지만 속으로는 덜덜 떨리고 욕지기가 치밀어 올랐다. 로이스는 아직 말로는 설명할 수 없는 무언가를 발설하지 않았다. "내가 말한 것처럼." 그녀가 웃었다. "엉망이겠네요. 그냥 일종의 합의를 하는 게 훨씬 쉽지 않겠어요?"

그의 목소리는 분노로 떨렸다. "무슨 합의?"

리브는 마른침을 삼켰다. "당신이 말해 봐요. 당신을 물러서게 하려면 내가 뭘 해야 할까요?"

"합의서." 그가 낮게 깔린 목소리로 말했다.

그녀의 가슴이 철렁했다. 점점…… 점점 가까워지고 있었다. "뭐라고 적힌 합의서요?"

"너는 빌어먹을 아무것도 못 봤다는 내용이 적힌 거지."

젠장. 이거면 충분한 건가? 아직 못 얻어낸 건가? 충분한 것 같지는 않았지만 만약 그녀가 현명했다면 그 말에 동의하고 떠난 다음 이게 수가 되기를 바랐을 것이다. 하지만 그녀는 현명하지 않았다. 그녀는 격분해 있었고 겁먹고 있었다. 그럴 때 그녀는 말도 안 되는 짓을 했다. 입을 다물어야 할 때 자신을 드러내고 입을 여는 것 같은.

"그게 당신 방식이에요? 당신의 더러운 작은 비밀을 그렇게 감추는 거예요? 아무 일도 일어난 적 없다고, 아무것도 본 적 없다고, 그녀들한테 손 댄 적 없다고 적힌 합의서에 그들이 서명할 때까지 여자들을 위협하는 거예요?"

로이스는 골칫덩이를 상대하는 게 갑자기 지겨워졌다는 듯 지친 기색으로 한숨을 쉬었다. "여태까지 그런 뒤처리 방법 정도도 내가 모를 줄 알았어?"

그녀의 맥박이 다시 빨라졌는데 이번에는 기쁨 때문이었다. 이거다! 그가 제대로 물었다. 자백을 받아냈다! 그는 어떤 해명으로도 빠져나갈 수 없을 것이다. 스스로 인정했으니까!

"그러게요, 그럴 줄 알았어요." 그녀는 차분함을 유지하려 노력하면서 침착하게 말했다. "당신 조건에 합의할 수 있을 것 같네요."

그가 윙크했다. 그걸 보자 피가 얼어붙는 것 같았다. "그래야지. 넌 언제나 똑똑했으니까."

"내가 고마워해야 하는 건가요." 그녀가 그에게서 떨어지려 하자 그가 세게 잡았다. 그녀의 맥박이 미친 듯이 빨라졌다.

"난 늘 네가 마음에 들었어, 올리비아. 우리가 합의하게 돼서 아주 기뻐."

"저도요." 리브는 다시 몸을 빼보려 했지만 그의 손가락은 더 깊게 그녀의 등에 파고들었다. 소란을 피우지 않고는 그에게서 빠져나갈 수 없을 것 같았다.

로이스는 그녀가 방금 덫에 걸렸다는 걸 암시하는 표정으로 씩 웃었다. 그녀의 혈관에 아드레날린이 치솟았고 머릿속에는 방사능 독극물 주사기가 떠올랐다. 그녀는 끔찍한 두려움에 휩싸였다. 데릭에게 도움을 요청하는 것도 불가능해보였다. 다른 방향으로 서 있는데다 춤추는 사람들 무리에 섞여 가려 있었다. 노아와 맥이 그에게 말을 걸어주기만을 바랄 수밖에 없었다.

"있지." 지나치게 밝은 말투로 로이스가 말했다. "우리의 새로운 휴전을 기념하기 위해서, 내가 공짜로 조언을 하나 해줄까 해."

"놔줘요." 그녀가 낮은 소리로 말했다.

"네가 최근에 만나는 사람이 영 걱정돼서 말이야."

리브는 평정심을 유지하려 했지만 그녀의 혈관을 타고 얼음이 흘렀다. "무슨 말을 하는지 모르겠네요."

"당연히 브레이든 맥 이야기지."

분노에 몸이 떨리고 시야가 흐려졌다. "브레이든 맥은 당신보다 1000배나 더 남자다운 사람이고 언제나 그럴 거야. 그의 이름 입에도 올리지 마. 그 사람 이름 생각조차 하지 마."

"근데 그게 참 웃긴 거 알아?" 다시 한번 로이스의 얼굴이 차분해졌다. 소름끼치도록 차분했다. 마치 그녀가 다음으로 넘어갈 완벽한 징검다리를 놓기라도 하는 것처럼. "그 친구 이름이 바로 그 문제라는 거야."

그들의 목소리가 들렸지만 포효하는 맥박 소리에 맥은 귓속이 멍해졌다. 갑자기 차 안이 너무 작고 덥게 느껴졌다. 그녀에게서 너무 멀어진 것 같았다.

"저기, 이거 듣고 있어요?" 아마 노아가 말한 것 같은데 맥은 너무 늦기 전에 리브에게 연락을 취해야 한다는 데에만 온 신경이 가 있었다.

"리브." 맥이 마이크에 대고 말했다. "리브, 내 말 들어요. 그 사람한테서 벗어나요. 당장."

로이스에게 말하는 그녀의 목소리가 이어폰을 통해 들려오는데 갑자기 자신감을 잃은 것 같았다. "무, 무슨 소릴 하는 거예요?"

"리브, 제발." 젠장. 제발, 좀, 이렇게 알게 하면 안 된다. 그자를 통해 알게 둘 수는 없다. "내 말 들어요."

노아가 자기 마이크 쪽으로 몸을 기울였다. "데릭, 거기 무슨 일이에요? 그들이 보여요?"

데릭이 대답을 했더라도 맥에게는 들리지 않았을 것이다. 그에게는 오직 리브의 목소리만 들렸다. 그리고 로이스의 목소리, 그리고 그의 인생이 송두리째 부서져 내리는 소리도.

로이스의 목소리가 차 안을 가득 채웠다. "봤지, 이게 내가 걱정하던 거야, 올리비아. 그가 너한테 진실을 말하지 않은 거. 나한테 고마워해야지, 널 구해줬는데…… 그 살인자의 아들에게서."

홉이 맥의 팔을 잡았다. "저 인간이 지금 뭐라는 거야, 맥?"

맥은 홉을 떨치고 다시 한번 리브에게 애원했다. "리브, 제발. 내 말 들어요."

"당신은 형편없는 거짓말쟁이야." 리브가 성난 목소리로 낮게 읊조렸다. 하지만 그녀의 목소리가 떨리는 게 마이크를 통해 그대로 전해졌다.

"거짓말쟁이는 맥이지, 올리비아."

맥은 속이 뒤집힐 것 같았다. 금방이라도 쓰러질 것 같았다. 이런 식으로 밝혀지면 안 되는 거였다. 난 거짓말쟁이들을 증오해요. 기회가 있었을 때 왜 그녀에게 말하지 않았던 걸까?

"아니, 맥레이라고 불러야 하나? 그게 진짜 이름이니까. 브레이든 맥레이."

"리브, 제발." 맥은 손으로 머리를 쓸었다. 노아는 데릭에게 소리치고 있었다. 홉은 맥에게 소리치고 있었다.

로이스가 계속하는 말이 맥에게는 들리지 않았다. "조시 맥레이의 아들. 살인자. 부인 폭행범. 종신형으로 아이오와 주립교도소에 수감 중인 죄인."

리브의 목소리는 작아져 있었다. "거짓말하지 마. 그의 아버지는 죽었어."

"리브." 맥은 다시 그녀를 불렀다. 그의 목소리가 갈라졌다.

"이거 놔요." 그녀가 애원했다.

부스럭거리는 소리가 나더니 이어 로이스의 악랄한 목소리가 들려왔다. "나는 언제나 이겨, 올리비아, 언제나."

다시 한번 부스럭 소리가 나더니 이내 헐떡이는 소리가 났다. 마치 그녀가 뛰고 있는 것처럼.

맥은 힘겹게 침을 삼켰다. "리브, 내 말 들어봐요."

"젠장!" 데릭이었다.

"무슨 일이야?" 대답을 요구하는 맥의 얼굴에 땀이 흘러내렸다.

홉이 다시 그의 팔을 잡았다. "너 이 자식. 리브한테 무슨 거짓말을 해온 거야?"

맥은 마이크에 대고 소리쳤다. "데릭, 무슨 일이냐니까?"

"리브가 가버렸어. 따라가려고 하는 중이야."

맥이 차 뒤로 기어가 문을 열려고 했다.

노아가 그의 팔을 잡았다. "맥, 뭐하는 거예요?"

맥은 문을 활짝 열고 차에서 뛰어내렸다.

"맥, 기다려요!" 노아가 소리쳤다. "그가 당신을 보게 되면 이 거 전부 다 날아간다고요!"

건물 뒤로 달려가는데 쿵쿵거리는 발소리가 그의 귀를 따라왔다. 노아가 그를 잡고 돌려세우더니, 어라, 뭐지? 그를 힘들이지 않고 벽에 밀어붙였다. 이런 힘이 대체 어디서 나오는 거지?

맥은 그를 밀쳤다. "저리 비켜. 리브를 찾아야 해."

노아는 그의 어깨를 잡아 벽에 묶어두었다. "그녀는 갔어요, 떠났다고요."

맥은 노아의 팔을 뿌리쳤다. "갔다는 게 무슨 뜻이야?"

"그녀가 시야에서 사라졌다고 데릭이 그랬어요. 안 보인다고. 그리고 당신도 그리로 이렇게 뛰어 들어가면 안 돼요."

"그녀에게 얘기해야 해." 맥은 차가운 벽돌에 기대어 주저앉으며 말했다. "해야 해……. 그녀에게 말해야 해. 왜 그랬는지 말해야 해."

노아는 그제야 허리를 굽혀 밭은 숨을 쉬었다. 다시 일어서며 그는 이마의 땀을 훔쳤다. "다시 차로 가요. 지금 우리가 할 수 있는 건 그것뿐이에요."

아니. 그가 할 수 있는 건 그 뿐만이 아니었다. 그녀를 찾아야만 한다. 그녀를 영원히 잃어버리기 전에.

우버 택시가 세아의 주차 진입로에 들어섰을 때는 거의 밤 11시가 다 되어 있었다. 부부 침실에만 불이 켜진 걸 보니 아마도 언니는 자지 않고 책을 읽고 있는 것 같았다. 아니면 형부와 폰섹스를 하고 있던지. 어느 쪽이든 리브는 방해를 하는 것 같아 후회했다.

행사장에서 뛰어나온 다음 그녀는 목적 없이 차를 몰았다. 전화를 끄고 가슴에서는 피를 흘렸다. 시내를 벗어나자마자 기름이 떨어져서 우버를 불러 이리로 온 것이다. 리브는 기사에게 고맙다고 하고 차에서 내렸다. 그녀가 집 안을 살펴보려는 순간 침실 커튼이 젖혀졌다. 적어도 노크를 할 필요는 없을 것 같다. 고르지 못한 벽돌 보도를 뒤뚱거리며 지나 현관에 도착했다. 그녀가 계단에 서자 현관 등이 깜빡이며 켜지더니 현관문이 벌컥 열렸다.

세아는 맨투맨 티에 잠옷 바지 차림으로 걸어 나왔다. "맙소사, 어디 있었던 거야? 전부 미치는 줄 알았잖…… 세상에, 무슨 일이야?"

그렇게 리브는 아주 오랜만에 언니의 팔에 안겨 눈물을 터뜨렸다.

20분 후, 세아는 소파에서 일어나 서성이기 시작했다. "거짓말한 이유가 분명 있을 거야."

"그게 중요해?"

"당연히 중요하지! 너한테만 거짓말을 한 게 아니야. 그는 모두에게 거짓말을 했어. 분명 이유가 있을 거라고. 이유를 말할 기회를 줄 생각도 없는 거니?"

리브는 고개를 저었다. "지금은 아무 생각도 못 하겠어. 내가 뭘 원하는지도 모르겠고." 그녀는 자신의 감정에 잠식되어버렸다. "뭐가 됐든 그에게 속아 넘어가는 것보다는 낫겠다는 생각뿐이야."

"그래도 일단 말을 들어봐. 뭔가 있다는 걸 알게 될 거야."

그래. 내가 천하의 바보라는 걸 알게 되겠지.

세아는 리브의 옆에 털썩 앉아 손을 잡았다. "네가 사람들을 믿는 걸 힘들어하는 거 알아, 하지만……."

"이건 믿음 문제가 아니야! 내가 진실을 말할 가치가 없는 걸로 보인다는 게 문제지!"

입으로 그 말을 뱉으면서도 리브는 정말로 자기가 그 말을 입 밖으로 꺼냈다는 충격으로 고개를 저었다. 세아는 온몸에서 힘이 빠져 소파에 기댔다.

"그게 대체 무슨 뜻이야?"

"너는 이런 수고를 할 만한 가치가 없는 아이야." 리브가 나직이 말했다. "그가 한 말이야."

"누가?"

"아빠."

세아는 고개를 가로저었다. "언제? 언제 너한테 그런 말을 했어?"

"그를 만나러 버스 타고 갔던 날."

기억의 무게가 세아의 어깨를 무겁게 짓눌렀다. 끔찍한 기억으로 남아 있는 그 날은 열세 살이었던 리브가 여름에 놀러오겠다는 약속을 지키지 못한 아버지를 만나러 버스를 타고 그의 집에 갔던 날이다.

"그 긴 시간 동안, 우리한테 내내 거짓말만 했어. 우리를 만날 시간이 없다, 그럴 공간이 없다 하면서. 그런데 실은……." 그녀는 힘없이 어깨를 들썩였다. "거짓말이었어. 엄청 큰 집을 갖고 있었어. 단지 새 부인과 싸우고 싶지 않았던 거야." 그들과 아무것도 함께하고 싶어 하지 않았던 사람. 함께 사는 것도, 찾아오는 것도 못 하게 했던 사람.

세아는 다시 리브의 손을 잡았다. "난 이해를 못 하겠어. 아버지가 언제 그런 말을……."

"수고를 할 만한 가치가 없다고 한 거? 날 다시 버스에 태워 집으로 보내기 전에."

세아의 얼굴이 창백해졌다. "혼자서 집에 왔다고 했잖아. 네가 거기 갔을 때 아버진 거기 있지도 않았다고. 그 여자 혼자 있었다고 했잖아."

"언니가 몰랐으면 했어." 그 모순에 그녀의 타오르는 가슴에서 슬픈 웃음이 새어 나왔다. "거짓말한 거야."

세아의 얼굴이 일그러졌다. "오, 리브. 어떡하니." 곧바로 세아의 슬픔은 분노로 뒤바뀌었다. "정말이지 거지같은 부모 때문에 우리가 치러야 하는 이런 것들에 넌더리가 난다." 세아는 리브 앞에 무릎을 꿇었다. "내 말 들어. 난 그들이 우리한테 남긴 이 응어리 때문에 개빈을 잃을 뻔했어. 맥도 그렇게 잃어버리지 마."

"그건 다른 문제야."

"어떻게?"

"그건…… 그냥 달라."

한 번 흘깃 본 거였지만 세아의 눈에는 안쓰러움과 실망이 동시에 담겨 있었다. 리브는 둘 다 싫었다. 그녀는 고개를 돌렸다. 그녀 스스로도 거의 이해하지 못한 무언가를 세아에게 설명하는 건 불가능했다.

세아의 전화기가 울리며 부르르 떨렸다. 그녀는 주머니에서 꺼내 화면을 봤다. 그녀의 시선은 곧바로 리브에게로 날아갔다. "또 그 사람이야."

리브의 심장이 덜컹했다. "받지 마."

"리브, 이 사람 지금 너무 걱정하고 있어. 이러다 미칠 것 같아."

"난⋯⋯."

벨소리가 끊어지기 직전에 세아는 전화를 받았다. 그녀는 인사도 없이 바로 말했다.

"여기 있어요."

맥은 돌덩이 같은 얼굴로 천둥 같은 소리를 내며 세아의 집으로 뛰어 들어왔다. 그는 세아는 아랑곳없이 바로 리브의 머리를 감싸더니 그녀의 입술을 덮쳤다.

그는 살짝 물러나 그녀와 이마를 마주했다. "내가 얼마나 걱정했을지 생각이나 해봤어요?"

옆에 있는 의자에서 삐걱거리는 소리가 나자 그는 처음으로 세아의 존재를 알아차렸다.

"난 그럼 이만, 어, 위층에 갈까 해요, 아니 갈게요, 두 사람 이야기 나눌 수 있게." 세아는 그렇게 말하고 총총걸음으로 위층으로 올라갔다.

맥의 흩어져 있던 생각들은 맞출 수 없었던 퍼즐 조각들처럼 그녀의 모습을 구분해나갔다. 빨간 드레스. 마음을 흔드는 곡선들. 드러난 어깨 위로 늘어진 구불거리는 긴 머리.

한때 열정을 담고 그를 바라보던 눈길은 이제 배신감을 안고 그를 응시하고 있었다.

"브레이든 맥레이." 그녀가 나직이 말했다.

그는 양손을 아래로 떨어뜨렸다. "이제 그 이름은 쓰지 않아요."

"왜 나한테 거짓말했어요?"

맥은 고개를 떨어뜨렸다. "너무 오랫동안 모두에게 거짓말을 해 와서 당신에게 어떻게 진실을 말해야 할지 몰랐으니까요." 그는 고개를 들었고 아무 표정 없는 그녀의 얼굴에 그의 심장은 산산조각 났다. "우리 아버지는 폭력적인 알코올 중독자였어요. 늘 어머니를 때리곤 했어요. 우리도 때렸고요. 나랑 내 남동생이요. 우리도 예외는 아니었어요."

리브의 뺨에 눈물이 한 줄기 흘러내렸다. "이런, 맥."

맥은 한 손으로 머리를 쓸었다. "어느 날 밤, 그가 바에서 싸움을 했고 한 남자를 죽였어요. 그는 뉘우치지도 않았어요. 단지 화를 낼 뿐이었죠. 그런 다음 집으로 와서 그걸 어머니에게 풀었어요."

목소리가 갈라져 나왔지만 그는 멈출 수가 없었다. "중요한 건 나는 그 일이 일어났을 때 그 자리에 있었어요. 하지만 할 수 있는 게 없었죠. 너무 무서워서 어머니를 보호할 수 없었어요. 남동생을 붙잡고 망할 벽장 속에 숨어 있었어요. 병신같이 겁쟁이처럼. 그러다 끝이 나고 나가봤는데, 그땐 이미 너무 늦었어요. 어머니를 발견했을 때 난 그녀가 죽은 줄 알았어요."

눈물이 리브의 뺨을 타고 흘러내렸다. 자기가 울고 있다는 걸 스스로 알고는 있을까, 그는 궁금했다.

"왜 로맨스 소설을 읽기 시작했냐고 당신이 물었죠."

그녀는 코를 훌쩍이며 고개를 끄덕였다.

"어머니가 병원에 있을 때였어요. 수술실에 들어가셨는데 대기실에서 책 하나를 봤어요." 그는 리브를 보았지만 진짜로 보는 건 아니었다. 그의 뇌와 입은 이미 더 이상 연결되어 있지 않았다. 마치 깊은 수영장 바닥에 떨어져버린 것처럼 온 세계가 흔들렸다. 모든 것이 흔들리고 뿌옇고 혼란스러웠다. "그 이야기들이 너무 좋았어요. 섹스 때문만이 아니라." 그는 애써 웃음을 지어 보였다. "내가 알고 있는 모든 걸 진심으로 거기서 배웠어요. 그런 책에서는 좋은 사람들이 언제나 이겼기 때문에 좋아했어요. 남자들은 언제나 용감무쌍했어요, 설령 그렇지 않더라도 곧 그렇게 될 거였으니까요. 언제나."

그는 고개를 저었다. "열여덟 살이 됐을 때 이름을 바꿨어요. 법적으로. 그와 연결된 건 그 어떤 것도 싫었으니까."

리브는 일어서서 그를 향해 걸어갔다. 그는 그녀를 잡고 안고 싶었지만 그녀의 온몸이 '다가오지 마'라고 소리치고 있었다.

"브레이든." 그녀가 속삭였다.

그녀의 입술에서 그의 진짜 이름이 나오자 그의 심장은 빠르게 내달렸다.

"당신이 겪은 그 모든 일들, 정말 유감이에요."

"미리 말했어야 했는데." 잠긴 목소리로 그가 말했다.

"왜 말하지 않았어요?"

"나는……."

"나한테 말할 기회가 아주 많았잖아요." 그녀의 목소리에 점점 힘이 들어갔다. "당신 아버지에 대해서 얼마나 여러 번 우리가 이야기했는데? 당신은 내 얼굴에 대고 거짓말을 했어요."

"처음에 우린 서로 잘 알지도 못하는 사이였어요, 리브. 몇 년이나 모두에게 해온 거짓말을 왜 당신에게 털어놨겠어요?"

해선 안 되는 말이었다. 그녀의 얼굴에 차분한 확신이 드리워졌다. "당신 말이 맞아요." 그녀가 말했다. "우린 서로를 거의 몰랐죠. 어쩌면 지금도 모르는 것 같아요. 그러니 우리 사이에 있었던 그 모든 일들은 전부 정신 나간 짓이었어요. 그래요, 그게 전부예요. 정신 나가서 한순간 즐긴 거예요, 그러니 이제는……."

맥은 고개를 저었다. "말하지 말아요."

"어쩌면 지금 끝내는 게 최선일지도 몰라요."

마치 그녀가 칼로 가슴을 찌른 것 마냥 날카로운 고통이 그를 베었다. "왜요? 아무것도 변한 게 없는데. 아무것도. 내 이름 때문에 난생 처음 내가 이런 감정을 느꼈다는 사실이 달라지진 않아요."

그녀는 냉소를 갑옷처럼 드리우고 손을 저었다. "당신은 괜찮아질 거예요. 다음 주면 다른 누군가가 당신 다리 위에 컵케이크를 떨어뜨리겠죠."

"말도 안 되는 소리 집어치워요. 유치하니까."

그녀의 얼굴이 부끄러움에 타올랐다.

그는 돌아서서 양손으로 머리를 감쌌다. 눈앞의 바닥이 흔들렸다. "난 그저 심장을 가진 남자예요." 그는 다시 돌아섰다. "내 이름이 브레이든 맥이든 브레이든 맥레이든. 난 그저 심장을 가진 남자라고요, 당신은 지금 그걸 부수고 있고."

"난 못 하겠어요." 그녀는 소파에 주저앉으며 나직이 읊조렸다.

"나한텐 쉬워 보여요?" 그는 그녀 앞에 무릎을 꿇었다. "나도 지금 무서워 죽겠다고요. 왜냐하면 당신 표정이 무슨 뜻인지 전혀 알 수가 없으니까. 그리고 우리가 함께해온 것들이 있는데, 지금 당신이 나를 차버린다면, 나도 알 수 없어요, 내가 회복할 수 있을지."

그는 그녀의 머리 뒤를 받치고 억지로 자신을 보게 했다. "기회를 줘요. 제발."

그녀의 시선은 시험하듯 그에게 고정되어 있었다.

그의 손이 그녀의 뺨을 감쌌다.

"당신에게 기대해본 적 없어요."

"나도 당신에게 기대해본 적 없어요." 그가 낮고 갈라진 목소리로 말했다. "하지만 우린 해나갈 수 있을 거예요. 우리가 되게 할 수 있어요. 무슨 일이든 다시는 당신에게 거짓말하지 않을게요. 날 믿어줘요."

바로 그 말이 그녀를 잃게 만들었다.

그녀의 얼굴에서 힘이 풀렸다. 눈은 텅 비어버렸다. 그녀는 그의 손에서 빠져나왔다. "미안해요. 난 안 되겠어요."

맥은 자신이 서 있는지 앉아 있는지조차 알 수 없었다. "그게 정말 당신이 원하는 거예요?"

"그건 상관없어요. 우리 사이는 늘 이럴 거예요. 난 당신이 진실을 말하는지 언제나 궁금할 거라고요."

맥은 멍해졌다. "난 당신 아버지가 아니에요, 리브."

그녀의 눈빛이 어두워졌다. "그리고 난 당신의 로맨스 소설 속 공주가 아니고요. 이게 해피 엔딩으로 끝나지 않는 유일한 이야기가 되겠네요."

맥은 아무것도 기억나지 않았다. 어떻게 거길 나왔는지, 어떻게 차를 몰고 집으로 왔는지도. 정신을 차리고 보니 집 앞 진입로에 앉아 있었다.

그를 위한 해피 엔딩은 없었다. 절대 일어날리 없었다.

그런 게 있을 거라고 믿어왔던 그는 천하의 바보였던 것이다.

Chapter

27

리브는 살면서 처음으로 아무 할 일이 없는 백수 상태라는 것에 진심으로 감사했다.

다음 날 그녀는 옆에 화장지를 끼고 이불을 뒤집어쓴 채로 종일 침대에만 있었다. 화장실을 가려고 세 번 일어났고 한 번은 가방에 있는 도리토스를 꺼내 부스러기를 목구멍에 털어 넣었다. 저녁 7시가 지난 지 얼마 안 돼 로지가 그녀의 침실 문을 조용히 노크하고는 식탁 위에 참치 누들을 놔두었다고 말했다.

다음 날 아침 리브가 한밤중에 심해진 두통 때문에 약을 찾으려고 일어났을 때에도 손대지 않은 음식이 차게 식은 채 그 자리에 그대로 있었다. 두통에 죄책감까지 더해져 머리가 쿵쿵 울려댔다. 최소한 어젯밤에 로지에게 음식을 잘 받았다고 알려야 했다. 음식을 챙겨주고 어제 농장 일에서 빼주어서 고맙다고 말했어야 했다.

리브는 뒤통수에 엄청난 까치집이 생긴 걸 발견하고는 헝클어진 머리를 손가락으로 쓸어내렸다. 세상에, 정신머리를 붙잡아야 할 필요가 있다. 이래서 우는 게 싫다. 한번 울기 시작하면 멈출 수가 없으니까, 이게 무슨 시간 낭비란 말인가. 그 때문에 울면서 하루를 통째로 날려버린 것이다.

그런데다가, 전혀, 기분도 나아지지 않았다. 더 나빠졌다.

씻겨 내려간 기분이 들지 않았다. 숙취를 앓는 느낌이었다.

뭔가 상쾌해졌다거나, 제대로 울고 나서 생겨야 하는 자립심이니 어쩌니 하는 느낌도 들지 않았다. 그러기는커녕 개한테 물려 질질 끌려 다니고 이리저리 튕겨지다가 몇 바늘 꿰매 간신히 터지지 않게 봉합해둔 인형이 된 기분이었다.

왜냐하면 속에서 무언가가 망가져버렸으니까. 맥이 그녀 안의 무언가를 망가뜨려버렸다. 어쩌면 그게, 그에게서 가장 견디기 어려운 부분일 것이다.

리브는 머리를 뒤로 하나로 묶어 올리고 입가의 오렌지색 얼룩을 대충 문지른 다음 얼굴에 물을 끼얹었다. 그런 다음 깨끗한 옷으로 갈아입고 몇 시간 만에 처음으로 문을 열고 집 밖으로 나갔다.

그녀는 잠시 계단에 멈춰 서서 세상이 다르게 느껴지는지 보았다. 하지만 아니었다. 여느 때와 같은 소리들이 그녀를 반겼다. 랜디는 자기 나무에서 꽥꽥댔다. 염소들은 메에 울고 있었다. '어서 가자고.' 세상이 그렇게 말하는 것 같았다. 달라진 건 아무것도 없었다. 단지 상처받은 한 여자와 깨달음이 있을 뿐이었다.

달걀 상자에는 달걀이 두 개뿐이었고 바닥에 모이를 뿌리고 난 지저분한 흔적으로 보아 로지가 이미 암탉들을 챙긴 것 같았다. 갑자기 투지가 불타올라 그녀는 등줄기를 꼿꼿이 폈다. 오늘이 공식적으로 로지가 그녀의 느슨해진 부분을 메워주는 마지막 날이 될 것이다.

그녀는 허리에 양손을 짚고 당찬 걸음으로 주 건물로 걸어 들어가며 로지에게 인사할 준비를 했다. 하지만 로지가 싱크대에서 돌아서서 고개를 기울이며 이렇게 말하는 순간 입도 뻥긋할 수 없었다. "아유, 얘야. 다 괜찮아질 거야, 그렇고말고."

그렇게, 빌어먹을, 또 다시 눈물이 터져 나왔다. 리브는 '으앙' 하고 소리 내어 울면서 싱크대로 발을 굴러가며 다가갔다. "정말 지겨워 죽겠어요."

그녀는 얼굴에 물을 뿌려 세수를 했다. 로지는 그녀의 등을 동그랗게 원을 그리며 천천히 문질러 주었다. "배고프지 않아?"

"참치 누들 남은 거 있어요?"

"냉장고에 너 주려고 한 접시 남겨놨지. 앉아. 데워줄게."

리브는 괜찮다고 직접 하겠다고 말릴까 생각했지만 또 괜찮은 척하기엔 이미 에너지가 바닥나버렸다. 리브가 포크 한가득 음식을 떠서 입에 밀어 넣는 동안 로지는 최대한 그녀의 기분이 불편하지 않게 주방 주위를 종종거리며 돌아다녔다. 접시가 비워지자 로지는 말없이 그걸 가져가 싱크대에서 헹구었다.

"초콜릿 파이도 만들었는데." 로지가 리브에게 등을 진 채로 말했다.

그녀의 관자놀이에 또 다시 죄책감이 달랑거렸다. "어젯밤에는 죄송했어요." 리브가 말했다.

로지는 무슨 소린지 모르겠다는 듯 눈썹을 치켜 뜬 채 고개를 돌려 그녀를 보았다.

"무슨 소리야?"

"음식 가져다주셨을 때 모른 척했잖아요. 제 일도 전부 다 해주셨고요."

로지는 가볍게 미소 짓고는 접시를 식기세척기에 넣었다. "얘야, 넌 어제든 어젯밤이든 아무것도 할 수 없는 상태였어. 사과할 필요 없어. 때때로 여자들이 할 수 있는 최고의 일은 스스로를 가엾게 여기며 하루를 보내는 거야." 그녀는 돌아서서 손가락으로 가리켰다. "다음 날 일어나서 다시 자기 할 일로 돌아갈 수 있을 때까지."

"알아요. 죄송해요. 다신 안 그런다고 약속할게요."

"리비, 난 닭 따위를 말하는 게 아니야."

리브는 고개를 끄덕였다. "일자리도 다시 알아보기 시작할 거예요……."

"그 얘길 하는 것도 아니고." 로지는 다시 조리대로 성큼성큼 걸어갔다. "난 로이스 얘길 하는 거야."

리브는 끙, 소리를 내고 고개를 저었다. "이제 아무래도 상관없어요." 물론 사실은 아니었다. 하지만 사실인 척하는 게 기분이 한결 나았다. 감정이라는 절벽의 가장자리에서 불안정하게 버틸 수 있는 능력은 한계에 다다랐다. 그녀는 잠시나마 중력의 편안함이 필요했다.

"말도 안 돼." 로지는 코웃음을 쳤다. "넌 그냥 너 자신이 불쌍하다고 느끼는 것뿐이야."

"스스로를 불쌍하게 여겨도 된다고 하신 줄 알았는데요."

"그건 어제였고. 오늘은 파편을 줍고 앞으로 나아가면 좋겠는데."

부끄러움에 리브는 고개를 떨어뜨렸다. "제가 일을 더 안 좋게 만든 것 같아요."

"나도 그렇게 느껴. 네가 곰을 찔렀고 곰이 너를 공격했으니까. 그는 네가 가장 아파하는 곳을 쳤어. 그리고 너는 네 상처를 문지르며 싸움을 끝내는 걸 겁내고 있어."

"어쩌면 제 싸움이 아닌지도 몰라요."

로지는 조리대를 손으로 탁 내리쳤다. "헛소리!"

리브는 깜짝 놀라 고개를 치켜들었다. 로지가 그렇게 언성을 높이는 건 본 적이 없었다. 홉에게조차.

로지는 다시 손가락으로 그녀를 가리켰다. "이건 모든 여자들의 싸움이야, 올리비아 페펀드레아스. 네가 요구한 적 없다는 건 나도 알지만 어쨌든 이건 네 무릎 위에 떨어졌어. 제시카는 너를 믿고 있어. 알렉시스도 너를 믿고 있고. 그 목록에 있는 모든 여자들이 너를 믿고 있다고. 그리고 나 역시도 너를 믿고 있어."

마지막에 가서는 로지의 표현이 누그러졌고, 그녀는 조리대를 돌아 리브의 의자 옆에 와 섰다. 그녀는 손을 뻗어 리브의 이마에 아직 풀리지 않은 헝클어진 머리를 부드럽게 쓸어주었다. 리브의 눈가에 또 다시 눈물이 반짝였다.

"어느 세대가 시작했든, 나는 네가 끝낼 거라는 걸 믿고 있어,

리브. 모든 세대의 여자들이 시작했지만 끝낼 수 없었던 일을."

리브는 그럴 만한 이유가 있는 걸 다행이라고 생각하며 미소 지었다. "오버해서 나가지 마세요. 전 그냥 한낱 파티셰일 뿐이에요, 로지."

"역사는 말이야, 참을 만큼 참았다고 생각하고 맞서겠다고 하기 전까지는 단지 자신이 한낱 주부라고, 한낱 비서라고, 또는 한낱 재봉사라고 생각했던 수천 명의 여자들로 인해 세워졌어."

어떤 기억이 떠올라 리브의 입가에 미소가 걸렸다. "우리 그랜그랜도 그런 말을 하곤 하셨어요. **착하게 사는 데 질릴 대로 질린 여자보다 세상에 강한 건 없다.**"

"할머니가 아주 현명한 분이셨구나."

"네, 또, 젖소들이 모두 풀밭에 누워 있으면 비가 올 거라 믿곤 하셨죠, 그래서……."

"봤지? 진짜 현명하시네."

리브는 떨리는 숨을 들이마셨다. "제가 완전 엉망으로 망쳐버린 일이 있어요." 그녀는 잠시 쉬었다 말했다.

로지가 고개를 끄덕였다. "고칠 수 없는 건 세상에 없단다."

"알렉시스에게 사과해야겠어요."

"그래, 해야지. 우리에겐 우리 여성 친구들이 필요해. 로이스는 충분히 많은 걸 부숴버렸어. 그자가 그것까지 망쳐버리게 두진 마." 로지는 기운차게 고개를 끄덕였다. "자, 이제 너한테 줄게 있어. 다른 어느 때보다 지금이 그걸 주기에 딱인 것 같구나. 자신감을 북돋울 필요가 있으니까."

로지는 주방을 가로질러 거실로 갔다. 리브는 몸을 돌려 그녀가 책상 서랍을 열고 두꺼운 봉투를 꺼내는 걸 지켜보았다.

"이게 뭐예요?" 로지가 돌아와 그걸 건네자 리브가 물었다.

"내 유언장."

충격으로 숨이 막혀 그녀의 폐가 그대로 멈춰버렸다. "하늘에 맹세하는데요, 로지. 지금 죽는 거라고 말하는 거라면, 내가 가만두지 않을 거예요."

"나 안 죽어. 휴가를 떠날 거야."

리브는 의자에 주저앉았다. "살았다."

"내가 떠나기 전에 돌보는 걸 넘겨주고 싶어서 그래."

"돌보는 걸 넘기다니요?"

"내 유언장에 너를 추가할 거야."

가까스로 들이마셨던 얼마 안 되는 산소가 다시 한번 리브의 폐에서 빠져나갔다. "그럴 순 없어요." 그녀는 고개를 저으며 말을 더듬었다. 감정의 절벽이 또 다시 그녀를 밀고 있었다. "그럴 순 없어요."

"이미 끝났어. 지난주에 내 변호사 만났어."

리브는 간신히 한 마디를 뱉을 수 있었다. "왜요?"

"그야 난 늙었으니까. 난 은퇴해서 여행 다니고 더 많이 섹스하고 싶어. 홉이 더 이상 발기가 안 되기 전에."

리브는 얼굴을 찡그렸다.

"그리고 네가 여기에 나타난 날이 내 인생 최고의 날이었으니까."

리브는 포기하고 그냥 손으로 얼굴을 가렸다. 이 시점에 눈물을 참아보려는 게 무슨 대수란 말인가. 로지는 그녀의 어깨에 가만히 손을 올렸다. 따뜻하고 마음을 편하게 해주는 손이었다. "그날 난 딸을 얻었어. 필요한 줄도 몰랐던 딸을 말이야."

리브는 손등으로 코를 쓱 닦고 딸꾹질을 했다. "전 닐 영이 투어버스에서 던진 땀에 젖은 티를 받은 날이 최고의 날인 줄 알고 있었는데요."

"네 말이 맞네. 네가 여기 나타난 날은 내 인생 두 번째 최고의 날이었어."

"뭐라 말씀드려야 할지 모르겠어요." 리브는 조리대 위에 놓인 봉투를 바라보며 나직이 말했다.

"아무 말도 할 필요 없어." 로지는 다시 그녀의 머리를 부드럽게 만져주었다. "내가 알고 있는 바로 그 여자가 되렴. 날 자랑스럽게 만들어주던 그 여자가."

하지만 내가 스스로를 자랑스러워 할 수 있는 여자가 될 수 있을까? 리브는 떨리는 다리로 일어섰다. 로지는 그녀의 삶 전체에서 그렇게 말해준 두 번째 사람이었다. 그녀는 뒤로 물러섰다. 하지만 사방이 그 망할 절벽이었다. 그녀는 팔을 허우적대고 있었고 떨어질 것에 대한 두려움이 근육을 못 쓰게 만들고 있었다. "전 무서워요." 마침내 그녀가 속삭였다.

"뭐가?"

"아주머니를 실망시킬까 봐요."

로지는 말도 안 된다는 듯이 말했다. "오늘 네가 한 말 중에 두 번째로 바보 같은 소리구나. 넌 일부러 그러려고 해도 날 실망시킬 수 없어."

리브는 발을 내려다보았다. 눈물이 차올라 바닥이 일렁였다. "저에 대한 알렉시스의 말이 옳았어요. 저는 비판적이에요. 저의 나약함이 너무 두려워서 다른 사람들의 나약함으로 그들을 탓했어요. 전…… 전 사람들이 저를 믿지 못하게 했어요. 절 사랑하지 못하게."

로지가 안쓰럽다는 듯 말했다. "누가 널 그렇게 생각하게 만들었든, 그들은 널 믿고 사랑할 자격이 없는 거야."

리브는 로지의 따뜻한 손길을 느끼고 나서야 자기가 눈을 감고 있다는 걸 알았다. "나를 보렴, 얘야."

리브가 눈을 떴다. 로지의 눈에서 온기와 사랑이 느껴졌다. 그리고 그녀는 자랑스러워하고 있었다. "그 사람의 어디가 상처가 났든 그건 그들 자신의 상처야." 로지는 엄지로 그녀의 눈물을 닦아주었다. "네가 그들을 위해 그 상처를 안고 가야 할 필요는 없어. 가게 두어도 괜찮아, 리브. 모조리 다. 너 자신이 사랑받게 하고 그냥 흘러가게 둬."

리브는 로지가 그녀를 끌어당기는 대로 안겨 그녀의 어깨에 기대 흐느꼈다. 어떻게 그냥 흘러가게 내버려둔담? 어느 날 갑자기 오늘이 바로 치유의 날이 될 거라고 단박에 결정할 수 있는 사람이 있을까? 그녀는 할 수 없었다. 그리고 지금 그녀는 그녀를 사랑했던 유일한 남자를 잃어버렸다.

그리고 그녀는 그를 사랑했다. 너무나, 너무나 많이. 그의 모습이 밤새도록 그녀를 따라다녔다. 좌절하여 작아진 모습으로……. 그녀가 그를 그렇게 만들었다. 그는 그녀에게 진실을 말했는데 그녀는 자신의 빌어먹을 불안 때문에 그를 외면해버렸다. 그가 어떻게 나를 용서해줄 수 있을까?

리브는 몸을 떼고 얼굴을 닦았다.

로지는 또 한 번 '이제 다 됐다' 하듯 숨을 들이마셨다. "하지만 우선 너 자신부터 챙겨야 해. 가서 머리 빗고, 뜨거운 물로 목욕을 해. 와인도 한 잔 마시고. 한 시간 내로 홉에게 초콜릿 파이 가져다주라고 할게." 리브의 목소리가 갈라졌다. "사랑해요, 로지."

"내가 다 알지, 우리 예쁜이. 나도 사랑한단다." 그녀는 문을 가리켰다. "이제 가봐. 난 할 일이 있어."

그녀는 로지가 말한 대로 했다. 집으로 돌아와 머리를 빗었다. 와인 한 잔을 마셨다. 뜨거운 물을 받아 목욕을 했다. 물에 깊이 잠겨 새로운 눈물을 흘려보냈다.

한 시간 뒤, 그녀는 몸에 타월을 감고 빈 와인 잔을 들고 주방으로 걸어 나왔다. 식탁 위에 놓인 책 한 권이 눈에 들어왔다.

'프로텍터.'

이게 뭐지……? 이게 어디서 나온 거지?

'친구가 읽으라고 준 거야. 네가 좋아할 수도 있을 것 같아서. - 홉'

리브는 소리 나게 코웃음을 터뜨렸다. 홉이…… 로맨스 소설을 쳤다고?

이름 아래 추신이 있었다.

'245쪽. 두려움은 강력한 동기이다. 하지만 사랑 또한 그러하다.'

두려움은 강력한 동기예요. 그건 맥, 그러니까 브레이든이 그녀에게 했던 말이랑 똑같았다. 리브는 소파로 책을 가져가 245쪽을 펼쳤다.

엘리의 손은 체이스의 머릿속을 파고들었다. "이 시간 이전에 일어났던 일은 아무것도 중요하지 않아요. 우리는 다시 시작할 수 있어요."

"어떻게요?" 그녀의 뜨겁고 향기 나는 살갗에 감싸인 그 말은 애원이었다. 그게 정말 가능할 거라고 간절히 믿고 싶은 그의 마음 속 깊은 곳에서 우러나온 애원.

"날 봐요." 그녀의 손이 그의 얼굴을 미끄러져 부드럽게 들어올리려 했다. 그는 응했지만, 그의 이마가 그녀의 뺨에 닿는 정도까지만이었다.

"우리 그냥 다시 시작해요." 그녀는 그의 얼굴을 위로 끌어 두 사람의 이마가 맞닿게 했다. "과거는 잊어버려요."

"그냥 그렇게?"

"아니. 그냥 그렇게가 아니에요. 나는 지금 무섭고 혼란스럽고 완전히 발가벗겨지고 나약해진 기분이에요. 그리고 그런 감정들

은 내가 오랫동안 느끼지 않으려 애써온 것들이고요. 쉬울 거라
고는 말하지 않을게요. 서로 떨어져 지내보려 했지만 지금까지
아무 소용없었다는 걸 알잖아요. 어쩌면 서로를 용서하고 다시
시작하는 건 가능할 수도 있어요."

체이스는 그녀의 말에 매달렸다. 그 말에 흠뻑 젖고, 그 말 위
로 떠올랐다. 그 말을 믿는 축복된 그 순간만은 어깨에 놓인 죄책
감과 짐이 가벼워지는 것 같았다.

그가 용서받을 수 있고 그녀를 사랑할 자격이 있는 이 집행유
예의 현실에 머물고 싶었다. 과거도, 진실도, 아무 상관없는 곳에
서. 그녀가 제안하는 것, 두 번째 기회를, 구원을, 그녀를 받아들
일 수 있는 그곳에서. 그는 자신이 그 흠모와 면죄와 용서를 바랄
자격이 있기를 바랐다. 그녀가 지금 그를 바라보는 그 눈빛으로
언제나 볼 수 있는 남자가 될 수 있기를 바랐다.

그가 할 일은 선택뿐이었다.

명예냐, 이기심이냐.

행복이냐, 외로움이냐.

그는 선택에 두려움을 느꼈다. 하지만 정말로 그에게 선택권
이 있는 걸까?

두려움은 강력한 동기이다. 하지만 사랑 또한 그러하다.

몇 시간 뒤, 리브는 책을 덮고, 앉아 있는 소파 옆자리에 내려

놓았다. 몸에 둘렀던 수건은 말라버린 지 오래였지만 머리 꼭대기에 말아 올린 머리칼은 차갑고 축축했다.

그녀는 어릴 때 자전거를 타다 심하게 부딪쳐 팔 위쪽이 전부 긁힌 적이 있었다. 지금 그녀의 영혼은 바로 그때 같았다. 살갗이 드러나고 상처받기 쉬운 상태 그대로였다.

맥이 그녀에게 거짓말을 한 건 두려움과 사랑 때문이었다. 그런데 그녀는 그의 얼굴을 향해 둘 다 던져버렸다. 왜냐하면 오직 두려움뿐이었으니까. 나약함과 함께. 또 터져 나오려는 눈물에 목이 메어왔지만 그녀는 떨쳐버렸다. 더 이상 우는 데 쏠 시간은 없다.

거의 밤 9시가 다 된 시각이었지만 더 이상 뒤로 미룰 수도 미루고 싶지도 않았다. 사과를 해야만 한다. 그녀는 침실로 가 깨끗한 옷이 담긴 바구니를 뒤져 요가 팬츠와 맨투맨 티를 찾았다. 서둘러 옷을 입고 축축한 머리를 빗고 테니스화에 발을 꿰었다.

30분 뒤, 그녀는 알렉시스의 카페 주차장에 도착해 있었다.

'영업 중' 간판에는 아직 불이 들어와 있었지만 카페 안은 텅 비어 있었다. 리브가 문을 열고 들어가자 알렉시스가 주방에서 큰 소리로 말했다. "금방 나가요."

비프케이크가 계산대 뒤에서 빼꼼 내다보더니 다시 몸을 움츠렸다. 리브는 녀석이 하울러와 팀을 짜서 다음 행동을 구상하는 걸 상상했다. 그 여자가 다시 왔어. 너는 제때 달려 나가서 그녀 다리를 걸어, 그럼 내가 목을 물어뜯을게.

잠시 후 알렉시스가 밖으로 나왔다. 그녀의 입가에 걸려 있던 환한 미소는 리브를 보자마자 사라져버렸다. "어,"

그녀의 주저하는 말투가 리브의 온몸을 차갑게 관통했다. 쉬운 방법은 없었다. "정말 미안해, 알렉시스."

알렉시스는 얼어붙었다. 눈을 깜빡이는 게 유일한 생명의 징후였다. 하지만 이내 천천히 그녀는 아무 말 없이 리브 옆을 지나 출입문으로 걸어갔다. 그녀의 친구가 곧 자길 쫓아내겠구나 생각하며 리브는 얼굴을 찡그렸다. 하지만 알렉시스는 '영업 중' 표시를 '영업 종료' 표시로 바꾸었다. 그녀의 손은 유리창 주위에서 잠시 서성였는데 손가락이 미세하게 떨리는 게 눈으로도 보였다.

그녀는 다시 돌아섰다. 그녀의 얼굴에서 핏기가 사라졌다.

리브는 숨을 들이마신 다음 내뱉었다. "나한테 진실을 털어놓을 만큼 내가 충분히 믿을 만한 좋은 친구가 아니었던 거 미안해. 세상을 흑과 백으로만 봤던 것도, 네가 나한테 하려고 했던 말을 내가 알아듣지 못한 것도 미안해."

알렉시스는 무슨 의미인지 알 수 없는 한숨을 쉬고 손을 저었다. "그만해."

리브는 온몸이 떨렸다. "그…… 그래."

알렉시스는 가까스로 반쯤 웃는 얼굴을 했다. "나도 너한테 사과할 거 있어."

"아냐, 넌 없어."

"나 너한테 용서받을 수 없는 말을 했어."

"난 그런 말 들었어야 했어."

"그런 말을 들어도 되는 사람은 아무도 없어."

리브는 그녀에게 몇 걸음 다가갔다. "하지만 네 말이 맞아. 난 내 인생에서 너무 많은 시간을 내 나약함을 부끄러워하면서 허비했어. 내가 사람들에게 등을 돌리고 나조차도 지킬 수 없는 기준에 맞추길 바라면서."

"그리고 난 내 수치스러움을 덮기 위해 너에게 가혹한 말을 했고."

알렉시스를 대신해서 리브의 가슴은 분노로 터질 것 같았다. "하지만 넌 잘못한 거 없어! 널 그런 상황으로 억지로 몰고 간 로이스가 개자식이라고!"

알렉시스는 살포시 웃었다. "너처럼 싸울 수 있었다면 좋았을 텐데."

"알렉시스, 그렇지 않……."

"근데 그거 알아?" 알렉시스는 그녀의 말을 끊고 말했다. "누가 알고 있다는 게 이상하리만치 마음이 편해. 이걸 안고 살아가는 것에 좆나게 질려버렸다고."

리브의 눈이 똥그래졌다. "너 방금 '좆'이라고 했어."

"알아. 그걸 쓰기에 적당한 때 같아서."

"그러네."

알렉시스는 천장을 보고나서 크게 숨을 들이마셨다. 그녀는 시선을 낮추며 숨을 내쉬었다. "한 잔 마셔야겠다."

"좋아, 나도."

리브는 알렉시스를 따라 주방으로 들어가며 비프케이크와 하울러가 어디 있는지 살폈다. 꽤 오래 감시를 벗어나 있었으니 무기를 획득할 만한 시간이 충분했을 것이다. 알렉시스는 주방 끝으로 걸어가 냉장고에서 콜라를 꺼냈다. 이어 위스키 병을 꺼내자 리브는 큰소리를 내며 웃었다.

"그냥 위스키만 마실까봐." 그녀가 제안했다.

알렉시스는 고개를 끄덕였다. "당연하지."

두 잔을 연거푸 마신 다음 둘은 주방 바닥에 앉아 차가운 스테인리스 조리대에 등을 기댔다.

"엄마가 아프셨어." 알렉시스가 말했다.

"알고 있어."

"그가 나한테 돈을 주겠다고 하면서 그냥 입만 다물고 있으면 된다고 했어. 그런데 그게 갑자기 출구처럼 느껴지는 거야. 성추행이나 끔찍한 일뿐만 아니라 엄마를 위해서도 그게 출구가 될 것 같았어. 그 사람은 충분한 돈을 제안했어, 엄마 병원비를 내고 장례식을 제대로 치를 수 있을 정도로, 그리고……."

그녀는 술기운이 올랐는지 손을 과장되게 넓게 벌려 보이며 주위를 둘러보았다.

"네 카페를 열 수 있을 만큼." 리브가 말을 맺어주었다.

"내 꿈을 이룰 수 있을 만큼."

"그런 걸로 부끄러워 할 이유는 하나도 없어."

"머리로는 알지. 그리고 아마 내가 네 입장이었다면 나도 아마 똑같은 말을 했을 거야. 하지만 실제로 그런 일이 일어나면 달라지는 거지."

"얼마나 오래 그랬어?"

"거의 거기서 일을 하자마자 시작됐어."

리브의 숨이 멎었다. "1년이 넘잖아."

"그래. 완벽한 수치스러움의 1년이지." 알렉시스의 목이 메었다. "어떻게 하면 그를 피하는지, 어떻게 별일 아닌 척하는지 배운 1년이었어. 내 경력과 내 모든 노력을 보호하기 위해 참고 견뎌야한다고 믿었던 1년이었고."

"그 사람이, 아니, 어디까지 그가 요구한 거야?"

"그 사람이랑 잤냐는 말이지?"

"그게 무슨 상관이람. 괜한 소릴 했어."

"그래."

차분한 그녀의 대답에 리브는 그게 과연 첫 번째 질문에 대한 답인지 확신할 수가 없었다. 하지만 알렉시스의 얼굴에 떠오른 표정이 답을 말해주었다.

"왜 수치스러워 하냐고 네가 물었잖아. 그게 이유야. 난 그에게 굴복했어. 그게 날 뭘로 바꿔버린 거지?"

알렉시스는 리브의 대답을 기다리지 않았다. 그녀는 목으로 차오르는 욕지기를 느끼며 비틀비틀 일어났다. 리브는 알렉시스가 쓰레기통으로 달려가 구역질하는 걸 도리 없이 지켜보았다.

리브는 친구에게 걸어가 뒤에서 그녀를 안아주었다. "괜찮아. 괜찮아질 거야."

알렉시스는 쓰레기통 가장자리를 손으로 받치고 헐떡이며

땀을 흘렸다. 리브는 그녀의 어깨를 감싸 안아 돌아보게 했다.

"그게 널 뭘로 바꾸어 놓았냐고?" 그녀는 로지가 자신에게 해주었던 것처럼 친구의 뺨을 손으로 감쌌다. "네가 살아남을 수 있게 했어."

알렉시스의 뺨으로 눈물이 흘러내렸다. "난 그 사람과 잤어. 기꺼이, 리브."

"그건 동의한 게 아니야. 진짜 합의 같은 게 아니야. 설령 그렇더라도 그게 대수야? 그는 널 제압할 수 있는 힘을 갖고 있었어. 네가 엄마 때문에 약해져 있었다는 걸 그는 알고 있었다고. 그는 그걸 이용한 거야. 너를 이용했어. 그리고 넌 너 자신과 엄마를 보호할 수 있다고 생각한 유일한 일을 한 거야." 리브는 책에서 보았던 구절을 떠올리고는 살짝 미소 지었다. "**두려움은 강력한 동기이다, 하지만 사랑 또한 그러하다.**"

알렉시스의 표정이 허물어지면서 흐느끼기 시작했다. 그녀는 허리를 굽혀 알렉시스의 어깨에 이마를 댔고 리브는 그렇게 그녀를 잡아주었다. 흔들어주었다. 친구의 등을 위아래로 쓸어주었다. 흐느낌이 딸꾹질로 바뀌고 딸꾹질이 떨리는 숨으로 바뀔 때까지. 그 모든 것이 끝날 때까지.

알렉시스는 앓는 소리를 내며 몸을 떼고 돌아서서는 손으로 뺨을 문질러 닦았다. "으, 우는 거 정말 싫다."

"알아. 지난 24시간 동안 나도 그거 충분히 해봤거든."

"왜?" 알렉시스는 다시 돌아서며 코를 훌쩍였다.

아. 그렇지. 그녀는 맥에 대해 모르고 있었다. 리브는 어깨를

으쓱하고 밀린 이야기를 해주었다.

알렉시스의 입이 벌어졌다. "와. 인생에 정말 많은 일이 일어났구나."

"꽤 많지."

"그럼…… 그 사람이랑은 끝난 거야?"

리브의 목에 응어리가 맺혔다. "그 사람한테 절대 용서받을 수 없는 말을 했어."

알렉시스는 고개를 갸웃했고, 리브는 뭔가 굉장히 심오하고 알렉시스다운 말이 나올 거라는 걸 알았다. "어쩌면 그는 그런 말을 들었어야 했는지도 모르지."

리브는 끙 소리를 내고는 눈을 굴렸다. "그 말 할 줄 알았어, 진짜."

"그래."

맙소사, 내가 모든 걸 망쳐버린 거라면? "그 사람은 그런 말들을 필요가 없었어. 그는 내가 이해해주고 잡아주길 바랐어. 그런데 난 그러지 않았지."

알렉시스는 리브의 팔에 손을 올렸다. "심호흡해."

리브는 조리대로 돌아서서 새로 잔을 채우고 단숨에 들이켰다. 알렉시스도 합세해 똑같이 했다.

"내가 진짜로 하고 싶은 게 뭔지 알아?" 알렉시스는 잔을 내려놓으며 물었다.

"질펀하게 마시고 남자들 씹어대기?"

"아니. 아 물론, 그야 그렇지. 그런데 그런 다음 말이야."

"그 다음엔 뭘 하고 싶은데?"

알렉시스는 두 잔을 더 채우고 하나를 리브에게 건넸다. "로이스 프레스턴을 무너뜨리기."

리브는 두 사람의 잔을 부딪쳤다. 왜냐하면 그게 그녀가 제대로 할 수 있는 유일한 일이었으니까. "좋아, 나도."

살면서 처음으로 맥은 백수이기를 바랐다.

왜냐하면 리브를 떠나온 뒤 비틀거리며 집으로 돌아와 따지 않은 제임슨 한 병을 들고 그대로 침대로 가져갔으니까. 그녀의 맛과 그녀의 느낌, 그녀의 기억이 잊혀질 때까지는 클럽에 출근하거나 누군가를 만날 생각이 없었다.

3일 동안 그는 샤워도 하지 않았다. 거의 먹지도 않았다. 모든 전화와 문자를 무시했다. 뭘 던지고 깨기도 했다. 하지만 주로 그는 자거나 마셨고, 너무 많이 마시고 나서 그녀에게 전화를 걸어 불분명한 발음으로 음성메시지를 남기지는 않을까 정말로 심각하게 걱정을 하기도 했지만 천만다행으로 그러지는 않았다. 수시로 울기에 바빴으니까.

왜냐하면 빌어먹을 가슴 속에선 심장이 피를 흘리고 있었으니까.

4일째 되는 날, 침실 문이 떨어져나갈 것처럼 열렸다. "맙소사. 이게 무슨 냄새야?"

그는 엎드렸다. 그의 친구들이 똑같이 못 봐주겠다는 표정을 하고 문 앞에 서 있었다.

"왜 왔어?" 그가 으르렁댔다.

"너 구해주러 왔다." 개빈이 말했다. "근데 아무래도 방독면이 있어야겠어."

"꺼져." 그가 소리쳤다.

개빈은 손으로 코와 입을 막았다. "진짜로, 맥. 여기서 낙타 전시장 같은 냄새 나. 너 혹시 바지에다 오줌 싸거나 그런 거야?"

맥은 베개를 집어서 던졌다. 베개는 개빈에게서 한참 먼 데에 떨어졌다. "가라고."

과장되게 구역질하는 시늉을 하며 개빈은 베개와 한 무더기의 더러운 옷이 있는 데를 지나 욕실로 향했다. 잠시 후에 샤워기 물 뿌리는 소리가 들렸다.

"좀 씻어라, 멍청아." 개빈은 밖으로 나오며 말했다. "지금 당장. 그런 다음 아래층으로 내려와. 망할 중재 시간이야."

그들은 나가면서 문을 세게 닫았다.

맥은 천장을 바라보았다. 망할 놈들. 그는 중재 따위 원하지 않았다. 홀로 남아 자신의 비참함 속에 뒹굴고 싶을 뿐이었다. 그는 덥수룩해진 턱을 만지고 몸에서 나는 냄새를 맡더니 녀석들이 한 말 중에 적어도 하나는 옳았다는 걸 깨달았다. 샤워기를 써야할 것 같았다.

일어나 앉아 침대 아래로 다리를 내리려는데 뻣뻣해진 근육이 말을 듣지 않았다. 달리기조차 하지 않고 이렇게 오랜 날을 지낸 게 언제였는지 기억도 나지 않았다. 뜨거운 물이 어깨의 뭉친 곳을 때렸지만 너무 우울해서 물이 뜨겁다는 것도 느끼지 못했다.

시적 정의가 물론 있기는 하다. 브로맨스 북클럽 창시자이자, 지침서에는 모든 답이 있다고 믿었던, 사랑에 관한 거라면 모든 걸 알고 있다고 생각했던 그가 붕괴되었다. 한 여자에 의해.

하지만 한 가지는 사실이 아니었다. 그는 그녀가 아닌 스스로에 의해 붕괴되었다. 그는 가장 중요한 규칙 중 하나를 어겼다. 절대로, 무슨 일이 있어도 거짓말하지 말 것. 리브에게 진실을 말할 기회가 수천 번이나 있었지만 그는 하지 않았다. 심지어 그녀가 자신의 고통스러운 과거를 털어놓은 후에도 그는 제대로 말을 하기 위해서는 조금 더 시간이 필요하다며 스스로를 설득했다. 책에서 배운 모든 걸 무시했고 주인공들이 힘겹게 배워야 했던 교훈을 잊어버렸다. 그리고 이제는 너무 늦어버렸다.

맥은 얼굴을 비비고 뜨거운 물에 몸을 맡겼다. 델 것처럼 뜨거운 물은 처벌이자 질타였고 통렬한 죄의 씻김이었다. 몸에 각인된 그녀의 흔적을 씻어내려면 1000번의 맹렬한 샤워가 필요할 것이다. 하지만 설령 그렇게 하더라도 마침내, 온전히 지독하게 사랑에 빠졌던 기억이 남아 있는 머리와 심장을 씻어내기에는 충분하지 못할 것이다. 지침서는 불행한 결말에서 어떻게 살아남는지를 결코 알려주지 않았다. 오롯이 그의 것이었다.

15분이 지나서야 그는 마침내 침실에서 나와 아래층으로 향했다. 주방으로 향하는 복도에서 그는 러시아인을 마주쳤다. "안아주면 좋겠지, 그치?"

"아니 그럴 필요…… 읍." 러시아인은 그를 끌어당겨 어색하고 뻣뻣한 자세로 안았다. 그의 얼굴은 러시아인의 어깨에 짓눌렸는데 실은 기분이 꽤 좋아서 그는 그 상태로 잠시 있으며 눈을 감았다. 포옹은 과소평가되어 있었다.

"너 냄새 훨씬 괜찮아졌다." 러시아인이 몸을 떼며 말했다.

적어도 그에게는 효과가 있었다.

주방으로 들어선 맥은 저마다 주방 구석구석을 청소하고 있는 멤버들을 보았다. 맬컴은 엄청 큰 손에 거의 맞지도 않은 고무장갑을 낀 채로 천천히, 잔뜩 쌓였던 더러운 접시가 기적처럼 사라진 싱크대를 씻고 있었다.

"여기 완전 엉망이었어, 인마." 델이 조리대 위에 끈끈하게 달라붙은 뭔가를 떼면서 보지도 않고 말했다. "여기 이런 거 처음 본다."

"한 이틀 안 좋았어."

"헛소리하네." 개빈이 말했다. "바닥에 있던 피자가 스스로 생각을 하고 쿠데타를 일으키기 직전이었거든."

"왜들 이래. 겨우 사나흘 그런 걸 갖고."

모두 동작을 멈추고 그를 보았다.

"뭐가?" 그가 소리쳤다.

"닷새였어." 개빈이 말했다.

그의 폐에서 산소가 빠져나갔다. 5일? 그렇게나 지났다고? 빌어먹을 그게 어떻게 가능하지? 젠장. 리브가 전화를 하지는 않았나? 전화기를 마지막으로 확인한 게 언제였지?

"내 전화기 어디 있어?" 그가 낮게 중얼거렸다.

개빈은 어깨를 으쓱했다. 맥은 돌아서서 위층으로 달려갔다. 그는 침대 위 이불을 젖히고 베개를 헤집었다. 아무것도 없다. 어디 있지? 그는 바닥에 엎드려 침대 아래를 보았다. 거기 있었다. 그는 휴대전화를 주워 뒤집었다. 전원을 켜보았다. 배터리가 나간 걸 깨닫고는 욕을 뱉었다. 그는 충전기를 집어 아래층으로 다시 내려갔다.

그가 주방으로 돌아오자 맬컴이 전자레인지에서 뭔가를 꺼내고 있었다. 그게 뭐든지 간에 냄새를 맡은 맥의 빈속은 아우성을 쳤지만 그는 전화기에 충전기를 꽂으면서 거의 눈길도 주지 않았다. 그는 화면에 불이 들어오기를 기다리며 초조한 듯 조리대를 엄지로 두드렸다.

"이리 와서 이거 먹어." 접시를 든 채 그의 뒤를 걸어가며 맬컴이 말했다.

맥은 대꾸도 없이 다시 한번 전원 버튼을 눌렀지만 화면에는 여전히 배터리 부족 표시만 떴다.

"두 번은 말 안 할 거다." 맬컴이 말했다.

위가 또 한 번 포효하자 맥은 이번에는 포기했다. 그는 조리대 앞에 있는 의자에 앉았고 맬컴은 음식이 담긴 접시와 물 한 병을 그의 앞에 놓아주었다.

맥은 몸을 기울여 접시를 보았다. "이게 뭐야?"

"닭고기 냄비 파이."

"내 냉동실에서 찾았어?"

"아니, 내가 사왔어."

맥은 한쪽 눈썹을 치켜들었다. "왜?"

"내가 사온 음식 갖고 트집 잡으려는 건 아니겠지, 설마? 너 일주일 내내 버번이랑 과자 나부랭이만 달고 살았잖아."

"위스키야. 버번이 아니라."

"망할 똑같은 거지."

"아냐, 실은 다른 거야." 개빈이 말했다. "버번은 모두 위스키에 들어가지만, 모든 위스키가 버번은 아니거든."

"미치겠네." 맬컴은 턱수염을 잡아당기며 중얼거렸다. 그는 맥의 접시를 가리켰다. "내가 아플 때 엄마가 만들어주시던 거야. 너한테 위로가 되는 음식이 필요할 것 같았어."

맥은 한두 입 먹어보았다. 미뢰는 기뻐 날뛰었지만 진짜 음식의 출현에 위는 반란을 일으켰다. 파이는 그의 속에 닿자마자 돌덩이로 변해버렸다. 대신 그는 물을 벌컥벌컥 들이켰다.

그를 마주보는 자리에 멤버들이 한 줄로 나란히 서서 뭔가를 기대하는 얼굴로 그를 보고 있었다. "나 살아 있어." 그가 중얼거렸다. "그러니까 가도 돼."

델은 '퍽이나'라고 말하듯 코웃음을 쳤다. "지금 우리가 너 혼자 두고 갈 거라고 생각해?"

"나 혼자 있고 싶어."

"아니, 넌 그러고 싶지 않아." 개빈이 말했다.

"정말로 그러고 싶어."

"아무리 그래도." 맬컴이 말했다. "친구를 혼자 내버려두지는 않아."

러시아인이 파이를 가리켰다. "이 안에 치즈 들었어?"

맥은 그가 있는 쪽으로 접시를 밀었다. 러시아인은 냄비 파이를 마치 샌드위치처럼 들고 먹기 시작했다.

개빈의 입이 벌어졌다. "야, 어떻게 배가 또 고파? 오는 길에 드라이브 스루로 사 먹었잖아."

"그건 아침이었고." 러시아인은 한입 가득 물고 웅얼거렸다. "이건 점심."

맬컴은 맥의 옆자리 의자를 꺼내 앉았다. "무슨 일 있었는지 말해봐."

"너희들 알잖아."

"우리는 네가 행사장을 떠나기 전까지만 알아. 뒤에는 몰라." 델이 말했다.

"그 말을 나더러 믿으라고?" 맥은 개빈을 턱으로 가리켰다. "분명 나머지 얘기도 들었을 텐데?"

"세아가 너희 아버지에 대한 이야기는 해줬어." 그는 잠시 뜸을 들였다가 덧붙였다. "리브는 계속 못 봤어. 처제도 뭐랄까, 너처럼 숨어서 모두를 피하고 있거든."

맥은 주먹을 꽉 쥐고 순간 조리대에 머리를 박고 울어버리고 싶은 충동을 간신히 물리쳤다. 리브의 조용한 화가 고통스러운 거였다면 개빈의 조용한 연민은 고문이었다. 마음 한구석에서는 개빈이 그를 상처주기를 바랐다. 그를 때리고, 소리 질러 주기를.

"그러지 말고." 델이 조용히 말했다. "너도 다 알고 있는 거잖

아. 무슨 일이 있었는지 네가 말을 안 하면 우리는 고치는 걸 도와줄 수 없다는 거."

"고칠 거 아무것도 없어. 끝났어."

"모든 걸 잃은 진짜 로맨스 소설 주인공처럼 말하네." 맬컴이 말했다.

맥은 신음했다. "다시는 바보 같은 책 얘기 하고 싶지 않아."

그러자 멤버들은 일제히 눈을 굴리며 서로를 보았다. "맥." 맬컴이 한숨을 내쉬었다. "넌 이게 뭔지 정확히 알고 있어. 네 이야기에서 가장 기본이 그거야. 넌 포기할 수 없어."

"내 말 듣고는 있는 거야? 이건 이야기가 아니야. 빌어먹을 내 진짜 인생이라고, 근데 그게 거지같아. 그녀가 끝났다고 말했고, 그럼 그냥 끝난 거야."

"남자 주인공이 일을 망쳤을 때 여자 주인공들이 보통 하는 말이 그거지." 델이 지적했다. "하지만 그게 끝이 아니잖아. 왜 이래, 친구. 너도 다 아는 거잖아."

"내가 아는 건 내내 리브가 말한 게 옳았다는 거야." 그녀의 이름을 입 밖에 내는 것만으로도 가슴이 무너져 내렸다. "그렇게 많은 로맨스 소설을 읽었는데 남은 거라곤 빌어먹을 상처뿐이라고."

"그 로맨스 소설들이 우리의 결혼을 구해줬어, 친구." 델이 말했다. "네가 그렇게 해주었고. 우릴 계속 나아가게 하고, 계속 읽고 또 돌려 읽게 한 건 너잖아. 심지어 우리가 딱 지금 너처럼 느꼈을 때도. 드디어 네가 암흑기를 겪고 있다고 해서 우리가 겁낼

줄 알았어?"

"암흑기라고?" 맥은 뒷문을 가리켰다. "나가. 전부 다."

그들은 아랑곳하지 않았다. "정확히 그녀가 뭐라고 했는데?" 맬컴이 재촉했다.

"미치겠네." 맥은 손으로 얼굴을 문지르며 중얼거렸다. "그게 뭐가 중요한데? 끝났어."

"무슨 일이. 있었냐고." 델이 목소리와 앙다문 입 사이에 짜증을 한껏 담아 으르렁댔다.

맥은 폭발했다. "일어날 줄 알았던 일이 그냥 일어난 거야! 그녀에게 전부 다 말했다고! 내 온 마음을 그녀에게 쏟아 부었어, 그런데 나와 내 과거에 대해 알게 되자마자 더 이상은 나를 원하지 않았어."

에너지의 고갈과 후회로 근육에서 힘이 쭉 빠져나갔다. 어깨는 축 늘어졌고 두 손은 허벅지 위로 힘없이 떨어졌다. "난 그녀에게 모든 걸 말했어, 근데 그것만으로는 충분하지 않았던 거야."

맬컴은 팔짱을 끼고 위협적인 자세를 잡았다. "그래서 그게 끝이야? 그녀를 얻기 위해 싸우러 갈 생각도 없어?"

"싸워서 얻을 게 어디 있어. 그녀가 나와는 아무런 관계도 원하지 않는다고 분명히 말했어."

"헛소리 하지 마." 델이 소리쳤다. "그 이상의 뭔가가 분명히 있을 거야. 그녀는 이 일로 너를 치워버리진 않을 거야." 개빈은 깊게 한숨을 내쉬고 조리대에 있는 의자 하나에 털썩 앉았다.

"난 모르겠어, 델. 리브는 정말 그런 걸 수도 있어. 엄청난 복수의 칼을 갈고 있을지도."

맥의 양미간이 좁아졌다. 무슨 헛소리를 지껄이는 거야?

개빈은 팔꿈치를 받치고 몸을 기울였다. "있지, 나도 처제를 사랑하는 마음이야 있지. 그런데 어떨 때 보면 환장하겠다니까. 가끔 보면 세아랑 둘이 어떻게 자매인가 싶어. 세아는 친절하고 아이들도 잘 보는데 리브는 냉소적이고 까칠하잖아."

맥은 피가 솟구쳐 오르는 걸 느꼈다. 그의 주먹에 힘이 들어갔다.

"내 말은, 난 네가 처제의 헛소리를 다 잊어보겠다는 의견 존중해, 맥. 왜냐하면 처제는 좀……." 개빈은 진저리난다는 듯 고개를 절레절레 흔들었다. "자길 사랑하는 걸 끔찍이도 힘들게 만들잖아."

더 이상 참을 수 없었던 맥은 자리에서 벌떡 일어섰다. "개빈, 우리 우정을 높이 사서 말하는데, 네 얼굴에 주먹을 날리기 전에 딱 1초 줄 테니까 사과해."

개빈은 한쪽 눈썹을 치켜들었다. "뭐라고?"

"내가 들어본 얘기 중에 가장 어이없는 헛소리야. 리브는 만났던 누구보다 가장 사랑에 빠지기 쉬운 여자야. 재미있고 똑똑하고 친절하고 용감해. 그리고 정말로 그녀를 제대로 알 마음만 있다면 냉소적으로 구는 건 자기가 상처 받기 전에 사람들을 멀리 밀어내려는 거라는 걸 알게 될 걸. 겉으로만 그러는 거고 속마음은 상처받기 두려워하는 한없이 여린 사람이라고. 네가 그걸 몰라본다면 넌 그녀의 형부 될 자격도 없어."

멤버들은 예의 그 짜증나는 이럴 줄 알았다는 눈빛을 서로 주고받았다. 개빈은 자기 의자에 앉아 고개를 갸웃했다. "그럼 왜 너는 그녀를 되찾으려고 싸우지 않는 건데?"

그제야 맥은 자기가 당했다는 걸 알았다. 나쁜 놈들. "너 지금 한 말 중에 진심은 하나도 없는 거였냐? 그런 거야?"

개빈은 활짝 웃었다. "단 한마디도."

맥의 맥박에서 피가 솟구칠 것 같았다. "내 집에서 나가. 전부다."

그는 돌아서서 휴대전화를 놓아둔 반대편 조리대로 성큼성큼 걸어갔다. 전화기는 아직도 죽어 있었다. 맥은 한 손으로 대리석 모서리를 받치고 서서 손가락 관절이 하얘지다 못해 손바닥 살이 따끔거릴 때까지 꽉 쥐었다.

"이봐, 수년 동안이나 지침서를 우리 인생과 관계에 어떻게 적용시키는지 가르쳐온 사람으로서 이젠 스스로의 조언을 받아들여서 흡수할 때야." 맬컴이 그의 등에 대고 말했다.

맥은 등 뒤로 가운뎃손가락을 들어보였다.

주방 나무 바닥이 삐걱거리는 소리가 나더니 이어 개빈의 목소리가 뒤따랐다. "내가 '프로텍터'에서 체이스의 행동을 이해할 수 없다고 했을 때 네가 뭐라고 했더라?"

맥은 조리대를 더욱 세게 잡았다. "그 빌어먹을 책 얘기는 하고 싶지 않다고."

"내가 숨은 의미를 놓치고 있다고 네가 그랬잖아."

"빌어먹을, 그냥 책일 뿐이야!"

주먹 하나가 가볍게 그의 어깨를 툭 쳤다. "넌 네 행동의 숨은 의미를 놓치고 있어, 맥." 개빈이 말했다.

맥은 그를 떨쳐냈다. "그녀가 끝냈어, 개빈. 내가 아니라."

"그랬던가?" 맬컴이 발을 끌고 다가오며 똑같이 말을 끌었다. "아니면 네가 그냥 싸워보지도 않고 나와버린 게 아니고?"

맥은 움찔했다. 갑자기 뭔가에 갇혀버린 기분이 들며 가슴이 조여 왔다. 그를 둘러싼 친구들 때문이 아닌 그가 마주하고 싶지 않았던 진실에 갇힌 것이다. "그녀가 끝났다고 말했어."

"리브는 자신을 보호하기 위해서 사람들을 밀어낸다고 네 입으로 말했잖아." 개빈이 조용히 말했다.

"그녀가 방어적으로 나올 줄 너는 알고 있었어." 그를 둘러싼 작은 장벽에 합세한 델이 말했다. "그녀가 방어벽을 세울 거라는 것도." "너는 그걸 알고 있었음에도 그녀가 너한테 기대했던 바로 그대로 행동했어." 맬컴이었다.

맥은 휴대전화를 바라보며 전원이 들어오길 바랐지만 화면은 여전히 깜깜했다. 어쩌면 차라리 그게 나은 걸 수도 있다. 만일 전원이 들어왔는데 리브에게서 온 문자가 하나도 없다면? 모르는 게 약이다. 여러모로. 녀석들의 말이 옳았다. 거기서 오는 이 감정, 격렬한 고통, 영혼을 빨아들이는 두려움을 그는 모른 척할 수 없었다.

그의 가슴을 죄고 있는 조임틀이 또 한 번 옥조여 왔다.

"넌 남아서 그녀를 위해 싸우는 대신 리브가 널 밀어내도록 했어." 개빈이 말했다. "왜 그랬어?"

맥은 눈을 감았다. **두려움은 강력한 동기이다.**

"어서, 친구." 델이 말했다. "우리한테 말해봐."

말할 수 없다. 그의 입이 열리지 않았다.

"맥······."

"왜냐하면 내가 없는 게 그녀에게 더 나으니까." 말은 아주 나직이 흘러나왔다. 어쩌면 그건 그들에게라기보다 자신에게 하는 말이기 때문이었을까. 어쩌면 단순하게 입 밖으로 내어 말할 필요가 있었으니까. 그걸 인정하고, 시인하고, 감수하기 위해. 처음이자 마지막으로 단 한 번만.

"이런." 개빈이 나직이 말했다. "숨은 의도를 찾은 것 같은데."

"왜 그렇게 생각하는데, 맥?" 델이 물었다.

맥은 눈을 떴지만 초점이 없었다.

"우리를 봐." 맬컴이었다. 조용하지만 힘이 있는 목소리였다.

맥은 고개를 저었다. 지금은 그들을 마주볼 수가 없었다. 그를 한 번만 보고도 꿰뚫어볼 것이다. 진짜 그를. 사기꾼인 그의 모습을. 아버지가 어머니를 때리는 동안 벽장 속에 숨어 있던 한낱 열네 살짜리 겁먹은 어린아이를. 그런 다음 그를 외면해버릴 것이다.

"왜 리브가 자길 사랑하는 남자가 없는 편이 더 나은 건데?" 델이 물었다.

"왜냐하면 그녀는 허상을 사랑하는 거니까." 젠장. 목소리가 대체 왜 이러지? 목이 메어 말이 나오지 않았다. "그녀는 그 숱

한 로맨스 소설들에서 따와 만들어진 남자를 사랑한 거야."

"아니. 너는 그 어떤 여자와 함께 있을 때보다 리브와 함께 있을 때 진짜 너다웠어." 델이 말했다. "그녀는 진짜 너를 사랑한 거야."

"어쩌면 그게 널 겁나게 했는지도 모르지." 맬컴이 이어 말했다.

"나는……." 맥의 목소리가 무너져 내렸다.

"맥." 맬컴이 부드럽게 말했다. 그가 꼭 쥔 손이 확실하고도 따뜻한 위안을 전했다. "아버지에 대해 말해줘."

맥은 다시 눈을 감고 침을 삼켜보려 했지만 또 다시 단단한 뭔가가 목구멍에 걸려 내려가질 않았다. "그의 일부가 내 안에 살아 있을까봐 두려워. 그래서 이름을 바꾼 것 같아."

맙소사. 진실은 그를 어지럽게 흔들었다. 그는 똑바로 서 있기 위해 조리대를 단단히 잡았다. "내가 이름을 바꾼 건 그것 때문이야. 그의 피가 내 안에 흐른다는 사실이 두려웠으니까. 내 모습에서 어떤 부분이 그 사람 같으면 어떡하지?"

"맥." 맬컴이 말했다. "넌 네 아버지가 아니야."

화살처럼 날카로운 맬컴의 정확한 말이 그의 멍들고 상처 난 심장 주위에 거의 남아 있지 않던 강철을 뚫고 들어왔다.

"그리고 네 아버지가 한 일이 네 것이 되는 것도 아니야."

맥의 뺨으로 뭔가가 주룩 흘러내렸다. 이런, 젠장. 그는 울고 있었다. 빌어먹을.

"어떻게 하면 그보다 더 나은 남자가 될 수 있을까 배우려고 로맨스 소설을 읽기 시작했다는 것부터 이미 너는 그가 꿈조차 꿀 수 없을 만큼 좋은 남자라는 걸 보여주는 거야."

개빈이 다가왔다. "너는 일종의 위장을 한 채로 오래 지내왔기 때문에 진짜 네가 누군지 잊어버린 거야. 네가 얼마나 괜찮고 좋은 남자인지를."

"젠장." 맥이 낮게 소리쳤다. "젠장!"

맥은 조리대를 주먹으로 힘껏 내려쳤지만 곧 맬컴이 커다란 덩치로 뒤에서 그를 감싸주었다. 그런 다음 델이 그를 안고, 이어 개빈, 그러다 갑자기 러시아인까지 합세를 해서 그들은 맥을 중간에 두고 거대한 포옹의 장벽을 만들어냈다.

그의 친구들은 그가 열네 살 때부터 꾹꾹 눌러왔던, 도저히 멈출 수 없는 흐느낌의 급류를 모두 쏟아낼 때까지 그를 지탱해 주었다. 그가 울어버리도록, 그들에게 매달리도록 두었다.

맬컴이 맥의 뒷목에 이마를 가만히 대었다. "보내버려, 친구. 다 보내버려. 네가 그러고 싶을 때까지 원 없이."

그는 진실로 친구들이 필요했다. 너무나 간절히. 무릎이 떨리고 제대로 서 있기도 힘들었으니까. 시간이 얼마나 흘렀을까. 맥은 평생 동안 켜켜이 쌓아온 비밀과 회한, 고통과 후회의 무게를 그의 가슴에서 풀어냈다.

그러던 중 갑자기 경쾌하게 초인종이 울리고 이어 조바심과 화가 난 것 같은 노크 소리가 뒤따랐다.

미치겠네. 대체 누가…… 잠깐. 리브일지도 모른다. 맥은 친구들에게서 헤어나려 했다.

"내가 갈게." 맥이 말릴 틈도 없이 러시아인이 말했다.

30초 후, 그는 놀라서 눈이 튀어나온 채로 뛰어 돌아왔다.

"적색경보. 적색경보."

적색경보? 그게 대체 뭔 소리야?

아주 작고 화가 잔뜩 난 여자가 주방에 모습을 드러냈다.

이런, 진짜 적색경보였다.

세아 스콧이 팔짱을 끼고 노려보는 가운데 일순 터질 것 같은 긴장감 넘치는 침묵이 흘렀다.

"어, 안녕, 자기야." 개빈이 말했다. "여긴 어쩐 일로……."

"자기 같은 소리 집어치워." 세아가 쏘아붙였다.

개빈은 입을 다물었다.

세아는 미사일이라도 나올 것 같은 눈빛으로 맥을 정면으로 쏘아보았다. "이 꼴을 보니까 진짜로 열 받네요. 내 동생 마음에 상처를 내다니 내가 진짜 뚜껑 열려서 듣도 보도 못한 욕을 해주려고 여기 왔거든요. 여차하면 불알을 차버려야지 하고요. 그 대신 당신은 뻔뻔스럽게 서 있는 거죠." 그녀는 모든 걸 다 잃은 것처럼 애처로운 그의 상태를 보고 두 손을 흔들었다. "이미 죽상을 하고 있으면 내가 어떻게 그런 엿 같은 기분이 들겠냐구요!"

맥은 손으로 뒷목을 감쌌다. "세아……."

"말하지 마요."

그는 재깍 입을 다물었다.

그녀는 양손을 골반에 괴었다. "내가 맹세하는데, 당신이랑

424

리브는 내 손에 죽을 줄 알아요!"

맥의 심장이 내달렸다. "리, 리브가 왜요? 괜찮은 거예요?"

"입 다물라고 했어요."

친구들의 의리는 한계에 다다랐다. 그들은 모두 뒷문 쪽으로 몸을 틀었다. 개빈만 빼고. 그는 남는 것과 도망가는 것 중에 어떤 게 더 나중에 문제가 될지 고민하고 있었다.

세아는 그들이 나가지 못하게 양팔로 막아섰다. "아무도 아무데도 못 가요. 당신들 모두 이 일에 책임이 있어요."

개빈이 모두를 대표해서 조심스럽게 한 발 걸어 나왔다. "무슨 일에 대한 책임?"

세아는 화가 난 듯 입술을 오므렸다. "내 동생이 로이스를 쫓으려 하고 있다고."

맥의 귓속에서 삐 하고 이명이 울렸다. "내가, 아니 방금 뭐라고요?"

세아는 짜증 섞인 소리를 냈다. "정신 차려요. 요리책 출간 기억나요? 그리로 쫓아갈 거라고요."

오늘은 요리책 출간 행사가 있는 날이었다. 이런 젠장. 너무 오래 취해서 우울해하고 있느라 날짜 가는 것도 모르고 있었다. 입술이 바짝 말랐다. "혼자서 그를 쫓으러 가는 거예요?"

"아니요. 제시카랑 알렉시스가 도울 거예요. 그리고 홉이랑 그 이상한 제프라는 남자랑."

"대체 어쩔 계획이래요?" 맥이 소리쳤다. 사랑하는 여인에 대한 걱정과 그녀를 보호해야겠다는 생각뿐이었다.

"전이랑 똑같은 계획인 것 같아요. 녹음 파일을 흘리는 대신 리브랑 알렉시스가 가까스로 목록에 있는 여자 중에 일곱 명을 앞으로 나서게 했어요. 다들 자신들에게 있었던 일을 에세이로 썼는데 리브가 리야랑 제프한테 그걸 주면 마지막 순간에 기자들한테 뿌릴 발표 자료를 그걸로 바꿔치기한다고 했어요." 세아는 다시 한번 허공으로 손을 들어올렸다. "자세한 건 나도 몰라요! 이게 무슨 말도 안 되는 일이에요? 전부 당신들 책임이에요."

격렬한 감정에 맥의 손이 떨렸다. 자랑스러움이었다. 왜냐하면 그녀가 그걸 해냈으니까. 그녀는 여자들을 앞으로 나서게 했다. 하지만 혼란스러웠다. 젠장, 나 없이는 갈 수 없을 텐데, 멤버들의 뒷받침 없이는, 노아 없이는.

노아. 맥은 황급히 돌아서서 켜져 있기를 바라며 자기 휴대전화를 들었다. 노아는 벨이 두 번 울리자마자 전화를 받았다. "와우. 살아 있었네요."

"오디오 어디 있어? 유출할 수 있는 형태로 되어 있어?"

노아는 잠시 말을 하지 않았다. "로이스 오디오요? 왜요? 어쩔 생각이에요?"

"가서 우리가 싸지른 걸 치우고 원래 하려고 했던 걸 해야지."

노아가 일어서서 뭔가를 찾는 것 같은 부스럭거리는 소리가 들렸다. "우리 시간이 얼마나 있죠?" 노아가 물었다.

맥은 통화를 스피커폰으로 바꾸고 세아를 보았다. "우리 시간이 얼마나 남았죠?"

그녀는 고개를 저었다. "별로 많지 않아요. 행사가 30분 안에 시작해요. 난 지금까지 빠져나올 수가 없었어요."

"할 수 있어요." 노아가 말했다. "차에 준비해놓고 있을게요, 하지만 하려는 거면 지금 당장 움직여야 해요."

한 사람, 한 사람, 멤버들은 눈빛을 교환하고 미소를 짓더니 고개를 끄덕였다.

델이 걸어와 맥의 등을 쳤다. "제대로 한 방 보여줄 땐가?"

맥의 가슴은 희망과 두려움으로 쿵쿵댔다. "제대로 한 방 보여줄 때지."

사랑하는 여인을 되찾아올 때다.

이 일을 마치면 리브는 손톱이 하나도 남아나지 않을 것 같았다. 계획은 단순했지만 위험 부담이 엄청났다. 오늘이 끝나갈 무렵에는, 로이스 프레스턴이 포식자라는 게 폭로되든지 아니면……

앞으로 나서는 데 동의한 모든 여자들은 다시 한번 그의 분노를 목격하게 될 것이다. 그리고 리야는 직업을 잃게 될 것이고 그리고…….

리브는 차고 바깥의 주차 진입로에서 서성이던 걸 멈추고 손으로 얼굴을 훔쳤다.

"그만 걱정해." 알렉시스가 리브의 집에서 걸어 내려오며 말했다.

"잘못될 가능성이 너무 커."

"잘될 가능성도 아주 커."

"만약 리야가 우릴 안으로 못 들여보내 주면? 만약 제프가 바꿔치기를 못 하면? 만약에…….'

알렉시스는 리브의 뺨을 감쌌다. "만약에 앞으로 두 시간 안에 로이스 프레스턴이 우리한테 한 짓을 온 세상이 알게 된다면? 그 생각을 해봐, 그리고 그것만 해, 나는 그럴 수 있을 것 같은데."

이어 제시카가 계단을 내려오는데 양손 가득 기자들에게 건넬 묵직한 서류 더미를 들고 있었다. 리야가 간신히 하나를 빼내 와서 그것과 똑같은 형식으로 만들었다. 문이 닫히기 바로 전에 제프가 바꿔치기를 할 것이다.

일단은 그게 계획이었다.

리브는 서류를 절반 정도 들어 홉의 차에 실었다. 그가 운전을 할 건데 아직 집에서 모습도 드러내지 않고 있었다. 시시각각 그녀의 불안이 지옥의 새로운 단계로 향하고 있었다.

리브는 다른 손톱을 깨물었다. "뭐하는 데 이렇게 오래 걸리시지?"

"저거요." 제시카가 손으로 가리키며 말했다.

리브는 돌아보았다. 뒷문 바로 앞에 선 홉과 로지가 열정적으로 서로를 끌어안고 나이에 비해 귀여운 키스를 하고 있었다. 그들을 위해 기뻐할 수 있는 마음이 맥에 대한 슬픔을 가까스로 밀어낼 정도가 된 리브는 미소를 머금고 그 광경을 즐겼다. 적어도 누군가는 자신들의 해피 엔딩을 찾은 것이다.

"와." 제시카가 탄식했다. "저렇게 나이 드신 분들도 사랑에 빠지다니, 멋지네요."

리브의 생각이 얼굴에 드러난 게 틀림없었다. 알렉시스가 그녀 곁으로 다시 다가왔다. "정말로 맥한테 전화 안 해도 되겠어?"

리브는 두 눈을 꽉 감았다. 맥. 지금은 그에 대해 생각할 수 없었다. 집중해야 한다. "물론이지."

"아직 늦지 않았어."

알렉시스의 말은 두 가지 뜻을 담고 있을 수 있었다. 맥에게 오늘 도와달라고 말하기에 늦지 않았다는 것과 혹은 두 사람에게 아직 늦은 건 아니라는 의미로. 하지만 리브는 어떤 의미인지 묻지 않고 앞좌석에 올라탔다. 이 일을 먼저 해야 한다. 그런 다음 그에게 가서 자신이 얼마나 바보였는지 말할 것이다. 그에게 말하리라. 너무나 미안하다고, 미치게 미안하다고. 그의 입장을 들을 만큼, 받아들일 만큼, 그를 믿을 만큼 용기가 없었기에 너무나 미안하다고.

그리고 그를 사랑하고 있다고.

그를.

브레이든 맥 아니면 브레이든 맥레이. 그의 이름이 무엇이든 간에 그를 사랑했다. 그게 어떻게 가능한지 모르겠지만 그런 일은 일어났고 만일 바보 같은 불안감으로 망쳐버린다면 그녀는 살아갈 수 없을 것이다.

홉이 운전석에 올라탔다. "물러설 마지막 기회야." 그가 무뚝뚝하게 말했다.

알렉시스와 제시카는 뒷좌석에 올라타 안전벨트를 맸다. "가요." 알렉시스가 말했다.

"전 준비됐어요." 제시카가 덧붙였다. "그는 더 이상 여기서 빠져나갈 수 없어요."

리브는 뒷좌석 쪽으로 손을 뻗었다. 알렉시스와 제시카가 그 위에 손을 쌓았다.

"둘 다 사랑해." 그녀는 예상치 못한 감정에 목이 멘 소리로 말했다. "미안해, 처음에 내가 일을 엉망으로 망쳐놨잖아……."

"사과는 이제 그만." 알렉시스가 말했다.

"내가 너무 밀어붙였던 거 알아."

제시카가 고개를 저었다. "언니 없었음 이 일은 성사되지 않았을 거예요."

그녀는 그들의 지지와 용서를 영혼의 깊숙한 곳까지 전부 느낄 수 있었다. 리브는 반짝이는 눈물 사이로 웃음을 지었다.

"좋아." 리브가 말했다. "가자."

"좋아." 맥이 안전벨트를 채우며 말했다. "가자."

맥은 맬컴을 보조석에 태우고 승합차를 몰았다. 러시아인은 뒤에서 정신없이 로이스의 녹음테이프를 준비하고 있는 노아 옆에 쭈그러져 있었다. 세아, 개빈, 그리고 렐은 세아의 차로 그 뒤를 따르고 있었는데 이 일을 마치고 망할 밤 경기를 하러 가야했기 때문이었다. 맥은 심장이 목에 걸려 있지 않았더라면 그런 상황에 실컷 웃어주었을 것이다.

차가 고속도로에 접어들자마자 맥의 휴대전화에 진동이 울렸다. 그의 심장은 혹시나 리브일까 싶은 마음에 쿵쿵댔지만, 개빈이었다. "뭐야?" 그가 소리쳤다.

"방금 세아한테 문자 왔어. 그 팀은 거의 도착했대. 우리도 속도를 내야겠어."

맥은 액셀을 밟았다. 하지만 이 망할 승합차가 고릿적 유물인 터라 아무리 밟아도 시속 100킬로미터를 넘길까 말까였다.

맥은 휴대전화를 귀에서 떼고 노아에게 메시지를 전달했다. 그런 다음 다시 통화로 돌아왔다. "우리가 가는 거 말하지 말라는 세아 생각 확실해?"

"확고해. 리브는 자기⋯⋯."

"자기만의 방식으로 할 거니까." 맥이 이어 말했다. "나도 알아."

그는 전화를 끊고 다시 한번 제한속도에 가까워질 수 있도록 차를 몰아보려 했다. 차들이 좌우로 추월해갔다. 이 일이 끝나면 노아에게 망할 새 차를 하나 사줘야겠다.

사실 이번 일이 끝나고 나면 해야 할 일이 많은데, 그중 대부분은 리브를 되찾는 것과 관련되어 있었다.

몇 번의 긴장된 순간이 지나고 지평선이 나타났다.

"맥, 문제가 생겼어요." 출구로 빠져나가자마자 노아가 뒤에서 말했다.

맥으로서는 듣고 싶지 않은 말이었다. "무슨 문제?"

"편집을 할 수가 없어요."

"그게 무슨 소리야?"

"당신에 대한 부분이요. 시간 안에 거기를 잘라낼 수가 없어요. 만약에 그쪽 음향 시스템에 침투하면 장담할 순 없지만 끌 수 있을지도 모르는데, 그 얘기가 나오기 전에⋯⋯."

맥은 핸들을 꽉 쥐었다.

내슈빌의 모든 상류 집단 앞에서 그의 진실이 드러난다.

어떤 기분일까? 자유로울까, 아니면 수치스러울까? 매일 아침, 과거의 무게에 치이지 않고 눈을 뜰 수 있을까? '망할 브레이든 맥'이라는 숨 막히는 환상으로부터 마침내 자신을 자유롭게 풀어주면 어떤 기분일까?

그의 앞에 기회가 있다.

그리고 그는 그걸 잡을 것이다. "상관없어."

"확실해?" 맬컴이 나직이 물었다.

"확실해." 목소리에 확신을 실어 그가 말했다. "내 인생에 위장 잠입은 이제 끝이야."

그는 다만 너무 늦은 게 아니기를 간절히 바랐다.

이러다 늦고 말 것이다.

그도 그럴 것이 사보이의 건물 주위로 사방이 행사 때문에 꽉 막혀 있었다. 만일 로이스가 그럴 자격도 없는 영광을 누리기 위해 도시 전체를 봉쇄해야 한다면 그는 그렇게 하고도 남을 것이다. 천천히 움직이던 도로는 제프를 만나기로 약속한 주차 타워까지 세 블록을 남기고 아예 멈춰버렸다. 홉은 끝도 없는 욕을 줄줄이 뱉었고 그걸 본 제시카는 입을 다물지 못했다. 분명 나이든 사람도 욕을 할 수 있다는 걸 몰랐던 모양이었다.

"문자해서 알려줘." 알렉시스가 말했다.

리브는 빠르게 문자를 쳐서 제프에게 보내고 입술을 씹으며 답장을 기다렸다. 답장은 썩 좋지 않았다.

> **15분 내에 내가 안에 못 들어가면 우린 끝장이에요.**

리브는 앉은 채로 뒤를 돌아보았다. "서류 건네줘."

"뭐?" 알렉시스였다. "왜?"

"난 여기서 내릴게. 다들 주차하고 거기서 만나."

홉이 또 욕을 하는 동안 알렉시스는 고개를 저었다. 이번에는 그녀를 향해서였다. "말도 안 돼." 알렉시스가 말했다. "우린 같이 움직여야 해."

"지금 같이 하고 있는 거 맞아, 하지만 제프한테 지금 이걸 넘겨야 해."

홉은 다른 방법이 없다는 걸 깨달았는지 큰소리로 외쳤다. "빨리 가."

알렉시스는 앞좌석 사이로 서류 뭉치를 디밀었다. 리브는 그걸 모은 다음 문을 열었다. 차를 피하며 그녀는 관광객들로 북적이는 보도로 뛰어 올라갔다.

리브는 가슴에 서류를 끌어안고 달리기 시작했다.

세 블록이다. 세 블록만 가면 된다. 그러면 이 모든 게 가치 있는 일이었다는 걸 증명할 수 있을 것이다.

"빌어먹을 교통 체증도 확인 안 한 거야?"

맥은 욕이라곤 거의 하지 않는 맬컴이 한 말에 놀라 도로에서 눈을 돌려 그를 보았다. "내가 좀 바빴거든." 맥이 쏘아붙였다.

사보이 주위로 도로가 꽉 막혀서 가다 서다를 반복하고 있었는데 주로 서 있는 편이었다.

차는 3분 내내 전혀 움직이지 않았다. 맥은 손으로 턱을 쓸었다. "리브에게 가야겠어."

"일단 세워봐." 맬컴이 명령했다.

맥은 다시 한번 확인했다. "뭐? 왜?"

"내가 운전할 거니까. 넌 내려서 가기나 해."

맥은 고대유물 같은 기어를 주차 쪽으로 밀어놓았다. 그는 맬컴이 차 뒤를 돌아오는 동안 문을 열고 차에서 뛰어내렸다. 그는 양쪽으로 꽉 막힌 차들 사이로 끼어들면서 뒤에서 승합차 문이 끼익 닫히는 소리를 들었다. 그가 돌아본 바로 그 순간 러시아인이 뛰어내렸다.

"뭐하는 거야?" 맥이 소리쳤다.

러시아인은 어느 차 뚜껑 위를 뛰어넘어 보도로 와 섰다. "제대로 한 방이니까." 그가 말했다.

맥은 활짝 웃으며 그의 어깨를 툭 쳤다. "그리고 우린 한 방을 위해 늘 달리지."

세 블록이다. 세 블록만 가면 된다. 그러면 그럴 가치가 있었다는 걸 그녀에게 증명해보일 수 있을 것이다.

으, 맙소사, 그녀는 달리기가 싫었다. 얼마나 싫으냐면 그냥 너무 싫었다. 즐거워서 달린다고 하는 사람들이나 마라톤하는 사람들을 절대 이해 못 하겠다. 절대로. 바닥에 신발이 닿는 걸음걸음이 고문이었는데 특히나 팔을 움직일 수 없어서 더 힘들었다.

하지만 그럴 가치가 있을 것이다. 제프가 서류를 바꿔치기해 줄 것이다. 기자들은 로이스의 진실을 읽게 될 것이다. 그러고 나면 그녀는 얼마나 거리가 멀든 얼마나 오래 걸리든 브레이든을 찾아가 오래전에 했어야 했던 말을 모두 할 것이다.

하나다. 딱 한 블록 남았다.

리브는 미끄러지며 모퉁이를 돌았다. 주차장 경사로가 시야에 들어왔다. 마침내. 등에서 땀이 흘러내렸다. 심장 소리가 귀에까지 쿵쿵 울렸고, 그걸 가릴 수 있는 건 그녀의 거친 숨소리뿐이었다.

"리브!"

그녀는 미끄러지듯 멈춰 빙글 돌았다. 산소 부족으로 환청이 들리는 게 틀림없었다. 왜냐하면 그 소리는 꼭……

거기 있었다. 그가 거기 있었다. 그녀에게 달려오고 있었다. 팔을 휘저으며, 다리를 힘차게 굴러가며, 작은 경계석을 한 번에 뛰어넘어서.

그는 그녀에게서 딱 한 발자국 떨어진 자리에 미끄러지듯 멈춰 섰다.

그리고 그녀가 활짝 웃으며 할 수 있는 말은 오직 이것뿐이었다. "망할 브레이든 맥레이."

그를 봤을 때 그녀가 할 수 있는 말 중 최고는 바로 그거였다.

맥은 생각하지 않았다. 두 사람 사이의 공간을 그가 없애버릴 때에도. 그녀의 얼굴을 감싸 둘 다 숨을 쉴 수 없을 때까지 키스할 때에도. 그녀를 가슴으로 끌어안을 때에도.

"세상에, 리브. 정말 미안해요."

그녀는 몸을 뗐다. "여기서 뭐하는 거예요?"

"세아가 말해줬어요. 정말이지, 당신이 너무 자랑스러워요."

그녀는 고개를 젓고 가슴에 한가득 안겨 있는 서류를 꼭 쥐었다. "나 당신한테 해야 할 말이 너무 많아요, 하지만 시간이 없어요. 이걸 제프에게 전달해야 해요."

맥은 서류에 손을 뻗었다. "나한테 넘겨요. 어디로 가는 거죠?"

"주차 타워요. 4번에 있는."

그는 그녀가 가리키는 곳을 보고는 비어 있는 나머지 손으로 그녀의 손을 감쌌다. "가요."

뒤에서 그들과 함께 러시아인의 발소리가 박자를 맞춰 바닥을 때렸다. 그는 함성을 지르며 소리쳤다.

"난 정말이지, 제대로 한 방이 너무 좋아!"

***

"어디 있던 거예요?" 콘크리트 기둥 뒤에 숨어 있던 제프가 기어 나왔다. 셔츠 겨드랑이에 둥글게 땀 얼룩이 져 있었다.

리브는 무릎을 짚고 서서 헐떡거렸다. "교통체증이요."

"여기요." 맥이 그에게 서류를 내밀며 말했다.

제프는 그걸 받아들고 돌아섰다. "5분 안에 주방 현관 앞에서 리아를 만나야 해요."

그는 계단을 향해 달려가더니 시야에서 사라졌다.

"우리한테 녹음이 있어요." 맥이 숨을 몰아쉬며 말했다. "노아가 음향 시스템에 침입해 들어가서 로이스의 자백을 틀 거예요."

"맥, 나는……."

그는 그녀의 손을 부드럽게 잡았다. "알아요, 나도 알아요. 그냥 이 일을 해버려요, 우리. 그런 다음에 서로에게 해야 할 말을 전부 나눠요."

그들은 다시 한 손을 붙잡고 제프가 간 방향으로 뛰었다.

"다른 사람들은 어디 있어요?" 리브가 헐떡이며 물었다.

"노아는 차에 있을 거예요. 맬컴은 모르겠어요."

러시아인이 계단으로 통하는 무거운 문을 붙잡고 있었다. "서둘러." 그들이 지나가게 잡아주면서 그가 말했다.

그들은 한 번에 두 계단씩 성큼성큼 내려갔고 그들의 둔탁한 발소리와 점점 거칠어지는 숨소리만이 텅 빈 공간의 콘크리트 벽을 쳤다. 러시아인은 앞서 달리다가 지상층으로 가는 모퉁이를 돌았다.

모퉁이 뒤로 그가 갑자기 끙 앓는 소리와 함께 러시아 말로 욕을 하는 게 들렸다.

리브와 맥은 눈을 마주치고 이내 남은 계단을 서둘러 내려갔다. "무슨 일이야." 맥이 모퉁이를 돌며 소리쳤다.

러시아인이 바닥에 있는 누군가의 옆에 쭈그리고 앉아 있었다. 이런, 빌어먹을.

"제프!" 리브는 무릎을 꿇고 앉았다. 제프는 눈을 감은 채로 옆으로 누워 있었다.

"너무 차가워." 러시아인이 말했다. "유리벽을 들이받은 하키 선수마냥."

"어떻게 된 거야?" 맥은 제프의 얼굴을 톡톡 쳤다. "이봐요, 이봐, 일어나 봐요."

"서류들이 사라졌어요." 리브가 속삭였다.

사악한 목소리가 그들 뒤에서 대답했다. "이 서류들 말이야?"

리브는 깜짝 놀라 황급히 뒤를 돌아보았다.

거구의 가슴에 머리를 박아놓은 것 같은 형태에서 살라미 냄새가 풍겼다.

그녀는 시선을 들었고 자신을 내리깔아 보고 있는 담청색 눈을 마주했다.

"이럴 줄 알았어. 네가 뭔 짓을 벌일 줄 알았다니까." 샘은 커다란 손으로 서류를 높이 쳐든 채로 비웃었다. "이게 뭐지?"

"진실." 리브가 내뱉었다. 텅 빈 콘크리트 공간 안에서 그녀의 목소리가 메아리쳤다.

맥은 리브의 허리를 감싸 자기 가슴 쪽으로 끌어당겼다. 차갑고 더러운 바닥에서 제프가 끙, 소리를 내며 몸을 굴려 등을 대고 누웠다.

"무슨 짓을 한 거야?" 리브가 물었다.

샘은 어깨를 으쓱했다. "머리 한 대 맞았을 뿐이야. 곧 깨어날 거야."

"우릴 여기 얼마나 오래 붙잡고 있든 상관없어." 맥이 말했다. "그 서류를 기자들에게 주는 걸 막는다 해도 우린 로이스가 자백한 녹음테이프가 있으니까."

샘이 눈을 깜빡거렸다. 미세하긴 했지만 분명 떨리고 있었다. 두려움이었다. 그는 소리를 질러 그걸 덮었다. "거짓말!"

"아니." 리브가 말했다. "그리고 제프와 제시카의 도움으로 당신도 끌어내려질 거야. 그의 더러운 일을 몇 년 동안이나 덮어주고 대신해왔으니까."

주머니에 넣어둔 리브의 휴대전화가 울렸다. 샘이 눈을 부라렸다. "받지 마."

"전부 드러날 거야, 샘." 리브가 말했다. "끝났어. 그냥 받아들이고 우릴 보내줘."

이제는 맥의 전화기가 울렸다. 모두가 그들을 찾고 있었다.

"지금이 기회야, 샘." 맥이 말했다.

샘의 이마에 땀이 맺혔다. "나는 끌어내려지지 않을 거야."

"그건 당신과 그 사람 사이의 문제야. 우린 그를 막고 싶을 뿐이야. 우릴 도울 게 아니면 관둬, 하지만 로이스는 무너져 내릴 거야. 오늘."

샘은 돌아서서 서성이기 시작했다. 당혹스러움에 보폭이 빨라졌다. 맥은 러시아인과 눈을 맞추었다. "블라드?"

러시아인이 한쪽 눈썹을 치켜 올렸다. "응?"

"불알을 박살내버려."

샘의 눈이 위험을 감지하자마자 그의 얼굴에 러시아인의 거대한 주먹이 날아왔다. 샘은 쓰러지며 손에 들고 있던 서류를 놓쳤다. 리브는 쭈그리고 앉아 서류를 주우면서 샘이 괜찮은지 확인했다. "이 사람 괜찮은 거예요?"

러시아인은 제프를 어깨에 들쳐 멨다. "괜찮을 거예요. 가요."

"그 사람 때린 걸로 문제라도 생기면 어떡해요." 맥이 리브의 손을 잡는 동안 그녀는 뒤를 돌아보며 말했다.

"그건 내가 걱정할게요." 러시아인이 말했다. 아니, 블라드인가, 맥이 그렇게 불렀으니까. 그도 진짜 이름이 있었던 것이다.

그들은 레스토랑의 뒷골목을 달렸다. 부서진 아스팔트 바닥을 때리는 그들의 발소리가 주방 출입문으로 향했다. 리야는 사보이의 유니폼과 셰프 가운을 입고 입구 바로 바깥에 서서 손톱을 깨물며 서성이고 있었다. 그들을 알아본 그녀는 안도감에 주저앉을 뻔했다. 그러다 러시아인과 그의 어깨에 들쳐진 제프를 보았다. "세상에, 무슨 일이에요?"

"샘이 쳤어."

블라드의 어깨에서 제프의 목소리가 들려왔다. "무슨 일이에요? 내가 왜 거꾸로 있는 거예요?"

"여기." 리브는 리야에게 서류를 내밀었다. "가."

리야는 고개를 저었고, 리브가 친구의 표정에서 뭔가를 알아챈 순간 시간은 그대로 멈춰버렸다. "안 돼." 리브가 낮게 탄식했다. "우리가 너무 늦은 거야?"

"벌써 사람들을 입장시키고 있어. 서류를 지금 바꿔치기할 수는 없어."

아니야. 빌어먹을, 아니야! 리브는 머리를 감싸 쥐었다. 맥은 주먹으로 손바닥을 치며 욕을 뱉었다.

"아직 녹음이 있어요." 그가 말했다. "노아에게 전화할게요."

리브는 숨을 들이마셨다. 생각을 해야 한다. 마음을 가다듬자. "제시카랑 알렉스 어디 있어?"

리야가 마른 침을 삼켰다. "다들 너한테 전화 계속했어."

리브의 가슴에 두려움이 차올랐다. "다들 어디 있는데?"

"안에. 사람들 앞에서 그와 직접 맞서겠대."

"심호흡해요." 맥은 리브의 등을 문질렀다. 그녀는 직원용 라커룸의 벤치에 앉아 몸을 숙이고 숨을 들이마셨다. 리야가 그들을 거기에 숨기고 직원들 사이의 자기 자리를 채우러 달려 나갔지만 15분이 지나도록 새로운 소식이나 연락은 없었다. 개빈과 세아는 10분 전에 전화가 와서는 들어갈 수가 없다고 했다. 맬컴 역시 마찬가지였다. 그는 노아와 함께 차에 갇혀 있었다.

리브는 토할 것 같았다.

제프는 다른 벤치에서 러시아인의 허벅지를 베고 누워 있었다. 블라드는 제프의 관자놀이에 아이스팩을 대주었다. "뇌진탕은 아니야." 블라드가 말했다. "그건 내가 좀 알거든."

"밖에 나가봐야겠어요." 리브가 말했다. "그들을 이 일에 끌어들인 건 바로 나예요."

"그들을 끌어들인 건 로이스예요." 맥이 말했다.

"그냥 여기 숨어 있을 수는 없어요!"

벌컥 문이 열렸다. 리야가 흥분한 얼굴로 뛰어 들어왔다.

리브는 벌떡 일어섰다. "무슨 일이야?"

"그들이 의자에 올라가서 로이스가 연쇄 성추행범이라고 소리치고 있어, 그래서 지금 완전 아수라장이야!"

리야는 벽에 있는 오디오 장비로 가 버튼을 몇 개 눌렀다. 레스토랑 전체의 스피커를 조종하는 장비였다. 라커룸 안에 갑자기 고함소리며 놀라는 소리들이 생생하게 흘러나왔다. 거기에는 거세게 부정하는 로이스의 목소리도 있었다.

"이 여자들은 전 고용주에게 불만을 품은 겁니다! 해고할 수밖에 없었어요. 이 여자들 말 듣지 마세요."

알렉시스의 목소리가 불협화음 속에 높아지자 리브는 맥의 손을 꼭 쥐었다. "로이스 프레스턴은 저에게 원하지 않는 성관계를 하도록 협박했습니다, 장장……."

"닥쳐!" 로이스가 고함쳤다. "이 여자들 말은 듣지 말아요."

"1년이 넘도록이요!" 알렉시스가 외쳤다.

"저 여자가 내 스타일이나 되는 줄 아십니까?" 로이스가 비웃었다.

"앞에 나선 여자들이 일곱 명이에요." 제시카가 소리쳤다.

리브는 입을 틀어막았다. "세상에." 그녀는 숨죽여 말했다. "들어봐요."

"이 행사장에 있는 모든 기자들에게 서약서를 돌리겠습니다." 알렉시스가 말했다.

"이 여자들 당장 체포해요!" 로이스는 모든 소음을 넘어서는 목소리로 소리쳤다. "당신들 명예훼손죄로 모두 고소하겠어! 망할 샘은 어디 있는 거야?"

리브는 맥의 가슴 안으로 무너졌다. 그녀의 가슴에 그의 강한 심장 박동이 전해졌다.

혼돈의 소용돌이가 스피커를 통해 콘서트처럼 전해졌다. 강하게 부정하고 언쟁하는 소리, 기자들의 질문 세례, 그중에서도 가장 큰 소리는 참을 만큼 참았다가 다시 자신의 삶을 되찾으려는 여자들의 강한 목소리였다.

다시 한번 문이 벌컥 열렸다.

로이스가 성큼성큼 걸어 들어왔다. 씩씩대며 걸어오는 화가 난 들소 같았다. 그는 부분 가발을 쓴 머리끝부터 명품 신발을 신은 발끝까지 부르르 떨었다. 얼굴은 푹 끓인 토마토 스프 색이었다. "올리비아."

맥이 그녀의 허리에 팔을 감쌌다.

"네가 뒤에 있을 줄 알았어." 그는 위협적인 태도로 앞으로 다가섰다. 그러자 블라드가 자리에서 벌떡 일어섰고 그 바람에 제프는 바닥으로 굴러 떨어졌다.

블라드는 펄쩍 뛰어 로이스 앞에 섰다. "어딜 가시려고." 그가 단호하게 말했다.

로이스는 침을 꿀꺽 삼키고는 뒤로 물러섰다.

"끝났어, 로이스." 리브가 말했다. "당신은 이제 끝이야."

로이스가 부들거리는 손가락으로 그녀를 가리켰다. "넌 여기서 못 빠져 나가. 널 고소하고 말 거야. 네 놈들 전부. 내가 아닌 네 말을 사람들이 믿을 거라고 생각해? 하찮은 쥐새끼 같은 년이 하는 말을?"

맥은 노아에게 전화를 걸었다. 그는 로이스에게 시선을 못 박아둔 채로 수화기에 대고 딱 한 마디만 했다. "틀어."

레스토랑 전체 스피커에서 잡음과 함께 긁히는 소리가 나다가 이내 깨끗해지더니 강한 목소리가 흘러나왔다.

"합의서."

"뭐라고 적힌 합의서요?"

리브는 자기 목소리를 듣자 웃음이 나왔다. 그날 느꼈던 것보다 훨씬 차분하게 들렸다. 그리고 지금 느끼는 것보다도 훨씬 차분했다.

"너는 빌어먹을 아무것도 못 봤다는 내용."

"그게 당신 방식이에요? 당신의 더러운 작은 비밀을 그렇게 감추는 거예요? 아무 일도 일어난 적 없다고, 아무것도 본 적 없다고, 그녀들한테 손 댄 적 없다고 적힌 합의서에 그들이 서명할 때까지 여자들을 위협하는 거예요?"

"여태까지 그런 뒤처리 방법 정도도 내가 모를 줄 알았어?"

마지막 대사는 뒤로 넘어가 다시 재생되었다. 또 뒤로 감아서 다시 재생. 계속해서 반복되었다. 악몽의 메아리이자 끝을 부르는 고백이었다.

맥은 웃음을 터뜨리더니 리브의 머리에 이마를 댔다. "노아." 그는 중얼거렸다.

로이스는 마지막으로 한 번 더 으름장을 놓았다. "뭔가 잊었나본데? 너에 관한 것도 내가 털어놨거든. 그날 밤에, 맥. 사람들이 네 놈의 더러운 비밀도 알게 해주지."

맥은 고개를 치켜들고 리브의 배 위로 손을 쫙 벌려 그녀를 단단히 끌어안았다. "상관없어, 로이스. 숨기는 건 끝냈거든."

리브는 그의 품 안에서 돌아서서 그를 올려다보았다. "정말 괜찮아요?"

맥은 그녀의 귀 뒤로 머리칼을 부드럽게 넘겼다. "새롭게 시작하고 싶어요. 당신은 그럴 만한 가치가 있는 사람이에요."

다시 한번 문이 활짝 열렸다. 로이스의 홍보 담당자가 뛰어들어왔다. "뒷문으로 나가야겠어요, 로이스." 얼굴이 흙빛이 된 그 남자가 말했다. "밖에 난장판이에요. 기자들이 벌떼같이 쫓아오고 있어요."

블라드가 로이스의 가슴을 한 손으로 막았다. "어딜 가시려고?"

"가게 둬요, 블라드." 리브가 말했다. "지금 여기서 나가봐야 빠져나갈 수 없어요."

홍보 담당자는 리브에게 경계하는 눈빛인지 변명의 눈길인지를 보낸 다음 로이스의 팔꿈치를 손가락으로 감싸 끌어당겼다.

그 다음에 일어난 일들을 리브는 그냥 감으로만 알 수 있었다. 제프는 바닥에서 끙, 신음하며 일어섰다. 블라드는 그를 도우러 뛰어갔다. 리야는 제시카와 알렉시스를 보고 오겠다고 말했다.

리브에게는 오직 하나만 깨끗하게 보고 들렸다.

맥.

그는 그녀를 두 팔로 감쌌다. "괜찮아요?"

그녀는 그의 가슴에 뺨을 기댔다. "지금은요."

그는 갑자기 팔에 힘을 주고 얼굴을 그녀의 어깨에 떨어뜨렸다. "당신을 놓친 게 아니라고 말해줘요, 리브."

리브는 몸을 빼고 다시 한번 그를 올려다보았다. "지금이 서로에게 할 말하는 그런 때인 거예요?"

맥은 마른 침을 삼키고 손으로 그녀의 뺨을 감쌌다. "언니네 집에서 그렇게 떠나서 정말 미안해요. 남아서 당신을 잡았어야 했어요, 하지만 그러질 못했어요, 내가 너무 겁쟁이라서……."

그녀는 손으로 그의 입을 막았다. "그만."

그는 눈을 깜빡이면서도 순순히 따랐다.

"그날 밤에 실수 한 건 나도 마찬가지예요." 그녀는 그의 턱을 쓰다듬으며 말했다. 그녀의 떨리는 목소리에 진심이 묻어나왔다. 떨리고, 무섭고, 미치도록 미안해하는 마음이. "당신 이름을 핑계로 말도 안 되는 소리를 했어요. 너무 겁이 났거든요. 이러다 당신을 사랑하게 되겠다고 생각했어요, 그런데 난 그런 게 처음이었거든요."

그는 그만의 전매특허인 환한 웃음을 지었고 그 미소가 모든 게 잘 될 거라고 말하는 것 같았다. "그럼, 우리 일단 한번 해봐요."

그녀의 가슴이 두근거렸다. "뭘 해봐요?"

"당신과 내가 사랑에 빠지기 딱 좋은 때라는 생각 안 들어요?"

그녀의 가슴에서 무언가가 깨지더니 온기와 기쁨과 안전한 느낌이 번져나갔다. 까치발을 들어 그녀의 입술이 그의 입술을 스칠 때에는 행복이 빠르게 그녀를 채워나갔다. "이봐요, 브레이든?"

그는 또 한 번의 키스를 위해 고개를 기울였다. "음?"

"난 이미 당신을 사랑하게 됐거든요."

"잘됐네요." 그가 그녀의 입술에 따뜻한 숨을 불어내며 나직이 웃었다.

"나도 그렇거든요."

그의 이마가 그녀의 이마에 내려오고 그는 다시는 보내주지 않을 것처럼 그녀의 얼굴을 감쌌다. "이봐요, 브레이든?" 그녀가 속삭였다.

"음?"

"키스해줘요, 이 바보."

그는 했다. 정말로 제대로 했다. 그는 그녀의 입술을 집어삼키고 그의 입술이 닿는 구석구석마다 온 마음을 담아 그녀에게 쏟아 부었다. 리브는 그의 머리칼을 손가락으로 휘감으며 그를 붙잡아두었다. 다시는 그를 놓아주지 않으리라.

문을 향해 몰려드는 엄청난 발소리에 두 사람은 얼굴을 떼고 돌아보았다.

개빈, 델, 맬컴이 문 앞으로 미끄러지고 이어 세아가 달려왔다. "세상에! 우리 못 맞췄어!" 세아가 말했다. "우리가 뭘 놓친 거야?"

그들은 동시에 멈춰서 빤히 보았다. 리브의 등에 놓인 맥의 손과 그의 머리칼을 쥔 그녀의 손, 갓 키스를 마친 도톰해진 두 입술을.

"아." 세아가 작게 끽, 소리를 냈다. "아, 다행이다."

델은 주머니에서 지갑을 꺼냈다. 그는 앞으로 걸어 나와 맥에게 지폐 다발을 들이밀었다.

"이게 뭐예요?" 리브가 눈썹을 치켜 올리며 물었다.

"축하한다." 델이 말했다. "너도 드디어 애인이 생겼네."

리브는 한 발 물러나 두 손을 허리춤에 짚었다. "잠깐만요? 날 두고 또 내기를 한 거예요?"

맥은 주머니에 돈을 쑤셔 넣고 그녀를 다시 끌어당겨 까칠함을 입술로 잠재웠다. 이번만은 그녀도 눈감아주었다.

조심스러운 기침 소리에 두 사람은 다시 떨어졌다. 누군지 모르는 남자가 안으로 들어왔다. 흰 셔츠에 카키색 트윌 재킷이 온몸으로 기자라고 말하고 있었다.

"제시카와 알렉시스 양이 말하길 당신들이 이 모든 일을 시작한 장본인이라고 하던데요." 그 남자가 물었다.

리브가 돌아섰다. "우린 그냥 도왔을 뿐이에요."

그 남자는 얼굴을 하나하나 보더니 개빈과 델, 심지어 블라드까지 있는 걸 보고는 고개를 흔들었다. "이해가 잘 안 가네요. 당신들은 그러니까, 뭐랄까, 유명 인사들이잖아요. 이번 일에서 무슨 일을 한 거죠? 제 말은, 대체 당신들 정체가 뭐예요?"

리브는 남자들의 말없는 대화를 지켜보았다. 눈썹을 치켜 올리고 어깨를 으쓱하고, 그리고 고개를 끄덕이는 것까지.

맥은 활짝 웃으며 리브를 내려다보았다. 그녀는 웃음을 짓고 그의 가슴에 얼굴을 파묻었다.

"우리가 누구냐고요?" 맥이 모두를 대표해 말했다. "망할 브로맨스 북클럽입니다."

기자가 눈썹을 치켜 올렸다. "브로, 뭐라고요?"

맥은 리브의 손을 잡았다. "이 친구들이 설명해줄 거예요." 그는 멤버들을 향해 고개를 끄덕이며 말했다. "그럼, 우린 이만 실례할게, 우리의 해피 엔딩을 시작해야 해서."

6개월 후

"검찰은 오늘 텔레비전 리얼리티 쇼에 출연하던 유명 셰프 로이스 프레스턴이 고의 위험 행위, 횡령, 탈세 혐의로 유죄 판결을 받았다고 공표했습니다. 프레스턴은 16년에서 20년을 구형받고 연방교도소에 수감될 것으로 예상되는 가운데……."

리브는 텔레비전 소리를 줄이고 자기 집 소파에 앉아 있는 브레이든 옆에 풀썩 앉았다. "성추행으론 기소가 안 되다니."

브레이든은 리브가 자기에게 파고들어 안길 수 있게 팔을 들어 올려주었다. "20년 이상 받아도 싸요."

"여자들 사건 전부를 맡아주다니 그레첸은 정말 좋은 사람이에요. 법적 보호가 필요하다니, 믿을 수가 없어요. 그래도 그녀가 무료 변호를 해주고 있어서 다행이에요."

"일이 다 끝나서 난 좋기만 해요." 브레이든은 이마를 그녀의 관자놀이에 지그시 기대며 말했다. "이제 드디어 다른 일에 집중할 준비가 됐어요."

"새 레스토랑이요?"

"그리고 섹시한 새 파티셰도요."

"위험 부담이 커 보이는데요?" 리브는 그의 허벅지에 다리를 올리며 말했다. "여자 친구를 고용하겠다고요? 진짜로 복잡해질 수 있어요."

"기꺼이 위험 부담 감수할 거예요." 브레이든은 그녀의 셔츠 안으로 손을 슬쩍 집어넣었다. "새 파티셰가 여자 친구가 아니라면 더욱 그렇고요."

리브의 얼굴이 일그러졌다. "이별 통보를 이렇게 하다니 진짜 희한한 경우네요, 맥."

"아내와 같이 사업을 해보면 어떨까 생각 중이거든요."

리브는 그대로 굳었다. "뭐라고 했어요?"

"당신한테 청혼하는 거예요." 그녀의 허리에 손을 댄 채로 그가 말했다. 심장이 눈으로 튀어나올 것만 같았다. "매일 밤 당신과 같이 집에 오고 매일 함께 일하고 싶어요. 소파에 앉아 나한테 기대서 당신 하루가 어땠는지 말해줬으면 좋겠어요. 매일 밤 당신과 사랑을 나누고 싸우고 그리고 사랑을 좀 더 많이 나누고 싶어요."

그녀는 그를 지그시 바라보며 그의 눈빛이 하는 말에 가슴이 조여 왔다. 어떻게 이런 일이 일어나지? 어떻게 이런 남자를 찾았지? 그녀는 입술로 그의 입술을 덮었다. 그의 키스는 굶주려 있었고 깊이 파고들었다.

그녀는 그가 자신의 입술을 앗아가도록 두었다가 이내 그의 머리를 가만히 세웠다. 그는 그에 따라 멈추었지만 그녀의 청바지 아래 있던 그의 손은 참을성 없이 그녀의 청바지를 엉덩이에서 벗겨내기 위해 잡아당겼다. 그녀는 그를 뒤로 밀어뜨리고 소파에 기댔다. 그녀 안의 불이 갑자기 욕망으로 불타올랐다.

그들은 사랑과 약속을 나누었다. 그리고 끝이 났을 때 그는 그녀를 가슴으로 끌어당겼다. "폭 안기기, 하고 싶어요?"

그녀는 그의 따뜻한 가슴골 위에 뺨을 갖다 댔다. "네."

"어떤 거에 '네'라는 거예요? 폭 안기기에요? 아님 나랑 결혼할래요?"

"둘 다요."

사실 폭 안기기까지는 꽤 한참이 남아 있었다. 그녀가 네라고 말한 다음 그들은 꽤 오랫동안 알몸이었고 그는 그녀가 몇 번이고 소리를 지르게 만들었으니까. 그녀는 기진맥진해서 만족한 상태로 그의 몸 위에 쓰러졌다. 그는 두 사람 위로 이불을 끌어당겼다.

"당신 가슴이 정말 좋아요."

그는 그녀의 머리에 키스했다. "당신 거예요."

리브는 주먹을 만들어 그가 마주칠 수 있게 들어올렸다. "파트너?"

그는 그녀의 주먹을 입술로 가져갔다. "영원히."

언더커버 브로맨스

브로맨스 북클럽 2

지은이 리사 케이 애덤스
옮긴이 최설희
펴낸이 정규도
펴낸곳 황금시간

초판 1쇄 발행 2021년 7월 12일

편집 권명희
디자인 디자인 잔

황금시간
Golden Time

주소 경기도 파주시 문발로 211
전화 (02)736-2031(내선 360)
팩스 (02)738-1713
인스타그램 @goldentimebook

출판등록 제406-2007-00002호
공급처 (주)다락원
구입문의 전화: (02)736-2031(내선 250~252) **팩스:** (02)732-2037

값 15,000원
ISBN 979-11-91602-00-5 (03840)